HONORÉ DE BALZAC

LE P

ROMAN

TEXTE INTÉGRAL

*Texte conforme à l'édition
des Œuvres complètes illustrées de Balzac,
publiée par les Bibliophiles de l'Originale.*

*Notes explicatives, questionnaires, bilans,
documents et parcours thématique*

*établis par
Marie-Hélène ROBINOT-BICHET,
professeur certifié de Lettres modernes.*

Classiques Hachette

© **Hachette Livre, 2007,** 58 rue Jean Bleuzen, CS 7007, 92178 Vanvex Cedex

ISBN : 978-2-01-169573-4

www.hachette-education.com

SOMMAIRE

Les mots suivis d'une puce ronde (•) renvoient au lexique du roman, p. 346 ; ceux suivis d'un astérisque (*) renvoient au lexique stylistique, p. 350.

Honoré de Balzac.

26 janvier 1835 : après quatre mois de labeur, Balzac, âgé de trente-six ans, achève la rédaction du Père Goriot... *et commence une aventure par laquelle il sera absorbé jusqu'au terme de son existence, celle de* La Comédie Humaine. *On dit même qu'au moment de mourir, il appela Horace Bianchon, l'étudiant en médecine du* Père Goriot, *le médecin miracle de* La Comédie humaine.
En 1831, le foudroyant succès de La Peau de Chagrin *a consacré aux yeux du public ses qualités littéraires. Mais ses confrères l'accablent toujours de leur dédain, lui reprochant – lui jalousant ? – la composition essentiellement féminine de son public et sa facilité à écrire, à la hâte, articles politiques et littéraires. Mais Balzac poursuit son idee : faire du roman une histoire des mœurs pour lui donner une place honorable dans la littérature. Vers 1833, il trouve l'idée qui va lui permettre de mener à bien la tâche qu'il s'est assignée : édifier un vaste ensemble romanesque dont l'unité sera assurée par le principe du retour des personnages. C'est avec* Le Père Goriot *qu'il appliquera pour la première fois la formule. Outre Rastignac, déjà rencontré en homme mûr dans* La Peau de Chagrin, *le lecteur croise plus de quarante personnages de* La Comédie humaine, *nom que Balzac adoptera pour l'ensemble de son œuvre en 1842. Rastignac reparaît plus de vingt fois dans l'œuvre de Balzac, constituant le pivot de* La Comédie humaine. *Œuvre charnière,* Le Père Goriot *clôt les années d'apprentissage et fait part au public, et aux critiques, de l'entrée irrévocable de Balzac en littérature. Celui qui signe désormais Honoré de Balzac devient un auteur célèbre et reconnu, membre très en vue de la vie littéraire parisienne.*

LA COMÉDIE HUMAINE
(Œuvres principales - Plan de 1845)

ÉTUDES DE MŒURS						ÉTUDES PHILOSOPHIQUES	ÉTUDES ANALYTIQUES
Scènes de la vie privée	Scènes de la vie de province	Scènes de la vie parisienne	Scènes de la vie politique	Scènes de la vie militaire	Scènes de la vie de campagne		
Gobseck* (1830) La Maison du Chat-qui-pelote* (1830) Le Bal de Sceaux* (1830) Étude de femme* (1830) La Femme de trente ans* (1831-1833) Le Colonel Chabert* (1832) La Femme abandonnée* (1832) Le Père Goriot (1834-1835) Béatrix* (1839) La Fausse Maîtresse* (1841) Mémoires de deux jeunes mariées* (1842) Albert Savarus* (1842) Un début dans la vie* (1842) Modeste Mignon* (1844)	Le Curé de Tours (1832) Eugénie Grandet (1833) L'Illustre Gaudissart (1833) Le Lys dans la vallée* (1835) Le Cabinet des antiques* (1836-1839) Illusions perdues* (1837-1843) Ursule Mirouet* (1841) La Rabouilleuse* (1842)	Sarrasine* (1831) Ferragus* (1834) La Duchesse de Langeais* (1834) La Fille aux yeux d'or* (1835) Facino Cane (1836) César Birotteau (1837) La Maison Nucingen* (1838) Le Secret de la princesse de Cadignan* (1839) Splendeurs et Misères des courtisanes* (1839-1847) L'Envers de l'histoire contemporaine (1842-1843) Les Comédiens sans le savoir* (1845) La Cousine Bette* (1846) Le Cousin Pons* (1847)	Un épisode sous la Terreur (1830) Z. Marcas (1840) Une ténébreuse affaire* (1841) Le Député d'Arcis* (1847)	Les Chouans (1829) Une passion dans le désert (1830)	Le Médecin de campagne (1833) Le Curé de village* (1838-1839) Les Paysans* (1844-1847)	L'Élixir de longue vie (1830) La Peau de chagrin* (1831) Le Chef-d'œuvre inconnu (1831) Louis Lambert (1832) La Recherche de l'absolu (1834) Séraphita (1835) Melmoth réconcilié* (1835) L'Enfant maudit (1836)	La Physiologie du mariage (1829) Petites Misères de la vie conjugale (1845)

Plus de 2000 personnages qui, selon le procédé du retour des personnages, appliqué à partir du *Père Goriot*, réapparaissent dans 91 œuvres.
Les œuvres suivies d'un * sont celles dans lesquelles le lecteur retrouve un personnage présent dans *Le Père Goriot*.

Lors de sa parution, Le Père Goriot divise l'opinion. D'un côté le public, séduit par les talents d'observateur, l'imagination brillante et la verve de Balzac, lui réserve un grand succès. De l'autre, les critiques lui reprochent son côté caricatural, son immoralité ou encore son absence de composition. Peu à peu, pourtant, les ennemis les plus acharnés se laissent séduire. La force et l'originalité novatrices du Père Goriot s'imposent.

Première pierre d'un édifice colossal, qui se veut peinture des mutations de la société du début du XIXe siècle, Le Père Goriot occupe une place privilégiée et déterminante dans La Comédie humaine. Il se présente comme une porte d'accès à l'œuvre balzacienne, un fil conducteur à travers les quelque deux mille personnages créés.

Le Père Goriot occupe aussi une place déterminante dans la littérature. Eugène de Rastignac, symbole de l'arriviste, est devenu le parangon des héros de romans d'apprentissage, jeunes ambitieux désireux de conquérir la gloire et le pouvoir. « Rappelle-toi Rastignac ! » lance Deslauriers à son ami Frédéric Moreau, héros de L'Éducation sentimentale (1869) de Flaubert.

Dans Les Misérables (1862), Victor Hugo associe, dans le personnage de Jean Valjean, les sentiments paternels du Père Goriot aux idées du forçat Vautrin. Zola, dans Les Rougon-Macquart (1871-1893), s'intéresse, à travers « l'histoire naturelle et sociale d'une famille sous le Second Empire », aux bouleversements de la société française de la deuxième moitié du XIXe siècle.

Immédiat en France, le succès du Père Goriot le fut aussi à l'étranger : dès 1835, des traductions russe, allemande et italienne le rendaient célèbre hors des frontières.

Aujourd'hui, Le Père Goriot, parce qu'il contient tous les mythes types du roman balzacien, est considéré comme le chef-d'œuvre de Balzac.

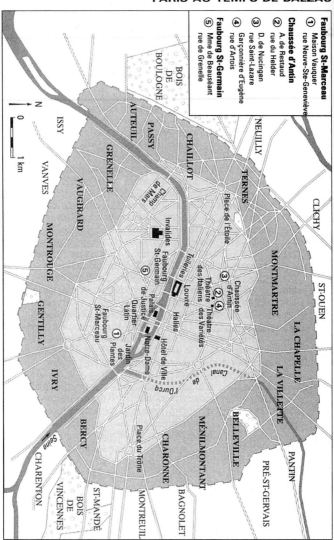

PARIS AU TEMPS DE BALZAC

Faubourg St-Marceau
① Maison Vauquer
rue Neuve-Ste-Geneviève

Chaussée d'Antin
② A. de Restaud
rue du Helder
③ D. de Nucingen
rue Saint-Lazare
④ Garçonnière d'Eugène
rue d'Artois

Faubourg St-Germain
⑤ Mme de Beauséant
rue de Grenelle

LE
PÈRE GORIOT

HISTOIRE PARISIENNE

PUBLIÉE

PAR M. DE BALZAC.

All is true.
SHAKSPEARE.

—

𝔓𝔯𝔢𝔪𝔦𝔢𝔯 𝔙𝔬𝔩𝔲𝔪𝔢.

—

PARIS.
LIBRAIRIE DE WERDET,
49, rue de Seine-St-Germain;

SPACHMANN, ÉDITEUR,
24, rue Coquenard.

1855.

AU GRAND ET ILLUSTRE GEOFFROY SAINT-HILAIRE [1]

Comme un témoignage d'admiration de ses travaux
et de son génie.
De Balzac.

Le père Goriot. Gravure du XIXᵉ siècle.

---

1. *Geoffroy-Saint-Hilaire* : naturaliste français (1772-1844) qui a étudié l'effet de l'environnement sur l'espèce animale. Balzac veut montrer que l'homme, lui aussi, s'adapte aux « *milieux où il est appelé à se développer* ». (Avant-Propos de *La Comédie humaine*, 1842).

10

PREMIÈRE PARTIE

UNE PENSION BOURGEOISE

MADAME VAUQUER, née de Conflans, est une vieille femme qui, depuis quarante ans, tient à Paris une pension bourgeoise établie rue Neuve-Sainte-Geneviève•, entre le Quartier latin• et le faubourg Saint-Marceau•. Cette pension, connue
5 sous le nom de la Maison Vauquer, admet également des hommes et des femmes, des jeunes gens et des vieillards, sans que jamais la médisance ait attaqué les mœurs de ce respectable établissement. Mais aussi depuis trente ans ne s'y était-il jamais vu de jeune personne, et pour qu'un jeune
10 homme y demeure, sa famille doit-elle lui faire une bien maigre pension. Néanmoins, en 1819, époque à laquelle ce drame commence, il s'y trouvait une pauvre jeune fille. En quelque discrédit que soit tombé le mot drame par la manière abusive et tortionnaire dont il a été prodigué dans
15 ces temps de douloureuse littérature, il est nécessaire de l'employer ici : non que cette histoire soit dramatique dans le sens vrai du mot ; mais, l'œuvre accomplie, peut-être aura-t-on versé quelques larmes *intra muros et extra*[1]. Sera-t-elle comprise au-delà de Paris ? le doute est permis. Les
20 particularités de cette scène pleine d'observations et de couleurs locales ne peuvent être appréciées qu'entre les buttes de Montmartre et les hauteurs de Montrouge, dans cette illustre vallée de plâtras incessamment près de tomber et de ruisseaux noirs de boue ; vallée remplie de souffrances
25 réelles, de joies souvent fausses, et si terriblement agitée qu'il faut je ne sais quoi d'exorbitant pour y produire une sensation de quelque durée. Cependant il s'y rencontre çà et là des douleurs que l'agglomération des vices et des vertus rend grandes et solennelles : à leur aspect, les égoïsmes, les
30 intérêts, s'arrêtent et s'apitoient ; mais l'impression qu'ils en reçoivent est comme un fruit savoureux promptement dévoré. Le char de la civilisation, semblable à celui de l'idole

---

1. *intra muros et extra* : à l'intérieur des murs (de Paris) et à l'extérieur.

de Jaggernat[1], à peine retardé par un cœur moins facile à broyer que les autres et qui enraye sa roue, l'a brisé bientôt
35 et continue sa marche glorieuse. Ainsi ferez-vous, vous qui tenez ce livre d'une main blanche, vous qui vous enfoncez dans un moelleux fauteuil en vous disant : Peut-être ceci va-t-il m'amuser. Après avoir lu les secrètes infortunes du père Goriot, vous dînerez avec appétit en mettant votre
40 insensibilité sur le compte de l'auteur, en le taxant d'exagération, en l'accusant de poésie. Ah! sachez-le : ce drame n'est ni une fiction, ni un roman. *All is true*[2], il est si véritable, que chacun peut en reconnaître les éléments chez soi, dans son cœur peut-être.

45   La maison où s'exploite la pension bourgeoise appartient à madame Vauquer. Elle est située dans le bas de la rue Neuve-Sainte-Geneviève•, à l'endroit où le terrain s'abaisse vers la rue de l'Arbalète par une pente si brusque et si rude que les chevaux la montent ou la descendent rarement.
50 Cette circonstance est favorable au silence qui règne dans ces rues serrées entre le dôme du Val-de-Grâce et le dôme du Panthéon, deux monuments qui changent les conditions de l'atmosphère en y jetant des tons jaunes, en y assombrissant tout par les teintes sévères que projettent leurs cou-
55 poles. Là, les pavés sont secs, les ruisseaux n'ont ni boue ni eau, l'herbe croît le long des murs. L'homme le plus insouciant s'y attriste comme tous les passants, le bruit d'une voiture y devient un événement, les maisons y sont mornes, les murailles y sentent la prison. Un Parisien égaré ne verrait
60 là que des pensions bourgeoises ou des Institutions, de la misère ou de l'ennui, de la vieillesse qui meurt, de la joyeuse jeunesse contrainte à travailler. Nul quartier de Paris n'est plus horrible, ni, disons-le, plus inconnu. La rue Neuve-Sainte-Geneviève surtout est comme un cadre de bronze, le
65 seul qui convienne à ce récit, auquel on ne saurait trop préparer l'intelligence par des couleurs brunes, par des idées graves ; ainsi que, de marche en marche, le jour diminue et le chant du conducteur se creuse, alors que le voyageur descend aux Catacombes[3]. Comparaison vraie ! Qui décidera

---

1. *l'idole de Jaggernat* : la statue du dieu Vishnu. Celle-ci était promenée sur un char sous les roues duquel les fidèles se jetaient par piété.
2. *All is true* : tout est vrai. Formule empruntée à Shakespeare.
3. *Catacombes* : lieux souterrains où se réunissaient les premiers chrétiens et où ils enterraient leurs morts.

70 de ce qui est plus horrible à voir, ou des cœurs desséchés, ou des crânes vides ?

La façade de la pension donne sur un jardinet, en sorte que la maison tombe à angle droit sur la rue Neuve-Sainte-Gene-viève, où vous la voyez coupée dans sa profondeur. Le long de
75 cette façade, entre la maison et le jardinet, règne un cailloutis [1] en cuvette, large d'une toise [2], devant lequel est une allée sablée, bordée de géraniums, de lauriers-roses et de grena-diers plantés dans de grands vases en faïence bleue et blanche. On entre dans cette allée par une porte bâtarde•, surmontée
80 d'un écriteau sur lequel est écrit : MAISON VAUQUER, et des-sous : *Pension bourgeoise des deux sexes et autres.* Pendant le jour, une porte à claire-voie, armée d'une sonnette criarde, laisse apercevoir au bout du petit pavé, sur le mur opposé à la rue, une arcade peinte en marbre vert par un artiste du
85 quartier. Sous le renfoncement que simule cette peinture, s'élève une statue représentant l'Amour. À voir le vernis écaillé qui la couvre, les amateurs de symboles y découvri-raient peut-être un mythe de l'amour parisien qu'on guérit à quelques pas de là [3]. Sous le socle, cette inscription à demi
90 effacée rappelle le temps auquel remonte cet ornement par l'enthousiasme dont il témoigne pour Voltaire, rentré dans Paris en 1777 [4] :

> Qui que tu sois, voici ton maître :
> Il l'est, le fut, ou le doit être.

95 À la nuit tombante, la porte à claire-voie est remplacée par une porte pleine. Le jardinet, aussi large que la façade est longue, se trouve encaissé par le mur de la rue et par le mur mitoyen de la maison voisine, le long de laquelle pend un manteau de lierre qui la cache entière-
100 ment, et attire les yeux des passants par un effet pit-toresque dans Paris. Chacun de ces murs est tapissé d'espa-liers et de vignes dont les fructifications grêles et poudreuses sont l'objet des craintes annuelles de madame Vauquer et de ses conversations avec les pen-

---

1. *cailloutis* : surface recouverte de cailloux.
2. *toise* : ancienne unité de mesure ; environ 1,950 m.
3. *à quelques pas de là* : à l'hôpital des Capucins ou des Vénériens, faubourg Saint-Jacques.
4. *rentré dans Paris en 1777* : Voltaire ne regagne Paris que le 10 février 1778.

105 sionnaires. Le long de chaque muraille, règne une étroite
allée qui mène à un couvert de tilleuls, mot que madame
Vauquer, quoique née de Conflans, prononce obstiné-
ment *tieuilles*, malgré les observations grammaticales de
ses hôtes. Entre les deux allées latérales est un carré d'ar-
110 tichauts flanqué d'arbres fruitiers en quenouille, et bordé
d'oseille, de laitue ou de persil. Sous le couvert de tilleuls
est plantée une table ronde peinte en vert, et entourée de
sièges. Là, durant les jours caniculaires, les convives
assez riches pour se permettre de prendre du café,
115 viennent le savourer par une chaleur capable de faire
éclore des œufs. La façade, élevée de trois étages et surmontée de mansardes, est bâtie en moellons et badigeonnée avec cette couleur jaune qui donne un caractère
ignoble à presque toutes les maisons de Paris. Les cinq
120 croisées° percées à chaque étage ont de petits carreaux et
sont garnies de jalousies[1] dont aucune n'est relevée de la
même manière, en sorte que toutes leurs lignes jurent
entre elles. La profondeur de cette maison comporte
deux croisées° qui, au rez-de-chaussée, ont pour orne-
125 ment des barreaux en fer, grillagés. Derrière le bâtiment
est une cour large d'environ vingt pieds[2], où vivent en
bonne intelligence des cochons, des poules, des lapins, et
au fond de laquelle s'élève un hangar à serrer° le bois.
Entre ce hangar et la fenêtre de la cuisine se suspend le
130 garde-manger, au-dessous duquel tombent les eaux
grasses de l'évier. Cette cour a sur la rue Neuve-Sainte-
Geneviève° une porte étroite par où la cuisinière chasse
les ordures de la maison en nettoyant cette sentine[3] à
grand renfort d'eau, sous peine de pestilence.
135   Naturellement destiné à l'exploitation de la pension
bourgeoise, le rez-de-chaussée se compose d'une première pièce éclairée par les deux croisées de la rue, et où
l'on entre par une porte-fenêtre. Ce salon communique à

---

1. *jalousies* : stores formés de minces planchettes assemblées parallèlement ; on les
lève ou on les baisse à volonté.
2. *vingt pieds* : environ 6,60 m.
3. *sentine* : « la partie la plus basse de l'intérieur d'un navire où les eaux s'amassent
et croupissent. » (Littré)

une salle à manger qui est séparée de la cuisine par la
140 cage d'un escalier dont les marches sont en bois et en
carreaux mis en couleur et frottés. Rien n'est plus triste à
voir que ce salon meublé de fauteuils et de chaises en
étoffe de crin à raies alternativement mates et luisantes.
Au milieu se trouve une table ronde à dessus de marbre
145 Sainte-Anne[1] décorée de ce cabaret[2] en porcelaine
blanche ornée de filets d'or effacés à demi, que l'on rencontre partout aujourd'hui. Cette pièce, assez mal plan-
chéiée, est lambrissée[3] à hauteur d'appui. Le surplus des
parois est tendu d'un papier verni représentant les prin-
150 cipales scènes de *Télémaque*[4], et dont les classiques personnages sont coloriés. Le panneau d'entre les croisées
grillagées offre aux pensionnaires le tableau du festin
donné au fils d'Ulysse par Calypso[5].
Depuis quarante ans cette peinture excite les plaisante-
155 ries des jeunes pensionnaires, qui se croient supérieurs à
leur position en se moquant du dîner auquel la misère
les condamne. La cheminée en pierre, dont le foyer
toujours propre atteste qu'il ne s'y fait de feu que dans
les grandes occasions, est ornée de deux vases pleins
160 de fleurs artificielles, vieillies et encagées[6], qui
accompagnent une pendule en marbre bleuâtre du plus
mauvais goût. Cette première pièce exhale une odeur
sans nom dans la langue, et qu'il faudrait appeler l'*odeur
de pension*. Elle sent le renfermé, le moisi, le rance ; elle
165 donne froid, elle est humide au nez, elle pénètre les vêtements ; elle a le goût d'une salle où l'on a dîné ; elle pue
le service, l'office, l'hospice. Peut-être pourrait-elle se
décrire si l'on inventait un procédé pour évaluer les
quantités élémentaires et nauséabondes qu'y jettent les

---

1. *marbre Saint-Anne* : « marbre de Belgique, d'un gris mélangé de blanc. » (Littré)
2. *cabaret* : service à thé ou à café.
3. *lambrissée* : garnie de boiseries.
4. *Télémaque* : fils d'Ulysse et de Pénélope. Sur le papier peint du salon sont repré-
sentées les principales scènes des *Aventures de Télémaque*, écrites en 1699 par Fénelon
pour le duc de Bourgogne, petit-fils de Louis XIV.
5. *Calypso* : nymphe qui retint Ulysse prisonnier pendant sept ans dans son île ;
Télémaque, au début des *Aventures*, séjourne lui aussi chez elle.
6. *encagées* : placées sous un globe de verre.

170 atmosphères catarrhales et *sui generis*[1] de chaque pensionnaire, jeune ou vieux. Eh! bien, malgré ces plates
horreurs, si vous la compariez à la salle à manger, qui lui
est contiguë, vous trouveriez ce salon élégant et parfumé
comme doit l'être un boudoir•. Cette salle, entièrement
175 boisée, fut jadis peinte en une couleur indistincte aujour-
d'hui, qui forme un fond sur lequel la crasse a imprimé
ses couches de manière à y dessiner des figures bizarres.
Elle est plaquée de buffets gluants sur lesquels sont des
carafes échancrées, ternies, des ronds de moiré métal-
180 lique, des piles d'assiettes en porcelaine épaisse, à bords
bleus, fabriquées à Tournai. Dans un angle est placée une
boîte à cases numérotées qui sert à garder les serviettes,
ou tachées ou vineuses, de chaque pensionnaire. Il s'y
rencontre de ces meubles indestructibles, proscrits par-
185 tout, mais placés là comme le sont les débris de la civilisation aux Incurables•. Vous y verriez un baromètre à
capucin qui sort quand il pleut, des gravures exécrables
qui ôtent l'appétit, toutes encadrées en bois noir verni à
filets dorés; un cartel[2] en écaille incrustée de cuivre; un
190 poêle vert, des quinquets d'Argand[3] où la poussière se
combine avec l'huile, une longue table couverte en toile
cirée assez grasse pour qu'un facétieux externe y écrive
son nom en se servant de son doigt comme de style, des
chaises estropiées, de petits paillassons piteux en sparte-
195 rie[4] qui se déroule toujours sans se perdre jamais, puis
des chaufferettes[5] misérables à trous cassés, à charnières
défaites, dont le bois se carbonise. Pour expliquer
combien ce mobilier est vieux, crevassé, pourri, tremblant, rongé, manchot, borgne, invalide, expirant, il fau-
200 drait en faire une description qui retarderait trop l'intérêt
de cette histoire, et que les gens pressés ne pardonne-
raient pas. Le carreau rouge est plein de vallées produites
par le frottement ou par les mises en couleur. Enfin, là

---

1. *sui generis* : « de son espèce »; ici, odeur propre à chaque pensionnaire.
2. *cartel* : pendule murale.
3. *quinquets d'Argand* : lampes à huile.
4. *en sparterie* : en paille tressée.
5. *chaufferettes* : «sortes de boîtes à couvercle percé de trous, dans lesquelles on met du feu pour se chauffer les pieds. » (Littré)

règne la misère sans poésie; une misère économe,
205 concentrée, râpée. Si elle n'a pas de fange encore, elle a
des taches; si elle n'a ni trous ni haillons, elle va tomber
en pourriture.

Cette pièce est dans tout son lustre au moment où,
vers sept heures du matin, le chat de madame Vauquer
210 précède sa maîtresse; saute sur les buffets, y flaire le lait
que contiennent plusieurs jattes couvertes d'assiettes, et
fait entendre son *roaroa* matinal. Bientôt la veuve se
montre, attifée de son bonnet de tulle sous lequel
pend un tour de faux cheveux mal mis, elle marche en
215 traînassant ses pantoufles grimacées[1]. Sa face vieillotte,
grassouillette, du milieu de laquelle sort un nez à bec de
perroquet, ses petites mains potelées, sa personne dodue
comme un rat d'église, son corsage trop plein et qui
flotte, sont en harmonie avec cette salle où suinte le mal-
220 heur, où s'est blottie la spéculation*, et dont madame
Vauquer respire l'air chaudement fétide sans en être
écœurée. Sa figure fraîche comme une première gelée
d'automne, ses yeux ridés, dont l'expression passe du
sourire prescrit aux danseuses à l'amer renfrognement de
225 l'escompteur*, enfin toute sa personne explique la pension, comme la pension implique sa personne. Le bagne
ne va pas sans l'argousin[2], vous n'imagineriez pas l'un
sans l'autre. L'embonpoint blafard de cette petite femme
est le produit de cette vie, comme le typhus[3] est la
230 conséquence des exhalaisons d'un hôpital. Son jupon de
laine tricotée, qui dépasse sa première jupe faite avec une
vieille robe, et dont la ouate s'échappe par les fentes de
l'étoffe lézardée, résume le salon, la salle à manger, le
jardinet, annonce la cuisine et fait pressentir les pension-
235 naires. Quand elle est là, ce spectacle est complet. Âgée
d'environ cinquante ans, madame Vauquer ressemble à
toutes les *femmes qui ont eu des malheurs*. Elle a l'œil
vitreux, l'air innocent d'une entremetteuse qui va se gendarmer pour se faire payer plus cher, mais d'ailleurs

---

1. *grimacées* : usées.
2. *argousin* : surveillant chargé de la garde des forçats.
3. *typhus* : maladie infectieuse caractérisée par une fièvre élevée.

240 prête à tout pour adoucir son sort, à livrer Georges ou
Pichegru, si Georges ou Pichegru[1] étaient encore à livrer.
Néanmoins, elle est *bonne femme au fond*, disent les pensionnaires, qui la croient sans fortune en l'entendant
geindre et tousser comme eux. Qu'avait été monsieur
245 Vauquer ? Elle ne s'expliquait jamais sur le défunt. Comment avait-il perdu sa fortune ? Dans les malheurs,
répondait-elle. Il s'était mal conduit envers elle, ne lui
avait laissé que les yeux pour pleurer, cette maison pour
vivre, et le droit de ne compatir à aucune infortune,
250 parce que, disait-elle, elle avait souffert tout ce qu'il est
posible de souffrir. En entendant trottiner sa maîtresse, la
grosse Sylvie, la cuisinière, s'empressait de servir le
déjeuner des pensionnaires internes•.
    Généralement les pensionnaires externes ne s'abon-
255 naient qu'au dîner, qui coûtait trente francs par mois. À
l'époque où cette histoire commence, les internes étaient
au nombre de sept. Le premier étage contenait les deux
meilleurs appartements de la maison. Madame Vauquer
habitait le moins considérable, et l'autre appartenait à
260 madame Couture, veuve d'un Commissaire-Ordonnateur•
de la République française. Elle avait avec elle une très
jeune personne, nommée Victorine Taillefer, à qui elle
servait de mère. La pension de ces deux dames montait à
dix-huit cents francs. Les deux appartements du second
265 étaient occupés, l'un par un vieillard nommé Poiret ;
l'autre, par un homme âgé d'environ quarante ans, qui
portait une perruque noire, se teignait les favoris, se
disait ancien négociant, et s'appelait monsieur Vautrin.
Le troisième étage se composait de quatre chambres,
270 dont deux étaient louées, l'une par une vieille fille nommée mademoiselle Michonneau ; l'autre, par un ancien
fabricant de vermicelles, de pâtes d'Italie et d'amidon,
qui se laissait nommer le Père Goriot. Les deux autres
chambres étaient destinées aux oiseaux de passage, à ces
275 infortunés étudiants qui, comme le père Goriot et made-

---

1. *Georges ou Pichegru* : Georges Cadoudal, chef vendéen et Charles Pichegru, ancien
général de la Révolution, réussirent, après leur complot contre le Premier Consul en
1803 à échapper aux poursuites. Mais, livrés à la police, ils furent exécutés.

moiselle Michonneau, ne pouvaient mettre que quarante-cinq francs par mois à leur nourriture et à leur logement ; mais madame Vauquer souhaitait peu leur présence et ne les prenait que quand elle ne trouvait pas mieux : ils
280 mangeaient trop de pain. En ce moment, l'une de ces deux chambres appartenait à un jeune homme venu des environs d'Angoulême à Paris pour y faire son droit, et dont la nombreuse famille se soumettait aux plus dures privations afin de lui envoyer douze cents francs par an.
285 Eugène de Rastignac, ainsi se nommait-il, était un de ces jeunes gens façonnés au travail par le malheur, qui comprennent dès le jeune âge les espérances que leurs parents placent en eux, et qui se préparent une belle destinée en calculant déjà la portée de leurs études, et les
290 adaptant par avance au mouvement futur de la société, pour être les premiers à la pressurer. Sans ses observations curieuses et l'adresse avec laquelle il sut se produire dans les salons de Paris, ce récit n'eût pas été coloré des tons vrais qu'il devra sans doute à son esprit sagace[1] et à
295 son désir de pénétrer les mystères d'une situation épouvantable aussi soigneusement cachée par ceux qui l'avaient créée que par celui qui la subissait.

Au-dessus de ce troisième étage étaient un grenier à étendre le linge et deux mansardes où couchaient un
300 garçon de peine, nommé Christophe, et la grosse Sylvie, la cuisinière. Outre les sept pensionnaires internes*, madame Vauquer avait, bon an, mal an, huit étudiants en droit ou en médecine, et deux ou trois habitués qui demeuraient dans le quartier, abonnés tous pour le dîner
305 seulement. La salle contenait à dîner dix-huit personnes et pouvait en admettre une vingtaine ; mais le matin, il ne s'y trouvait que sept locataires dont la réunion offrait pendant le déjeuner l'aspect d'un repas de famille. Chacun descendait en pantoufles, se permettait des observa-
310 tions confidentielles sur la mise ou sur l'air des externes, et sur les événements de la soirée précédente, en s'exprimant avec la confiance de l'intimité. Ces sept pensionnaires étaient les enfants gâtés de madame Vauquer, qui

---

1. *sagace* : perspicace, avisé, clairvoyant.

leur mesurait avec une précision d'astronome les soins et
315 les égards, d'après le chiffre de leurs pensions. Une
même considération affectait ces êtres rassemblés par le
hasard. Les deux locataires du second ne payaient que
soixante-douze francs par mois. Ce bon marché, qui ne
se rencontre que dans le faubourg Saint-Marcel, entre la
320 Bourbe[1] et la Salpêtrière[2], et auquel madame Couture
faisait seule exception, annonce que ces pensionnaires
devaient être sous le poids de malheurs plus ou moins
apparents. Aussi le spectacle désolant que présentait l'intérieur de cette maison se répétait-il dans le costume de
325 ses habitués, également délabrés. Les hommes portaient
des redingotes dont la couleur était devenue problémati-
que, des chaussures comme il s'en jette au coin des
bornes dans les quartiers élégants, du linge élimé, des
vêtements qui n'avaient plus que l'âme. Les femmes
330 avaient des robes passées, reteintes, déteintes, de vieilles
dentelles raccommodées, des gants glacés par l'usage, des
collerettes toujours rousses et des fichus éraillés[3]. Si tels
étaient les habits, presque tous montraient des corps solidement charpentés, des constitutions qui avaient résisté
335 aux tempêtes de la vie, des faces froides, dures, effacées
comme celles des écus* démonétisés. Les bouches flétries
étaient armées de dents avides. Ces pensionnaires faisaient pressentir des drames accomplis ou en action ; non
pas de ces drames joués à la lueur des rampes, entre des
340 toiles peintes, mais des drames vivants et muets, des
drames glacés qui remuaient chaudement le cœur, des
drames continus.

La vieille demoiselle Michonneau gardait sur ses yeux
fatigués un crasseux abat-jour en taffetas vert, cerclé par
345 du fil d'archal[4] qui aurait effarouché l'ange de la Pitié.
Son châle à franges maigres et pleurardes semblait couvrir un squelette, tant les formes qu'il cachait étaient

---

1. *la Bourbe* : maternité située rue de la Bourbe, aujourd'hui boulevard de Port-
Royal (XIVe arrondissement).
2. *la Salpêtrière* : hospice des vieillards et des aliénés. Aujourd'hui hôpital situé
boulevard de l'Hôpital (XIIIe arrondissement).
3. *éraillés* : usés.
4. *fil d'archal* : fil de cuivre.

anguleuses. Quel acide avait dépouillé cette créature de
ses formes féminines ? elle devait avoir été jolie et bien
350 faite : était-ce le vice, le chagrin, la cupidité ? avait-elle
trop aimé, avait-elle été marchande à la toilette [1], ou seulement courtisane ? Expiait-elle les triomphes d'une jeunesse insolente au-devant de laquelle s'étaient rués les
plaisirs par une vieillesse que fuyaient les passants ? Son
355 regard blanc donnait froid, sa figure rabougrie menaçait.
Elle avait la voix clairette d'une cigale criant dans son
buisson aux approches de l'hiver. Elle disait avoir pris
soin d'un vieux monsieur affecté d'un catarrhe• à la ves-
sie, et abandonné par ses enfants, qui l'avaient cru sans
360 ressources. Ce vieillard lui avait légué mille francs de
rente• viagère, périodiquement disputés par les héritiers,
aux calomnies desquels elle était en butte. Quoique le
jeu des passions eût ravagé sa figure, il s'y trouvait
encore certains vestiges d'une blancheur et d'une finesse
365 dans le tissu qui permettaient de supposer que le corps
conservait quelques restes de beauté.

Monsieur Poiret était une espèce de mécanique. En
l'apercevant s'étendre comme une ombre grise le long
d'une allée au Jardin des Plantes, la tête couverte d'une
370 vieille casquette flasque, tenant à peine sa canne à
pomme d'ivoire jauni dans sa main, laissant flotter les
pans flétris de sa redingote qui cachait mal une culotte
presque vide, et des jambes en bas bleus qui flageolaient
comme celles d'un homme ivre, montrant son gilet blanc
375 sale et son jabot• de grosse mousseline recroquevillée qui
s'unissait imparfaitement à sa cravate cordée autour de
son cou de dindon, bien des gens se demandaient si
cette ombre chinoise appartenait à la race audacieuse des
fils de Japhet [2] qui papillonnent sur le boulevard italien [3].
380 Quel travail avait pu le ratatiner ainsi ? quelle passion
avait bistré sa face bulbeuse, qui, dessinée en caricature,

---

1. *marchande à la toilette* : femme qui achète et revend à domicile des vêtements, des
bijoux, des objets de toilette.
2. *Japhet* : ici il faut lire Japet, père de Prométhée. La race de Japet désigne tous les
hommes. Est considéré comme le père de l'humanité.
3. *boulevard italien* : rendez-vous de la jeunesse élégante et bohème.

aurait paru hors du vrai ? Ce qu'il avait été ? mais peut-
être avait-il été employé au Ministère de la Justice, dans
le bureau où les exécuteurs des hautes œuvres[1] envoient
385 leurs mémoires de frais, le compte des fournitures de
voiles noirs pour les parricides•, de son pour les paniers,
de ficelle pour les couteaux. Peut-être avait-il été rece-
veur à la porte d'un abattoir, ou sous-inspecteur de salu-
brité. Enfin, cet homme semblait avoir été l'un des
390 ânes de notre grand moulin social, l'un de ces Ratons[2]
parisiens qui ne connaissent même pas leurs Bertrands,
quelque pivot sur lequel avaient tourné les infortunes ou
les saletés publiques, enfin l'un de ces hommes dont
nous disons, en les voyant : *Il en faut pourtant comme ça*.
395 Le beau Paris ignore ces figures blêmes de souffrances
morales ou physiques. Mais Paris est un véritable océan.
Jetez-y la sonde, vous n'en connaîtrez jamais la profondeur. Parcourez-le, décrivez-le ? quelque soin que vous
mettiez à le parcourir, à le décrire ; quelque nombreux et
400 intéressés que soient les explorateurs de cette mer, il s'y
rencontrera toujours un lieu vierge, un antre inconnu,
des fleurs, des perles, des monstres, quelque chose
d'inouï, oublié par les plongeurs littéraires. La Maison
Vauquer est une de ces monstruosités curieuses.

405 Deux figures y formaient un contraste frappant avec la
masse des pensionnaires et des habitués. Quoique mademoiselle Victorine Taillefer eût une blancheur maladive
semblable à celle des jeunes filles attaquées de chlorose[3],
et qu'elle se rattachât à la souffrance générale qui faisait
410 le fond de ce tableau, par une tristesse habituelle, par
une contenance gênée, par un air pauvre et grêle•, néanmoins son visage n'était pas vieux, ses mouvements et sa
voix étaient agiles. Ce jeune malheur ressemblait à un
arbuste aux feuilles jaunies, fraîchement planté dans un
415 terrain contraire. Sa physionomie roussâtre, ses cheveux
d'un blond fauve, sa taille trop mince, exprimaient cette

---

1. *exécuteurs des hautes œuvres* : les bourreaux.
2. *Ratons, Bertrands* : allusion à la fable de La Fontaine *Le Singe et le Chat* (IX, 16).
Le Chat Raton tire les marrons du feu ; le Singe Bertrand les croque.
3. *chlorose* : anémie.

grâce que les poètes modernes trouvaient aux statuettes
du Moyen Âge. Ses yeux gris mélangés de noir exprimaient une douceur, une résignation chrétiennes. Ses
420 vêtements simples, peu coûteux, trahissaient des formes
jeunes. Elle était jolie par juxtaposition. Heureuse, elle
eût été ravissante : le bonheur est la poésie des femmes,
comme la toilette en est le fard. Si la joie d'un bal
eût reflété ses teintes rosées sur ce visage pâle ; si les
425 douceurs d'une vie élégante eussent rempli, eussent ver-
millonné ces joues déjà légèrement creusées ; si l'amour
eût ranimé ces yeux tristes, Victorine aurait pu lutter
avec les plus belles jeunes filles. Il lui manquait ce qui
crée une seconde fois la femme, les chiffons et les billets
430 doux. Son histoire eût fourni le sujet d'un livre. Son père
croyait avoir des raisons pour ne pas la reconnaître, refu-
sait de la garder près de lui, ne lui accordait que six
cents francs par an, et avait dénaturé sa fortune, afin de
pouvoir la transmettre en entier à son fils. Parente éloi-
435 gnée de la mère de Victorine, qui jadis était venue mourir de désespoir chez elle, madame Couture prenait soin
de l'orpheline comme de son enfant. Malheureusement la
veuve du Commissaire-Ordonnateur[*] des armées de la
République ne possédait rien au monde que son douaire[*]
440 et sa pension ; elle pouvait laisser un jour cette pauvre
fille, sans expérience et sans ressources, à la merci du
monde. La bonne femme menait Victorine à la messe
tous les dimanches, à confesse tous les quinze jours, afin
d'en faire à tout hasard une fille pieuse. Elle avait raison.
445 Les sentiments religieux offraient un avenir à cet enfant
désavoué, qui aimait son père, qui tous les ans s'ache-
minait chez lui pour y apporter le pardon de sa mère ;
mais qui, tous les ans, se cognait contre la porte
de la maison paternelle, inexorablement fermée. Son frère,
450 son unique médiateur, n'était pas venu la voir une seule
fois en quatre ans, et ne lui envoyait aucun secours. Elle
suppliait Dieu de dessiller[1] les yeux de son père, d'attendrir le cœur de son frère, et priait pour eux sans les
accuser. Madame Couture et madame Vauquer ne trou-

---

1. *dessiller* : ouvrir.

455 vaient pas assez de mots dans le dictionnaire des injures
pour qualifier cette conduite barbare. Quand elles mau-
dissaient ce millionnaire infâme, Victorine faisait entendre
de douces paroles, semblables au chant du ramier[1] blessé,
dont le cri de douleur exprime encore l'amour.

460 Eugène de Rastignac avait un visage tout méridional, le
teint blanc, des cheveux noirs, des yeux bleus. Sa tournure, ses manières, sa pose habituelle dénotaient le fils
d'une famille noble, où l'éducation première n'avait
comporté que des traditions de bon goût. S'il était ména-
465 ger[2] de ses habits, si les jours ordinaires il achevait
d'user les vêtements de l'an passé, néanmoins il pouvait
sortir quelquefois mis comme l'est un jeune homme élégant. Ordinairement il portait une vieille redingote, un
mauvais gilet, la méchante cravate noire, flétrie, mal
470 nouée de l'Étudiant, un pantalon à l'avenant et des bottes
ressemelées.

Entre ces deux personnages et les autres, Vautrin,
l'homme de quarante ans, à favoris peints, servait de
transition. Il était un de ces gens dont le peuple dit :
475 Voilà un fameux gaillard ! Il avait les épaules larges, le
buste bien développé, les muscles apparents, des mains
épaisses, carrées et fortement marquées aux phalanges
par des bouquets de poils touffus et d'un roux ardent. Sa
figure, rayée par des rides prématurées, offrait des signes
480 de dureté que démentaient ses manières souples et
liantes. Sa voix de basse-taille[3], en harmonie avec sa
grosse gaieté, ne déplaisait point. Il était obligeant et
rieur. Si quelque serrure allait mal, il l'avait bientôt
démontée, rafistolée*, huilée, limée, remontée, en disant :
485 ça me connaît. Il connaissait tout d'ailleurs, les vaisseaux,
la mer, la France, l'étranger, les affaires, les hommes, les
événements, les lois, les hôtels et les prisons. Si quelqu'un se plaignait par trop, il lui offrait aussitôt ses services. Il avait prêté plusieurs fois de l'argent à madame
490 Vauquer et à quelques pensionnaires ; mais ses obligés

---

1. *ramier* : pigeon.
2. *ménager* : économe.
3. *voix de basse-taille* : voix forte.

seraient morts plutôt que de ne pas le lui rendre, tant, malgré son air bonhomme, il imprimait de crainte par un certain regard profond et plein de résolution. À la manière dont il lançait un jet de salive, il annonçait un
495 sang-froid imperturbable qui ne devait pas le faire reculer devant un crime pour sortir d'une position équivoque. Comme un juge sévère, son œil semblait aller au fond de toutes les questions, de toutes les consciences, de tous les sentiments. Ses mœurs consistaient à sortir
500 après le déjeuner, à revenir pour dîner, à décamper pour toute la soirée, et à rentrer vers minuit, à l'aide d'un passe-partout que lui avait confié madame Vauquer. Lui seul jouissait de cette faveur. Mais aussi était-il au mieux avec la veuve, qu'il appelait maman en la saisissant par la
505 taille, flatterie peu comprise ! La bonne femme croyait la chose encore facile, tandis que Vautrin seul avait les bras assez longs pour presser cette pesante circonférence. Un trait de son caractère était de payer généreusement quinze francs par mois pour le *gloria*• qu'il prenait au
510 dessert. Des gens moins superficiels que ne l'étaient ces jeunes gens emportés par les tourbillons de la vie parisienne, ou ces vieillards indifférents à ce qui ne les touchait pas directement, ne se seraient pas arrêtés à l'impression douteuse que leur causait Vautrin. Il savait ou
515 devinait les affaires de ceux qui l'entouraient, tandis que nul ne pouvait pénétrer ni ses pensées ni ses occupations. Quoiqu'il eût jeté son apparente bonhomie, sa constante complaisance et sa gaieté comme une barrière entre les autres et lui, souvent il laissait percer l'épouvan-
520 table profondeur de son caractère. Souvent une boutade digne de Juvénal•, et par laquelle il semblait se complaire à bafouer les lois, à fouetter la haute société, à la convaincre d'inconséquence avec elle-même, devait faire supposer qu'il gardait rancune à l'état social, et qu'il y
525 avait au fond de sa vie un mystère soigneusement enfoui.
    Attirée, peut-être à son insu, par la force de l'un ou par la beauté de l'autre, mademoiselle Taillefer partageait ses regards furtifs, ses pensées secrètes, entre ce quadragénaire et le jeune étudiant ; mais aucun d'eux ne parais-
530 sait songer à elle, quoique d'un jour à l'autre le hasard pût changer sa position et la rendre un riche parti. D'ail-

leurs aucune de ces personnes ne se donnait la peine de vérifier si les malheurs allégués par l'une d'elles étaient faux ou véritables. Toutes avaient les unes pour les autres
535 une indifférence mêlée de défiance qui résultait de leurs situations respectives. Elles se savaient impuissantes à soulager leurs peines, et toutes avaient en se les contant épuisé la coupe des condoléances. Semblables à de vieux époux, elles n'avaient plus rien à se dire. Il ne restait
540 donc entre elles que les rapports d'une vie mécanique, le jeu de rouages sans huile. Toutes devaient passer droit dans la rue devant un aveugle, écouter sans émotion le récit d'une infortune, et voir dans une mort la solution d'un problème de misère qui les rendait froides à la plus
545 terrible agonie. La plus heureuse de ces âmes désolées était madame Vauquer, qui trônait dans cet hospice libre[1]. Pour elle seule ce petit jardin, que le silence et le froid, le sec et l'humide faisaient vaste comme un steppe[2], était un riant bocage. Pour elle seule cette mai-
550 son jaune et morne, qui sentait le vert-de-gris du comptoir, avait des délices. Ces cabanons lui apparte-naient. Elle nourrissait ces forçats acquis à des peines perpétuelles, en exerçant sur eux une autorité respectée. Où ces pauvres êtres auraient-ils trouvé dans Paris, au
555 prix où elle les donnait, des aliments sains, suffisants, et un appartement qu'ils étaient maîtres de rendre, sinon élégant ou commode, du moins propre et salubre? Se fût-elle permis une injustice criante, la victime l'aurait supportée sans se plaindre.
560   Une réunion semblable devait offrir et offrait en petit les éléments d'une société complète. Parmi les dix-huit convives il se rencontrait, comme dans les collèges, comme dans le monde, une pauvre créature rebutée, un souffre-douleur sur qui pleuvaient les plaisanteries. Au
565 commencement de la seconde année, cette figure devint pour Eugène de Rastignac la plus saillante de toutes celles au milieu desquelles il était condamné à vivre

---

1. *hospice libre* : pension bourgeoise.
2. *steppe* : ce nom, masculin au XIXᵉ siècle, est aujourd'hui féminin.

encore pendant deux ans. Ce *Patiras*[1] était l'ancien vermicellier, le père Goriot, sur la tête duquel un peintre
570 aurait, comme l'historien, fait tomber toute la lumière du
tableau. Par quel hasard ce mépris à demi haineux, cette
persécution mélangée de pitié, ce non-respect du malheur avaient-ils frappé le plus ancien pensionnaire? Y
avait-il donné lieu par quelques-uns de ces ridicules ou
575 de ces bizarreries que l'on pardonne moins qu'on ne pardonne des vices? Ces questions tiennent de près à bien
des injustices sociales. Peut-être est-il dans la nature
humaine de tout faire supporter à qui souffre tout par
humilité vraie, par faiblesse ou par indifférence.
580 N'aimons-nous pas tous à prouver notre force aux
dépens de quelqu'un ou de quelque chose? L'être le plus
débile, le gamin sonne à toutes les portes quand il gèle,
ou se hisse pour écrire son nom sur un monument
vierge.
585   Le père Goriot, vieillard de soixante-neuf ans environ,
s'était retiré chez madame Vauquer, en 1813, après avoir
quitté les affaires. Il y avait d'abord pris l'appartement
occupé par madame Couture, et donnait alors douze
cents francs de pension, en homme pour qui cinq louis•
590 de plus ou de moins étaient une bagatelle. Madame
Vauquer avait rafraîchi les trois chambres de cet appartement moyennant une indemnité préalable qui paya,
dit-on, la valeur d'un méchant ameublement composé de
rideaux en calicot• jaune, de fauteuils en bois verni cou-
595 verts en velours d'Utrecht, de quelques peintures à la
colle, et de papiers que refusaient les cabarets de la ban-
lieue. Peut-être l'insouciante générosité que mit à se laisser attraper le père Goriot, qui vers cette époque était
respectueusement nommé monsieur Goriot, le fit-elle
600 considérer comme un imbécile qui ne connaissait rien
aux affaires. Goriot vint muni d'une garde-robe bien
fournie, le trousseau magnifique du négociant qui ne se
refuse rien en se retirant du commerce. Madame Vauquer

---

1. *Patiras* : «Popul. Homme, enfant ou animal servant de jouet; souffre-douleur.»
(Littré)

avait admiré dix-huit chemises de demi-hollande[1], dont
605 la finesse était d'autant plus remarquable que le vermicellier portait sur son jabot• dormant deux épingles unies
par une chaînette, et dont chacune était montée d'un
gros diamant. Habituellement vêtu d'un habit bleu-bar-
beau•, il prenait chaque jour un gilet de piqué blanc,
610 sous lequel fluctuait son ventre piriforme[2] et proé-
minent, qui faisait rebondir une lourde chaîne d'or garnie de breloques. Sa tabatière, également en or, contenait
un médaillon plein de cheveux qui le rendaient en apparence coupable de quelques bonnes fortunes. Lorsque
615 son hôtesse l'accusa d'être un galantin•, il laissa errer sur
ses lèvres le gai sourire du bourgeois dont on a flatté le
dada. Ses *ormoires* (il prononçait ce mot à la manière du
menu peuple) furent remplies par la nombreuse argenterie de son ménage. Les yeux de la veuve s'allumèrent
620 quand elle l'aida complaisamment à déballer et ranger les
louches, les cuillers à ragoût, les couverts, les huiliers, les
saucières, plusieurs plats, des déjeuners en vermeil•,
enfin des pièces plus ou moins belles, pesant un certain
nombre de marcs[3], et dont il ne voulait pas se défaire.
625 Ces cadeaux lui rappelaient les solennités de sa vie
domestique. « Ceci, dit-il à madame Vauquer en serrant
un plat et une petite écuelle dont le couvercle représentait deux tourterelles qui se becquetaient, est le premier
présent que m'a fait ma femme, le jour de notre anniver-
630 saire. Pauvre bonne ! elle y avait consacré ses économies
de demoiselle. Voyez-vous, madame ? j'aimerais mieux
gratter la terre avec mes ongles que de me séparer de
cela. Dieu merci ! je pourrai prendre dans cette écuelle
mon café tous les matins durant le reste de mes jours. Je
635 ne suis pas à plaindre, j'ai sur la planche du pain de cuit
pour longtemps. » Enfin, madame Vauquer avait bien vu,
de son œil de pie, quelques inscriptions sur le Grand-
Livre qui, vaguement additionnées, pouvaient faire à cet
excellent Goriot un revenu d'environ huit à dix mille

---

1. *demi-hollande* : toile fine.
2. *piriforme* : en forme de poire.
3. *marcs* : ancienne unité de poids ; un marc vaut environ une demi-livre.

640 francs. Dès ce jour, madame Vauquer, née de Conflans, qui avait alors quarante-huit ans effectifs et n'en acceptait que trente-neuf, eut des idées. Quoique le larmier[1] des yeux de Goriot fût retourné, gonflé, pendant, ce qui l'obligeait à les essuyer assez fréquemment, elle lui
645 trouva l'air agréable et comme il faut. D'ailleurs son mollet charnu, saillant, pronostiquait, autant que son long nez carré, des qualités morales auxquelles paraissait tenir la veuve, et que confirmait la face lunaire et naïvement niaise du bonhomme. Ce devait être une bête solidement
650 bâtie, capable de dépenser tout son esprit en sentiment. Ses cheveux en ailes de pigeon, que le coiffeur de l'école Polytechnique vint lui poudrer tous les matins, dessinaient cinq pointes sur son front bas, et décoraient bien sa figure. Quoique un peu rustaud, il était si bien tiré à
655 quatre épingles, il prenait si richement son tabac, il le humait en homme si sûr de toujours avoir sa tabatière pleine de macouba[2], que le jour où monsieur Goriot s'installa chez elle, madame Vauquer se coucha le soir en rôtissant, comme une perdrix dans sa barde, au feu du
660 désir qui la saisit de quitter le suaire[3] du Vauquer pour renaître en Goriot. Se marier, vendre sa pension, donner le bras à cette fine fleur de bourgeoisie, devenir une dame notable dans le quartier, y quêter pour les indigents, faire de petites parties le dimanche à Choisy,
665 Soissy, Gentilly[4]; aller au spectacle à sa guise, en loge, sans attendre les billets d'auteur que lui donnaient quelques-uns de ses pensionnaires, au mois de juillet; elle rêva tout l'Eldorado[5] des petits ménages parisiens. Elle n'avait avoué à personne qu'elle possédait quarante mille
670 francs amassés sou à sou. Certes elle se croyait, sous le rapport de la fortune, un parti sortable. « Quant au reste, je vaux bien le bonhomme ! » se dit-elle en se retournant dans son lit, comme pour s'attester à elle-même des

---

1. *larmier* : angle de l'œil situé près du nez.
2. *macouba* : tabac de la Martinique.
3. *suaire* : drap dans lequel on enterre un mort.
4. *Choisy, Soissy, Gentilly* : villages aux environs de Paris.
5. *Eldorado* : pays mythique regorgeant d'or.

charmes que la grosse Sylvie trouvait chaque matin mou-
675 lés en creux. Dès ce jour, pendant environ trois mois, la
veuve Vauquer profita du coiffeur de monsieur Goriot, et
fit quelques frais de toilette, excusés par la nécessité de
donner à sa maison un certain décorum en harmonie avec
les personnes honorables qui la fréquentaient. Elle s'intri-
680 gua[1] beaucoup pour changer le personnel de ses pensionnaires, en affichant la prétention de n'accepter désormais
que les gens les plus distingués sous tous les rapports. Un
étranger se présentait-il, elle lui vantait la préférence que
monsieur Goriot, un des négociants les plus notables et
685 les plus respectables de Paris, lui avait accordée. Elle
distribua des prospectus en tête desquels se lisait :
MAISON VAUQUER. «C'était, disait-elle, une des plus
anciennes et des plus estimées pensions bourgeoises du
pays latin[2]. Il y existait une vue des plus agréables sur la
690 vallée des Gobelins (on l'apercevait du troisième étage), et
un *joli* jardin, au bout duquel s'ÉTENDAIT une ALLÉE
de tilleuls.» Elle y parlait du bon air et de la solitude. Ce
prospectus lui amena madame la comtesse de l'Ambermesnil, femme de trente-six ans, qui attendait la fin de
695 la liquidation et le règlement d'une pension qui lui était
due, en qualité de veuve d'un général mort sur les champs
de bataille. Madame Vauquer soigna sa table, fit du feu
dans les salons pendant près de six mois, et tint si bien
les promesses de son prospectus, qu'*elle y mit du sien*[3].
700 Aussi la comtesse disait-elle à madame Vauquer, en l'appelant *chère amie*, qu'elle lui procurerait la baronne de
Vaumerland et la veuve du colonel comte Picquoiseau,
deux de ses amies, qui achevaient au Marais leur terme
dans une pension plus coûteuse que ne l'était la Maison
705 Vauquer. Ces dames seraient d'ailleurs fort à leur aise
quand les Bureaux de la Guerre auraient fini leur travail.
«Mais, disait-elle, les Bureaux ne terminent rien.» Les
deux veuves montaient ensemble après le dîner dans la
chambre de madame Vauquer, et y faisaient de petites

---

1. *s'intrigua* : se donna du mal.
2. *pays latin* : Quartier latin.
3. *qu'elle y mit du sien* : qu'elle consentit quelques sacrifices financiers.

710 causettes en buvant du cassis et mangeant des friandises réservées pour la bouche de la maîtresse. Madame de l'Ambermesnil approuva beaucoup les vues de son hôtesse sur le Goriot, vues excellentes, qu'elle avait d'ailleurs devinées dès le premier jour ; elle le trouvait un
715 homme parfait.

– Ah ! ma chère dame, un homme sain comme mon œil, lui disait la veuve, un homme parfaitement conservé, et qui peut donner encore bien de l'agrément à une femme.

720 La comtesse fit généreusement des observations à madame Vauquer sur sa mise, qui n'était pas en harmonie avec ses prétentions. – Il faut vous mettre sur le pied de guerre, lui dit-elle. Après bien des calculs, les deux veuves allèrent ensemble au Palais-Royal•, où elles achetèrent,
725 aux Galeries de Bois•, un chapeau à plumes et un bonnet. La comtesse entraîna son amie au magasin de *La Petite Jeannette*[1], où elles choisirent une robe et une écharpe. Quand ces munitions furent employées, et que la veuve fut sous les armes, elle ressembla parfaitement à l'enseigne
730 du *Bœuf à la mode*[2]. Néanmoins elle se trouva si changée à son avantage, qu'elle se crut l'obligée de la comtesse, et, quoique peu *donnante*, elle la pria d'accepter un chapeau de vingt francs. Elle comptait, à la vérité, lui demander le service de sonder Goriot et de la faire valoir auprès de lui.
735 Madame de l'Ambermesnil se prêta fort amicalement à ce manège, et cerna le vieux vermicellier avec lequel elle réussit à avoir une conférence ; mais après l'avoir trouvé pudibond, pour ne pas dire réfractaire aux tentatives que lui suggéra son désir particulier de le séduire pour son
740 propre compte, elle sortit révoltée de sa grossièreté.

– Mon ange, dit-elle à sa chère amie, vous ne tirerez rien de cet homme-là ! il est ridiculement défiant ; c'est un grippe-sou[3], une bête, un sot, qui ne vous causera que du désagrément.

---

1. *La Petite Jeannette* : magasin célèbre au XIX{{e}} siècle.
2. *Bœuf à la Mode* : restaurant célèbre au XIX{{e}} siècle et situé dans le quartier du Palais-Royal.
3. *grippe-sou* : avare.

745 Il y eut entre monsieur Goriot et madame de l'Ambermesnil des choses telles que la comtesse ne voulut même plus se trouver avec lui. Le lendemain, elle partit en oubliant de payer six mois de pension, et en laissant une défroque[1] prisée cinq francs. Quelque âpreté que madame
750 Vauquer mît à ses recherches, elle ne put obtenir aucun renseignement dans Paris sur la comtesse de l'Ambermesnil. Elle parlait souvent de cette déplorable affaire, en se plaignant de son trop de confiance, quoiqu'elle fût plus méfiante que ne l'est une chatte ; mais elle ressemblait à
755 beaucoup de personnes qui se défient de leurs proches, et se livrent au premier venu. Fait moral, bizarre, mais vrai, dont la racine est facile à trouver dans le cœur humain. Peut-être certaines gens n'ont-ils plus rien à gagner auprès des personnes avec lesquelles ils vivent ; après leur avoir
760 montré le vide de leur âme, ils se sentent secrètement jugés par elles avec une sévérité méritée ; mais, éprouvant un invincible besoin de flatteries qui leur manquent, ou dévorés par l'envie de paraître posséder les qualités qu'ils n'ont pas, ils espèrent surprendre l'estime ou le cœur de
765 ceux qui leur sont étrangers, au risque d'en déchoir un jour. Enfin il est des individus nés mercenaires[2] qui ne font aucun bien à leurs amis ou à leurs proches, parce qu'ils le doivent ; tandis qu'en rendant service à des inconnus, ils en recueillent un gain d'amour-propre : plus
770 le cercle de leurs affections est près d'eux, moins ils aiment ; plus il s'étend, plus serviables ils sont. Madame Vauquer tenait sans doute de ces deux natures, essentiellement mesquines•, fausses, exécrables.

— Si j'avais été ici, lui disait alors Vautrin, ce malheur
775 ne vous serait pas arrivé ! je vous aurais joliment dévisagé[3] cette farceuse-là. Je connais leurs *frimousses*[4].

Comme tous les esprits rétrécis, madame Vauquer avait l'habitude de ne pas sortir du cercle des événements, et de

---

1. *défroque* : vêtement usagé.
2. *mercenaires* : soldats recrutés et rémunérés par un gouvernement dont ils ne sont pas ressortissants.
3. *dévisagé* : démasqué.
4. *frimousses* : visages.

ne pas juger leurs causes. Elle aimait à s'en prendre à
780 autrui de ses propres fautes. Quand cette perte eut lieu,
elle considéra l'honnête vermicellier comme le principe de
son infortune, et commença dès lors, disait-elle, à se
dégriser sur son compte[1]. Lorsqu'elle eut reconnu l'inutilité de ses agaceries et de ses frais de représentation, elle
785 ne tarda pas à en deviner la raison. Elle s'aperçut alors que
son pensionnaire avait déjà, selon son expression, ses
allures[2]. Enfin il lui fut prouvé que son espoir si mignon-
nement caressé reposait sur une base chimérique, et
qu'elle ne tirerait jamais rien de cet homme-là, suivant le
790 mot énergique de la comtesse, qui paraissait être une
connaisseuse. Elle alla nécessairement plus loin en aversion qu'elle n'était allée dans son amitié. Sa haine ne fut
pas en raison de son amour, mais de ses espérances trompées. Si le cœur humain trouve des repos en montant les
795 hauteurs de l'affection, il s'arrête rarement sur la pente
rapide des sentiments haineux. Mais monsieur Goriot
était son pensionnaire, la veuve fut donc obligée de répri-
mer les explosions de son amour-propre blessé, d'enterrer
les soupirs que lui causa cette déception, et de dévorer ses
800 désirs de vengeance, comme un moine vexé par son
prieur[3]. Les petits esprits satisfont leurs sentiments, bons
ou mauvais, par des petitesses incessantes. La veuve
employa sa malice de femme à inventer de sourdes persé-
cutions contre sa victime. Elle commença par retrancher
805 les superfluités introduites dans sa pension. « Plus de cor-
nichons, plus d'anchois : c'est des duperies ! » dit-elle à
Sylvie, le matin où elle rentra dans son ancien pro-
gramme. Monsieur Goriot était un homme frugal[4], chez
qui la parcimonie• nécessaire aux gens qui font eux-
810 mêmes leur fortune était dégénérée en habitude. La
soupe, le bouilli, un plat de légumes, avaient été, devaient
toujours être son dîner de prédilection. Il fut donc bien
difficile à madame Vauquer de tourmenter son pension-

---

1. *se dégriser sur son compte* : perdre les idées qu'elle s'était faite sur lui.
2. *avait [...] ses allures* : avait quelque commerce secret de galanterie.
3. *prieur* : le supérieur d'une communauté religieuse.
4. *frugal* : qui se contente de nourritures simples.

naire, de qui elle ne pouvait en rien froisser les goûts.
815 Désespérée de rencontrer un homme inattaquable, elle se
mit à le déconsidérer, et fit ainsi partager son aversion
pour Goriot par ses pensionnaires, qui, par amusement,
servirent ses vengeances. Vers la fin de la première année,
la veuve en était venue à un tel degré de méfiance, qu'elle
820 se demandait pourquoi ce négociant, riche de sept à huit
mille livres de rente*, qui possédait une argenterie superbe
et des bijoux aussi beaux que ceux d'une fille entretenue [1],
demeurait chez elle, en lui payant une pension si modique
relativement à sa fortune. Pendant la plus grande partie de
825 cette première année, Goriot avait souvent dîné dehors
une ou deux fois par semaine ; puis, insensiblement, il en
était arrivé à ne plus dîner en ville que deux fois par mois.
Les petites parties fines du sieur Goriot convenaient trop
bien aux intérêts de madame Vauquer pour qu'elle ne fût
830 pas mécontente de l'exactitude progressive avec laquelle
son pensionnaire prenait ses repas chez elle. Ces changements furent attribués autant à une lente diminution de
fortune qu'au désir de contrarier son hôtesse. Une des
plus détestables habitudes de ces esprits lilliputiens est de
835 supposer leurs petitesses chez les autres. Malheureusement, à la fin de la deuxième année, monsieur Goriot
justifia les bavardages dont il était l'objet, en demandant à
madame Vauquer de passer au second étage, et de réduire
sa pension à neuf cents francs. Il eut besoin d'une si
840 stricte économie qu'il ne fit plus de feu chez lui pendant
l'hiver. La veuve Vauquer voulut être payée d'avance ; à
quoi consentit monsieur Goriot, que dès lors elle nomma
le père Goriot. Ce fut à qui devinerait les causes de cette
décadence. Exploration difficile ! Comme l'avait dit la
845 fausse comtesse, le père Goriot était un sournois, un taci-
turne. Suivant la logique des gens à tête vide, tous indis-
crets parce qu'ils n'ont que des riens à dire, ceux qui ne
parlent pas de leurs affaires en doivent faire de mauvaises.
Ce négociant si distingué devint donc un fripon, ce galan-
850 tin* fut un vieux drôle. Tantôt, selon Vautrin, qui vint vers
cette époque habiter la Maison Vauquer, le père Goriot

---

1. *fille entretenue* : femme à qui un amant fournit de quoi vivre.

était un homme qui allait à la Bourse et qui, suivant une expression assez énergique de la langue financière, *carot-tait* sur les rentes[•] après s'y être ruiné. Tantôt c'était un de
855 ces petits joueurs qui vont hasarder et gagner tous les soirs dix francs au jeu. Tantôt on en faisait un espion attaché à la haute police ; mais Vautrin prétendait qu'il n'était pas assez rusé pour *en être*. Le père Goriot était encore un avare qui prêtait à la petite semaine, un homme
860 qui nourrissait des numéros à la loterie[1]. On en faisait tout ce que le vice, la honte, l'impuissance engendrent de plus mystérieux. Seulement, quelque ignobles que fussent sa conduite ou ses vices, l'aversion qu'il inspirait n'allait pas jusqu'à le faire bannir : il payait sa pension. Puis il
865 était utile, chacun essuyait sur lui sa bonne ou mauvaise humeur par des plaisanteries ou par des bourrades. L'opi-nion qui paraissait plus probable, et qui fut généralement adoptée, était celle de madame Vauquer. À l'entendre, cet homme si bien conservé, sain comme son œil et avec
870 lequel on pouvait avoir encore beaucoup d'agrément, était un libertin[•] qui avait des goûts étranges. Voici sur quels faits la veuve Vauquer appuyait ses calomnies. Quelques mois après le départ de cette désastreuse comtesse qui avait su vivre pendant six mois à ses dépens, un matin,
875 avant de se lever, elle entendit dans son escalier le frou-frou d'une robe de soie et le pas mignon d'une femme jeune et légère qui filait chez Goriot, dont la porte s'était intelligemment ouverte. Aussitôt la grosse Sylvie vint dire à sa maîtresse qu'une fille trop jolie pour être honnête,
880 *mise comme une divinité*, chaussée en brodequins de pru-nelle[2] qui n'étaient pas crottés, avait glissé comme une anguille de la rue jusqu'à sa cuisine, et lui avait demandé l'appartement de monsieur Goriot. Madame Vauquer et sa cuisinière se mirent aux écoutes, et surprirent plusieurs
885 mots tendrement prononcés pendant la visite, qui dura quelque temps. Quand monsieur Goriot reconduisit *sa*

---

1. *qui nourrissait des numéros à la loterie* : qui misait toujours sur les mêmes numéros.
2. *brodequins de prunelle* : chaussures faites dans une étoffe noire de bonne qualité.

dame, la grosse Sylvie prit aussitôt son panier, et feignit d'aller au marché, pour suivre le couple amoureux.

890 — Madame, dit-elle à sa maîtresse en revenant, il faut que monsieur Goriot soit diantrement riche tout de même, pour les mettre sur ce pied-là. Figurez-vous qu'il y avait au coin de l'Estrapade un superbe équipage• dans lequel *elle* est montée.

Pendant le dîner, madame Vauquer alla tirer un rideau, 895 pour empêcher que Goriot ne fût incommodé par le soleil dont un rayon lui tombait sur les yeux.

— Vous êtes aimé des belles, monsieur Goriot, le soleil vous cherche, dit-elle en faisant allusion à la visite qu'il avait reçue. Peste! vous avez bon goût, elle était bien jolie.

900 — C'était ma fille, dit-il avec une sorte d'orgueil dans lequel les pensionnaires voulurent voir la fatuité• d'un vieillard qui garde les apparences.

Un mois après cette visite, monsieur Goriot en reçut une autre. Sa fille qui, la première fois, était venue en 905 toilette du matin, vint après le dîner et habillée comme pour aller dans le monde. Les pensionnaires, occupés à causer dans le salon, purent voir en elle une jolie blonde, mince de taille, gracieuse, et beaucoup trop distinguée pour être la fille d'un père Goriot.

910 — Et de deux! dit la grosse Sylvie, qui ne la reconnut pas.

Quelques jours après, une autre fille, grande et bien faite, brune, à cheveux noirs et à l'œil vif, demanda monsieur Goriot.

915 — Et de trois! dit Sylvie.

Cette seconde fille, qui la première fois était aussi venue voir son père le matin, vint quelques jours après, le soir, en toilette de bal et en voiture.

— Et de quatre! dirent madame Vauquer et la grosse 920 Sylvie, qui ne reconnurent dans cette grande dame aucun vestige de la fille simplement mise le matin où elle fit sa première visite.

Goriot payait encore douze cents francs de pension. Madame Vauquer trouva tout naturel qu'un homme riche 925 eût quatre ou cinq maîtresses, et le trouva même fort adroit de les faire passer pour ses filles. Elle ne se formalisa point de ce qu'il les mandait dans la Maison Vauquer.

Seulement, comme ces visites lui expliquaient l'indifférence de son pensionnaire à son égard, elle se permit, au
930 commencement de la deuxième année, de l'appeler vieux matou. Enfin, quand son pensionnaire tomba dans les neuf cents francs, elle lui demanda fort insolemment ce qu'il comptait faire de sa maison, en voyant descendre une de ces dames. Le père Goriot lui répondit que cette
935 dame était sa fille aînée.

— Vous en avez donc trente-six, des filles? dit aigrement madame Vauquer.

— Je n'en ai que deux, répliqua le pensionnaire avec la douceur d'un homme ruiné qui arrive à toutes les docili-
940 tés de la misère.

Vers la fin de la troisième année, le père Goriot réduisit encore ses dépenses, en montant au troisième étage et en se mettant à quarante-cinq francs de pension par mois. Il se passa de tabac, congédia son perruquier et ne
945 mit plus de poudre. Quand le père Goriot parut pour la première fois sans être poudré, son hôtesse laissa échapper une exclamation de surprise en apercevant la couleur de ses cheveux, ils étaient d'un gris sale et verdâtre. Sa physionomie, que des chagrins secrets avaient insensible-
950 ment rendue plus triste de jour en jour, semblait la plus désolée de toutes celles qui garnissaient la table. Il n'y eut alors plus aucun doute. Le père Goriot était un vieux libertin* dont les yeux n'avaient été préservés de la maligne influence des remèdes nécessités par ses mala-
955 dies que par l'habileté d'un médecin. La couleur dégoûtante de ses cheveux provenait de ses excès et des drogues qu'il avait prises pour les continuer. L'état physique et moral du bonhomme donnait raison à ces radotages. Quand son trousseau fut usé, il acheta du calicot*
960 à quatorze sous l'aune[1] pour remplacer son beau linge. Ses diamants, sa tabatière d'or, sa chaîne, ses bijoux, disparurent un à un. Il avait quitté l'habit bleu-barbeau*, tout son costume cossu, pour porter, été comme hiver, une redingote de drap marron grossier, un gilet en poil
965 de chèvre, et un pantalon gris en cuir de laine. Il devint

---

1. *aune* : ancienne mesure de longueur valant 1,188 m.

progressivement maigre ; ses mollets tombèrent ; sa figure, bouffie par le contentement d'un bonheur bourgeois, se rida démesurément ; son front se plissa, sa mâchoire se dessina. Durant la quatrième année de son
970 établissement rue Neuve-Sainte-Geneviève*, il ne se ressemblait plus. Le bon vermicellier de soixante-deux ans qui ne paraissait pas en avoir quarante, le bourgeois gros et gras, frais de bêtise, dont la tenue égrillarde[1] réjouissait les passants, qui avait quelque chose de jeune dans le
975 sourire, semblait être un septuagénaire hébété, vacillant, blafard. Ses yeux bleus si vivaces prirent des teintes ternes et gris-de-fer, ils avaient pâli, ne larmoyaient plus, et leur bordure rouge semblait pleurer du sang. Aux uns, il faisait horreur ; aux autres, il faisait pitié. De jeunes
980 étudiants en médecine, ayant remarqué l'abaissement de sa lèvre inférieure et mesuré le sommet de son angle facial, le déclarèrent atteint de crétinisme, après l'avoir longtemps houspillé sans en rien tirer. Un soir, après le dîner, madame Vauquer lui ayant dit en manière de raille-
985 rie : « Eh ! bien, elles ne viennent donc plus vous voir, vos filles ? » en mettant en doute sa paternité, le père Goriot tressaillit comme si son hôtesse l'eût piqué avec un fer.

— Elles viennent quelquefois, répondit-il d'une voix émue.

990 — Ah ! ah ! vous les voyez encore quelquefois ! s'écrièrent les étudiants. Bravo, père Goriot !

Mais le vieillard n'entendit pas les plaisanteries que sa réponse lui attirait, il était retombé dans un état méditatif que ceux qui l'observaient superficiellement prenaient
995 pour un engourdissement sénile[2] dû à son défaut d'intelligence. S'ils l'avaient bien connu, peut-être auraient-ils été vivement intéressés par le problème que présentait sa situation physique et morale ; mais rien n'était plus difficile. Quoiqu'il fût aisé de savoir si Goriot avait réelle-
1000 ment été vermicellier, et quel était le chiffre de sa fortune, les vieilles gens dont la curiosité s'éveilla sur son compte ne sortaient pas du quartier et vivaient dans la

---

1. *égrillarde* : grivoise, libertine*.
2. *sénile* : dû à la vieillesse.

pension comme des huîtres sur un rocher. Quant aux
autres personnes, l'entraînement particulier de la vie pari-
1005 sienne leur faisait oublier, en sortant de la rue Neuve-
Sainte-Geneviève•, le pauvre vieillard dont ils se
moquaient. Pour ces esprits étroits, comme pour ces
jeunes gens insouciants, la sèche misère du père Goriot et
sa stupide attitude étaient incompatibles avec une fortune
1010 et une capacité quelconques. Quant aux femmes qu'il
nommait ses filles, chacun partageait l'opinion de
madame Vauquer, qui disait, avec la logique sévère que
l'habitude de tout supposer donne aux vieilles femmes
occupées à bavarder pendant leurs soirées : « Si le père
1015 Goriot avait des filles aussi riches que paraissaient l'être
toutes les dames qui sont venues le voir, il ne serait pas
dans ma maison, au troisième, à quarante-cinq francs par
mois, et n'irait pas vêtu comme un pauvre. » Rien ne
pouvait démentir ces inductions. Aussi, vers la fin du
1020 mois de novembre 1819, époque à laquelle éclata ce
drame, chacun dans la pension avait-il des idées bien
arrêtées sur le pauvre vieillard. Il n'avait jamais eu ni fille
ni femme ; l'abus des plaisirs en faisait un colimaçon, un
mollusque anthropomorphe [1] à classer dans les *Casquetti-*
1025 *fères* [2], disait un employé au Muséum, un des habitués à
cachet [3]. Poiret était un aigle, un gentleman auprès de
Goriot. Poiret parlait, raisonnait, répondait ; il ne disait
rien, à la vérité, en parlant, raisonnant ou répondant, car
il avait l'habitude de répéter en d'autres termes ce que les
1030 autres disaient ; mais il contribuait à la conversation, il
était vivant, il paraissait sensible ; tandis que le père
Goriot, disait encore l'employé au Muséum, était
constamment à zéro de Réaumur [4].

---

1. *anthropomorphe* : à forme humaine.
2. *Casquettifères* : mot formé par Balzac par imitation des termes d'histoire naturelle ;
espèce de ceux qui portent des casquettes.
3. *habitués à cachet* : externes•.
4. *Réaumur* : inventeur au XVIIIᵉ siècle du thermomètre à alcool, qu'il gradua d'une
échelle allant de 0 à 80.

Pages 11 à 39

Compréhension

1. *Relevez les éléments situant la Maison Vauquer dans le temps et dans l'espace. Qu'en déduisez-vous sur la conception que Balzac se fait du roman ?*

2. *Délimitez les différentes étapes de la présentation de la Maison Vauquer et de ses habitants. Quel est l'ordre adopté par Balzac ? Sur quel personnage termine-t-il ? Pourquoi ? Par quelles formules attire-t-il notre attention sur celui dont il va faire le personnage principal de son roman ?*

3. *De quelle manière assure-t-il la transition entre la description de la pension et la présentation des pensionnaires ? Quelle est la théorie de Balzac concernant la relation entre le personnage et son cadre de vie ? Relevez les phrases du texte dans lesquelles il exprime sa théorie (l. 207 à l. 342).*

4. *Établissez une fiche biographique sur chacun des personnages habitant la pension : nom, âge, activité professionnelle, domicile, aspect physique, habillement, traits de caractère, ressources, signes particuliers, relations avec les autres personnages. Pour le père Goriot, faites apparaître l'opposition qui existe entre ses débuts à la pension et les années suivantes.*

Écriture

5. *Quel est le sens étymologique du nom drame ? Celui de l'adjectif dramatique ? Quel sens lui connaissez-vous au XVIIIe siècle ? au XIXe siècle ? Quel sens lui donne Balzac ?*

6. *Quels champs lexicaux* prédominent dans la description de la Maison Vauquer et de son environnement ? Dans la présentation de madame Vauquer et de ses pensionnaires ?*
Dans chacun des cas, relevez quelques exemples. Quelle constatation s'impose ? En vous reportant à la question n° 3, expliquez la raison de ce choix.

7. *Étudiez les différents points de vue* adoptés successivement par le narrateur lors de cette présentation de la Maison Vauquer et de ses personnages.*

8. « All is true » *(Tout est vrai, l. 42). Balzac est souvent considéré comme un écrivain réaliste*. D'après cette description de la Maison Vauquer et de son environnement, dites dans quelle mesure cet adjectif vous paraît justifié.*

9. *Relevez, dans cette description de la Maison Vauquer et de ses pensionnaires, un exemple de chacune des principales figures de style utilisées dans ce passage : comparaison*, métaphore*, oxymore*, accumulation*, euphémisme*. Dites quel est leur rôle.*

10. *Quel titre donneriez-vous au passage allant de « Une réunion semblable », à « était constamment au zéro de Réaumur. » (l. 560 à 1033) Justifiez votre choix en relevant les indications concernant le thème de ce passage, les temps du récit, les dates.*
Pourquoi peut-on parler ici de retour en arrière* et de mise en abyme* ? Quelles expressions, synonymes de retour en arrière, connaissez-vous ? Quel est l'intérêt de cette présentation et de sa place dans le récit ?

Mise en perspective

11. *Lisez, à titre de comparaison, d'autres incipit* de romans balzaciens. Vous pouvez par exemple vous reporter à Eugénie Grandet ou au Colonel Chabert.*

12. *D'autres auteurs ont eux aussi adopté une présentation « verticale » de leurs personnages : lisez pour comparer le premier chapitre de Pot-Bouille de Zola, ou encore certains passages de La Vie mode d'emploi de Perec.*

13. *Relisez le passage allant de « La maison où s'exploite la pension bourgeoise », à « sous peine de pestilence. » (l. 45 à 134). Puis établissez un plan aussi complet que possible, sur lequel vous indiquerez le nom des rues, l'emplacement de la maison, du jardin, de la cour et des plantations.*

14. *En vous aidant de votre manuel d'histoire, établissez la chronologie des principaux événements et une liste précise des différents régimes politiques pour la période 1789-1830.*

Madame Vauquer.
Gravure du XIXᵉ siècle.

Eugène de Rastignac était revenu dans une disposition
1035 d'esprit que doivent avoir connue les jeunes gens supérieurs,
ou ceux auxquels une position difficile communique
momentanément les qualités des hommes d'élite. Pendant
sa première année de séjour à Paris, le peu de travail
que veulent les premiers grades à prendre dans la
1040 Faculté l'avait laissé libre de goûter les délices visibles
du Paris matériel. Un étudiant n'a pas trop de temps s'il
veut connaître le répertoire de chaque théâtre, étudier
les issues du labyrinthe parisien, savoir les usages,
apprendre la langue et s'habituer aux plaisirs particuliers de
1045 la capitale ; fouiller les bons et les mauvais endroits, suivre
les cours qui amusent, inventorier les richesses des musées.
Un étudiant se passionne alors pour des niaiseries qui lui
paraissent grandioses. Il a son grand homme, un professeur
du Collège de France[1], payé pour se tenir à la hauteur de
1050 son auditoire. Il rehausse sa cravate et se pose pour la
femme des premières galeries de l'Opéra-Comique[2]. Dans
ces initiations successives, il se dépouille de son aubier[3],
agrandit l'horizon de sa vie, et finit par concevoir la super-
position des couches humaines qui composent la société. S'il
1055 a commencé par admirer les voitures au défilé des Champs-
Élysées par un beau soleil, il arrive bientôt à les envier.
Eugène avait subi cet apprentissage à son insu, quand il
partit en vacances, après avoir été reçu bachelier ès Lettres
et bachelier en Droit. Ses illusions d'enfance, ses idées de
1060 province avaient disparu. Son intelligence modifiée, son
ambition exaltée lui firent voir juste au milieu du manoir
paternel, au sein de la famille. Son père, sa mère, ses deux
frères, ses deux sœurs, et une tante dont la fortune consistait
en pensions, vivaient sur la petite terre de Rastignac. Ce
1065 domaine d'un revenu d'environ trois mille francs était soumis à l'incertitude qui régit le produit de tout industriel de
la vigne, et néanmoins il fallait en extraire chaque année
douze cents francs pour lui. L'aspect de cette constante
détresse qui lui était généreusement cachée, la comparaison

---

1. *Collège de France* : établissement fondé par François Ier et situé dans le Quartier
latin. Les cours y sont publics et gratuits.
2. *Opéra-Comique* : Théâtre-Italien.
3. *aubier* : ici, écorce.

1070 qu'il fut forcé d'établir entre ses sœurs, qui lui semblaient si belles dans son enfance, et les femmes de Paris, qui lui avaient réalisé le type d'une beauté rêvée, l'avenir incertain de cette nombreuse famille qui reposait sur lui, la parcimonieuse attention avec laquelle il vit serrer* les plus minces
1075 productions, la boisson faite pour sa famille avec les marcs[1] du pressoir, enfin une foule de circonstances inutiles à consigner ici décuplèrent son désir de parvenir et lui donnèrent soif des distinctions. Comme il arrive aux âmes grandes, il voulut ne rien devoir qu'à son mérite. Mais son
1080 esprit était éminemment méridional ; à l'exécution, ses déterminations devaient donc être frappées de ces hésitations qui saisissent les jeunes gens quand ils se trouvent en pleine mer, sans savoir ni de quel côté diriger leurs forces, ni sous quel angle enfler leurs voiles. Si d'abord il voulut se jeter à
1085 corps perdu dans le travail, séduit bientôt par la nécessité de se créer des relations, il remarqua combien les femmes ont d'influence sur la vie sociale, et avisa soudain à se lancer dans le monde, afin d'y conquérir des protectrices : devaient-elles manquer à un jeune homme ardent et spiri-
1090 tuel dont l'esprit et l'ardeur étaient rehaussés par une tournure élégante et par une sorte de beauté nerveuse à laquelle les femmes se laissent prendre volontiers ? Ces idées l'assaillirent au milieu des champs, pendant les promenades que jadis il faisait gaiement avec ses sœurs, qui le trouvèrent
1095 bien changé. Sa tante, madame de Marcillac, autrefois présentée à la cour, y avait connu les sommités aristocratiques. Tout à coup le jeune ambitieux reconnut, dans les souvenirs dont sa tante l'avait si souvent bercé, les éléments de plusieurs conquêtes sociales, au moins aussi importantes que
1100 celles qu'il entreprenait à l'École de Droit ; il la questionna sur les liens de parenté qui pouvaient encore se renouer. Après avoir secoué les branches de l'arbre généalogique, la vieille dame estima que, de toutes les personnes qui pouvaient servir son neveu parmi la gent* égoïste des parents
1105 riches, madame la vicomtesse de Beauséant serait la moins récalcitrante. Elle écrivit à cette jeune femme une lettre dans l'ancien style, et la remit à Eugène, en lui disant que s'il réussissait auprès de la vicomtesse, elle lui ferait retrouver ses autres parents. Quelques jours après son arrivée, Ras-

---

1. *marcs* : résidus de certains fruits pressés.

1110 tignac envoya la lettre de sa tante à madame de Beauséant. La vicomtesse répondit par une invitation de bal pour le lendemain.

Telle était la situation générale de la pension bourgeoise à la fin du mois de novembre 1819. Quelques jours plus tard, 1115 Eugène, après être allé au bal de madame de Beauséant, rentra vers deux heures dans la nuit. Afin de regagner le temps perdu, le courageux étudiant s'était promis, en dansant, de travailler jusqu'au matin. Il allait passer la nuit pour la première fois au milieu de ce silencieux quartier, car il 1120 s'était mis sous le charme d'une fausse énergie en voyant les splendeurs du monde. Il n'avait pas dîné chez madame Vauquer. Les pensionnaires purent donc croire qu'il ne reviendrait du bal que le lendemain matin au petit jour, comme il était quelquefois rentré des fêtes du Prado[1] ou des 1125 bals de l'Odéon, en crottant ses bas de soie et gauchissant ses escarpins. Avant de mettre les verrous à la porte, Christophe l'avait ouverte pour regarder dans la rue. Rastignac se présenta dans ce moment, et put monter à sa chambre sans faire de bruit, suivi de Christophe qui en faisait beaucoup. 1130 Eugène se déshabilla, se mit en pantoufles, prit une méchante redingote, alluma son feu de mottes, et se prépara lestement au travail, en sorte que Christophe couvrit encore par le tapage de ses gros souliers les apprêts peu bruyants du jeune homme. Eugène resta pensif pendant quelques 1135 moments avant de se plonger dans ses livres de droit. Il venait de reconnaître en madame la vicomtesse de Beauséant l'une des reines de la mode à Paris, et dont la maison passait pour être la plus agréable du faubourg Saint-Germain*. Elle était d'ailleurs, et par son nom et par sa fortune, l'une des 1140 sommités du monde aristocratique. Grâce à sa tante de Marcillac, le pauvre étudiant avait été bien reçu dans cette maison, sans connaître l'étendue de cette faveur. Être admis dans ces salons dorés équivalait à un brevet de haute noblesse. En se montrant dans cette société, la plus exclu-1145 sive de toutes, il avait conquis le droit d'aller partout. Ébloui par cette brillante assemblée, ayant à peine échangé quelques paroles avec la vicomtesse, Eugène s'était contenté de distinguer, parmi la foule des déités parisiennes qui se pres-

---

1. *Prado* : salle de bal qui était située dans l'île de la Cité, face au Palais-de-Justice.

saient dans ce raout[1], une de ces femmes que doit adorer
1150 tout d'abord un jeune homme. La comtesse Anastasie de
Restaud, grande et bien faite, passait pour avoir l'une des
plus jolies tailles de Paris. Figurez-vous de grands yeux
noirs, une main magnifique, un pied bien découpé, du feu
dans les mouvements, une femme que le marquis de Ron-
1155 querolles nommait un cheval de pur sang. Cette finesse de
nerfs ne lui ôtait aucun avantage ; elle avait les formes
pleines et rondes, sans qu'elle pût être accusée de trop d'embonpoint. *Cheval de pur sang, femme de race*, ces locutions
commençaient à remplacer les anges du ciel, les figures
1160 ossianiques[2], toute l'ancienne mythologie amoureuse
repoussée par le dandysme•. Mais pour Rastignac, madame
Anastasie de Restaud fut la femme désirable. Il s'était
ménagé deux tours dans la liste des cavaliers écrite sur
l'éventail, et avait pu lui parler pendant la première contre-
1165 danse. – Où vous rencontrer désormais, madame ? lui
avait-il dit brusquement avec cette force de passion qui plaît
tant aux femmes. – Mais, dit-elle, au Bois•, aux Bouffons•,
chez moi, partout. Et l'aventureux Méridional s'était
empressé de se lier avec cette délicieuse comtesse, autant
1170 qu'un jeune homme peut se lier avec une femme pendant
une contredanse et une valse. En se disant cousin de
madame de Beauséant, il fut invité par cette femme, qu'il
prit pour une grande dame, et eut ses entrées chez elle. Au
dernier sourire qu'elle lui jeta, Rastignac crut sa visite néces-
1175 saire. Il avait eu le bonheur de rencontrer un homme qui ne
s'était pas moqué de son ignorance, défaut mortel au milieu
des illustres impertinents de l'époque, les Maulincourt[3], les
Ronquerolles, les Maxime de Trailles, les de Marsay, les
Ajuda-Pinto, les Vandenesse, qui étaient là dans la gloire
1180 de leurs fatuités• et mêlés aux femmes les plus élégantes,
lady Brandon, la duchesse de Langeais, la comtesse de
Kergarouët, madame de Sérizy, la duchesse de Carigliano,
la comtesse Ferraud, madame de Lanty, la marquise
d'Aiglemont, madame Firmiani, la marquise de Listomère et
1185 la marquise d'Espard, la duchesse de Maufrigneuse et les

---

1. *raout* : réunion mondaine.
2. *ossianiques* : qui appartiennent ou ressemblent à la poésie sombre et mélancolique
attribuée à Ossian, barde légendaire du IIIe siècle ap. J.-C.
3. *les Maulincourt* [...] *et les Grandlieu* : tous sont personnages de *La Comédie
humaine*.

Grandlieu. Heureusement donc, le naïf étudiant tomba sur le marquis de Montriveau, l'amant de la duchesse de Langeais, un général simple comme un enfant, qui lui apprit que la comtesse de Restaud demeurait rue du Helder•. Être
1190 jeune, avoir soif du monde, avoir faim d'une femme, et voir s'ouvrir pour soi deux maisons! mettre le pied au faubourg Saint-Germain• chez la vicomtesse de Beauséant, le genou dans la Chaussée-d'Antin• chez la comtesse de Restaud! plonger d'un regard dans les salons de Paris en enfilade, et
1195 se croire assez joli garçon pour y trouver aide et protection dans un cœur de femme! se sentir assez ambitieux pour donner un superbe coup de pied à la corde roide sur laquelle il faut marcher avec l'assurance du sauteur qui ne tombera pas, et avoir trouvé dans une charmante femme le
1200 meilleur des balanciers! Avec ces pensées et devant cette femme qui se dressait sublime auprès d'un feu de mottes, entre le Code et la misère, qui n'aurait comme Eugène sondé l'avenir par une méditation, qui ne l'aurait meublé de succès? Sa pensée vagabonde escomptait si drûment•
1205 ses joies futures qu'il se croyait auprès de madame de Restaud, quand un soupir semblable à un han de saint Joseph troubla le silence de la nuit, retentit au cœur du jeune homme de manière à le lui faire prendre pour le râle d'un moribond. Il ouvrit doucement sa porte, et quand il fut
1210 dans le corridor, il aperçut une ligne de lumière tracée au bas de la porte du père Goriot. Eugène craignit que son voisin ne se trouvât indisposé, il approcha son œil de la serrure, regarda dans la chambre, et vit le vieillard occupé de travaux qui lui parurent trop criminels pour qu'il ne crût
1215 pas rendre service à la société en examinant bien ce que machinait nuitamment le soi-disant vermicellier. Le père Goriot, qui sans doute avait attaché sur la barre d'une table renversée un plat et une espèce de soupière en vermeil•, tournait une espèce de câble autour de ces objets richement
1220 sculptés, en les serrant avec une si grande force qu'il les tordait vraisemblablement pour les convertir en lingots. — Peste! quel homme! se dit Rastignac en voyant le bras nerveux du vieillard qui, à l'aide de cette corde, pétrissait sans bruit l'argent doré, comme une pâte. Mais serait-ce donc un
1225 voleur ou un receleur qui, pour se livrer plus sûrement à son commerce, affecterait la bêtise, l'impuissance, et vivrait en mendiant? se dit Eugène en se relevant un moment. L'étudiant appliqua de nouveau son œil à la serrure. Le père Goriot, qui avait déroulé son câble, prit la masse d'argent, la

1230 mit sur la table après y avoir étendu sa couverture, et l'y
roula pour l'arrondir en barre, opération dont il s'acquitta
avec une facilité merveilleuse. – Il serait donc aussi fort que
l'était Auguste, roi de Pologne[1]? se dit Eugène quand la
barre ronde fut à peu près façonnée. Le père Goriot regarda
1235 son ouvrage d'un air triste, des larmes sortirent de ses yeux,
il souffla le rat-de-cave• à la lueur duquel il avait tordu ce
vermeil, et Eugène l'entendit se coucher en poussant un
soupir. – Il est fou, pensa l'étudiant.

– Pauvre enfant! dit à haute voix le père Goriot.

1240 À cette parole, Rastignac jugea prudent de garder le
silence sur cet événement et de ne pas inconsidérément
condamner son voisin. Il allait rentrer quand il distingua
soudain un bruit assez difficile à exprimer, et qui devait être
produit par des hommes en chaussons de lisière montant
1245 l'escalier. Eugène prêta l'oreille, et reconnut en effet le son
alternatif de la respiration de deux hommes. Sans avoir
entendu ni le cri de la porte ni les pas des hommes, il vit
tout à coup une faible lueur au second étage, chez monsieur
Vautrin. – Voilà bien des mystères dans une pension bour-
1250 geoise! se dit-il. Il descendit quelques marches, se mit à
écouter, et le son de l'or frappa son oreille. Bientôt la
lumière fut éteinte, les deux respirations se firent entendre
derechef sans que la porte eût crié. Puis, à mesure que les
deux hommes descendirent, le bruit alla s'affaiblissant.

1255 – Qui va là? cria madame Vauquer en ouvrant la fenêtre
de sa chambre.

– C'est moi qui rentre, maman Vauquer, dit Vautrin de sa
grosse voix.

– C'est singulier! Christophe avait mis les verrous, se dit
1260 Eugène en rentrant dans sa chambre. Il faut veiller pour
bien savoir ce qui se passe autour de soi, dans Paris.
Détourné par ces petits événements de sa méditation ambi-
tieusement amoureuse, il se mit au travail. Distrait par les
soupçons qui lui venaient sur le compte du père Goriot,
1265 plus distrait encore par la figure de madame de Restaud, qui
de moments en moments se posait devant lui comme la
messagère d'une brillante destinée, il finit par se coucher et
par dormir à poings fermés. Sur dix nuits promises au tra-

---

1. *Auguste, roi de Pologne* : selon Voltaire (*Histoire de Charles XII*), Frédéric-Auguste Ier
était capable de terrasser « un ours d'une grandeur démesurée ».

48

vail par les jeunes gens, ils en donnent sept au sommeil. Il
1270 faut avoir plus de vingt ans pour veiller. **END**

Le lendemain matin régnait à Paris un de ces épais brouil-
lards qui l'enveloppent et l'embrument si bien que les gens
les plus exacts sont trompés sur le temps. Les rendez-vous
d'affaires se manquent. Chacun se croit à huit heures quand
1275 midi sonne. Il était neuf heures et demie, madame Vauquer
n'avait pas encore bougé de son lit. Christophe et la grosse
Sylvie, attardés aussi, prenaient tranquillement leur café,
préparé avec les couches supérieures du lait destiné aux
pensionnaires, et que Sylvie faisait longtemps bouillir, afin
1280 que madame Vauquer ne s'aperçût pas de cette dîme[1] illé-
galement levée.

— Sylvie, dit Christophe en mouillant sa première rôtie[2],
monsieur Vautrin, qu'est un bon homme tout de même, a
encore vu deux personnes cette nuit. Si madame s'en inquié-
1285 tait, ne faudrait rien lui dire.

— Vous a-t-il donné quelque chose?

— Il m'a donné cent sous pour son mois, une manière de
me dire : Tais-toi.

— Sauf lui et madame Couture, qui ne sont pas regar-
1290 dants, les autres voudraient nous retirer de la main gauche
ce qu'ils nous donnent de la main droite au jour de l'an, dit
Sylvie.

— Encore qu'est-ce qu'ils donnent! fit Christophe, une
méchante pièce, *et* de cent sous. Voilà depuis deux ans le
1295 père Goriot qui fait ses souliers lui-même. Ce *grigou*• de
Poiret se passe de cirage, et le boirait plutôt que de le mettre
à ses savates. Quant au gringalet d'étudiant, il me donne
quarante sous. Quarante sous ne payent pas mes brosses, et
il vend ses vieux habits, par-dessus le marché. Qué baraque!

1300 — Bah! fit Sylvie en buvant de petites gorgées de café, nos
places sont encore les meilleures du quartier : on y vit bien.
Mais, à propos du gros papa Vautrin, Christophe, vous
a-t-on dit quelque chose?

— Oui. J'ai rencontré il y a quelques jours un monsieur
1305 dans la rue, qui m'a dit : — N'est-ce pas chez vous que
demeure un gros monsieur qui a des favoris qu'il teint? Moi

---

1. *dîme* : sous l'Ancien Régime, impôt prélevé par l'Église et qui correspondait au
dixième de la récolte.
2. *rôtie* : tranche de pain.

j'ai dit : – Non, monsieur, il ne les teint pas. Un homme gai comme lui, il n'en a pas le temps. J'ai donc dit ça à monsieur Vautrin, qui m'a répondu : – Tu as bien fait, mon gar-
1310 çon! Réponds toujours comme ça. Rien n'est plus désagréable que de laisser connaître nos infirmités. Ça peut faire manquer des mariages.

– Eh! bien, à moi, au marché, on a voulu m'englauder[1] aussi pour me faire dire si je lui voyais passer sa chemise.
1315 C'te farce! Tiens, dit-elle en s'interrompant, voilà dix heures quart moins qui sonnent au Val-de-Grâce, et personne ne bouge.

– Ah bah! ils sont tous sortis. Madame Couture et sa jeune personne sont allées manger le bon Dieu[2] à Saint-
1320 Étienne• dès huit heures. Le père Goriot est sorti avec un paquet. L'étudiant ne reviendra qu'après son cours, à dix heures. Je les ai vus partir en faisant mes escaliers; que le père Goriot m'a donné un coup avec ce qu'il portait, qu'était dur comme du fer. Qué qui fait donc, ce bonhomme-là? Les
1325 autres le font aller comme une toupie, mais c'est un brave homme tout de même, et qui vaut mieux qu'eux tous. Il ne donne pas grand'chose; mais les dames chez lesquelles il m'envoie quelquefois allongent de fameux pourboires, et sont joliment ficelées[3].
1330 – Celle qu'il appelle ses filles, hein? Elles sont une douzaine.

– Je ne suis jamais allé que chez deux, les mêmes qui sont venues ici.

– Voilà madame qui se remue; elle va faire son sabbat[4];
1335 faut que j'y aille. Vous veillerez au lait, Christophe, rapport au chat.

Sylvie monta chez sa maîtresse.

– Comment, Sylvie, voilà dix heures quart moins, vous m'avez laissée dormir comme une marmotte! Jamais pareille
1340 chose n'est arrivée.

– C'est le brouillard, qu'est à couper au couteau.

– Mais le déjeuner?

---

1. *englauder* : tromper.
2. *manger le bon Dieu* : communier.
3. *ficelées* : habillées.
4. *faire son sabbat* : faire grand bruit.

– Bah ! vos pensionnaires avaient bien le diable au corps ; ils ont tous décanillé dès le patron-jacquette[1].

345 – Parle donc bien, Sylvie, reprit madame Vauquer : on dit le patron-minette[1].

– Ah ! madame, je dirai comme vous voudrez. Tant y a que vous pouvez déjeuner à dix heures. La Michonnette et le Poireau n'ont pas bougé. Il n'y a qu'eux qui soient dans la 350 maison, et ils dorment comme des souches qui sont.

– Mais, Sylvie, tu les mets tous les deux ensemble, comme si...

– Comme si, quoi ? reprit Sylvie en laissant échapper un gros rire bête. Les deux font la paire.

355 – C'est singulier, Sylvie : comment monsieur Vautrin est-il donc rentré cette nuit après que Christophe a eu mis les verrous ?

– Bien au contraire, madame. Il a entendu monsieur Vautrin, et est descendu pour lui ouvrir la porte. Et voilà ce 360 que vous avez cru...

– Donne-moi ma camisole[2], et va vite voir au déjeuner. Arrange le reste du mouton avec des pommes de terre, et donne des poires cuites, de celles qui coûtent deux liards la pièce.

365 Quelques instants après, madame Vauquer descendit au moment où son chat venait de renverser d'un coup de patte l'assiette qui couvrait un bol de lait, et le lapait en toute hâte.

– Mistigris ! s'écria-t-elle. Le chat se sauva, puis revint se 370 frotter à ses jambes. Oui, oui, fais ton capon[3], vieux lâche ! lui dit-elle. Sylvie ! Sylvie !

– Eh ! bien, quoi, madame ?

– Voyez donc ce qu'a bu le chat.

– C'est la faute de cet animal de Christophe, à qui j'avais 1375 dit de mettre le couvert. Où est-il passé ? Ne vous inquiétez pas, madame ; ce sera le café du père Goriot. Je mettrai de l'eau dedans, il ne s'en apercevra pas. Il ne fait attention à rien, pas même à ce qu'il mange.

---

1. *patron-jacquette, patron-minette* : expressions déformées pour potron-jacquet et potron-minet, qui signifient très tôt le matin.
2. *camisole* : sorte de chemise.
3. *capon* : câlin, cajoleur.

— Où donc est-il allé, ce chinois-là ? dit madame Vauquer
1380 en plaçant les assiettes.

— Est-ce qu'on sait ? Il fait des trafics des cinq cents
diables.

— J'ai trop dormi, dit madame Vauquer.

— Mais aussi madame est-elle fraîche comme une rose...
1385 En ce moment la sonnette se fit entendre, et Vautrin entra
dans le salon en chantant de sa grosse voix :

> J'ai longtemps parcouru le monde,
> Et l'on m'a vu de toute part...

— Oh ! oh ! bonjour, maman Vauquer, dit-il en aperce-
1390 vant l'hôtesse, qu'il prit galamment dans ses bras.

— Allons, finissez donc.

— Dites impertinent ! reprit-il. Allons, dites-le. Voulez-
vous bien le dire ? Tenez, je vais mettre le couvert avec
vous. Ah ! je suis gentil, n'est-ce pas ?

1395 > Courtiser la brune et la blonde,
> Aimer, soupirer...

— Je viens de voir quelque chose de singulier.

> .... au hasard.

— Quoi ? dit la veuve.
1400 — Le père Goriot était à huit heures et demie rue Dau-
phine, chez l'orfèvre qui achète de vieux couverts et des
galons•. Il lui a vendu pour une bonne somme un ustensile de ménage en vermeil•, assez joliment tortillé pour
un homme qui n'est pas de la manique[1].
1405 — Bah ! vraiment ?

— Oui. Je revenais ici après avoir conduit un de mes
amis qui s'expatrie par les Messageries royales, j'ai
attendu le père Goriot pour voir : histoire de rire. Il a
remonté dans ce quartier-ci, rue des Grès•, où il est entré
1410 dans la maison d'un usurier• connu, nommé Gobseck,
un fier drôle, capable de faire des dominos avec les os de
son père ; un juif, un arabe, un grec, un bohémien, un

---

1. *qui n'est pas de la manique* : qui n'est pas du métier.

homme qu'on serait bien embarrassé de dévaliser, il met ses écus* à la Banque.

1415 — Qu'est-ce que fait donc ce père Goriot?

— Il ne fait rien, dit Vautrin, il défait. C'est un imbécile assez bête pour se ruiner à aimer les filles qui...

— Le voilà! dit Sylvie.

— Christophe, cria le père Goriot, monte avec moi.

1420 Christophe suivit le père Goriot, et redescendit bientôt.

— Où vas-tu? dit madame Vauquer à son domestique.

— Faire une commission pour monsieur Goriot.

— Qu'est-ce que c'est que ça? dit Vautrin en arrachant
1425 des mains de Christophe une lettre sur laquelle il lut : *À madame la comtesse Anastasie de Restaud.* Et tu vas? reprit-il en rendant la lettre à Christophe.

— Rue du Helder*. J'ai ordre de ne remettre ceci qu'à madame la comtesse.

1430 — Qu'est-ce qu'il y a là-dedans? dit Vautrin en mettant la lettre au jour; un billet de banque? non. Il entr'ouvrit l'enveloppe. — Un billet acquitté*, s'écria-t-il. Fourche! il est galant, le roquentin[1]. Va, vieux lascar, dit-il en coiffant de sa large main Christophe, qu'il fit tourner sur
1435 lui-même comme un dé, tu auras un bon pourboire.

Le couvert était mis, Sylvie faisait bouillir le lait. Madame Vauquer allumait le poêle, aidée par Vautrin, qui fredonnait toujours :

> J'ai longtemps parcouru le monde,
1440 > Et l'on m'a vu de toute part...

Quand tout fut prêt, madame Couture et mademoiselle Taillefer rentrèrent.

— D'où venez-vous donc si matin, ma belle dame? dit madame Vauquer à madame Couture.

1445 — Nous venons de faire nos dévotions à Saint-Étienne-du-Mont*, ne devons-nous pas aller aujourd'hui chez monsieur Taillefer? Pauvre petite, elle tremble comme la feuille, reprit madame Couture en s'asseyant devant le

---

1. *roquentin* : vieillard ridicule.

poêle à la bouche duquel elle présenta ses souliers qui
1450 fumèrent.

— Chauffez-vous donc, Victorine, dit madame Vauquer.

— C'est bien, mademoiselle, de prier le bon Dieu d'attendrir le cœur de votre père, dit Vautrin en avançant
une chaise à l'orpheline. Mais ça ne suffit pas. Il vous
1455 faudrait un ami qui se chargeât de dire son fait à ce
marsouin-là, un sauvage qui a, dit-on, trois millions, et
qui ne vous donne pas de dot•. Une belle fille a besoin
de dot dans ce temps-ci.

— Pauvre enfant, dit madame Vauquer. Allez, mon chou,
1460 votre monstre de père attire le malheur à plaisir sur lui.

À ces mots, les yeux de Victorine se mouillèrent de
larmes, et la veuve s'arrêta sur un signe que lui fit
madame Couture.

— Si nous pouvions seulement le voir, si je pouvais lui
1465 parler, lui remettre la dernière lettre de sa femme, reprit
la veuve du Commissaire-Ordonnateur•. Je n'ai jamais
osé la risquer par la poste ; il connaît mon écriture...

— *Ô femmes innocentes, malheureuses et persécutées*,
s'écria Vautrin en interrompant, voilà donc où vous en
1470 êtes ! D'ici à quelques jours je me mêlerai de vos affaires,
et tout ira bien.

— Oh ! monsieur, dit Victorine en jetant un regard à la
fois humide et brûlant à Vautrin, qui ne s'en émut pas, si
vous saviez un moyen d'arriver à mon père, dites-lui
1475 bien que son affection et l'honneur de ma mère me sont
plus précieux que toutes les richesses du monde. Si vous
obteniez quelque adoucissement à sa rigueur, je prierais
Dieu pour vous. Soyez sûr d'une reconnaissance...

— *J'ai longtemps parcouru le monde*, chanta Vautrin
1480 d'une voix ironique.

En ce moment, Goriot, mademoiselle Michonneau,
Poiret descendirent, attirés peut-être par l'odeur du
roux[1] que faisait Sylvie pour accommoder les restes du
mouton. À l'instant où les sept convives s'attablèrent en
1485 se souhaitant le bonjour, dix heures sonnèrent, l'on
entendit dans la rue le pas de l'étudiant.

---

1. *roux* : sauce faite avec du beurre qu'on a fait roussir.

— Ah! bien, monsieur Eugène, dit Sylvie, aujourd'hui vous allez déjeuner avec tout le monde.

L'étudiant salua les pensionnaires, et s'assit auprès du
1490 père Goriot.

— Il vient de m'arriver une singulière aventure, dit-il en se servant abondamment du mouton et se coupant un morceau de pain que madame Vauquer mesurait toujours de l'œil.

1495 — Une aventure! dit Poiret.

— Eh! bien, pourquoi vous en étonneriez-vous, vieux chapeau? dit Vautrin à Poiret. Monsieur est bien fait pour en avoir.

Mademoiselle Taillefer coula timidement un regard sur
1500 le jeune étudiant.

— Dites-nous votre aventure, demanda madame Vauquer.

— Hier j'étais au bal chez madame la vicomtesse de Beauséant, une cousine à moi, qui possède une maison
1505 magnifique, des appartements habillés de soie, enfin qui nous a donné une fête superbe, où je me suis amusé comme un roi...

— Telet, dit Vautrin en interrompant net.

— Monsieur, reprit vivement Eugène, que voulez-vous
1510 dire?

— Je dis telet, parce que les roitelets s'amusent beaucoup plus que les rois.

— C'est vrai : j'aimerais mieux être ce petit oiseau sans souci que roi, parce que... fit Poiret l'idémiste[1].

1515 — Enfin, reprit l'étudiant en lui coupant la parole, je danse avec une des plus belles femmes du bal, une comtesse ravissante, la plus délicieuse créature que j'aie jamais vue. Elle était coiffée avec des fleurs de pêcher, elle avait au côté le plus beau bouquet de fleurs, des
1520 fleurs naturelles qui embaumaient ; mais, bah! il faudrait que vous l'eussiez vue, il est impossible de peindre une femme animée par la danse. Eh! bien, ce matin j'ai ren-

---

1. *idémiste* : mot formé par Balzac sur le latin *idem*, signifiant la même chose. Poiret répète toujours ce qui vient d'être dit.

contré cette divine comtesse, sur les neuf heures, à pied, rue des Grès*. Oh! le cœur m'a battu, je me figurais...

1525 — Qu'elle venait ici, dit Vautrin en jetant un regard profond à l'étudiant. Elle allait sans doute chez le papa Gobseck, un usurier*. Si jamais vous fouillez des cœurs de femmes à Paris, vous y trouverez l'usurier avant l'amant. Votre comtesse se nomme Anastasie de Restaud,

1530 et demeure rue du Helder*.

À ce nom, l'étudiant regarda fixement Vautrin. Le père Goriot leva brusquement la tête, il jeta sur les deux interlocuteurs un regard lumineux et plein d'inquiétude qui surprit les pensionnaires.

1535 — Christophe arrivera trop tard, elle y sera donc allée, s'écria douloureusement Goriot.

— J'ai deviné, dit Vautrin en se penchant à l'oreille de madame Vauquer.

Goriot mangeait machinalement et sans savoir ce qu'il

1540 mangeait. Jamais il n'avait semblé plus stupide et plus absorbé qu'il l'était en ce moment.

— Qui diable, monsieur Vautrin, a pu vous dire son nom? demanda Eugène.

— Ah! ah! voilà, répondit Vautrin. Le père Goriot le

1545 savait bien, lui! pourquoi ne le saurais-je pas?

— Monsieur Goriot, s'écria l'étudiant.

— Quoi! dit le pauvre vieillard. Elle était donc bien belle hier?

— Qui?

1550 — Madame de Restaud.

— Voyez-vous le vieux grigou*, dit madame Vauquer à Vautrin, comme ses yeux s'allument.

— Il l'entretiendrait donc? dit à voix basse mademoiselle Michonneau à l'étudiant.

1555 — Oh! oui, elle était furieusement belle, reprit Eugène, que le père Goriot regardait avidement. Si madame de Beauséant n'avait pas été là, ma divine comtesse eût été la reine du bal; les jeunes gens n'avaient d'yeux que pour elle, j'étais le douzième inscrit sur la liste, elle dansait

1560 toutes les contredanses. Les autres femmes enrageaient. Si une créature a été heureuse hier, c'était bien elle. On a bien raison de dire qu'il n'y a rien de plus beau que frégate à la voile, cheval au galop et femme qui danse.

– Hier en haut de la roue, chez une duchesse, dit
1565 Vautrin ; ce matin en bas de l'échelle, chez un
escompteur* : voilà les Parisiennes. Si leurs maris ne
peuvent entretenir leur luxe effréné, elles se vendent. Si
elles ne savent pas se vendre, elles éventreraient leurs
mères pour y chercher de quoi briller. Enfin elles font les
1570 cent mille coups. Connu, connu !

Le visage du père Goriot, qui s'était allumé comme le
soleil d'un beau jour en entendant l'étudiant, devint
sombre à cette cruelle observation de Vautrin.

– Eh ! bien, dit madame Vauquer, où donc est votre
1575 aventure ? Lui avez-vous parlé ? lui avez-vous demandé si
elle venait apprendre le Droit ?

– Elle ne m'a pas vu, dit Eugène. Mais rencontrer une
des plus jolies femmes de Paris rue des Grès*, à neuf
heures, une femme qui a dû rentrer du bal à deux heures
1580 du matin, n'est-ce pas singulier ? Il n'y a que Paris pour
ces aventures-là.

– Bah ! il y en a de bien plus drôles, s'écria Vautrin.

Mademoiselle Taillefer avait à peine écouté, tant elle
était préoccupée par la tentative qu'elle allait faire.
1585 Madame Couture lui fit signe de se lever pour aller s'habiller. Quand les deux dames sortirent, le père Goriot les
imita.

– Eh ! bien, l'avez-vous vu ? dit madame Vauquer à
Vautrin et à ses autres pensionnaires. Il est clair qu'il s'est
1590 ruiné pour ces femmes-là.

– Jamais on ne me fera croire, s'écria l'étudiant, que la
belle comtesse de Restaud appartienne au père Goriot.

– Mais, lui dit Vautrin en l'interrompant, nous ne
tenons pas à vous le faire croire. Vous êtes encore trop
1595 jeune pour bien connaître Paris, vous saurez plus tard
qu'il s'y rencontre ce que nous nommons des *hommes à
passions...* (À ces mots, mademoiselle Michonneau
regarda Vautrin d'un air intelligent. Vous eussiez dit un
cheval de régiment entendant le son de la trompette.) –
1600 Ah ! ah ! fit Vautrin en s'interrompant pour lui jeter un
regard profond, *que* nous *n'avons néu* nos petites passions, nous ? (La vieille fille baissa les yeux comme une
religieuse qui voit des statues.) – Eh bien ! reprit-il, ces
gens-là chaussent une idée et n'en démordent pas. Ils

1605 n'ont soif que d'une certaine eau prise à une certaine
fontaine, et souvent croupie ; pour en boire, ils vendraient leurs femmes, leurs enfants ; ils vendraient leur
âme au diable. Pour les uns, cette fontaine est le jeu, la
Bourse, une collection de tableaux ou d'insectes, la
1610 musique ; pour d'autres, c'est une femme qui sait leur
cuisiner des friandises. À ceux-là, vous leur offririez
toutes les femmes de la terre, ils s'en moquent, ils ne
veulent que celle qui satisfait leur passion. Souvent cette
femme ne les aime pas du tout, vous les rudoie, leur
1615 vend fort cher des bribes de satisfactions ; eh ! bien ! mes
farceurs ne se lassent pas, et mettraient leur dernière
couverture au Mont-de-Piété pour lui apporter leur dernier écu•. Le père Goriot est un de ces gens-là. La
comtesse l'exploite parce qu'il est discret, et voilà le beau
1620 monde ! Le pauvre bonhomme ne pense qu'à elle. Hors
de sa passion, vous le voyez, c'est une bête brute. Met-
tez-le sur ce chapitre-là, son visage étincelle comme un
diamant. Il n'est pas difficile de deviner ce secret-là. Il a
porté ce matin du vermeil• à la fonte, et je l'ai vu entrant
1625 chez le papa Gobseck, rue des Grès•. Suivez bien ! En
revenant, il a envoyé chez la comtesse de Restaud ce
niais de Christophe qui nous a montré l'adresse de la
lettre dans laquelle était un billet acquitté•. Il est clair
que si la comtesse allait aussi chez le vieil escompteur•, il
1630 y avait urgence. Le père Goriot a galamment financé
pour elle. Il ne faut pas coudre deux idées pour voir clair
là-dedans. Cela vous prouve, mon jeune étudiant, que,
pendant que votre comtesse riait, dansait, faisait ses singeries, balançait ses fleurs de pêcher, et pinçait sa robe,
1635 elle était dans ses petits souliers, comme on dit, en pensant à ses lettres de change protestées[1], ou à celles de
son amant.

— Vous me donnez une furieuse envie de savoir la
vérité. J'irai demain chez madame de Restaud, s'écria
1640 Eugène.

---

1. *lettres de change protestées* : lettres de change• non payées.

– Oui, dit Poiret, il faut aller demain chez madame de Restaud.

– Vous y trouverez peut-être le bonhomme Goriot qui viendra toucher le montant de ses galanteries.

1645 – Mais, dit Eugène avec un air de dégoût, votre Paris est donc un bourbier.

– Et un drôle de bourbier, reprit Vautrin. Ceux qui s'y crottent en voiture sont d'honnêtes gens, ceux qui s'y crottent à pied sont des fripons. Ayez le malheur d'y 1650 décrocher[1] n'importe quoi, vous êtes montré sur la place du Palais-de-Justice° comme une curiosité[2]. Volez un million, vous êtes marqué dans les salons comme une vertu. Vous payez trente millions à la Gendarmerie et à la Justice pour maintenir cette morale-là. Joli !

1655 – Comment, s'écria madame Vauquer, le père Goriot aurait fondu son déjeuner de vermeil°?

– N'y avait-il pas deux tourterelles sur le couvercle? dit Eugène.

– C'est bien cela.

1660 – Il y tenait donc beaucoup, il a pleuré quand il a eu pétri l'écuelle et le plat. Je l'ai vu par hasard, dit Eugène.

– Il y tenait comme à sa vie, répondit la veuve.

– Voyez-vous le bonhomme, combien il est passionné, s'écria Vautrin. Cette femme-là sait lui chatouiller l'âme.

1665 L'étudiant remonta chez lui. Vautrin sortit. Quelques instants après, madame Couture et Victorine montèrent dans un fiacre que Sylvie alla leur chercher. Poiret offrit son bras à mademoiselle Michonneau, et tous deux allèrent se promener au Jardin des Plantes°, pendant les 1670 deux belles heures de la journée.

– Eh bien ! les voilà donc quasiment mariés, dit la grosse Sylvie. Ils sortent ensemble aujourd'hui pour la première fois. Ils sont tous deux si secs que, s'ils se cognent, ils feront feu comme un briquet.

---

1. *décrocher* : voler.
2. *vous êtes montré* [...] *comme une curiosité* : vous êtes condamné à la peine d'exposition publique.

1675 — Gare au châle de mademoiselle Michonneau, dit en riant madame Vauquer, il prendra comme de l'amadou[1].

À quatre heures du soir, quand Goriot rentra, il vit, à la lueur de deux lampes fumeuses, Victorine dont les yeux étaient rouges. Madame Vauquer écoutait le récit de 1680 la visite infructueuse faite à monsieur Taillefer pendant la matinée. Ennuyé de recevoir sa fille et cette vieille femme, Taillefer les avait laissé parvenir jusqu'à lui pour s'expliquer avec elles.

— Ma chère dame, disait madame Couture à madame 1685 Vauquer, figurez-vous qu'il n'a pas même fait asseoir Victorine, qu'est restée constamment debout. À moi, il m'a dit, sans se mettre en colère, tout froidement, de nous épargner la peine de venir chez lui ; que mademoiselle, sans dire sa fille, se nuisait dans son esprit en l'importu-1690 nant (une fois par an, le monstre !) ; que la mère de Victorine ayant été épousée sans fortune, elle n'avait rien à prétendre ; enfin les choses les plus dures, qui ont fait fondre en larmes cette pauvre petite. La petite s'est jetée alors aux pieds de son père, et lui a dit avec courage 1695 qu'elle n'insistait autant que pour sa mère, qu'elle obéirait à ses volontés sans murmure ; mais qu'elle le suppliait de lire le testament de la pauvre défunte ; elle a pris la lettre et la lui a présentée en disant les plus belles choses du monde et les mieux senties, je ne sais pas où 1700 elle les a prises, Dieu les lui dictait, car la pauvre enfant était si bien inspirée qu'en l'entendant, moi, je pleurais comme une bête. Savez-vous ce que faisait cette horreur d'homme, il se coupait les ongles, il a pris cette lettre que la pauvre madame Taillefer avait trempée de larmes, 1705 et l'a jetée sur la cheminée en disant : C'est bon ! Il a voulu relever sa fille qui lui prenait les mains pour les lui baiser, mais il les a retirées. Est-ce pas une scélératesse ? Son grand dadais de fils est entré sans saluer sa sœur.

— C'est donc des monstres ? dit le père Goriot.

1710 — Et puis, dit madame Couture sans faire attention à l'exclamation du bonhomme, le père et le fils s'en sont allés en me saluant et me priant de les excuser, ils

---

1. *amadou* : substance qui s'embrase aisément.

avaient des affaires pressantes. Voilà notre visite. Au moins il a vu sa fille. Je ne sais pas comment il peut la
1715 renier, elle lui ressemble comme deux gouttes d'eau.

Les pensionnaires, internes* et externes*, arrivèrent les uns après les autres, en se souhaitant mutuellement le bonjour, et se disant de ces riens qui constituent, chez certaines classes parisiennes, un esprit drolatique dans
1720 lequel la bêtise entre comme élément principal, et dont le mérite consiste particulièrement dans le geste ou la prononciation. Cette espèce d'argot* varie continuellement. La plaisanterie qui en est le principe n'a jamais un mois d'existence. Un événement politique, un procès en
1725 cour d'assises*, une chanson des rues, les farces d'un acteur, tout sert à entretenir ce jeu d'esprit qui consiste surtout à prendre les idées et les mots comme des volants, et à se les renvoyer sur des raquettes. La récente invention du Diorama[1], qui portait l'illusion de l'optique
1730 à un plus haut degré que dans les Panoramas[2], avait amené dans quelques ateliers de peinture la plaisanterie de parler en *rama*, espèce de charge qu'un jeune peintre, habitué de la pension Vauquer, y avait inoculée.

— Eh bien! *monsieurre* Poiret, dit l'employé au
1735 Muséum, comment va cette petite *santérama*? Puis, sans attendre sa réponse : Mesdames, vous avez du chagrin, dit-il à madame Couture et à Victorine.

— Allons-nous *dinaire*? s'écria Horace Bianchon, un étudiant en médecine, ami de Rastignac, ma petite esto-
1740 mac est descendue *usque ad talones*[3].

— Il fait un fameux *froitorama*! dit Vautrin. Dérangez-vous donc, père Goriot! Que diable! votre pied prend toute la gueule du poêle.

— Illustre monsieur Vautrin, dit Bianchon, pourquoi
1745 dites-vous *froitorama*? il y a une faute, c'est *froidorama*.

---

1. *Diorama* : spectacle très prisé au début du XIXᵉ siècle. Il consiste à donner, grâce à des jeux de lumière sur une toile immense, l'illusion du mouvement.
2. *Panoramas* : le Panorama est une immense toile peinte et tendue sur les murs d'une rotonde dont le spectateur occupe le centre. Pour que l'illusion d'optique soit la plus parfaite possible, la toile tourne.
3. *usque ad talones* : expression en latin de fantaisie signifiant jusque dans les talons. Avoir l'estomac dans les talons est une expression familière qui signifie avoir faim.

— Non, dit l'employé du Muséum, c'est *froitorama*, par la règle : j'ai froid aux pieds.

— Ah! ah!

1750 — Voici son excellence le marquis de Rastignac, docteur en droit-travers, s'écria Bianchon en saisissant Eugène par le cou et le serrant de manière à l'étouffer. Ohé, les autres, ohé!

Mademoiselle Michonneau entra doucement, salua les convives sans rien dire, et s'alla placer près des trois 1755 femmes.

— Elle me fait toujours grelotter, cette vieille chauve-souris, dit à voix basse Bianchon à Vautrin en montrant mademoiselle Michonneau. Moi qui étudie le système de Gall•, je lui trouve les bosses de Judas•.

1760 — Monsieur l'a connu? dit Vautrin.

— Qui ne l'a pas rencontré! répondit Bianchon. Ma parole d'honneur, cette vieille fille blanche me fait l'effet de ces longs vers qui finissent par ronger une poutre.

— Voilà ce que c'est, jeune homme, dit le quadragé-1765 naire en peignant ses favoris.

> Et rose, elle a vécu ce que vivent les roses,
> L'espace d'un matin[1].

— Ah! ah! voici une fameuse *soupeaurama*, dit Poiret en voyant Christophe qui entrait en tenant respectueuse-1770 ment le potage.

— Pardonnez-moi, monsieur, dit madame Vauquer, c'est une soupe aux choux.

Tous les jeunes gens éclatèrent de rire.

— Enfoncé, Poiret!

1775 — Poirrrrrette enfoncé!

— Marquez deux points à maman Vauquer, dit Vautrin.

— Quelqu'un a-t-il fait attention au brouillard de ce matin? dit l'employé.

— C'était, dit Bianchon, un brouillard frénétique[2] et

---

1. *Et rose* [...] *L'espace d'un matin* : citation d'un poème de Malherbe (1555-1628), *Consolation à Monsieur du Périer.*
2. *C'était* [...] *un brouillard frénétique* : il y avait un brouillard fou, très épais.

1780 sans exemple, un brouillard lugubre, mélancolique, vert, poussif, un brouillard Goriot.

— Goriorama, dit le peintre, parce qu'on n'y voyait goutte.

— Hé, milord Gâôriotte, il être questiônne dé véaus.

1785 Assis au bas bout de la table, près de la porte par laquelle on servait, le père Goriot leva la tête en flairant un morceau de pain qu'il avait sous sa serviette, par une vieille habitude commerciale qui reparaissait quelquefois.

— Hé! bien, lui cria aigrement madame Vauquer d'une
1790 voix qui domina le bruit des cuillers, des assiettes et des voix, est-ce que vous ne trouvez pas le pain bon?

— Au contraire, madame, répondit-il, il est fait avec de la farine d'Étampes, première qualité.

— À quoi voyez-vous cela? lui dit Eugène.

1795 — À la blancheur, au goût.

— Au goût du nez, puisque vous le sentez, dit madame Vauquer. Vous devenez si économe que vous finirez par trouver le moyen de vous nourrir en humant l'air de la cuisine.

1800 — Prenez alors un brevet d'invention, cria l'employé au Muséum, vous ferez une belle fortune.

— Laissez donc, il fait ça pour nous persuader qu'il a été vermicellier, dit le peintre.

— Votre nez est donc une cornue[1], demanda encore
1805 l'employé au Muséum.

— Cor quoi? fit Bianchon.

— Cor-nouille.

— Cor-nemuse.

— Cor-naline.

1810 — Cor-niche.

— Cor-nichon.

— Cor-beau.

— Cor-nac.

— Cor-norama.

1815 Ces huit réponses partirent de tous les côtés de la salle avec la rapidité d'un feu de file, et prêtèrent d'autant plus à rire, que le pauvre père Goriot regardait les convives

---

1. *cornue* : vase à col étroit servant pour la distillation.

d'un air niais, comme un homme qui tâche de comprendre une langue étrangère.

1820   — Cor? dit-il à Vautrin qui se trouvait près de lui.

— Cor aux pieds, mon vieux! dit Vautrin en enfonçant le chapeau du père Goriot par une tape qu'il lui appliqua sur la tête et qui le lui fit descendre jusque sur les yeux.

Le pauvre vieillard, stupéfait de cette brusque attaque, 1825 resta pendant un moment immobile. Christophe emporta l'assiette du bonhomme, croyant qu'il avait fini sa soupe ; en sorte que quand Goriot, après avoir relevé son chapeau, prit sa cuiller, il frappa sur la table. Tous les convives éclatèrent de rire.

1830   — Monsieur, dit le vieillard, vous êtes un mauvais plaisant, et si vous vous permettez encore de me donner de pareils renfoncements...

— Eh! bien, quoi, papa? dit Vautrin en l'interrompant.

— Eh! bien! vous payerez cela bien cher quelque 1835 jour...

— En enfer, pas vrai? dit le peintre, dans ce petit coin noir où l'on met les enfants méchants!

— Eh! bien, mademoiselle, dit Vautrin à Victorine, vous ne mangez pas. Le papa s'est donc montré récalci-1840 trant?

— Une horreur, dit madame Couture.

— Il faut le mettre à la raison, dit Vautrin.

— Mais, dit Rastignac, qui se trouvait assez près de Bianchon, mademoiselle pourrait intenter un procès sur 1845 la question des aliments[1], puisqu'elle ne mange pas. Eh! eh! voyez donc comme le père Goriot examine made-moiselle Victorine.

Le vieillard oubliait de manger pour contempler la pauvre jeune fille dans les traits de laquelle éclatait une 1850 douleur vraie, la douleur de l'enfant méconnu qui aime son père.

— Mon cher, dit Eugène à voix basse, nous nous sommes trompés sur le père Goriot. Ce n'est ni un imbé-cile ni un homme sans nerfs. Applique-lui ton système 1855 de Gall[*], et dis-moi ce que tu en penseras. Je lui ai vu

---

1. *sur la question des aliments* : pour obtenir une pension alimentaire.

cette nuit tordre un plat de vermeil*, comme si c'eût été
de la cire, et dans ce moment l'air de son visage trahit
des sentiments extraordinaires. Sa vie me paraît être trop
mystérieuse pour ne pas valoir la peine d'être étudiée.
1860 Oui, Bianchon, tu as beau rire, je ne plaisante pas.

– Cet homme est un fait médical, dit Bianchon,
d'accord ; s'il veut, je le dissèque.

– Non, tâte-lui la tête.

– Ah ! bien, sa bêtise est peut-être contagieuse.

Un dîner à la pension Vauquer.
Gravure du xixe siècle.

Pages 43 à 65

Compréhension

1. *Continuez de remplir la fiche biographique d'Eugène de Rastignac commencée à la question n° 4, p. 40.*

2. *À quelles occupations l'étudiant parisien consacre-t-il son temps? Comment cela est-il compatible avec le statut d'étudiant? Quels sont les deux mots clés utilisés par Balzac pour résumer le rôle joué par ces occupations dans la vie du jeune homme? En quoi la vie parisienne change-t-elle la perception de la réalité chez Eugène?*
Quelles sont les deux voies de la réussite qui s'offrent désormais à Eugène? Laquelle choisit-il? Quels traits du caractère d'Eugène apparaissent ici?

3. *Quel événement va permettre à Eugène de Rastignac de « conquérir une protectrice » ? Qui choisit-il et de quelle manière? Comment s'y prend-il pour la conquérir?*
Qu'est-ce qui montre qu'Eugène apparaît comme le cliché* du jeune ambitieux? Qu'il ne doit pas sa conquête à son charme, mais qu'il est utile à sa « protectrice » ?

4. *Quels sont les deux personnages qui apparaissent à Rastignac sous un jour nouveau à son retour du bal? Que découvre-t-il à propos de chacun d'eux? Quel point commun semblent avoir leurs activités?*
Quelle question se pose Rastignac? Quelle décision prend-il?

5. *Relevez dans le passage allant de « Le lendemain matin régnait à Paris » jusqu'à « elle lui ressemble comme deux gouttes d'eau. », l. 1271 à 1715, les renseignements donnés ou les suppositions émises par chaque pensionnaire sur ses colocataires. Pour chaque renseignement ou supposition, dites de qui il (ou elle) émane. Quel nouveau personnage apparaît ensuite? Quelle phrase fait pressentir son importance?*

6. *Vautrin classe Goriot dans la catégorie des « hommes à passions » parce qu'il ne « pense qu'à [Anastasie de Restaud] ». Dans le passage allant de « En ce moment, Goriot » (l. 1481) jusqu'à la fin du texte, relevez, dans l'attitude du père Goriot, tout ce qui peut étayer cette idée.*
En quoi le comportement du père Goriot à l'égard de Victorine peut-il nous mettre sur la voie de la passion qui l'habite?

Écriture

7. *En quoi la description de l'hôtel de Beauséant et de la soirée qui s'y est déroulée s'oppose-t-elle à celle de la pension Vauquer et de ses pensionnaires? Comment l'expliquez-vous? (Pensez à l'intérêt dramatique*, à la manière dont est racontée cette soirée.) Quelle est la double fonction de la longue liste de personnages (l. 1177 à l. 1186) présents à cette soirée?*

8. *Quel temps fait-il à Paris le lendemain du bal de madame de Beauséant? Qu'a découvert Rastignac à son retour du bal (cf. question n° 4)? Comment Balzac applique-t-il ici sa théorie de la correspondance, de la réciprocité entre ce que vivent les êtres humains et leur environnement?*

9. *Étude du comique dans le passage allant de «Les pensionnaires, internes* et externes*» (l. 1716), jusqu'à la fin du texte. Quel événement permet à Balzac d'introduire cet épisode comique? Par quel type de comique débute-t-il? Quels autres aspects de ce même comique trouvons-nous? Par quel type de comique est-il ensuite relayé? S'agit-il finalement de comique pur et simple?*

Mise en perspective

10. *«Eugène avait subi cet apprentissage à son insu...» nous dit Balzac. Qu'est-ce qu'un «roman d'apprentissage»? Sous quels autres noms ce genre est-il également connu? Donnez des exemples de romans d'apprentissage écrits en France au XIXe siècle. Si vous le pouvez, cherchez d'autres romans appartenant à la littérature française ou étrangère et écrits en d'autres siècles.*

11. *Ce chapitre est marqué par la première rencontre d'Eugène de Rastignac et d'Anastasie de Restaud. Vous pouvez comparer cette première rencontre avec celle de Mme de Clèves et de M. de Nemours (cf. Mme de Lafayette, La Princesse de Clèves, coll. «Le Livre de poche», pp. 38 à 40); celle de Julien Sorel et de Mme de Rénal (cf. Stendhal, Le Rouge et le Noir, coll. «Le Livre de poche», pp. 39-40); celle de Frédéric Moreau et de Mme Arnoux (cf. Flaubert, L'Éducation sentimentale, coll. «Le Livre de poche», pp. 34 à 36) et bien sûr, celle de Félix de Vandenesse et de Mme de Mortsauf (cf. Balzac, Le Lys dans la vallée, coll. «Le Livre de poche», pp. 34 à 36).*

12. *Cherchez des reproductions de peintures de femmes vivant dans la première moitié du XIXe siècle. Comparez avec la brève description que Balzac fait de Mme de Restaud.*

Christophe et la grosse Sylvie. — PAGE 8.

Christophe et Sylvie.
Gravure du XIXᵉ siècle.

1865 Le lendemain Rastignac s'habilla fort élégamment, et alla, vers trois heures de l'après-midi, chez madame de Restaud en se livrant pendant la route à ces espérances étourdiment folles qui rendent la vie des jeunes gens si belle d'émotions : ils ne calculent alors ni les obstacles ni les dangers, ils voient

1870 en tout le succès, poétisent leur existence par le seul jeu de leur imagination, et se font malheureux ou tristes par le renversement de projets qui ne vivaient encore que dans leurs désirs effrénés ; s'ils n'étaient pas ignorants et timides, le monde social serait impossible. Eugène marchait avec mille

1875 précautions pour ne se point crotter, mais il marchait en pensant à ce qu'il dirait à madame de Restaud, il s'approvisionnait d'esprit, il inventait les reparties d'une conversation imaginaire, il préparait ses mots fins, ses phrases à la Talleyrand*, en supposant de petites circonstances favorables

1880 à la déclaration sur laquelle il fondait son avenir. Il se crotta, l'étudiant, il fut forcé de faire cirer ses bottes et brosser son pantalon au Palais-Royal*. « Si j'étais riche, se dit-il en changeant une pièce de trente sous* qu'il avait prise *en cas de malheur*, je serais allé en voiture, j'aurais pu penser à mon

1885 aise. » Enfin il arriva rue du Helder* et demanda la comtesse de Restaud. Avec la rage froide d'un homme sûr de triompher un jour, il reçut le coup d'œil méprisant des gens qui l'avaient vu traversant la cour à pied, sans avoir entendu le bruit d'une voiture à la porte. Ce coup d'œil lui fut d'autant plus sensible

1890 qu'il avait déjà compris son infériorité en entrant dans cette cour, où piaffait un beau cheval richement attelé à l'un de ces cabriolets* pimpants qui affichent le luxe d'une existence dissipatrice, et sous-entendent l'habitude de toutes les félicités parisiennes. Il se mit, à lui tout seul, de mauvaise humeur.

1895 Les tiroirs ouverts dans son cerveau et qu'il comptait trouver pleins d'esprit se fermèrent, il devint stupide. En attendant la réponse de la comtesse, à laquelle un valet de chambre allait dire les noms du visiteur, Eugène se posa sur un seul pied devant une croisée* de l'antichambre, s'appuya le coude sur

1900 une espagnolette [1], et regarda machinalement dans la cour. Il trouvait le temps long, il s'en serait allé s'il n'avait pas été doué de cette ténacité méridionale qui enfante des prodiges quand elle va en ligne droite.

— Monsieur, dit le valet de chambre, madame est dans son

---

1. *espagnolette* : poignée de la fenêtre.

1905 boudoir* et fort occupée, elle ne m'a pas répondu ; mais, si monsieur veut passer au salon, il y a déjà quelqu'un.

Tout en admirant l'épouvantable pouvoir de ces gens qui, d'un seul mot, accusent ou jugent leurs maîtres, Rastignac ouvrit délibérément la porte par laquelle était sorti le valet de 1910 chambre, afin sans doute de faire croire à ces insolents valets qu'il connaissait les êtres de la maison ; mais il déboucha fort étourdiment dans une pièce où se trouvaient des lampes, des buffets, un appareil à chauffer des serviettes pour le bain, et qui menait à la fois dans un corridor obscur et dans un 1915 escalier dérobé. Les rires étouffés qu'il entendit dans l'antichambre mirent le comble à sa confusion.

— Monsieur, le salon est par ici, lui dit le valet de chambre avec ce faux respect qui semble être une raillerie de plus.

Eugène revint sur ses pas avec une telle précipitation qu'il 1920 se heurta contre une baignoire, mais il retint assez heureusement son chapeau pour l'empêcher de tomber dans le bain. En ce moment, une porte s'ouvrit au fond du long corridor éclairé par une petite lampe, Rastignac y entendit à la fois la voix de madame de Restaud, celle du père Goriot et le bruit 1925 d'un baiser. Il rentra dans la salle à manger, la traversa, suivit le valet de chambre, et rentra dans un premier salon où il resta posé devant la fenêtre, en s'apercevant qu'elle avait vue sur la cour. Il voulait voir si ce père Goriot était bien réellement son père Goriot. Le cœur lui battait étrangement, il se 1930 souvenait des épouvantables réflexions de Vautrin. Le valet de chambre attendait Eugène à la porte du salon, mais il en sortit tout à coup un élégant jeune homme, qui dit impatiemment : «Je m'en vais, Maurice. Vous direz à madame la comtesse que je l'ai attendue plus d'une demi-heure. » Cet 1935 impertinent, qui sans doute avait le droit de l'être, chantonna quelque roulade italienne en se dirigeant vers la fenêtre où stationnait Eugène, autant pour voir la figure de l'étudiant que pour regarder dans la cour.

— Mais monsieur le comte ferait mieux d'attendre encore 1940 un instant, Madame a fini, dit Maurice en retournant à l'antichambre.

En ce moment, le père Goriot débouchait près de la porte cochère par la sortie du petit escalier. Le bonhomme tirait son parapluie et se disposait à le déployer, sans faire attention que 1945 la grande porte était ouverte pour donner passage à un jeune homme décoré qui conduisait un tilbury*. Le père Goriot n'eut que le temps de se jeter en arrière pour n'être pas écrasé. Le taffetas[1] du parapluie avait effrayé le cheval, qui fit un léger écart en se précipitant vers le perron. Ce jeune homme détourna la tête d'un air de colère, regarda le père Goriot, et lui fit, avant qu'il ne sortît, un salut qui peignait la considération forcée que l'on accorde aux usuriers* dont on a besoin, ou ce respect nécessaire exigé par un homme taré, mais dont on rougit plus tard. Le père Goriot répondit par un petit salut amical, plein de bonhomie. Ces événements se passèrent avec la rapidité de l'éclair. Trop attentif pour s'apercevoir qu'il n'était pas seul, Eugène entendit tout à coup la voix de la comtesse.

– Ah! Maxime, vous vous en alliez, dit-elle avec un ton de reproche où se mêlait un peu de dépit.

La comtesse n'avait pas fait attention à l'entrée du tilbury. Rastignac se retourna brusquement et vit la comtesse coquettement vêtue d'un peignoir en cachemire blanc, à nœuds roses, coiffée négligemment, comme le sont les femmes de Paris au matin; elle embaumait, elle avait sans doute pris un bain, et sa beauté, pour ainsi dire assouplie, semblait plus voluptueuse; ses yeux étaient humides. L'œil des jeunes gens sait tout voir : leurs esprits s'unissent aux rayonnements de la femme comme une plante aspire dans l'air des substances qui lui sont propres, Eugène sentit donc la fraîcheur épanouie des mains de cette femme sans avoir besoin d'y toucher. Il voyait, à travers le cachemire, les teintes rosées du corsage que le peignoir, légèrement entr'ouvert, laissait parfois à nu, et sur lequel son regard s'étalait. Les ressources du busc* étaient inutiles à la comtesse, la ceinture marquait seule sa taille flexible, son cou invitait à l'amour, ses pieds étaient jolis dans les pantoufles. Quand Maxime prit cette main pour la baiser, Eugène aperçut alors Maxime, et la comtesse aperçut Eugène.

– Ah! c'est vous, monsieur de Rastignac, je suis bien aise de vous voir, dit-elle d'un air auquel savent obéir les gens d'esprit.

Maxime regardait alternativement Eugène et la comtesse d'une manière assez significative pour faire décamper l'intrus.

– Ah çà! ma chère, j'espère que tu vas me mettre ce petit drôle à la porte! Cette phrase était une traduction claire et intelligible des regards du jeune homme impertinemment fier

---

1. *taffetas* : tissu de soie uni et brillant.

que la comtesse Anastasie avait nommé Maxime, et dont elle consultait le visage de cette intention soumise qui dit tous les secrets d'une femme sans qu'elle s'en doute. Rastignac se sentit une haine violente pour ce jeune homme. D'abord les beaux cheveux blonds et bien frisés de Maxime lui apprirent combien les siens étaient horribles. Puis Maxime avait des bottes fines et propres, tandis que les siennes, malgré le soin qu'il avait pris en marchant, s'étaient empreintes d'une légère teinte de boue. Enfin Maxime portait une redingote qui lui serrait élégamment la taille et le faisait ressembler à une jolie femme, tandis qu'Eugène avait à deux heures et demie un habit noir. Le spirituel enfant de la Charente sentit la supériorité que la mise donnait à ce dandy*, mince et grand, à l'œil clair, au teint pâle, un de ces hommes capables de ruiner des orphelins. Sans attendre la réponse d'Eugène, madame de Restaud se sauva comme à tire-d'aile dans l'autre salon en laissant flotter les pans de son peignoir qui se roulaient et se déroulaient de manière à lui donner l'apparence d'un papillon ; et Maxime la suivit. Eugène furieux suivit Maxime et la comtesse. Ces trois personnages se trouvèrent donc en présence, à la hauteur de la cheminée, au milieu du grand salon. L'étudiant savait bien qu'il allait gêner cet odieux Maxime ; mais, au risque de déplaire à madame de Restaud, il voulut gêner le dandy*. Tout à coup, en se souvenant d'avoir vu ce jeune homme au bal de madame de Beauséant, il devina ce qu'était Maxime pour madame de Restaud ; et avec cette audace juvénile qui fait commettre de grandes sottises ou obtenir de grands succès, il se dit : Voilà mon rival, je veux triompher de lui. L'imprudent ! il ignorait que le comte Maxime de Trailles se laissait insulter, tirait le premier et tuait son homme. Eugène était un adroit chasseur, mais il n'avait pas encore abattu vingt poupées sur vingt-deux dans un tir. Le jeune comte se jeta dans une bergère au coin du feu, prit les pincettes, et fouilla le foyer par un mouvement si violent, si grimaud[1], que le beau visage d'Anastasie se chagrina soudain. La jeune femme se tourna vers Eugène, et lui lança un de ces regards froidement interrogatifs qui disent si bien : Pourquoi ne vous en allez-vous pas ? que les gens bien élevés savent aussitôt faire de ces phrases qu'il faudrait appeler des phrases de sortie.

---

1. *grimaud* : plein de mauvaise humeur.

Eugène prit un air agréable et dit : – Madame, j'avais hâte de vous voir pour...

2030 Il s'arrêta tout court. Une porte s'ouvrit. Le monsieur qui conduisait le tilbury* se montra soudain, sans chapeau, ne salua pas la comtesse, regarda soucieusement Eugène, et tendit la main à Maxime, en lui disant : « Bonjour », avec une expression fraternelle qui surprit singulièrement
2035 Eugène. Les jeunes gens de province ignorent combien est douce la vie à trois.

– Monsieur de Restaud, dit la comtesse à l'étudiant en lui montrant son mari.

Eugène s'inclina profondément.

2040 – Monsieur, dit-elle en continuant et en présentant Eugène au comte de Restaud, est monsieur de Rastignac, parent de madame la vicomtesse de Beauséant par les Marcillac, et que j'ai eu le plaisir de rencontrer à son dernier bal.

2045 *Parent de madame la vicomtesse de Beauséant par les Marcillac !* ces mots, que la comtesse prononça presque emphatiquement[1], par suite de l'espèce d'orgueil qu'éprouve une maîtresse de maison à prouver qu'elle n'a chez elle que des gens de distinction, furent d'un effet magique, le comte
2050 quitta son air froidement cérémonieux et salua l'étudiant.

– Enchanté, dit-il, monsieur, de pouvoir faire votre connaissance.

Le comte Maxime de Trailles lui-même jeta sur Eugène un regard inquiet et quitta tout à coup son air impertinent. Ce
2055 coup de baguette, dû à la puissante intervention d'un nom, ouvrit trente cases dans le cerveau du Méridional, et lui rendit l'esprit qu'il avait préparé. Une soudaine lumière lui fit voir clair dans l'atmosphère de la haute société parisienne, encore ténébreuse pour lui. La Maison Vauquer, le
2060 père Goriot étaient alors bien loin de sa pensée.

– Je croyais les Marcillac éteints ? dit le comte de Restaud à Eugène.

– Oui, monsieur, répondit-il. Mon grand-oncle, le chevalier de Rastignac, a épousé l'héritière de la famille de
2065 Marcillac. Il n'a eu qu'une fille, qui a épousé le maréchal de Clarimbault, aïeul maternel de madame de Beauséant. Nous sommes la branche cadette, branche d'autant plus pauvre

---

1. *emphatiquement* : avec de l'exagération dans le ton et dans les manières.

que mon grand-oncle, vice-amiral, a tout perdu au service du roi. Le gouvernement révolutionnaire n'a pas voulu
2070 admettre nos créances[1] dans la liquidation qu'il a faite de la compagnie des Indes[2].

— Monsieur votre grand-oncle ne commandait-il pas le *Vengeur* avant 1789 ?

— Précisément.

2075 — Alors, il a connu mon grand-père, qui commandait le *Warwick*.

Maxime haussa légèrement les épaules en regardant madame de Restaud, et eut l'air de lui dire : S'il se met à causer marine avec celui-là, nous sommes perdus. Anastasie
2080 comprit le regard de monsieur de Trailles. Avec cette admirable puissance que possèdent les femmes, elle se mit à sourire en disant : « Venez, Maxime ; j'ai quelque chose à vous demander. Messieurs, nous vous laisserons naviguer de conserve sur le *Warwick* et sur le *Vengeur*. » Elle se leva et fit
2085 un signe plein de traîtrise railleuse à Maxime, qui prit avec elle la route du boudoir•. À peine ce couple *morganatique*•, jolie expression allemande qui n'a pas son équivalent en français, avait-il atteint la porte, que le comte interrompit sa conversation avec Eugène.

2090 — Anastasie ! restez donc, ma chère, s'écria-t-il avec humeur, vous savez bien que...

— Je reviens, je reviens, dit-elle en l'interrompant, il ne me faut qu'un moment pour dire à Maxime ce dont je veux le charger.

2095 Elle revint promptement. Comme toutes les femmes qui, forcées d'observer le caractère de leurs maris pour pouvoir se conduire à leur fantaisie, savent reconnaître jusqu'où elles peuvent aller afin de ne pas perdre une confiance précieuse, et qui alors ne les choquent jamais dans les petites choses de
2100 la vie, la comtesse avait vu d'après les inflexions de la voix du comte qu'il n'y aurait aucune sécurité à rester dans le boudoir. Ces contretemps étaient dus à Eugène. Aussi la comtesse montra-t-elle l'étudiant d'un air et par un geste pleins de dépit à Maxime, qui dit fort épigrammatiquement[3]

---

1. *créances* : titres financiers.
2. *compagnie des Indes* : compagnie créée sous Louis XIV pour commercer avec les comptoirs des Indes.
3. *épigrammatiquement* : avec raillerie.

2105 au comte, à sa femme et à Eugène : – Écoutez, vous êtes en
affaires, je ne veux pas vous gêner ; adieu. Il se sauva.

– Restez donc, Maxime ! cria le comte.

– Venez dîner, dit la comtesse qui laissant encore une fois
Eugène et le comte suivit Maxime dans le premier salon où
2110 ils restèrent assez de temps ensemble pour croire que monsieur de Restaud congédierait Eugène.

Rastignac les entendait tour à tour éclatant de rire, causant, se taisant ; mais le malicieux étudiant faisait de l'esprit
avec monsieur de Restaud, le flattait ou l'embarquait dans
2115 des discussions, afin de revoir la comtesse et de savoir
quelles étaient ses relations avec le père Goriot. Cette
femme, évidemment amoureuse de Maxime ; cette femme,
maîtresse de son mari, liée secrètement au vieux vermicellier, lui semblait tout un mystère. Il voulait pénétrer ce mys-
2120 tère, espérant ainsi pouvoir régner en souverain sur cette
femme si éminemment Parisienne.

– Anastasie, dit le comte appelant de nouveau sa femme.

– Allons, mon pauvre Maxime, dit-elle au jeune homme,
il faut se résigner. À ce soir...

2125 – J'espère, *Nasie*, lui dit-il à l'oreille, que vous consigne-
rez ce petit jeune homme dont les yeux s'allumaient comme
des charbons quand votre peignoir s'entr'ouvrait. Il vous
ferait des déclarations, vous compromettrait, et vous me for-
ceriez à le tuer.

2130 – Êtes-vous fou, Maxime ? dit-elle. Ces petits étudiants ne
sont-ils pas, au contraire, d'excellents paratonnerres ? Je le
ferai, certes, prendre en grippe à Restaud.

Maxime éclata de rire et sortit suivi de la comtesse, qui se
mit à la fenêtre pour le voir montant en voiture, faire piaffer
2135 son cheval, et agitant son fouet. Elle ne revint que quand la
grande porte fut fermée.

– Dites donc, lui cria le comte quand elle rentra, ma
chère, la terre où demeure la famille de monsieur n'est pas
loin de Verteuil, sur la Charente. Le grand-oncle de mon-
2140 sieur et mon grand-père se connaissaient.

– Enchantée d'être en pays de connaissance, dit la
comtesse distraite.

– Plus que vous ne le croyez, dit à voix basse Eugène.

– Comment ? dit-elle vivement.

2145 – Mais, reprit l'étudiant, je viens de voir sortir de chez
vous un monsieur avec lequel je suis porte à porte dans la
même pension, le père Goriot.

À ce nom enjolivé du mot *père*, le comte, qui tisonnait, jeta

les pincettes dans le feu, comme si elles lui eussent brûlé les
2150 mains, et se leva.

— Monsieur, vous auriez pu dire monsieur Goriot ! s'écria-
t-il.

La comtesse pâlit d'abord en voyant l'impatience de son
mari, puis elle rougit, et fut évidemment embarrassée ; elle
2155 répondit d'une voix qu'elle voulut rendre naturelle, et d'un
air faussement dégagé : « Il est impossible de connaître quelqu'un que nous aimions mieux... » Elle s'interrompit, regarda
son piano, comme s'il se réveillait en elle quelque fantaisie, et
dit : — Aimez-vous la musique, monsieur ?
2160 — Beaucoup, répondit Eugène devenu rouge et bêtifié par
l'idée confuse qu'il eut d'avoir commis quelque lourde sottise.

— Chantez-vous ? s'écria-t-elle en s'en allant à son piano
dont elle attaqua vivement toutes les touches en les remuant
depuis l'ut d'en bas jusqu'au fa d'en haut. Rrrrah !
2165 — Non, madame.

Le comte de Restaud se promenait de long en large.

— C'est dommage, vous vous êtes privé d'un grand moyen
de succès. — *Ca-a-ro, ca-a-ro, ca-a-a-ro, non du-bita-re,*
chanta la comtesse.
2170 En prononçant le nom du père Goriot, Eugène avait
donné un coup de baguette magique, mais dont l'effet était
l'inverse de celui qu'avaient frappé ces mots : parent de
madame de Beauséant. Il se trouvait dans la situation d'un
homme introduit par faveur chez un amateur de curiosités,
2175 et qui, touchant par mégarde une armoire pleine de figures
sculptées, fait tomber trois ou quatre têtes mal collées. Il
aurait voulu se jeter dans un gouffre. Le visage de madame
de Restaud était sec, froid, et ses yeux devenus indifférents
fuyaient ceux du malencontreux étudiant.
2180 — Madame, dit-il, vous avez à causer avec monsieur de
Restaud, veuillez agréer mes hommages, et me permettre...

— Toutes les fois que vous viendrez, dit précipitamment la
comtesse en arrêtant Eugène par un geste, vous êtes sûr de
nous faire, à monsieur de Restaud comme à moi, le plus vif
2185 plaisir.

Eugène salua profondément le couple et sortit suivi de
monsieur de Restaud, qui, malgré ses instances, l'accompagna jusque dans l'antichambre.

— Toutes les fois que monsieur se présentera, dit le comte
2190 à Maurice, ni madame ni moi nous n'y serons.

Quand Eugène mit le pied sur le perron, il s'aperçut qu'il
pleuvait. — Allons, se dit-il, je suis venu faire une gaucherie

dont j'ignore la cause et la portée, je gâterai par-dessus le marché mon habit et mon chapeau. Je devrais rester dans un
2195 coin à piocher le droit, ne penser qu'à devenir un rude magistrat. Puis-je aller dans le monde quand, pour y manœuvrer convenablement, il faut un tas de cabriolets*, de bottes cirées, d'agrès[1] indispensables, des chaînes d'or, dès le matin des gants de daim blancs qui coûtent six francs, et
2200 toujours des gants jaunes le soir? Vieux drôle de père Goriot, va!

Quand il se trouva sous la porte de la rue, le cocher d'une voiture de louage, qui venait sans doute de remiser[2] de nouveaux mariés et qui ne demandait pas mieux que de voler à
2205 son maître quelques courses de contrebande, fit à Eugène un signe en le voyant sans parapluie, en habit noir, gilet blanc, gants jaunes et bottes cirées. Eugène était sous l'empire d'une de ces rages sourdes qui poussent un jeune homme à s'enfoncer de plus en plus dans l'abîme où il est
2210 rentré, comme s'il espérait y trouver une heureuse issue. Il consentit par un mouvement de tête à la demande du cocher. Sans avoir plus de vingt-deux sous dans sa poche, il monta dans la voiture où quelques grains de fleurs d'oranger et des brins de cannetille[3] attestaient le passage des mariés.
2215 — Où monsieur va-t-il? demanda le cocher, qui n'avait déjà plus ses gants blancs.

— Parbleu! se dit Eugène, puisque je m'enfonce, il faut au moins que cela me serve à quelque chose! Allez à l'hôtel de Beauséant, ajouta-t-il à haute voix.
2220 — Lequel? dit le cocher.

Mot sublime qui confondit Eugène. Cet élégant inédit ne savait pas qu'il y avait deux hôtels de Beauséant, il ne connaissait pas combien il était riche en parents qui ne se souciaient pas de lui.
2225 — Le vicomte de Beauséant, rue...

— De Grenelle, dit le cocher en hochant la tête et l'interrompant. Voyez-vous, il y a encore l'hôtel du comte et du

---

1. *agrès* : tout ce qui concerne la mâture d'un navire; ici, tout ce dont a besoin un jeune élégant.
2. *remiser* : déposer.
3. *cannetille* : petit fil de cuivre utilisé par les modistes.

marquis de Beauséant, rue Saint-Dominique[1], ajouta-t-il en relevant le marchepied.

2230 — Je le sais bien, répondit Eugène d'un air sec. Tout le monde aujourd'hui se moque donc de moi! dit-il en jetant son chapeau sur les coussins de devant. Voilà une escapade qui va me coûter la rançon d'un roi. Mais au moins je vais faire ma visite à ma soi-disant cousine d'une manière solide-
2235 ment aristocratique. Le père Goriot me coûte déjà au moins dix francs, le vieux scélérat! Ma foi, je vais raconter mon aventure à madame de Beauséant, peut-être la ferai-je rire. Elle saura sans doute le mystère des liaisons criminelles de ce vieux rat sans queue et de cette belle femme. Il vaut
2240 mieux plaire à ma cousine que de me cogner contre cette femme immorale, qui me fait l'effet d'être bien coûteuse. Si le nom de la belle vicomtesse est si puissant, de quel poids doit donc être sa personne? Adressons-nous en haut. Quand on s'attaque à quelque chose dans le ciel, il faut viser Dieu!
2245   Ces paroles sont la formule brève des mille et une pensées entre lesquelles il flottait. Il reprit un peu de calme et d'as-surance en voyant tomber la pluie. Il se dit que s'il allait dissiper deux des précieuses pièces de cent sous qui lui restaient, elles seraient heureusement employées à la conser-
2250 vation de son habit, de ses bottes et de son chapeau. Il n'entendit pas sans un mouvement d'hilarité son cocher criant : *La porte, s'il vous plaît*! Un suisse rouge et doré fit grogner sur ses gonds la porte de l'hôtel, et Rastignac vit avec une douce satisfaction sa voiture passant sous le
2255 porche, tournant dans la cour, et s'arrêtant sous la marquise du perron. Le cocher à grosse houppelande[2] bleue bordée de rouge vint déplier le marchepied. En descendant de sa voiture, Eugène entendit des rires étouffés qui partaient sous le péristyle•. Trois ou quatre valets avaient déjà plaisanté sur
2260 cet équipage• de mariée vulgaire. Leur rire éclaira l'étudiant au moment où il compara cette voiture à l'un des plus élé-gants coupés• de Paris, attelé de deux chevaux fringants qui avaient des roses à l'oreille, qui mordaient leur frein, et qu'un cocher poudré, bien cravaté, tenait en bride comme
2265 s'ils eussent voulu s'échapper. À la Chaussée-d'Antin•, madame de Restaud avait dans sa cour le fin cabriolet• de

---

1. *rue Saint-Dominique* : rue située dans le quartier du faubourg Saint-Germain•.
2. *houppelande* : vêtement large qui se met par-dessus l'habit.

l'homme de vingt-six ans. Au faubourg Saint-Germain*, attendait le luxe d'un grand seigneur, un équipage* que trente mille francs n'auraient pas payé.

2270 – Qui donc est là ? se dit Eugène en comprenant un peu tardivement qu'il devait se rencontrer à Paris bien peu de femmes qui ne fussent occupées, et que la conquête d'une de ces reines coûtait plus que du sang. Diantre ! ma cousine aura sans doute aussi son Maxime.

2275 Il monta le perron la mort dans l'âme. À son aspect[1] la porte vitrée s'ouvrit ; il trouva les valets sérieux comme des ânes qu'on étrille. La fête à laquelle il avait assisté s'était donnée dans les grands appartements de réception, situés au rez-de-chaussée de l'hôtel de Beauséant. N'ayant pas eu le temps,
2280 entre l'invitation et le bal, de faire une visite à sa cousine, il n'avait donc pas encore pénétré dans les appartements de madame de Beauséant ; il allait donc voir pour la première fois les merveilles de cette élégance personnelle qui trahit l'âme et les mœurs d'une femme de distinction. Étude d'autant plus
2285 curieuse que le salon de madame de Restaud lui fournissait un terme de comparaison. À quatre heures et demie la vicomtesse était visible. Cinq minutes plus tôt, elle n'eût pas reçu son cousin. Eugène, qui ne savait rien des diverses étiquettes parisiennes, fut conduit par un grand escalier plein de fleurs,
2290 blanc de ton, à rampe dorée, à tapis rouge, chez madame de Beauséant, dont il ignorait la biographie verbale, une de ces changeantes histoires qui se content tous les soirs d'oreille à oreille dans les salons de Paris.

La vicomtesse était liée depuis trois ans avec un des plus
2295 célèbres et des plus riches seigneurs portugais, le marquis d'Ajuda-Pinto. C'était une de ces liaisons innocentes qui ont tant d'attraits pour les personnes ainsi liées, qu'elles ne peuvent supporter personne en tiers. Aussi le vicomte de Beauséant avait-il donné lui-même l'exemple au public en
2300 respectant, bon gré, mal gré, cette union morganatique*. Les personnes qui, dans les premiers jours de cette amitié, vinrent voir la vicomtesse à deux heures, y trouvaient le marquis d'Ajuda-Pinto. Madame de Beauséant, incapable de fermer sa porte, ce qui eût été fort inconvenant, recevait si
2305 froidement les gens et contemplait si studieusement sa cor-

---

1. *À son aspect* : à sa vue.

niche[1], que chacun comprenait combien il la gênait. Quand on sut dans Paris qu'on gênait madame de Beauséant en venant la voir entre deux et quatre heures, elle se trouva dans la solitude la plus complète. Elle allait aux Bouffons• ou à
2310 l'Opéra en compagnie de monsieur de Beauséant et de monsieur d'Ajuda-Pinto ; mais, en homme qui sait vivre, monsieur de Beauséant quittait toujours sa femme et le Portugais après les y avoir installés. Monsieur d'Ajuda devait se marier. Il épousait une demoiselle de Rochefide. Dans toute la haute
2315 société une seule personne ignorait encore ce mariage, cette personne était madame de Beauséant. Quelques-unes de ses amies lui en avaient bien parlé vaguement ; elle en avait ri, croyant que ses amies voulaient troubler un bonheur jalousé. Cependant les bans allaient se publier. Quoiqu'il fût venu
2320 pour notifier ce mariage à la vicomtesse, le beau Portugais n'avait pas encore osé dire un traître mot. Pourquoi ? rien sans doute n'est plus difficile que de notifier à une femme un semblable *ultimatum*[2]. Certains hommes se trouvent plus à l'aise, sur le terrain, devant un homme qui leur menace le
2325 cœur avec une épée, que devant une femme qui, après avoir débité ses élégies• pendant deux heures, fait la morte et demande des sels. En ce moment donc monsieur d'Ajuda-Pinto était sur les épines, et voulait sortir, en se disant que madame de Beauséant apprendrait cette nouvelle, il lui écri-
2330 rait, il serait plus commode de traiter ce galant assassinat par correspondance que de vive voix. Quand le valet de chambre de la vicomtesse annonça monsieur Eugène de Rastignac, il fit tressaillir de joie le marquis d'Ajuda-Pinto. Sachez-le bien, une femme aimante est encore plus ingénieuse à se créer des
2335 doutes qu'elle n'est habile à varier le plaisir. Quand elle est sur le point d'être quittée, elle devine plus rapidement le sens d'un geste que le coursier de Virgile ne flaire les lointains corpuscules qui lui annoncent l'amour[3]. Aussi comptez que madame de Beauséant surprit ce tressaillement involontaire,
2340 léger, mais naïvement épouvantable. Eugène ignorait qu'on ne doit jamais se présenter chez qui que ce soit à Paris sans s'être fait conter par les amis de la maison l'histoire du mari,

---

1. *corniche* : ornement saillant situé au-dessus des portes, au-dessous d'un plafond.
2. *ultimatum* : décision irrévocable.
3. *le coursier [...] lui annoncent l'amour* : allusion aux *Géorgiques* de Virgile (III, v. 250-251).

celle de la femme ou des enfants, afin de n'y commettre aucune de ces balourdises dont on dit pittoresquement en Pologne : *Attelez cinq bœufs à votre char* ! sans doute pour vous tirer du mauvais pas où vous vous embourbez. Si ces malheurs de la conversation n'ont encore aucun nom en France, on les y suppose sans doute impossibles, par suite de l'énorme publicité qu'y obtiennent les médisances. Après s'être embourbé chez madame de Restaud, qui ne lui avait pas même laissé le temps d'atteler les cinq bœufs à son char, Eugène seul était capable de recommencer son métier de bouvier, en se présentant chez madame de Beauséant. Mais s'il avait horriblement gêné madame de Restaud et monsieur de Trailles, il tirait d'embarras monsieur d'Ajuda.

— Adieu, dit le Portugais en s'empressant de gagner la porte quand Eugène entra dans un petit salon coquet, gris et rose, où le luxe semblait n'être que de l'élégance.

— Mais à ce soir, dit madame de Beauséant en retournant la tête et jetant un regard au marquis. N'allons-nous pas aux Bouffons*?

— Je ne le puis, dit-il en prenant le bouton de la porte.

Madame de Beauséant se leva, le rappela près d'elle, sans faire la moindre attention à Eugène, qui, debout, étourdi par les scintillements d'une richesse merveilleuse, croyait à la réalité des contes arabes, et ne savait où se fourrer en se trouvant en présence de cette femme sans être remarqué par elle. La vicomtesse avait levé l'index de sa main droite, et par un joli mouvement désignait au marquis une place devant elle. Il y eut dans ce geste un si violent despotisme[1] de passion que le marquis laissa le bouton de la porte et vint. Eugène le regarda non sans envie.

— Voilà, se dit-il, l'homme au coupé* ! Mais il faut donc avoir des chevaux fringants, des livrées et de l'or à flots pour obtenir le regard d'une femme de Paris ? Le démon du luxe le mordit au cœur, la fièvre du gain le prit, la soif de l'or lui sécha la gorge. Il avait cent trente francs pour son trimestre. Son père, sa mère, ses frères, ses sœurs, sa tante, ne dépensaient pas deux cents francs par mois, à eux tous. Cette rapide comparaison entre sa situation présente et le but auquel il fallait parvenir contribuèrent à le stupéfier.

---

1. *despotisme* : tyrannie.

— Pourquoi, dit la vicomtesse en riant, ne *pouvez-vous* pas venir aux Italiens•?

— Des affaires! Je dîne chez l'ambassadeur d'Angleterre.

2385 — Vous les quitterez.

Quand un homme trompe, il est invinciblement forcé d'entasser mensonges sur mensonges. Monsieur d'Ajuda dit alors en riant : Vous l'exigez?

— Oui, certes.

2390 — Voilà ce que je voulais me faire dire, répondit-il en jetant un de ces fins regards qui auraient rassuré toute autre femme. Il prit la main de la vicomtesse, la baisa et partit.

Eugène passa la main dans ses cheveux, et se tortilla pour saluer en croyant que madame de Beauséant allait penser à
2395 lui ; tout à coup elle s'élance, se précipite dans la galerie, accourt à la fenêtre et regarde monsieur d'Ajuda pendant qu'il montait en voiture ; elle prête l'oreille à l'ordre, et entend le chasseur répétant au cocher : Chez monsieur de Rochefide. Ces mots, et la manière dont d'Ajuda se plongea
2400 dans sa voiture, furent l'éclair et la foudre pour cette femme, qui revint en proie à de mortelles appréhensions. Les plus horribles catastrophes ne sont que cela dans le grand monde. La vicomtesse rentra dans sa chambre à coucher, se mit à sa table, et prit un joli papier.

2405 *Du moment*, écrivait-elle, *où vous dînez chez les Rochefide, et non à l'ambassade anglaise, vous me devez une explication, je vous attends.*

Après avoir redressé quelques lettres défigurées par le tremblement convulsif de sa main, elle mit un C qui voulait
2410 dire Claire de Bourgogne, et sonna.

— Jacques, dit-elle à son valet de chambre qui vint aussitôt, vous irez à sept heures et demie chez monsieur de Rochefide, vous y demanderez le marquis d'Ajuda. Si monsieur le marquis y est, vous lui ferez parvenir ce billet sans
2415 demander de réponse ; s'il n'y est pas, vous reviendrez et me rapporterez ma lettre.

— Madame la vicomtesse a quelqu'un dans son salon.

— Ah! c'est vrai, dit-elle en poussant la porte.

Eugène commençait à se trouver très mal à l'aise, il aperçut
2420 enfin la vicomtesse qui lui dit d'un ton dont l'émotion lui remua les fibres du cœur : Pardon, monsieur, j'avais un mot à écrire, je suis maintenant tout à vous. Elle ne savait ce qu'elle disait, car voici ce qu'elle pensait : Ah! il veut épouser mademoiselle de Rochefide. Mais est-il donc libre? Ce soir ce mariage sera brisé,
2425 ou je... Mais il n'en sera plus question demain.

– Ma cousine... répondit Eugène.

– Hein? fit la vicomtesse en lui jetant un regard dont l'impertinence glaça l'étudiant.

Eugène comprit ce hein. Depuis trois heures il avait
2430 appris tant de choses, qu'il s'était mis sur le quivive.

– Madame, reprit-il en rougissant. Il hésita, puis il dit en continuant : Pardonnez-moi ; j'ai besoin de tant de protection qu'un bout de parenté n'aurait rien gâté.

Madame de Beauséant sourit, mais tristement : elle sentait
2435 déjà le malheur qui grondait dans son atmosphère.

– Si vous connaissiez la situation dans laquelle se trouve ma famille, dit-il en continuant, vous aimeriez à jouer le rôle d'une de ces fées fabuleuses qui se plaisaient à dissiper les obstacles autour de leurs filleuls.

2440 – Eh! bien, mon cousin, dit-elle en riant, à quoi puis-je vous être bonne?

– Mais le sais-je? Vous appartenir par un lien de parenté qui se perd dans l'ombre est déjà toute une fortune. Vous m'avez troublé, je ne sais plus ce que je venais vous dire.
2445 Vous êtes la seule personne que je connaisse à Paris. Ah! je voulais vous consulter en vous demandant de m'accepter comme un pauvre enfant qui désire se coudre à votre jupe, et qui saurait mourir pour vous.

– Vous tueriez quelqu'un pour moi?

2450 – J'en tuerais deux, fit Eugène.

– Enfant! Oui, vous êtes un enfant, dit-elle en réprimant quelques larmes ; vous aimeriez sincèrement, vous!

– Oh! fit-il en hochant la tête.

La vicomtesse s'intéressa vivement à l'étudiant pour une
2455 réponse d'ambitieux. Le Méridional en était à son premier calcul. Entre le boudoir* bleu de madame de Restaud et le salon rose de madame de Beauséant, il avait fait trois années de ce *Droit parisien* dont on ne parle pas, quoiqu'il constitue une haute jurisprudence[1] sociale qui, bien apprise et bien prati-
2460 quée, mène à tout.

– Ah! j'y suis, dit Eugène. J'avais remarqué madame de Restaud à votre bal, je suis allé ce matin chez elle.

– Vous avez dû bien la gêner, dit en souriant madame de Beauséant.

---

1. *jurisprudence* : ensemble des décisions des tribunaux qui serviront ensuite de référence dans les autres cas.

2465 — Eh! oui, je suis un ignorant qui mettra contre lui tout le monde, si vous me refusez votre secours. Je crois qu'il est fort difficile de rencontrer à Paris une femme jeune, belle, riche, élégante qui soit inoccupée, et il m'en faut une qui m'apprenne ce que, vous autres femmes, vous savez si bien
2470 expliquer : la vie. Je trouverai partout un monsieur de Trailles. Je venais donc à vous pour vous demander le mot d'une énigme, et vous prier de me dire de quelle nature est la sottise que j'y ai faite. J'ai parlé d'un père...

— Madame la duchesse de Langeais, dit Jacques en cou-
2475 pant la parole à l'étudiant qui fit le geste d'un homme violemment contrarié.

— Si vous voulez réussir, dit la vicomtesse à voix basse, d'abord ne soyez pas aussi démonstratif.

— Eh! bonjour, ma chère, reprit-elle en se levant et allant
2480 au-devant de la duchesse dont elle pressa les mains avec l'effusion caressante qu'elle aurait pu montrer pour une sœur et à laquelle la duchesse répondit par les plus jolies câlineries.

— Voilà deux bonnes amies, se dit Rastignac. J'aurai dès
2485 lors deux protectrices ; ces deux femmes doivent avoir les mêmes affections, et celle-ci s'intéressera sans doute à moi.

— À quelle heureuse pensée dois-je le bonheur de te voir, ma chère Antoinette ? dit madame de Beauséant.

— Mais j'ai vu monsieur d'Ajuda-Pinto entrant chez mon-
2490 sieur de Rochefide, et j'ai pensé qu'alors vous étiez seule.

Madame de Beauséant ne se pinça point les lèvres, elle ne rougit pas, son regard resta le même, son front parut s'éclaircir pendant que la duchesse prononçait ces fatales paroles.

— Si j'avais su que vous fussiez occupée... ajouta la
2495 duchesse en se tournant vers Eugène.

— Monsieur est monsieur Eugène de Rastignac, un de mes cousins, dit la vicomtesse. Avez-vous des nouvelles du général Montriveau ? dit-elle. Sérizy m'a dit hier qu'on ne le voyait plus, l'avez-vous eu chez vous aujourd'hui ?
2500 La duchesse, qui passait pour être abandonnée par mon-
sieur de Montriveau de qui elle était éperdument éprise, sentit au cœur la pointe de cette question, et rougit en répondant : — Il était hier à l'Élysée [1].

---

1. l'Élysée : le palais de l'Élysée est à cette époque la résidence du duc de Berry, fils du futur Charles X.

– De service, dit madame de Beauséant.

2505 – Clara, vous savez sans doute, reprit la duchesse en jetant des flots de malignité par ses regards, que demain les bans de monsieur d'Ajuda-Pinto et de mademoiselle de Rochefide se publient?

Ce coup était trop violent, la vicomtesse pâlit et répondit
2510 en riant : – Un de ces bruits dont s'amusent les sots. Pourquoi monsieur d'Ajuda porterait-il chez les Rochefide un des plus beaux noms du Portugal? Les Rochefide sont des gens anoblis d'hier.

– Mais Berthe réunira, dit-on, deux cent mille livres• de
2515 rente•.

– Monsieur d'Ajuda est trop riche pour faire de ces calculs.

– Mais, ma chère, mademoiselle de Rochefide est charmante.

2520 – Ah!

– Enfin il y dîne aujourd'hui, les conditions sont arrêtées. Vous m'étonnez étrangement d'être si peu instruite.

– Quelle sottise avez-vous donc faite, monsieur? dit madame de Beauséant. Ce pauvre enfant est si nouvellement
2525 jeté dans le monde, qu'il ne comprend rien, ma chère Antoinette, à ce que nous disons. Soyez bonne pour lui, remettons à causer de cela demain. Demain, voyez-vous, tout sera sans doute officiel, et vous pourrez être officieuse à coup sûr.

2530 La duchesse tourna sur Eugène un de ces regards impertinents qui enveloppent un homme des pieds à la tête, l'aplatissent, et le mettent à l'état de zéro.

– Madame, j'ai, sans le savoir, plongé un poignard dans le cœur de madame de Restaud. Sans le savoir, voilà ma faute,
2535 dit l'étudiant que son génie avait assez bien servi et qui avait découvert les mordantes épigrammes[1] cachées sous les phrases affectueuses de ces deux femmes. Vous continuez à voir, et vous craignez peut-être les gens qui sont dans le secret du mal qu'ils vous font, tandis que celui qui blesse en
2540 ignorant la profondeur de sa blessure est regardé comme un sot; un maladroit qui ne sait profiter de rien, et chacun le méprise.

Madame de Beauséant jeta sur l'étudiant un de ces regards

---

1. *épigrammes* : railleries.

fondants où les grandes âmes savent mettre tout à la fois de
2545 la reconnaissance et de la dignité. Ce regard fut comme un
baume qui calma la plaie que venait de faire au cœur de
l'étudiant le coup d'œil d'huissier-priseur par lequel la
duchesse l'avait évalué.

— Figurez-vous que je venais, dit Eugène en continuant,
2550 de capter la bienveillance du comte de Restaud ; car, dit-il en
se tournant vers la duchesse d'un air à la fois humble et
malicieux, il faut vous dire, madame, que je ne suis encore
qu'un pauvre diable d'étudiant, bien seul, bien pauvre...

— Ne dites pas cela, monsieur de Rastignac. Nous autres
2555 femmes, nous ne voulons jamais de ce dont personne ne
veut.

— Bah ! fit Eugène, je n'ai que vingt-deux ans, il faut
savoir supporter les malheurs de son âge. D'ailleurs, je suis à
confesse ; et il est impossible de se mettre à genoux dans un
2560 plus joli confessionnal : on y fait les péchés dont on s'accuse
dans l'autre.

La duchesse prit un air froid à ce discours antireligieux,
dont elle proscrivit le mauvais goût en disant à la
vicomtesse : — Monsieur arrive...

2565 Madame de Beauséant se prit à rire franchement et de son
cousin et de la duchesse.

— Il arrive, ma chère, et cherche une institutrice qui lui
enseigne le bon goût.

— Madame la duchesse, reprit Eugène, n'est-il pas naturel
2570 de vouloir s'initier aux secrets de ce qui nous charme ?
(Allons, se dit-il en lui-même, je suis sûr que je leur fais des
phrases de coiffeur.)

— Mais madame de Restaud est, je crois, l'écolière de
monsieur de Trailles, dit la duchesse.

2575 — Je n'en savais rien, madame, reprit l'étudiant. Aussi me
suis-je étourdiment jeté entre eux. Enfin, je m'étais assez
bien entendu avec le mari, je me voyais souffert pour un
temps par la femme, lorsque je me suis avisé de leur dire
que je connaissais un homme que je venais de voir sortant
2580 par un escalier dérobé, et qui avait au fond d'un couloir
embrassé la comtesse.

— Qui est-ce ? dirent les deux femmes.

— Un vieillard qui vit à raison de deux louis• par mois, au
fond du faubourg Saint-Marceau•, comme moi, pauvre étu-
2585 diant ; un véritable malheureux dont tout le monde se
moque, et que nous appelons le père Goriot.

— Mais, enfant que vous êtes, s'écria la vicomtesse, madame de Restaud est une demoiselle Goriot.

2590 — La fille d'un vermicellier, reprit la duchesse, une petite femme qui s'est fait présenter le même jour qu'une fille de pâtissier. Ne vous en souvenez-vous pas, Clara? Le roi s'est mis à rire, et a dit en latin un bon mot sur la farine. Des gens, comment donc? des gens...

2595 — *Ejusdem farinae*[1], dit Eugène.
— C'est cela, dit la duchesse.
— Ah! c'est son père, reprit l'étudiant en faisant un geste d'horreur.
— Mais oui; ce bonhomme avait deux filles dont il est quasi fou, quoique l'une et l'autre l'aient à peu près renié.

2600 — La seconde n'est-elle pas, dit la vicomtesse en regardant madame de Langeais, mariée à un banquier dont le nom est allemand, un baron de Nucingen? Ne se nomme-t-elle pas Delphine? N'est-ce pas une blonde qui a une loge de côté à l'Opéra, qui vient aussi aux Bouffons•, et rit très haut pour

2605 se faire remarquer?

La duchesse sourit en disant : — Mais, ma chère, je vous admire. Pourquoi vous occupez-vous donc tant de ces gens-là? Il a fallu être amoureux fou, comme l'était Restaud, pour s'être enfariné de mademoiselle Anastasie. Oh! il n'en sera

2610 pas le bon marchand[2]! Elle est entre les mains de monsieur de Trailles, qui la perdra.

— Elles ont renié leur père, répétait Eugène.
— Eh! bien, oui, leur père, le père, un père, reprit la vicomtesse, un bon père qui leur a donné, dit-on, à chacune

2615 cinq ou six cent mille francs pour faire leur bonheur en les mariant bien, et qui ne s'était réservé que huit à dix mille livres• de rente• pour lui, croyant que ses filles resteraient ses filles, qu'il s'était créé chez elles deux existences, deux maisons où il serait adoré, choyé. En deux ans, ses gendres

2620 l'ont banni de leur société comme le dernier des misérables...

Quelques larmes roulèrent dans les yeux d'Eugène, récemment rafraîchi par les pures et saintes émotions de la famille, encore sous le charme des croyances jeunes, et qui

2625 n'en était qu'à sa première journée sur le champ de bataille

---

1. *Ejusdem farinae* : de la même farine = du même genre.
2. *il n'en sera pas le bon marchand* : il s'en trouvera mal.

de la civilisation parisienne. Les émotions véritables sont si communicatives, que pendant un moment ces trois personnes se regardèrent en silence.

2630 – Eh! mon Dieu, dit madame de Langeais, oui, cela semble bien horrible, et nous voyons cependant cela tous les jours. N'y a-t-il pas une cause à cela? Dites-moi, ma chère, avez-vous pensé jamais à ce qu'est un gendre? Un gendre est un homme pour qui nous éléverons, vous ou moi, une chère petite créature à laquelle nous tiendrons par mille

2635 liens, qui sera pendant dix-sept ans la joie de la famille, qui en est l'âme blanche, dirait Lamartine, et qui en deviendra la peste. Quand cet homme nous l'aura prise, il commencera par saisir son amour comme une hache, afin de couper dans le cœur et au vif de cet ange tous les sentiments par lesquels

2640 elle s'attachait à sa famille. Hier, notre fille était tout pour nous, nous étions tout pour elle; le lendemain elle se fait notre ennemie. Ne voyons-nous pas cette tragédie s'accomplissant tous les jours? Ici, la belle-fille est de la dernière impertinence avec le beau-père, qui a tout sacrifié

2645 pour son fils. Plus loin, un gendre met sa belle-mère à la porte. J'entends demander ce qu'il y a de dramatique aujourd'hui dans la société; mais le drame du gendre est effrayant, sans compter nos mariages qui sont devenus de fort sottes choses. Je me rends parfaitement compte de ce

2650 qui est arrivé à ce vieux vermicellier. Je crois me rappeler que ce Foriot...

– Goriot, madame.

– Oui, ce Moriot a été président de sa section* pendant la Révolution; il a été dans le secret de la fameuse disette*, et a

2655 commencé sa fortune par vendre dans ce temps-là des farines dix fois plus qu'elles ne lui coûtaient. Il en a eu tant qu'il en a voulu. L'intendant de ma grand'mère lui en a vendu pour des sommes immenses. Ce Goriot partageait sans doute, comme tous ces gens-là, avec le Comité de Salut

2660 Public[1]. Je me souviens que l'intendant disait à ma grand'mère qu'elle pouvait rester en toute sûreté à Grandvilliers, parce que ses blés étaient une excellente carte civique. Eh! bien, ce Loriot, qui vendait du blé aux coupeurs de têtes, n'a eu qu'une passion. Il adore, dit-on, ses filles. Il a juché l'aînée

---

1. *Comité de Salut Public* : créé par la Convention en avril 1793, cet organisme reçut sous Robespierre (1793-1794) la fonction de gouverner la France.

2665 dans la maison de Restaud, et greffé l'autre sur le baron de
Nucingen, un riche banquier qui fait le royaliste. Vous
comprenez bien que, sous l'Empire, les deux gendres ne se
sont pas trop formalisés d'avoir ce vieux Quatre-vingt-treize [1]
chez eux ; ça pouvait encore aller avec Buonaparte [2]. Mais
2670 quand les Bourbons [3] sont revenus, le bonhomme a gêné
monsieur de Restaud, et plus encore le banquier. Les filles,
qui aimaient peut-être toujours leur père, ont voulu ménager
la chèvre et le chou, le père et le mari ; elles ont reçu le
Goriot quand elles n'avaient personne ; elles ont imaginé des
2675 prétextes de tendresse. « Papa, venez, nous serons mieux,
parce que nous serons seuls ! » etc. Moi, ma chère, je crois
que les sentiments vrais ont des yeux et une intelligence : le
cœur de ce pauvre Quatre-vingt-treize a donc saigné. Il a vu
que ses filles avaient honte de lui ; que, si elles aimaient leurs
2680 maris, il nuisait à ses gendres. Il fallait donc se sacrifier. Il
s'est sacrifié, parce qu'il était père : il s'est banni de lui-
même. En voyant ses filles, contentes, il comprit qu'il avait
bien fait. Le père et les enfants ont été complices de
ce petit crime. Nous voyons cela partout. Ce père Doriot
2685 n'aurait-il pas été une tache de cambouis dans le salon de ses
filles ? il y aurait été gêné, il se serait ennuyé. Ce qui arrive à
ce père peut arriver à la plus jolie femme avec l'homme
qu'elle aimera le mieux : si elle l'ennuie de son amour, il s'en
va, il fait des lâchetés pour la fuir. Tous les sentiments en
2690 sont là. Notre cœur est un trésor, videz-le d'un coup, vous
êtes ruinés. Nous ne pardonnons pas plus à un sentiment de
s'être montré tout entier qu'à un homme de ne pas avoir un
sou• à lui. Ce père avait tout donné. Il avait donné, pendant
vingt ans, ses entrailles, son amour ; il avait donné sa fortune
2695 en un jour. Le citron bien pressé, ses filles ont laissé le zeste
au coin des rues.

– Le monde est infâme, dit la vicomtesse en effilant son
châle et sans lever les yeux, car elle était atteinte au vif par
les mots que madame de Langeais avait dits, pour elle, en
2700 racontant cette histoire.

---

1. *Quatre-vingt-treize* : révolutionnaire pur et dur.
2. *Buonaparte* : Bonaparte, premier consul, puis empereur, a gouverné la France de 1799 à 1814.
3. *Bourbons* : nom de famille des rois de France depuis Henri IV. Louis XVIII, frère de Louis XVI, qui est monté sur le trône en 1814, marque le retour des Bourbons. *Cf.* Restauration•.

— Infâme! non, reprit la duchesse; il va son train, voilà tout. Si je vous en parle ainsi, c'est pour montrer que je ne suis pas la dupe du monde. Je pense comme vous, dit-elle en pressant la main de la vicomtesse. Le monde est un bourbier, tâchons de rester sur les hauteurs. Elle se leva, embrassa madame de Beauséant au front en lui disant : Vous êtes bien belle en ce moment, ma chère. Vous avez les plus jolies couleurs que j'aie vues jamais. Puis elle sortit après avoir légèrement incliné la tête en regardant le cousin.

— Le père Goriot est sublime! dit Eugène en se souvenant de l'avoir vu tordant son vermeil* la nuit.

Madame de Beauséant n'entendit pas, elle était pensive. Quelques moments de silence s'écoulèrent, et le pauvre étudiant, par une sorte de stupeur honteuse, n'osait ni s'en aller, ni rester, ni parler.

— Le monde est infâme et méchant, dit enfin la vicomtesse. Aussitôt qu'un malheur nous arrive, il se rencontre toujours un ami prêt à venir nous le dire, et à nous fouiller le cœur avec un poignard en nous en faisant admirer le manche. Déjà le sarcasme, déjà les railleries! Ah! je me défendrai. Elle releva la tête comme une grande dame qu'elle était, et des éclairs sortirent de ses yeux fiers. – Ah! fit-elle en voyant Eugène, vous êtes là!

— Encore, dit-il piteusement.

— Eh! bien, monsieur de Rastignac, traitez ce monde comme il mérite de l'être. Vous voulez parvenir, je vous aiderai. Vous sonderez combien est profonde la corruption féminine, vous toiserez[1] la largeur de la misérable vanité des hommes. Quoique j'aie bien lu dans ce livre du monde, il y avait des pages qui cependant m'étaient inconnues. Maintenant je sais tout. Plus froidement vous calculerez, plus avant vous irez. Frappez sans pitié, vous serez craint. N'acceptez les hommes et les femmes que comme des chevaux de poste que vous laisserez crever à chaque relais, vous arriverez ainsi au faîte de vos désirs. Voyez-vous, vous ne serez rien ici si vous n'avez pas une femme qui s'intéresse à vous. Il vous la faut jeune, riche, élégante. Mais si vous avez un sentiment vrai, cachez-le comme un trésor; ne le laissez jamais soupçonner, vous seriez perdu. Vous ne seriez plus le bourreau, vous deviendriez la victime. Si jamais vous aimiez, gardez bien

---

1. *toiserez* : mesurerez.

votre secret ! ne le livrez pas avant d'avoir bien su à qui vous ouvrirez votre cœur. Pour préserver par avance cet amour qui n'existe pas encore, apprenez à vous méfier de ce monde-ci. Écoutez-moi, Miguel [1]... (Elle se trompait naïvement de nom
2745 sans s'en apercevoir.) Il existe quelque chose de plus épouvantable que ne l'est l'abandon du père par ses deux filles, qui le voudraient mort. C'est la rivalité des deux sœurs entre elles. Restaud a de la naissance, sa femme a été adoptée, elle a été présentée ; mais sa sœur, sa riche sœur, la belle madame
2750 Delphine de Nucingen, femme d'un homme d'argent, meurt de chagrin ; la jalousie la dévore, elle est à cent lieues de sa sœur ; sa sœur n'est plus sa sœur ; ces deux femmes se renient entre elles comme elles renient leur père. Aussi, madame de Nucingen laperait-elle toute la boue qu'il y a entre la rue
2755 Saint-Lazare* et la rue de Grenelle* pour entrer dans mon salon. Elle a cru que de Marsay la ferait arriver à son but, et elle s'est faite l'esclave de de Marsay, elle assomme de Marsay. De Marsay se soucie fort peu d'elle. Si vous me la présentez, vous serez son Benjamin*, elle vous adorera. Aimez-la si vous
2760 pouvez après, sinon servez-vous d'elle. Je la verrai une ou deux fois, en grande soirée, quand il y aura cohue ; mais je ne la recevrai jamais le matin. Je la saluerai, cela suffira. Vous vous êtes fermé la porte de la comtesse pour avoir prononcé le nom du père Goriot. Oui, mon cher, vous iriez vingt fois
2765 chez madame Restaud, vingt fois vous la trouveriez absente. Vous avez été consigné. Eh ! bien, que le père Goriot vous introduise près de madame Delphine de Nucingen. La belle madame de Nucingen sera pour vous une enseigne. Soyez l'homme qu'elle distingue, les femmes raffoleront de vous.
2770 Ses rivales, ses amies, ses meilleures amies, voudront vous enlever à elle. Il y a des femmes qui aiment l'homme déjà choisi par une autre, comme il y a de pauvres bourgeoises qui, en prenant nos chapeaux, espèrent avoir nos manières. Vous aurez des succès. À Paris, le succès est tout, c'est la clef
2775 du pouvoir. Si les femmes vous trouvent de l'esprit, du talent, les hommes le croiront, si vous ne les détrompez pas. Vous pourrez alors tout vouloir, vous aurez le pied partout. Vous saurez alors ce qu'est le monde, une réunion de dupes et de fripons. Ne soyez ni parmi les uns ni parmi les autres. Je vous

---

1. *Miguel* : prénom du marquis d'Ajuda-Pinto.

2780 donne mon nom comme un fil d'Ariane[1] pour entrer dans ce labyrinthe. Ne le compromettez pas, dit-elle en recourbant son cou et jetant un regard de reine à l'étudiant, rendez-le-moi blanc. Allez, laissez-moi. Nous autres femmes, nous avons aussi nos batailles à livrer.

2785 — S'il vous fallait un homme de bonne volonté pour aller mettre le feu à une mine? dit Eugène en l'interrompant.

— Eh! bien? dit-elle.

Il se frappa le cœur, sourit au sourire de sa cousine, et sortit. Il était cinq heures. Eugène avait faim, il craignit de ne pas 2790 arriver à temps pour l'heure du dîner. Cette crainte lui fit sentir le bonheur d'être rapidement emporté dans Paris. Ce plaisir purement machinal le laissa tout entier aux pensées qui l'assaillaient. Lorsqu'un jeune homme de son âge est atteint par le mépris, il s'emporte, il enrage, il menace du poing la société 2795 tout entière, il veut se venger et doute aussi de lui-même. Rastignac était en ce moment accablé par ces mots : *Vous vous êtes fermé la porte de la comtesse.* — J'irai! se disait-il, et si madame de Beauséant a raison, si je suis consigné... je... Madame de Restaud me trouvera dans tous les salons où elle 2800 va. J'apprendrai à faire des armes, à tirer le pistolet, je lui tuerai son Maxime! Et de l'argent! lui criait sa conscience, où donc en prendras-tu? Tout à coup la richesse étalée chez la comtesse de Restaud brilla devant ses yeux. Il avait vu là le luxe dont une demoiselle Goriot devait être amoureuse, des dorures, des 2805 objets de prix en évidence, le luxe inintelligent du parvenu, le gaspillage de la femme entretenue. Cette fascinante image fut soudainement écrasée par le grandiose hôtel de Beauséant. Son imagination, transportée dans les hautes régions de la société parisienne, lui inspira mille pensées mauvaises au cœur, en lui 2810 élargissant la tête et la conscience. Il vit le monde comme il est : les lois et la morale impuissantes chez les riches, et vit dans la fortune l'*ultima ratio mundi*[2]. « Vautrin a raison, la fortune est la vertu! » se dit-il.

---

1. *fil d'Ariane* : fil que, selon la légende grecque, Ariane remit à Thésée pour lui permettre de retrouver son chemin dans le labyrinthe et de revenir vivant de son combat contre le Minotaure (monstre mi-homme, mi-taureau).
2. *ultima ratio mundi* : expression latine signifiant l'« argument suprême du monde ».

Questions

Pages 69 à 92

Compréhension

1. *Comment apparaissent la maladresse et l'inexpérience d'Eugène lors de ses visites à madame de Restaud et à madame de Beauséant ? Comment se traduisent les débuts de son apprentissage ? Par quelles phrases Balzac souligne-t-il son inexpérience, puis le début de son apprentissage ?*

2. *Qu'a déjà appris Eugène sur les conditions de réussite dans la vie parisienne lorsqu'il pénètre dans « le salon rose de madame de Beauséant » ?*

3. *Quelle découverte pousse Eugène à se renseigner sur le père Goriot ? Que lui apprend le récit de la duchesse de Langeais sur la vie passée du père Goriot (son enrichissement ; son ambition ; la composition de sa famille, ses sentiments pour chacun de ses membres, et les sentiments de ceux-ci pour lui) ?*

4. *Par quel raccourci la duchesse de Langeais définit-elle le monde ? Qui avant elle avait déjà employé ce terme ? (cf. p. 59)*

5. *Quels rôles madame de Beauséant se propose-t-elle de jouer auprès du jeune homme ? Que lui révèle-t-elle ? Quelle stratégie lui conseille-t-elle pour réussir dans la vie ? En quoi ses souffrances personnelles interfèrent-elles dans ses conseils ?*

6. *Quels nouveaux milieux sociaux nous ont été présentés ici ? Qui nous y fait pénétrer ? Pour quelle raison ?*

Écriture

7. *Étudiez la construction de l'épisode concernant la visite chez madame de Restaud et celle de l'épisode concernant la visite chez madame de Beauséant. Quel est, au niveau du récit, l'intérêt de la symétrie choisie par Balzac ?*

8. *Le dialogue mondain. Par quelle phrase Rastignac résume-t-il les échanges verbaux de la vicomtesse de Beauséant et de la duchesse de Langeais ? Comment la duchesse s'y prend-elle pour blesser la vicomtesse ? Comment la vicomtesse contre-attaque-t-elle ? Comment la vicomtesse réussit-elle à détourner la conversation ?*

9. *Comment Balzac, pour maintenir le suspense, retarde-t-il les révélations sur la vie passée du père Goriot?*

Mise en perspective

10. *Au-delà de la vie de Goriot, que nous apprend le récit de la duchesse de Langeais sur la société des années 1820? (Pour répondre à cette question, aidez-vous de votre manuel d'histoire ou de la chronologie si vous avez répondu à la question n° 14, p. 41.)*

11. *Madame de Beauséant se charge d'enseigner le monde à Eugène. Une autre héroïne de Balzac, madame de Mortsauf, se charge d'enseigner le monde à un autre jeune homme, Félix de Vandenesse. Lisez la lettre qu'elle lui adresse. (Balzac, Le Lys dans la vallée, coll. «Le Livre de poche», pp. 166 à 184.)*

Goriot président de sa section pendant la Révolution.
Gravure du XIXᵉ siècle.

Les galeries du Palais-Royal.

Le Palais-Royal.

Arrivé rue Neuve-Sainte-Geneviève*, il monta rapidement
2815 chez lui, descendit pour donner dix francs au cocher, et vint
dans cette salle à manger nauséabonde où il aperçut, comme
des animaux à un râtelier, les dix-huit convives en train de
se repaître. Le spectacle de ces misères et l'aspect de cette
salle lui furent horribles. La transition était trop brusque, le
2820 contraste trop complet, pour ne pas développer outre
mesure chez lui le sentiment de l'ambition. D'un côté, les
fraîches et charmantes images de la nature sociale la plus
élégante, des figures jeunes, vives, encadrées par les merveilles de l'art et du luxe, des têtes passionnées pleines de
2825 poésie ; de l'autre, de sinistres tableaux bordés de fange, et
des faces où les passions n'avaient laissé que leurs cordes et
leur mécanisme. Les enseignements que la colère d'une
femme abandonnée avait arrachés à madame de Beauséant,
ses offres captieuses* revinrent dans sa mémoire, et la misère
2830 les commenta. Rastignac résolut d'ouvrir deux tranchées
parallèles pour arriver à la fortune, de s'appuyer sur la
science et sur l'amour, d'être un savant docteur et un
homme à la mode. Il était encore bien enfant ! Ces deux
lignes sont des asymptotes[1] qui ne peuvent jamais se
2835 rejoindre.

— Vous êtes bien sombre, monsieur le marquis, lui dit
Vautrin, qui lui jeta un de ces regards par lesquels cet
homme semblait s'initier aux secrets les plus cachés du
cœur.

2840 — Je ne suis plus disposé à souffrir les plaisanteries de
ceux qui m'appellent monsieur le marquis, répondit-il. Ici,
pour être vraiment marquis, il faut avoir cent mille livres* de
rente*, et quand on vit dans la Maison Vauquer on n'est pas
précisément le favori de la Fortune.

2845 Vautrin regarda Rastignac d'un air paternel et méprisant,
comme s'il eût dit : Marmot ! dont je ne ferais qu'une bou-
chée ! Puis il répondit : — Vous êtes de mauvaise humeur,
parce que vous n'avez peut-être pas réussi auprès de la belle
comtesse de Restaud.

2850 — Elle m'a fermé sa porte pour lui avoir dit que son père
mangeait à notre table, s'écria Rastignac.

---

1. *asymptotes* : lignes droites qui s'approchent d'une courbe sans jamais la rencontrer.

Tous les convives s'entre-regardèrent. Le père Goriot baissa les yeux, et se retourna pour les essuyer.

– Vous m'avez jeté du tabac dans l'œil, dit-il à son voisin.

2855 – Qui vexera le père Goriot s'attaquera désormais à moi, répondit Eugène en regardant le voisin de l'ancien vermicellier ; il vaut mieux que nous tous. Je ne parle pas des dames, dit-il en se retournant vers mademoiselle Taillefer.

Cette phrase fut un dénouement, Eugène l'avait pronon-
2860 cée d'un air qui imposa silence aux convives. Vautrin seul lui dit en goguenardant : – Pour prendre le père Goriot à votre compte, et vous établir son éditeur responsable, il faut savoir bien tenir une épée et bien tirer le pistolet.

– Ainsi ferai-je, dit Eugène.

2865 – Vous êtes donc entré en campagne aujourd'hui ?

– Peut-être, répondit Rastignac. Mais je ne dois compte de mes affaires à personne, attendu que je ne cherche pas à deviner celles que les autres font la nuit.

Vautrin regarda Rastignac de travers.

2870 – Mon petit, quand on ne veut pas être dupe des marionnettes, il faut entrer tout à fait dans la baraque, et ne pas se contenter de regarder par les trous de la tapisserie. Assez causé, ajouta-t-il en voyant Eugène près de se gendarmer. Nous aurons ensemble un petit bout de conversation quand
2875 vous le voudrez.

Le dîner devint sombre et froid. Le père Goriot, absorbé par la profonde douleur que lui avait causée la phrase de l'étudiant, ne comprit pas que les dispositions des esprits étaient changées à son égard, et qu'un jeune homme en état
2880 d'imposer silence à la persécution avait pris sa défense.

– Monsieur Goriot, dit madame Vauquer à voix basse, serait donc le père d'une comtesse à c't'heure ?

– Et d'une baronne, lui répliqua Rastignac.

– Il n'a que ça à faire, dit Bianchon à Rastignac, je lui ai
2885 pris la tête : il n'y a qu'une bosse[1], celle de la paternité, ce sera un Père Éternel[2].

Eugène était trop sérieux pour que la plaisanterie de Bianchon le fît rire. Il voulait profiter des conseils de madame de Beauséant, et se demandait où et comment il se
2890 procurerait de l'argent. Il devint soucieux en voyant les

---

1. *bosse* : *cf.* Gall*.
2. *Père Éternel* : Dieu.

savanes du monde qui se déroulaient à ses yeux à la fois vides et pleines ; chacun le laissa seul dans la salle à manger quand le dîner fut fini.

– Vous avez donc vu ma fille ? lui dit Goriot d'une voix
2895 émue.

Réveillé de sa méditation par le bonhomme, Eugène lui prit la main, et le contemplant avec une sorte d'attendrissement : – Vous êtes un brave et digne homme, répondit-il. Nous causerons de vos filles plus tard. Il se leva sans vouloir
2900 écouter le père Goriot, et se retira dans sa chambre, où il écrivit à sa mère la lettre suivante :

« Ma chère mère, vois si tu n'as pas une troisième mamelle à t'ouvrir pour moi. Je suis dans une situation à faire promptement fortune. J'ai besoin de douze cents
2905 francs, et il me les faut à tout prix. Ne dis rien de ma demande à mon père, il s'y opposerait peut-être, et si je n'avais pas cet argent je serais en proie à un désespoir qui me conduirait à me brûler la cervelle. Je t'expliquerai mes motifs aussitôt que je te verrai, car il faudrait t'écrire des
2910 volumes pour te faire comprendre la situation dans laquelle je suis. Je n'ai pas joué, ma bonne mère, je ne dois rien ; mais si tu tiens à me conserver la vie que tu m'as donnée, il faut me trouver cette somme. Enfin, je vais chez la vicomtesse de Beauséant, qui m'a pris sous sa protection. Je
2915 dois aller dans le monde, et n'ai pas un sou* pour avoir des gants propres. Je saurai ne manger que du pain, ne boire que de l'eau, je jeûnerai au besoin ; mais je ne puis me passer des outils avec lesquels on pioche la vigne dans ce pays-ci. Il s'agit pour moi de faire mon chemin ou de rester
2920 dans la boue. Je sais toutes les espérances que vous avez mises en moi, et veux les réaliser promptement. Ma bonne mère, vends quelques-uns de tes anciens bijoux, je te les remplacerai bientôt. Je connais assez la situation de notre famille pour savoir apprécier de tels sacrifices, et tu dois croire que je
2925 ne te demande pas de les faire en vain, sinon je serais un monstre. Ne vois dans ma prière que le cri d'une impérieuse nécessité. Notre avenir est tout entier dans ce subside [1], avec lequel je dois ouvrir la campagne ; car cette vie de Paris est un combat perpétuel. Si, pour compléter la somme, il n'y a pas

---

1. *subside* : aide financière.

2930 d'autres ressources que de vendre les dentelles de ma tante,
dis-lui que je lui en enverrai de plus belles. » Etc.

Il écrivit à chacune de ses sœurs en leur demandant leurs
économies, et, pour les leur arracher sans qu'elles parlassent
en famille du sacrifice qu'elles ne manqueraient pas de lui
2935 faire avec bonheur, il intéressa leur délicatesse en attaquant
les cordes de l'honneur qui sont si bien tendues et
résonnent si fort dans de jeunes cœurs. Quand il eut écrit
ces lettres, il éprouva néanmoins une trépidation involontaire : il palpitait, il tressaillait. Ce jeune ambitieux connais-
2940 sait la noblesse immaculée de ces âmes ensevelies dans la
solitude, il savait quelles peines il causerait à ses deux
sœurs, et aussi quelles seraient leurs joies ; avec quel plaisir
elles s'entretiendraient en secret de ce frère bien-aimé, au
fond du clos. Sa conscience se dressa lumineuse, et les lui
2945 montra comptant en secret leur petit trésor : il les vit,
déployant le génie malicieux des jeunes filles pour lui
envoyer *incognito* cet argent, essayant une première tromperie pour être sublimes. « Le cœur d'une sœur est un diamant
de pureté, un abîme de tendresse ! » se dit-il. Il avait honte
2950 d'avoir écrit. Combien seraient puissants leurs vœux,
combien pur serait l'élan de leurs âmes vers le ciel ! Avec
quelles voluptés ne se sacrifieraient-elles pas ? De quelle
douleur serait atteinte sa mère, si elle ne pouvait envoyer
toute la somme ! Ces beaux sentiments, ces effroyables sacri-
2955 fices allaient lui servir d'échelon pour arriver à Delphine de
Nucingen. Quelques larmes, derniers grains d'encens jetés
sur l'autel sacré de la famille, lui sortirent des yeux. Il se
promena dans une agitation pleine de désespoir. Le père
Goriot, le voyant ainsi par sa porte qui était restée entrebâil-
2960 lée, entra et lui dit : – Qu'avez-vous, monsieur ?

– Ah ! mon bon voisin, je suis encore fils et frère comme
vous êtes père. Vous avez raison de trembler pour la
comtesse Anastasie, elle est à un monsieur Maxime de
Trailles qui la perdra.

2965 Le père Goriot se retira en balbutiant quelques paroles
dont Eugène ne saisit pas le sens. Le lendemain, Rastignac
alla jeter ses lettres à la poste. Il hésita jusqu'au dernier
moment, mais il les lança dans la boîte en disant : Je réussi-
rai ! Le mot du joueur, du grand capitaine, mot fataliste qui
2970 perd plus d'hommes qu'il n'en sauve. Quelques jours après,
Eugène alla chez madame de Restaud et ne fut pas reçu.
Trois fois il y retourna, trois fois encore il trouva la porte
close, quoiqu'il se présentât à des heures où le comte

Maxime de Trailles n'y était pas. La vicomtesse avait eu
2975 raison. L'étudiant n'étudia plus. Il allait aux cours pour y
répondre à l'appel, et quand il avait attesté sa présence, il
décampait. Il s'était fait le raisonnement que se font la plupart
des étudiants. Il réservait ses études pour le moment où il
s'agirait de passer ses examens ; il avait résolu d'entasser ses
2980 inscriptions de seconde et de troisième année, puis d'apprendre le Droit sérieusement et d'un seul coup au dernier
moment. Il avait ainsi quinze mois de loisirs pour naviguer
sur l'océan de Paris, pour s'y livrer à la traite des femmes, ou
y pêcher la fortune. Pendant cette semaine, il vit deux fois
2985 madame de Beauséant, chez laquelle il n'allait qu'au moment
où sortait la voiture du marquis d'Ajuda. Pour quelques jours
encore cette illustre femme, la plus poétique figure du faubourg Saint-Germain*, resta victorieuse, et fit suspendre le
mariage de mademoiselle de Rochefide avec le marquis
2990 d'Ajuda-Pinto. Mais ces derniers jours, que la crainte de
perdre son bonheur rendit les plus ardents de tous, devaient
précipiter la catastrophe. Le marquis d'Ajuda, de concert avec
les Rochefide, avait regardé cette brouille et ce raccommode-
ment comme une circonstance heureuse : ils espéraient que
2995 madame de Beauséant s'accoutumerait à l'idée de ce mariage
et finirait par sacrifier ses matinées à un avenir prévu dans la
vie des hommes. Malgré les plus saintes promesses renouve-
lées chaque jour, monsieur d'Ajuda jouait donc la comédie, et
la vicomtesse aimait à être trompée. « Au lieu de sauter noble-
3000 ment par la fenêtre, elle se laissait rouler dans les escaliers »,
disait la duchesse de Langeais, sa meilleure amie. Néanmoins,
ces dernières lueurs brillèrent assez longtemps pour que la
vicomtesse restât à Paris et y servît son jeune parent auquel
elle portait une sorte d'affection superstitieuse. Eugène s'était
3005 montré pour elle plein de dévouement et de sensibilité dans
une circonstance où les femmes ne voient de pitié, de consolation vraie dans aucun regard. Si un homme leur dit alors de
douces paroles, il les dit par spéculation*.

Dans le désir de parfaitement bien connaître son échiquier
3010 avant de tenter l'abordage de la maison de Nucingen,
Rastignac voulut se mettre au fait de la vie antérieure du père
Goriot, et recueillit des renseignements certains, qui peuvent
se réduire à ceci.

Jean-Joachim Goriot était, avant la Révolution, un simple
3015 ouvrier vermicellier, habile, économe, et assez entreprenant
pour avoir acheté le fonds de son maître, que le hasard rendit
victime du premier soulèvement de 1789. Il s'était établi rue

de la Jussienne*, près de la Halle-aux-Blés*, et avait eu le gros
bon sens d'accepter la présidence de sa section*, afin de faire
3020 protéger son commerce par les personnages les plus influents
de cette dangereuse époque. Cette sagesse avait été l'origine
de sa fortune qui commença dans la disette*, fausse ou vraie,
par suite de laquelle les grains acquirent un prix énorme à
Paris. Le peuple se tuait à la porte des boulangers, tandis que
3025 certaines personnes allaient chercher sans émeute des pâtes
d'Italie chez les épiciers. Pendant cette année, le citoyen
Goriot amassa les capitaux qui plus tard lui servirent à faire
son commerce avec toute la supériorité que donne une grande
masse d'argent à celui qui la possède. Il lui arriva ce qui arrive
3030 à tous les hommes qui n'ont qu'une capacité relative. Sa
médiocrité le sauva. D'ailleurs, sa fortune n'étant connue
qu'au moment où il n'y avait plus de danger à être riche, il
n'excita l'envie de personne. Le commerce de grains semblait
avoir absorbé toute son intelligence. S'agissait-il de blés, de
3035 farines, de grenailles[1], de reconnaître leurs qualités, les prove-
nances, de veiller à leur conservation, de prévoir les cours, de
prophétiser l'abondance ou la pénurie des récoltes, de se procurer les céréales à bon marché, de s'en approvisionner en
Sicile, en Ukraine, Goriot n'avait pas son second. À lui voir
3040 conduire ses affaires, expliquer les lois sur l'exportation, sur
l'importation des grains, étudier leur esprit, saisir leurs
défauts, un homme l'eût jugé capable d'être ministre d'État.
Patient, actif, énergique, constant, rapide dans ses expédi-
tions, il avait un coup d'œil d'aigle, il devançait tout, pré-
3045 voyait tout, savait tout, cachait tout ; diplomate pour concevoir, soldat pour marcher. Sorti de sa spécialité, de sa simple
et obscure boutique sur le pas de laquelle il demeurait pendant ses heures d'oisiveté, l'épaule appuyée au montant de la
porte, il redevenait l'ouvrier stupide et grossier, l'homme inca-
3050 pable de comprendre un raisonnement, insensible à tous les
plaisirs de l'esprit, l'homme qui s'endormait au spectacle, un
de ces Dolibans parisiens, forts seulement en bêtise. Ces
natures se ressemblent presque toutes. À presque toutes, vous
trouveriez un sentiment sublime au cœur. Deux sentiments
3055 exclusifs avaient rempli le cœur du vermicellier, en avaient
absorbé l'humide, comme le commerce des grains employait

---

1. *grenailles* : la grenaille est une « graine de rebut qui sert à nourrir les volailles »
(Littré).

toute l'intelligence de sa cervelle. Sa femme, fille unique d'un riche fermier de la Brie, fut pour lui l'objet d'une admiration religieuse, d'un amour sans bornes. Goriot avait admiré en
3060 elle une nature frêle et forte, sensible et jolie, qui contrastait vigoureusement avec la sienne. S'il est un sentiment inné dans le cœur de l'homme, n'est-ce pas l'orgueil de la protection exercée à tout moment en faveur d'un être faible ? joignez-y l'amour, cette reconnaissance vive de toutes les âmes franches
3065 pour le principe de leurs plaisirs, et vous comprendrez une foule de bizarreries morales. Après sept ans de bonheur sans nuages, Goriot, malheureusement pour lui, perdit sa femme : elle commençait à prendre de l'empire sur lui, en dehors de la sphère des sentiments. Peut-être eût-elle cultivé cette nature
3070 inerte, peut-être y eût-elle jeté l'intelligence des choses du monde et de la vie. Dans cette situation, le sentiment de la paternité se développa chez Goriot jusqu'à la déraison. Il reporta ses affections trompées par la mort sur ses deux filles, qui, d'abord, satisfirent pleinement tous ses sentiments. Quel-
3075 ques brillantes que fussent les propositions qui lui furent faites par des négociants ou des fermiers jaloux de lui donner leurs filles, il voulut rester veuf. Son beau-père, le seul homme pour lequel il avait eu du penchant, prétendait savoir pertinemment que Goriot avait juré de ne pas faire d'infidélité
3080 à sa femme, quoique morte. Les gens de la Halle, incapables de comprendre cette sublime folie, en plaisantèrent, et don-nèrent à Goriot quelque grotesque sobriquet*. Le premier d'entre eux qui, en buvant le vin d'un marché, s'avisa de le prononcer, reçut du vermicellier un coup de poing sur
3085 l'épaule qui l'envoya, la tête la première, sur une borne de la rue Oblin[1]. Le dévouement irréfléchi, l'amour ombrageux et délicat que portait Goriot à ses filles était si connu, qu'un jour un de ses concurrents, voulant le faire partir du marché pour rester maître du cours, lui dit que Delphine venait d'être ren-
3090 versée par un cabriolet*. Le vermicellier, pâle et blême, quitta aussitôt la Halle. Il fut malade pendant plusieurs jours par suite de la réaction des sentiments contraires auxquels le livra cette fausse alarme. S'il n'appliqua pas sa tape meurtrière sur l'épaule de cet homme, il le chassa de la Halle en le forçant,
3095 dans une circonstance critique, à faire faillite. L'éducation de

---

1. *rue Oblin* : rue qui n'existe plus aujourd'hui et qui était située près de la Halle-aux-Blés*.

ses deux filles fut naturellement déraisonnable. Riche de plus
de soixante mille livres* de rente*, et ne dépensant pas douze
cents francs pour lui, le bonheur de Goriot était de satisfaire
les fantaisies de ses filles : les plus excellents maîtres furent
3100 chargés de les douer des talents qui signalent une bonne éducation ; elles eurent une demoiselle de compagnie ; heureusement pour elles, ce fut une femme d'esprit et de goût ; elles
allaient à cheval, elles avaient voiture, elles vivaient comme
auraient vécu les maîtresses d'un vieux seigneur riche ; il leur
3105 suffisait d'exprimer les plus coûteux désirs pour voir leur père
s'empressant de les combler ; il ne demandait qu'une caresse
en retour de ses offrandes. Goriot mettait ses filles au rang des
anges, et nécessairement au-dessus de lui, le pauvre homme !
il aimait jusqu'au mal qu'elles lui faisaient. Quand ses filles
3110 furent en âge d'être mariées, elles purent choisir leurs maris
suivant leurs goûts : chacune d'elles devait avoir en dot* la
moitié de la fortune de son père. Courtisée pour sa beauté par
le comte de Restaud, Anastasie avait des penchants aristocratiques qui la portèrent à quitter la maison paternelle pour
3115 s'élancer dans les hautes sphères sociales. Delphine aimait
l'argent : elle épousa Nucingen, banquier d'origine allemande
qui devint baron du Saint-Empire[1]. Goriot resta vermicellier.
Ses filles et ses gendres se choquèrent bientôt de lui voir
continuer ce commerce, quoique ce fût toute sa vie. Après
3120 avoir subi pendant cinq ans leurs instances, il consentit à se
retirer avec le produit de son fonds, et les bénéfices de ces
dernières années ; capital que madame Vauquer, chez laquelle
il était venu s'établir, avait estimé rapporter de huit à dix mille
livres* de rente*. Il se jeta dans cette pension par suite du
3125 désespoir qui l'avait saisi en voyant ses deux filles obligées par
leurs maris de refuser non seulement de le prendre chez elles,
mais encore de l'y recevoir ostensiblement.

Ces renseignements étaient tout ce que savait un monsieur Muret sur le compte du père Goriot, dont il avait
3130 acheté le fonds. Les suppositions que Rastignac avait
entendu faire par la duchesse de Langeais se trouvaient ainsi
confirmées. Ici se termine l'exposition de cette obscure, mais
effroyable tragédie parisienne.

---

1. *Saint-Empire* : le Saint-Empire romain germanique, fondé au xe siècle, comprenait
un ensemble de princes, allemands pour la plupart, qui reconnaissaient pour chef un
empereur élu par certains d'entre eux. Il fut dissous en 1806.

Pages 96 à 103

Compréhension

1. À la fin du passage précédent, quel obstacle se dressait devant Rastignac ? Comment pense-t-il parvenir à le surmonter ? Quelle opinion émet Balzac sur les idées du jeune homme ?

2. En quoi les remarques successives que Vautrin adresse à Rastignac révèlent-elles à la fois sa connaissance de la vie et son cynisme ? En quoi expliquent-elles l'attitude du jeune homme ? Par quelles révélations semble-t-il prendre l'avantage sur Vautrin ?

3. En quoi les révélations de Rastignac changent-elles l'attitude des pensionnaires à l'égard du père Goriot ? Celui-ci s'en rend-il compte immédiatement ? Pourquoi ?

4. Pourquoi Rastignac s'adresse-t-il à sa mère pour avoir de l'argent et lui demande-t-il de garder le secret ? Par quels arguments successifs cherche-t-il à l'émouvoir ? Par quels arguments cherche-t-il à la rassurer ?

5. Quels arguments déjà utilisés auprès de sa mère Rastignac utilise-t-il auprès de ses sœurs ? À quels arguments nouveaux a-t-il recours ? Comment ses dernières réflexions, au moment de poster ses lettres, prouvent-elles qu'il n'est pas encore totalement souillé par la boue parisienne ? Quelle transition s'amorce à partir de ce moment-là dans la vie d'Eugène ?

6. En se renseignant sur la vie du père Goriot, comment Rastignac montre-t-il qu'il est maintenant au courant des usages parisiens ? Que savions-nous déjà des activités professionnelles du père Goriot ? Qu'apprenons-nous de nouveau ?

7. Vautrin a défini Goriot comme « un homme à passions ». Quelles sont les deux passions qui l'animent ? Comment se manifestent-elles ? Quelles en sont les conséquences ?

Écriture

8. Dans le paragraphe allant de « Arrivé rue Neuve-Sainte-Geneviève* » jusqu'à « qui ne peuvent jamais se rejoindre. » (l. 2814 à 2835), étudiez la fonction de la comparaison* et de la métaphore* de la première phrase, le rôle du champ lexical* et de la syntaxe* dans les quatre premières phrases.

9. *Reportez-vous à la question n° 10, p. 41, et dites quel procédé Balzac utilise ici pour présenter la fin de l'histoire de Goriot.*

10. *À la fin de cette partie, Balzac indique : « Ici se termine l'exposition de cette obscure, mais effroyable tragédie* parisienne. »* *Justifiez cette phrase.*

Mise en perspective

11. *Lisez, à titre de comparaison, le portrait que Balzac trace du père Grandet dans* Eugénie Grandet *(« M. Grandet n'achetait jamais ni viande, ni pain. [...] Saumur ne savait rien de plus sur ce personnage »,* Eugénie Grandet, *« Classiques Hachette » n° 63, pp. 25 à 28).*

12. *Constituez un dossier iconographique avec des représentations qui pourraient servir d'illustrations pour* Le Père Goriot.

Goriot, ancien ouvrier vermicellier.
Gravure du XIXe siècle.

105

Bilan

L'action

• Ce que nous savons

C'est paradoxalement par une description que débute l'action du Père Goriot, celle de la sordide Maison Vauquer et de ses misérables pensionnaires, symboles des bas-fonds parisiens. L'action ne commence véritablement qu'au moment où Eugène de Rastignac se rend au bal de la vicomtesse de Beauséant et y tombe amoureux d'Anastasie de Restaud. Entraîné dans la spirale de la vie parisienne, il découvre successivement les deux aspects antithétiques de la haute société parisienne : chez la vicomtesse de Beauséant, le faubourg Saint-Germain*, symbole de l'aristocratie de l'Ancien Régime ; chez Anastasie de Restaud et Delphine de Nucingen, la société de la Chaussée-d'Antin*, symbole de la nouvelle bourgeoisie d'affaires. Il reçoit de madame de Beauséant, devenue son mentor*, explications (Anastasie et Delphine sont les filles d'un de ses commensaux de la pension Vauquer, le père Goriot) et conseils (éconduit par Anastasie, il lui faut tout miser sur Delphine) pour réussir dans le monde. L'argent lui faisant défaut, Eugène doit solliciter sa mère et ses sœurs. À la pension Vauquer, Vautrin et Goriot semblent chacun de son côté se livrer à de mystérieuses activités.

• À quoi nous attendre ?

1. *Eugène réussira-t-il à conquérir Delphine ?*

2. *Trouvera-t-il l'argent nécessaire ?*

3. *Élucidera-t-il les mystères de la Maison Vauquer ?*

Les personnages

• Ce que nous savons

C'est par touches successives que Balzac campe ses personnages. À la manière d'un auteur de roman policier, il ne livre que peu d'indices au lecteur, l'obligeant à émettre des hypothèses et à poursuivre sa lecture.

Des sept pensionnaires de la Maison Vauquer, émergent trois figures masculines et une figure féminine :

– *Rastignac, jeune provincial monté à Paris faire son droit et faire fortune ; sa pauvreté le condamne à vivre chez madame Vauquer, mais son ambition le pousse à fréquenter les salons parisiens que lui ouvre sa noblesse ;*

– *Vautrin, homme d'une quarantaine d'années, prêt à fouiller le passé des autres, mais dont nul ne peut « pénétrer ni [les] pensées ni [les] occupations » et qui semble avoir « au fond de sa vie un mystère soigneusement enfoui » ;*

– *le père Goriot, souffre-douleur de la pension, a perdu sa fortune au fil des ans ; il ne connaît qu'une passion, ses filles ;*

– *mademoiselle Michonneau, dont « le regard blanc donne froid » et qui semble quelque agent secret en faction.*

Deux femmes de la haute société parisienne semblent d'emblée avoir une importance capitale :

– *madame de Beauséant, parente éloignée d'Eugène, qui le prend sous sa protection et décide de se charger désormais de son éducation mondaine ;*

– *madame de Nucingen, dont la conquête doit assurer à Eugène succès et pouvoir. Trait caractéristique : elle et sa sœur se haïssent.*

• À quoi nous attendre ?

1. *Quel tour va prendre la confrontation qui s'ébauche entre Rastignac et Vautrin ?*

2. *Quel rôle sera celui de mademoiselle Michonneau ?*

3. *Quand et où allons-nous découvrir Delphine de Nucingen ?*

Écriture

• Ce que nous savons

Le Père Goriot *est l'œuvre d'un écrivain réaliste* :*

– *le roman débute par des indications de temps (1819, début de la Restauration*), de lieu (Paris, le faubourg Saint-Marceau*), une présentation des lieux et des personnages ayant la cohérence du réel grâce à des descriptions exhaustives et à l'utilisation de la focalisation interne* et du réalisme subjectif* ;*

– *l'auteur veut étudier l'homme à la manière des savants naturalistes ; c'est pourquoi il veut démontrer qu'il existe un lien entre l'homme et son milieu (cf. madame Vauquer et sa pension), et établir une sorte de typologie sociale de la France du début du xixᵉ siècle (chacun des personnages se révèle être un type* social). Cette typologie est la base d'une critique sociale.*

Le Père Goriot *est aussi l'œuvre d'un dramaturge* : Balzac, dési-*

rant donner au roman ses lettres de noblesse, veut le construire comme une tragédie* et souligne que nous venons d'assister aux scènes d'exposition*. (N'oubliez pas que 1827 est l'année de la Préface de Cromwell, et 1830 celle de la bataille d'Hernani.)

* **À quoi nous attendre ?**

1. *Sur quelle crise va déboucher cette peinture implacable des mœurs ?*

2. *Balzac réussira-t-il à construire son roman comme une tragédie ?*

Vautrin à la pension Vauquer.
Gravure du XIXᵉ siècle.

DEUXIÈME PARTIE

L'ENTRÉE DANS LE MONDE

Vers la fin de cette première semaine du mois de décembre, Rastignac reçut deux lettres, l'une de sa mère, l'autre de sa sœur aînée. Ces écritures si connues le firent à la fois palpiter d'aise et trembler de terreur. Ces deux frêles papiers contenaient un arrêt de vie ou de mort de ses espérances. S'il concevait quelque terreur en se rappelant la détresse de ses parents, il avait trop bien éprouvé leur prédilection[1] pour ne pas craindre d'avoir aspiré leurs dernières gouttes de sang. La lettre de sa mère était ainsi conçue :

« Mon cher enfant, je t'envoie ce que tu m'as demandé. Fais un bon emploi de cet argent, je ne pourrais, quand il s'agirait de te sauver la vie, trouver une seconde fois une somme si considérable sans que ton père en fût instruit, ce qui troublerait l'harmonie de notre ménage. Pour nous la procurer, nous serions obligés de donner des garanties sur notre terre. Il m'est impossible de juger le mérite de projets que je ne connais pas ; mais de quelle nature sont-ils donc pour te faire craindre de me les confier ? Cette explication ne demandait pas des volumes, il ne nous faut qu'un mot à nous autres mères, et ce mot m'aurait évité les angoisses de l'incertitude. Je ne saurais te cacher l'impression douloureuse que ta lettre m'a causée. Mon cher fils, quel est donc le sentiment qui t'a contraint à jeter un tel effroi dans mon cœur ? tu as dû bien souffrir en m'écrivant, car j'ai bien souffert en te lisant. Dans quelle carrière t'engages-tu donc ? Ta vie, ton bonheur seraient attachés à paraître ce que tu n'es pas, à voir un monde où tu ne saurais aller sans faire des dépenses d'argent que tu ne peux soutenir, sans perdre un temps précieux pour tes études ? Mon bon Eugène, crois-en le cœur de ta mère, les voies tortueuses ne mènent à rien de grand. La patience et la résignation doivent être les vertus des jeunes gens qui sont dans ta position. Je ne te gronde pas, je ne voudrais communiquer à notre offrande

---

1. *prédilection* : préférence.

aucune amertume. Mes paroles sont celles d'une mère aussi confiante que prévoyante. Si tu sais quelles sont tes obligations, je sais, moi, combien ton cœur est pur, combien tes
3170 intentions sont excellentes. Aussi puis-je te dire sans crainte : Va, mon bien-aimé, marche ! Je tremble parce que je suis mère ; mais chacun de tes pas sera tendrement accompagné de nos vœux et de nos bénédictions. Sois prudent, cher enfant. Tu dois être sage comme un homme, les destinées de
3175 cinq personnes qui te sont chères reposent sur ta tête. Oui, toutes nos fortunes sont en toi, comme ton bonheur est le nôtre. Nous prions tous Dieu de te seconder dans tes entreprises. Ta tante Marcillac a été, dans cette circonstance, d'une bonté inouïe : elle allait jusqu'à concevoir ce que tu me dis de
3180 tes gants. Mais elle a un faible pour l'aîné, disait-elle gaiement. Mon Eugène, aime bien ta tante, je ne te dirai ce qu'elle a fait pour toi que quand tu auras réussi ; autrement, son argent te brûlerait les doigts. Vous ne savez pas, enfants, ce que c'est que de sacrifier des souvenirs ! Mais que ne vous
3185 sacrifierait-on pas ? Elle me charge de te dire qu'elle te baise au front, et voudrait te communiquer par ce baiser la force d'être souvent heureux. Cette bonne et excellente femme t'aurait écrit si elle n'avait pas la goutte* aux doigts. Ton père va bien. La récolte de 1819 passe nos espérances. Adieu, cher
3190 enfant. Je ne dirai rien de tes sœurs : Laure t'écrit. Je lui laisse le plaisir de babiller sur les petits événements de la famille. Fasse le ciel que tu réussisses ! Oh ! oui, réussis, mon Eugène, tu m'as fait connaître une douleur trop vive pour que je puisse la supporter une seconde fois. J'ai su ce que c'était que
3195 d'être pauvre, en désirant la fortune pour la donner à mon enfant. Allons, adieu. Ne nous laisse pas sans nouvelles, et prends ici le baiser que ta mère t'envoie. »

Quand Eugène eut achevé cette lettre, il était en pleurs, il pensait au père Goriot tordant son vermeil* et le vendant
3200 pour aller payer la lettre de change de sa fille. « Ta mère a tordu ses bijoux ! se disait-il. Ta tante a pleuré sans doute en vendant quelques-unes de ses reliques ! De quel droit maudirais-tu Anastasie ? tu viens d'imiter pour l'égoïsme de ton avenir ce qu'elle a fait pour son amant ! Qui, d'elle ou de toi,
3205 vaut mieux ? » L'étudiant se sentit les entrailles rongées par une sensation de chaleur intolérable. Il voulait renoncer au monde, il voulait ne pas prendre cet argent. Il éprouva ces nobles et beaux remords secrets dont le mérite est rarement apprécié par les hommes quand ils jugent leurs semblables,
3210 et qui font souvent absoudre par les anges du ciel le crimi-

nel condamné par les juristes de la terre. Rastignac ouvrit la
lettre de sa sœur, dont les expressions innocemment gra-
cieuses lui rafraîchirent le cœur.

« Ta lettre est venue bien à propos, cher frère. Agathe et
3215 moi nous voulions employer notre argent de tant de
manières différentes, que nous ne savions plus à quel achat
nous résoudre. Tu as fait comme le domestique du roi d'Espagne quand il a renversé les montres de son maître, tu
nous as mises d'accord. Vraiment, nous étions constamment
3220 en querelle pour celui de nos désirs auquel nous donnerions
la préférence, et nous n'avions pas deviné, mon bon Eugène,
l'emploi qui comprenait tous nos désirs. Agathe a sauté de
joie. Enfin, nous avons été comme deux folles pendant toute
la journée, à telles enseignes[1] (style de tante) que ma mère
3225 nous disait de son air sévère : Mais qu'avez-vous donc, mes-
demoiselles ? Si nous avions été grondées un brin, nous en
aurions été, je crois, encore plus contentes. Une femme doit
trouver bien du plaisir à souffrir pour celui qu'elle aime !
Moi seule était rêveuse et chagrine au milieu de ma joie. Je
3230 ferai sans doute une mauvaise femme, je suis trop dépen-
sière. Je m'étais acheté deux ceintures, un joli poinçon pour
percer les œillets de mes corsets, des niaiseries, en sorte que
j'avais moins d'argent que cette grosse Agathe, qui est
économe, et entasse ses écus• comme une pie. Elle avait
3235 deux cents francs ! Moi, mon pauvre ami, je n'ai que cinquante écus. Je suis bien punie, je voudrais jeter ma ceinture
dans le puits, il me sera toujours pénible de la porter. Je t'ai
volé. Agathe a été charmante. Elle m'a dit : Envoyons les
trois cent cinquante francs, à nous deux ! Mais je n'ai pas
3240 tenu[2] à te raconter les choses comme elles se sont passées.
Sais-tu comment nous avons fait pour obéir à tes comman-
dements, nous avons pris notre glorieux argent, nous
sommes allées nous promener toutes deux, et quand une
fois nous avons eu gagné la grande route, nous avons couru
3245 à Ruffec, où nous avons tout bonnement donné la somme à
monsieur Grimbert, qui tient le bureau des Messageries
royales ! Nous étions légères comme des hirondelles en revenant. Est-ce que le bonheur nous allégirait[3] ? me dit Agathe.

---

1. *à telles enseignes que* : la preuve en est que.
2. *tenu* : résisté.
3. *allégirait* : terme d'équitation ; rendrait plus léger.

111

Nous nous sommes dit mille choses que je ne vous répéterai
3250 pas, monsieur le Parisien, il était trop question de vous. Oh !
cher frère, nous t'aimons bien, voilà tout en deux mots.
Quant au secret, selon ma tante, de petites masques[1]
comme nous sont capables de tout, même de se taire. Ma
mère est allée mystérieusement à Angoulême avec ma tante,
3255 et toutes deux ont gardé le silence sur la haute politique de
leur voyage, qui n'a pas eu lieu sans de longues conférences
d'où nous avons été bannies, ainsi que monsieur le baron.
De grandes conjectures° occupent les esprits dans l'État de
Rastignac. La robe de mousseline semée de fleurs à jour que
3260 brodent les infantes[2] pour sa majesté la reine avance dans le
plus profond secret. Il n'y a plus que deux laizes[3] à faire. Il
a été décidé qu'on ne ferait pas de mur du côté de Verteuil,
il y aura une haie. Le menu peuple y perdra des fruits, des
espaliers[4], mais on y gagnera une belle vue pour les étran-
3265 gers. Si l'héritier présomptif avait besoin de mouchoirs, il est
prévenu que la douairière° de Marcillac, en fouillant dans
ses trésors et ses malles, désignées sous le nom de Pompéia
et d'Herculanum, a découvert une pièce de belle toile de
Hollande, qu'elle ne se connaissait pas ; les princesses
3270 Agathe et Laure mettent à ses ordres leur fil, leur aiguille, et
des mains toujours un peu trop rouges. Les deux jeunes
princes don Henri et don Gabriel ont conservé la funeste
habitude de se gorger de raisiné[5], de faire enrager leurs
sœurs, de ne vouloir rien apprendre, de s'amuser à dénicher
3275 des oiseaux, de tapager, et de couper, malgré les lois de
l'État, des osiers[6] pour se faire des badines[7]. Le nonce[8] du
pape, vulgairement appelé monsieur le curé, menace de les
excommunier s'ils continuent à laisser les saints canons[9] de
la grammaire pour les canons du sureau belliqueux. Adieux,
3280 cher frère, jamais lettre n'a porté tant de vœux faits pour ton

---

1. *petites masques* : petites rusées.
2. *infantes* : filles du roi d'Espagne.
3. *laizes* : panneaux.
4. *espaliers* : arbres fruitiers dont les branches sont fixées au mur à l'aide de fils
métalliques.
5. *raisiné* : confiture de raisin.
6. *osiers* : fines branches du saule.
7. *badines* : baguettes minces et souples.
8. *nonce* : envoyé du pape.
9. *canons* : règles.

bonheur, ni tant d'amour satisfait. Tu auras donc bien des choses à nous dire quand tu viendras ! Tu me diras tout, à moi, je suis l'aînée. Ma tante nous a laissé soupçonner que tu avais des succès dans le monde.

3285   L'on parle d'une dame et l'on se tait du reste.

« Avec nous s'entend ! Dis donc, Eugène, si tu voulais, nous pourrions nous passer de mouchoirs, et nous te ferions des chemises. Réponds-moi vite à ce sujet. S'il te fallait promptement de belles chemises bien cousues, nous serions
3290 obligées de nous y mettre tout de suite ; et s'il y avait à Paris des façons que nous ne connussions pas, tu nous enverrais un modèle, surtout pour les poignets. Adieu, adieu ! je t'embrasse au front du côté gauche, sur la tempe qui m'appartient exclusivement. Je laisse l'autre feuillet pour Agathe, qui
3295 m'a promis de ne rien lire de ce que je te dis. Mais, pour en être plus sûre, je resterai près d'elle pendant qu'elle t'écrira. Ta sœur qui t'aime.

                                        LAURE DE RASTIGNAC. »

3300   — Oh ! oui, se dit Eugène, oui, la fortune à tout prix ! Des trésors ne payeraient pas ce dévouement. Je voudrais leur apporter tous les bonheurs ensemble. Quinze cent cinquante francs ! se dit-il après une pause. Il faut que chaque pièce porte coup ! Laure a raison. Nom d'une femme ! Je n'ai
3305 que des chemises de grosse toile. Pour le bonheur d'un autre, une jeune fille devient rusée autant qu'un voleur. Innocente pour elle et prévoyante pour moi, elle est comme l'ange du ciel qui pardonne les fautes de la terre sans les comprendre.
3310   Le monde était à lui ! Déjà son tailleur avait été convoqué, sondé, conquis. En voyant monsieur de Trailles, Rastignac avait compris l'influence qu'exercent les tailleurs sur la vie des jeunes gens. Hélas ! il n'existe pas de moyenne entre ces deux termes : un tailleur est ou un ennemi mortel, ou un
3315 ami donné par la facture. Eugène rencontra dans le sien un homme qui avait compris la paternité de son commerce, et qui se considérait comme un trait d'union entre le présent et l'avenir des jeunes gens. Aussi Rastignac reconnaissant a-t-il fait la fortune de cet homme par un de ces mots auxquels
3320 il excella plus tard. — Je lui connais, disait-il, deux pantalons qui ont fait faire des mariages de vingt mille livres• de rente•.
    Quinze cents francs et des habits à discrétion ! En ce

moment le pauvre Méridional ne douta plus de rien, et des-
3325 cendit au déjeuner avec cet air indéfinissable que donne à
un jeune homme la possession d'une somme quelconque.
À l'instant où l'argent se glisse dans la poche d'un étudiant,
il se dresse en lui-même une colonne fantastique sur
laquelle il s'appuie. Il marche mieux qu'auparavant, il se
3330 sent un point d'appui pour son levier, il a le regard plein,
direct, il a les mouvements agiles ; la veille, humble et
timide, il aurait reçu des coups ; le lendemain, il en donnerait à un premier ministre. Il se passe en lui des phénomènes inouïs : il veut tout et peut tout, il désire à tort et à
3335 travers, il est gai, généreux, expansif. Enfin, l'oiseau naguère
sans ailes a retrouvé son envergure. L'étudiant sans argent
happe un brin de plaisir comme un chien qui dérobe un os
à travers mille périls, il le casse, en suce la moelle, et court
encore ; mais le jeune homme qui fait mouvoir dans son
3340 gousset quelques fugitives pièces d'or déguste ses jouissances, il les détaille, il s'y complaît, il se balance dans le
ciel, il ne sait plus ce que signifie le mot *misère*. Paris lui
appartient tout entier. Âge où tout est luisant, où tout scin-
tille et flambe ! âge de force joyeuse dont personne ne pro-
3345 fite, ni l'homme, ni la femme ! âge des dettes et des vives
craintes qui décuplent tous les plaisirs ! Qui n'a pas pratiqué
la rive gauche de la Seine, entre la rue Saint-Jacques[1] et la
rue des Saints-Pères[2], ne connaît rien à la vie humaine ! –
« Ah ! si les femmes de Paris savaient ! se disait Rastignac en
3350 dévorant les poires cuites, à un liard la pièce, servies par
madame Vauquer, elles viendraient se faire aimer ici. » En ce
moment un facteur des Messageries royales se présenta dans
la salle à manger, après avoir fait sonner la porte à claire-
voie. Il demanda monsieur Eugène de Rastignac, auquel il
3355 tendit deux sacs à prendre, et un registre à émarger.
Rastignac fut alors sanglé[3] comme d'un coup de fouet par le
regard profond que lui lança Vautrin.
– Vous aurez de quoi payer des leçons d'armes et des
séances au tir, lui dit cet homme.

---

1. *rue Saint-Jacques* : rue située dans le Quartier latin.
2. *rue des Saints-Pères* : rue située dans le quartier du faubourg Saint-Germain.
3. *sanglé* : frappé.

3360   – Les galions[1] sont arrivés, lui dit madame Vauquer en regardant les sacs.

Mademoiselle Michonneau craignait de jeter les yeux sur l'argent, de peur de montrer sa convoitise.

– Vous avez une bonne mère, dit madame Couture.

3365   – Monsieur a une bonne mère, répéta Poiret.

– Oui, la maman s'est saignée, dit Vautrin. Vous pourrez maintenant faire vos farces, aller dans le monde, y pêcher des dots*, et danser avec des comtesses qui ont des fleurs de pêcher sur la tête. Mais croyez-moi, jeune homme, fréquen-

3370 tez le tir.

Vautrin fit le geste d'un homme qui vise son adversaire. Rastignac voulut donner pour boire au facteur, et ne trouva rien dans sa poche. Vautrin fouilla dans la sienne, et jeta vingt sous à l'homme.

3375   – Vous avez bon crédit, reprit-il en regardant l'étudiant.

Rastignac fut forcé de le remercier, quoique depuis les mots aigrement échangés, le jour où il était revenu de chez madame de Beauséant, cet homme lui fût insupportable. Pendant ces huit jours Eugène et Vautrin étaient restés silen-

3380 cieusement en présence, et s'observaient l'un l'autre. L'étudiant se demandait vainement pourquoi. Sans doute les idées se projettent en raison directe de la force avec laquelle elles se conçoivent, et vont frapper là où le cerveau les envoie, par une loi mathématique comparable à celle qui

3385 dirige les bombes au sortir du mortier[2]. Divers en sont les effets. S'il est des natures tendres où les idées se logent et qu'elles ravagent, il est aussi des natures vigoureusement munies, des crânes à remparts d'airain[3] sur lesquels les volontés des autres s'aplatissent et tombent comme les balles

3390 devant une muraille ; puis il est encore des natures flasques et cotonneuses où les idées d'autrui viennent mourir comme des boulets s'amortissent dans la terre molle des redoutes*. Rastignac avait une de ces têtes pleines de poudre qui sautent au moindre choc. Il était trop vivacement jeune pour

3395 ne pas être accessible à cette projection des idées, à cette contagion des sentiments dont tant de bizarres phénomènes

---

1. *galions* : navires utilisés au XVIᵉ siècle pour transporter l'or venu d'Amérique du Sud.
2. *mortier* : canon.
3. *airain* : autre nom du bronze.

nous frappent à notre insu. Sa vue morale avait la portée
lucide de ses yeux de lynx. Chacun de ses doubles sens avait
cette longueur mystérieuse, cette flexibilité d'aller et de
3400 retour qui nous émerveille chez les gens supérieurs, bretteurs[1] habiles à saisir le défaut de toutes les cuirasses.
Depuis un mois il s'était d'ailleurs développé chez Eugène
autant de qualités que de défauts. Ses défauts, le monde et
l'accomplissement de ses croissants désirs les lui avaient
3405 demandés. Parmi ses qualités se trouvait cette vivacité méridionale qui fait· marcher droit à la difficulté pour la
résoudre, et qui ne permet pas à un homme d'outre-Loire de
rester dans une incertitude quelconque ; qualité que les gens
du Nord nomment un défaut : pour eux, si ce fut l'origine
3410 de la fortune de Murat[2], ce fut aussi la cause de sa mort. Il
faudrait conclure de là que quand un Méridional sait unir la
fourberie du Nord à l'audace d'outre-Loire, il est complet et
reste roi de Suède[3]. Rastignac ne pouvait donc pas demeurer
longtemps sous le feu des batteries de Vautrin sans savoir si
3415 cet homme était son ami ou son ennemi. De moment en
moment, il lui semblait que ce singulier personnage péné-
trait ses passions et lisait dans son cœur, tandis que chez lui
tout était si bien clos qu'il semblait avoir la profondeur
immobile d'un sphinx qui sait, voit tout, et ne dit rien. En
3420 se sentant le gousset[4] plein, Eugène se mutina[5].

— Faites-moi le plaisir d'attendre, dit-il à Vautrin qui se
levait pour sortir après avoir savouré les dernières gorgées
de son café.

— Pourquoi ? répondit le quadragénaire en mettant son
3425 chapeau à larges bords et prenant une canne en fer avec
laquelle il faisait souvent des moulinets en homme qui n'aurait pas craint d'être assailli par quatre voleurs.

— Je vais vous rendre, reprit Rastignac qui défit promptement un sac et compta cent quarante francs à madame Vau-

---

1. *bretteurs* : personnes qui aiment se battre à l'épée.
2. *Murat* : aide de camp de Bonaparte et époux de sa sœur Caroline. Il devint roi de
Naples en 1808. Chassé de son trône en 1815, il fut fusillé en essayant de le
reconquérir.
3. *roi de Suède* : Bernadotte, maréchal d'Empire. Devenu prince héritier de Suède
grâce à Napoléon Iᵉʳ, il n'hésitera pas à combattre celui-ci aux côtés des alliés pour
s'assurer définitivement du trône.
4. *gousset* : bourse.
5. *se mutina* : se révolta.

3430 quer. Les bons comptes font les bons amis, dit-il à la veuve. Nous sommes quittes jusqu'à la Saint-Sylvestre. Changez-moi ces cent sous*.

— Les bons amis font les bons comptes, répéta Poiret en regardant Vautrin.

3435 — Voici vingt sous*, dit Rastignac en tendant une pièce au sphinx en perruque.

— On dirait que vous avez peur de me devoir quelque chose ? s'écria Vautrin en plongeant un regard divinateur dans l'âme du jeune homme auquel il jeta un de ces sourires

3440 goguenards[1] et diogéniques[2] desquels Eugène avait été sur le point de se fâcher cent fois.

— Mais... oui, répondit l'étudiant qui tenait ses deux sacs à la main et s'était levé pour monter chez lui.

Vautrin sortait par la porte qui donnait dans le salon, et

3445 l'étudiant se disposait à s'en aller par celle qui menait sur le carré de l'escalier.

— Savez-vous, monsieur le marquis de Rastignacorama, que ce que vous me dites n'est pas exactement poli, dit alors Vautrin en fouettant la porte du salon et venant à l'étudiant

3450 qui le regarda froidement.

Rastignac ferma la porte de la salle à manger, en emmenant avec lui Vautrin au bas de l'escalier, dans le carré qui séparait la salle à manger de la cuisine, où se trouvait une porte pleine donnant sur le jardin, et surmontée d'un long

3455 carreau garni de barreaux en fer. Là, l'étudiant dit devant Sylvie qui déboucha de sa cuisine : — *Monsieur* Vautrin, je ne suis pas marquis, et je ne m'appelle pas Rastignacorama.

— Ils vont se battre, dit mademoiselle Michonneau d'un air indifférent.

3460 — Se battre ! répéta Poiret.

— Que non, répondit madame Vauquer en caressant sa pile d'écus*.

— Mais les voilà qui vont sous les tilleuls, cria mademoiselle Victorine en se levant pour regarder dans le jardin. Ce

3465 pauvre jeune homme a pourtant raison.

— Remontons, ma chère petite, dit madame Couture, ces affaires-là ne nous regardent pas.

---

1. *goguenards* : moqueurs.
2. *diogéniques* : ironiques comme les propos du philosophe grec Diogène (IIIe siècle av. J.-C.). Adjectif créé par Balzac

Quand madame Couture et Victorine se levèrent, elles rencontrèrent, à la porte, la grosse Sylvie qui leur barra le passage.

— Quoi qui n'y a donc? dit-elle. Monsieur Vautrin a dit à monsieur Eugène : Expliquons-nous! Puis il l'a pris par le bras, et les voilà qui marchent dans nos artichauts.

En ce moment Vautrin parut. — Maman Vauquer, dit-il en souriant, ne vous effrayez de rien, je vais essayer mes pistolets sous les tilleuls.

— Oh! monsieur, dit Victorine en joignant les mains, pourquoi voulez-vous tuer monsieur Eugène?

Vautrin fit deux pas en arrière et contempla Victorine. — Autre histoire, s'écria-t-il d'une voix railleuse qui fit rougir la pauvre fille. Il est bien gentil, n'est-ce pas, ce jeune homme-là? reprit-il. Vous me donnez une idée. Je ferai votre bonheur à tous deux, ma belle enfant.

Madame Couture avait pris sa pupille par le bras et l'avait entraînée en lui disant à l'oreille : — Mais, Victorine, vous êtes inconcevable ce matin.

— Je ne veux pas qu'on tire des coups de pistolet chez moi, dit madame Vauquer. N'allez-vous pas effrayer tout le voisinage et amener la police, à c't'heure!

— Allons, du calme, maman Vauquer, répondit Vautrin. Là, là, tout beau, nous irons au tir. Il rejoignit Rastignac, qu'il prit familièrement par le bras : — Quand je vous aurais prouvé qu'à trente-cinq pas je mets cinq fois de suite ma balle dans un as de pique, lui dit-il, cela ne vous ôterait pas votre courage. Vous m'avez l'air d'être un peu rageur, et vous vous feriez tuer comme un imbécile.

— Vous reculez, dit Eugène.

— Ne m'échauffez pas la bile, répondit Vautrin. Il ne fait pas froid ce matin, venez nous asseoir là-bas, dit-il en montrant les sièges peints en vert. Là, personne ne nous entendra. J'ai à causer avec vous. Vous êtes un bon petit jeune homme auquel je ne veux pas de mal. Je vous aime, foi de Tromp... (mille tonnerres!), foi de Vautrin. Pourquoi vous aimé-je, je vous le dirai. En attendant, je vous connais comme si je vous avais fait, et vais vous le prouver. Mettez vos sacs là, reprit-il en lui montrant la table ronde.

Rastignac posa son argent sur la table et s'assit en proie à une curiosité que développa chez lui au plus haut degré le changement soudain opéré dans les manières de cet homme, qui, après avoir parlé de le tuer, se posait comme son protecteur.

— Vous voudriez bien savoir qui je suis, ce que j'ai fait, ou ce que je fais, reprit Vautrin. Vous êtes trop curieux, mon petit. Allons, du calme. Vous allez en entendre bien d'autres! J'ai eu des malheurs. Écoutez-moi d'abord, vous me répondrez après. Voilà ma vie antérieure en trois mots. Qui suis-je? Vautrin. Que fais-je? Ce qui me plaît. Passons. Voulez-vous connaître mon caractère? Je suis bon avec ceux qui me font du bien ou dont le cœur parle au mien. À ceux-là tout est permis, ils peuvent me donner des coups de pied dans les os des jambes sans que je leur dise : *Prends garde!* Mais, nom d'une pipe! je suis méchant comme le diable avec ceux qui me tracassent, ou qui ne me reviennent pas[1]. Et il est bon de vous apprendre que je me soucie de tuer un homme comme de ça! dit-il en lançant un jet de salive. Seulement je m'efforce de le tuer proprement, quand il le faut absolument. Je suis ce que vous appelez un artiste. J'ai lu les Mémoires de Benvenuto Cellini[2], tel que vous me voyez, et en italien encore! J'ai appris de cet homme-là, qui était un fier luron, à imiter la Providence qui nous tue à tort et à travers, et à aimer le beau partout où il se trouve. N'est-ce pas d'ailleurs une belle partie à jouer que d'être seul contre tous les hommes et d'avoir la chance? J'ai bien réfléchi à la constitution actuelle de votre désordre social. Mon petit, le duel est un jeu d'enfant, une sottise. Quand de deux hommes vivants l'un doit disparaître, il faut être imbécile pour s'en remettre au hasard. Le duel? croix ou pile[3]! voilà. Je mets cinq balles de suite dans un as de pique en renfonçant chaque nouvelle balle sur l'autre, à trente-cinq pas encore! quand on est doué de ce petit talent-là, l'on peut se croire sûr d'abattre son homme. Eh! bien, j'ai tiré sur un homme à vingt pas, je l'ai manqué. Le drôle n'avait jamais manié de sa vie un pistolet. Tenez! dit cet homme extraordinaire en défaisant son gilet et montrant sa poitrine velue comme le dos d'un ours, mais garnie d'un crin fauve qui causait une sorte de dégoût mêlé d'effroi, ce blanc-bec m'a

---

1. *qui ne me reviennent pas* : qui ne me plaisent pas.
2. *Benvenuto Cellini* : orfèvre et sculpteur italien de la Renaissance qui fut aussi un grand aventurier.
3. *croix ou pile* : pile ou face.

roussi le poil, ajouta-t-il en mettant le doigt de Rastignac sur un trou qu'il avait au sein. Mais dans ce temps-là j'étais un enfant, j'avais votre âge, vingt et un ans. Je croyais encore à quelque chose, à l'amour d'une femme, un tas de bêtises dans lesquelles vous allez vous embarbouiller. Nous nous serions battus, pas vrai? Vous auriez pu me tuer. Supposez que je sois en terre, où seriez-vous? Il faudrait décamper, aller en Suisse, manger l'argent du papa, qui n'en a guère. Je vais vous éclairer, moi, la position dans laquelle vous êtes; mais je vais le faire avec la supériorité d'un homme qui, après avoir examiné les choses d'ici-bas, a vu qu'il n'y avait que deux partis à prendre : ou une stupide obéissance ou la révolte. Je n'obéis à rien, est-ce clair? Savez-vous ce qu'il vous faut, à vous, au train dont vous allez? un million, et promptement; sans quoi, avec notre petite tête, nous pourrions aller flâner dans les filets de Saint-Cloud[1], pour voir s'il y a un Être-Suprême[2]? Ce million, je vais vous le donner. Il fit une pause en regardant Eugène. – Ah! ah! vous faites meilleure mine à votre petit papa Vautrin. En entendant ce mot-là, vous êtes comme une jeune fille à qui l'on dit : À ce soir, et qui se toilette et se pourléchant comme un chat qui boit du lait. À la bonne heure. Allons donc! À nous deux! Voici votre compte, jeune homme. Nous avons, là-bas, papa, maman, grand'tante, deux sœurs (dix-huit et dix-sept ans), deux petits frères (quinze et dix ans), voilà le contrôle de l'équipage[3]. La tante élève vos sœurs. Le curé vient apprendre le latin aux deux frères. La famille mange plus de bouillie de marrons que de pain blanc, le papa ménage ses culottes, maman se donne à peine une robe d'hiver et une robe d'été, nos sœurs font comme elles peuvent. Je sais tout, j'ai été dans le Midi. Les choses sont comme cela chez vous, si l'on vous envoie douze cents francs par an, et que votre terrine[4] ne rapporte que trois mille francs. Nous avons une cuisinière et un domestique, il faut garder le décorum, papa est baron. Quant à nous, nous avons de l'ambition, nous avons les Beauséant pour alliés et

---

1. *les filets de Saint-Cloud* : filets qui dans la Seine recueillaient le corps des noyés.
2. *Être-Suprême* : nom que les révolutionnaires donnèrent à Dieu.
3. *le contrôle de l'équipage* : le registre sur lequel est inscrit le nom des membres de l'équipage d'un bateau. Ici, il s'agit des membres de la famille Rastignac.
4. *terrine* : ustensile de cuisine en terre ou en faïence servant à faire cuire les pâtés. Ici, il faut le prendre avec le sens de domaine.

nous allons à pied, nous voulons la fortune et nous n'avons
3585 pas le sou, nous mangeons les *ratatouilles*[1] de maman
Vauquer et nous aimons les beaux dîners du faubourg Saint-
Germain•, nous couchons sur un grabat• et nous voulons un
hôtel! Je ne blâme pas vos vouloirs. Avoir de l'ambition,
mon petit cœur, ce n'est pas donné à tout le monde.
3590 Demandez aux femmes quels hommes elles recherchent, les
ambitieux. Les ambitieux ont les reins plus forts, le sang
plus riche en fer, le cœur plus chaud que ceux des autres
hommes. Et la femme se trouve si heureuse et si belle aux
heures où elle est forte, qu'elle préfère à tous les hommes
3595 celui dont la force est énorme, fût-elle en danger d'être bri-
sée par lui. Je fais l'inventaire de vos désirs afin de vous
poser la question. Cette question, la voici. Nous avons une
faim de loup, nos quenottes sont incisives, comment nous y
prendrons-nous pour approvisionner la marmite? Nous
3600 avons d'abord le Code à manger[2], ce n'est pas amusant, et
ça n'apprend rien; mais il le faut. Soit. Nous nous faisons
avocat pour devenir président d'une cour d'assises•, envoyer
les pauvres diables qui valent mieux que nous avec T. F.[3] sur
l'épaule, afin de prouver aux riches qu'ils peuvent dormir
3605 tranquillement. Ce n'est pas drôle, et puis c'est long.
D'abord, deux années à droguer[4] dans Paris, à regarder, sans
y toucher, les *nanans*[5] dont nous sommes friands. C'est fati-
gant de désirer toujours sans jamais se satisfaire. Si vous
étiez pâle et de la nature des mollusques, vous n'auriez rien
3610 à craindre; mais nous avons le sang fiévreux des lions et un
appétit à faire vingt sottises par jour. Vous succomberez
donc à ce supplice, le plus horrible que nous ayons aperçu
dans l'enfer du bon Dieu. Admettons que vous soyez sage,
que vous buviez du lait et que vous fassiez des élégies•; il
3615 faudra, généreux comme vous l'êtes, commencer, après bien
des ennuis et des privations à rendre un chien enragé, par
devenir le substitut[6] de quelque drôle, dans un trou de ville

---

1. *ratatouilles* : mauvais plats.
2. *le Code à manger* : le Code civil• à apprendre.
3. T. F. : ces deux lettres, imprimées sur l'épaule des forçats, signifiaient Travaux
Forcés.
4. *droguer* : s'ennuyer.
5. *nanans* : toutes choses agréables.
6. *substitut* : magistrat qui remplace le procureur•.

où le gouvernement vous jettera mille francs d'appointements, comme on jette une soupe à un dogue de boucher.
3620 Aboie après les voleurs, plaide pour le riche, fais guillotiner
des gens de cœur. Bien obligé! Si vous n'avez pas de protections, vous pourrirez dans votre tribunal de province. Vers
trente ans, vous serez juge à douze cents francs par an, si
vous n'avez pas encore jeté la robe aux orties[1]. Quand vous
3625 aurez atteint la quarantaine, vous épouserez quelque fille de
meunier, riche d'environ six mille livres• de rente•. Merci.
Ayez des protections, vous serez procureur du roi à trente
ans, avec mille écus• d'appointements, et vous épouserez la
fille du maire. Si vous faites quelques-unes de ces petites
3630 bassesses politiques, comme de lire sur un bulletin Villèle au
lieu de Manuel[2] (ça rime, ça met la conscience en repos),
vous serez, à quarante ans, procureur général, et pourrez
devenir député. Remarquez, mon cher enfant, que nous
aurons fait des accrocs à notre petite conscience, que nous
3635 aurons eu vingt ans d'ennuis, de misères secrètes, et que nos
sœurs auront coiffé sainte Catherine[3]. J'ai l'honneur de vous
faire observer de plus qu'il n'y a que vingt procureurs généraux[4] en France, et que vous êtes vingt mille aspirants au
grade, parmi lesquels il se rencontre des farceurs qui ven-
3640 draient leur famille pour monter d'un cran. Si le métier vous
dégoûte, voyons autre chose. Le baron de Rastignac veut-il
être avocat? Oh! joli. Il faut pâtir pendant dix ans, dépenser
mille francs par mois, avoir une bibliothèque, un cabinet,
aller dans le monde, baiser la robe d'un avoué• pour avoir
3645 des causes, balayer le palais avec sa langue. Si ce métier
vous menait à bien, je ne dirais pas non; mais trouvez-moi
dans Paris cinq avocats qui, à cinquante ans, gagnent plus
de cinquante mille francs par an? Bah! plutôt que de
m'amoindrir ainsi l'âme, j'aimerais mieux me faire corsaire.
3650 D'ailleurs, où prendre des écus•? Tout ça n'est pas gai. Nous
avons une ressource dans la dot• d'une femme. Voulez-vous
vous marier? ce sera vous mettre une pierre au cou; puis, si
vous vous mariez pour de l'argent, que deviennent nos sen-

---

1. *jeté la robe aux orties* : abandonné la magistrature.
2. *lire sur un bulletin Villèle au lieu de Manuel* : lire, lors du dépouillement d'un
bulletin de vote, le nom d'un royaliste (Villèle) à la place de celui d'un opposant
(Manuel).
3. *auront coiffé sainte Catherine* : auront dépassé vingt-cinq ans sans être mariées.
4. *procureurs généraux* : magistrats qui représentent l'État devant un tribunal.

timents d'honneur, notre noblesse ! Autant commencer
aujourd'hui votre révolte contre les conventions humaines.
Ce ne serait rien que se coucher comme un serpent devant
une femme, lécher les pieds de la mère, faire des bassesses à
dégoûter une truie, pouah ! si vous trouviez au moins le
bonheur. Mais vous serez malheureux comme les pierres
d'égout avec une femme que vous aurez épousée ainsi. Vaut
encore mieux guerroyer avec les hommes que de lutter avec
sa femme. Voilà le carrefour de la vie, jeune homme, choisis-
sez. Vous avez déjà choisi : vous êtes allé chez notre cousine
de Beauséant, et vous y avez flairé le luxe. Vous êtes allé
chez madame de Restaud, la fille du père Goriot, et vous y
avez flairé la Parisienne. Ce jour-là vous êtes revenu avec un
mot écrit sur votre front, et que j'ai bien su lire : *Parvenir* !
parvenir à tout prix. Bravo ! ai-je dit, voilà un gaillard qui
me va. Il vous a fallu de l'argent. Où en prendre ? Vous avez
saigné vos sœurs. Tous les frères *flouent* plus ou moins leurs
sœurs. Vos quinze cents francs arrachés, Dieu sait comme !
dans un pays où l'on trouve plus de châtaignes que de
pièces de cent sous, vont filer comme des soldats à la
maraude. Après, que ferez-vous ? vous travaillerez ? Le travail, compris comme vous le comprenez en ce moment,
donne, dans les vieux jours, un appartement chez maman
Vauquer à des gars de la force de Poiret. Une rapide fortune
est le problème que se proposent de résoudre en ce moment
cinquante mille jeunes gens qui se trouvent tous dans votre
position. Vous êtes une unité de ce nombre-là. Jugez des
efforts que vous avez à faire et de l'acharnement du combat.
Il faut manger les uns les autres comme des araignées
dans un pot, attendu qu'il n'y a pas cinquante mille bonnes
places. Savez-vous comment on fait son chemin ici ? par
l'éclat du génie ou par l'adresse de la corruption. Il faut
entrer dans cette masse d'hommes comme un boulet de
canon, ou s'y glisser comme une peste. L'honnêteté ne sert à
rien. L'on plie sous le pouvoir du génie, on le hait, on tâche
de le calomnier, parce qu'il prend sans partager ; mais on
plie s'il persiste ; en un mot, on l'adore à genoux quand on
n'a pas pu l'enterrer sous la boue. La corruption est en force,
le talent est rare. Ainsi, la corruption est l'arme de la médiocrité qui abonde, et vous en sentirez partout la pointe. Vous
verrez des femmes dont les maris ont six mille francs d'appointements pour tout potage, et qui dépensent plus de dix
mille francs à leur toilette. Vous verrez des employés à
douze cents francs acheter des terres. Vous verrez des

123

femmes se prostituer pour aller dans la voiture du fils d'un
pair[1] de France, qui peut courir à Longchamp sur la chaus-
3700 sée du milieu. Vous avez vu le pauvre bêta de père Goriot
obligé de payer la lettre de change* endossée[2] par sa fille,
dont le mari a cinquante mille livres* de rente*. Je vous défie
de faire deux pas dans Paris sans rencontrer des manigances
infernales. Je parierais ma tête contre un pied de cette salade
3705 que vous donnerez dans un guêpier chez la première femme
qui vous plaira, fût-elle riche, belle et jeune. Toutes sont
bricolées[3] par les lois, en guerre avec leurs maris à propos
de tout. Je n'en finirais pas s'il fallait vous expliquer les
trafics qui se font pour des amants, pour des chiffons, pour
3710 des enfants, pour le ménage ou pour la vanité, rarement par
vertu, soyez-en sûr. Aussi l'honnête homme est-il l'ennemi
commun. Mais que croyez-vous que soit l'honnête homme?
À Paris, l'honnête homme est celui qui se tait, et refuse de
partager. Je ne vous parle pas de ces pauvres ilotes[4] qui
3715 partout font la besogne sans être jamais récompensés de
leurs travaux, et que je nomme la confrérie des savates du
bon Dieu. Certes, là est la vertu dans toute la fleur de sa
bêtise, mais là est la misère. Je vois d'ici la grimace de ces
braves gens si Dieu nous faisait la mauvaise plaisanterie de
3720 s'absenter au jugement dernier. Si donc vous voulez promptement la fortune, il faut être déjà riche ou le paraître. Pour
s'enrichir, il s'agit ici de jouer de grands coups; autrement
on carotte, et votre serviteur. Si dans les cent professions
que vous pouvez embrasser, il se rencontre dix hommes qui
3725 réussissent vite, le public les appelle des voleurs. Tirez vos
conclusions. Voilà la vie qu'elle est. Ça n'est pas plus
beau que la cuisine, ça pue tout autant, et il faut se salir les
mains si l'on veut fricoter; sachez seulement vous bien
débarbouiller: là est toute la morale de notre époque. Si je
3730 vous parle ainsi du monde, il m'en a donné le droit, je le
connais. Croyez-vous que je le blâme? du tout. Il a toujours
été ainsi. Les moralistes ne le changeront jamais. L'homme
est imparfait. Il est parfois plus ou moins hypocrite, et les
niais disent alors qu'il a ou n'a pas de mœurs. Je n'accuse

---

1. *pair*: cf. chambres*.
2. *endossée*: signée.
3. *sont bricolées*: sont gênées.
4. *ilotes*: esclaves.

3735 pas les riches en faveur du peuple : l'homme est le même en
haut, en bas, au milieu. Il se rencontre par chaque million
de ce haut bétail dix lurons qui se mettent au-dessus de
tout, même des lois : j'en suis. Vous, si vous êtes un homme
supérieur, allez en droite ligne et la tête haute. Mais il faudra
3740 lutter contre l'envie, la calomnie, la médiocrité, contre tout
le monde. Napoléon a rencontré un ministre de la guerre
qui s'appelait Aubry[1], et qui a failli l'envoyer aux colonies.
Tâtez-vous ! Voyez si vous pourrez vous lever tous les matins
avec plus de volonté que vous n'en aviez la veille. Dans ces
3745 conjonctures, je vais vous faire une proposition que personne ne refuserait. Écoutez bien. Moi, voyez-vous, j'ai une
idée. Mon idée est d'aller vivre de la vie patriarcale au milieu
d'un grand domaine, cent mille arpents, par exemple, aux
États-Unis, dans le sud. Je veux m'y faire planteur, avoir des
3750 esclaves, gagner quelques bons petits millions à vendre mes
bœufs, mon tabac, mes bois, en vivant comme un souverain,
en faisant mes volontés, en menant une vie qu'on ne conçoit
pas ici, où l'on se tapit dans un terrier de plâtre. Je suis un
grand poète. Mes poésies, je ne les écris pas : elles consistent
3755 en actions et en sentiments. Je possède en ce moment cinquante mille francs qui me donneraient à peine quarante
nègres. J'ai besoin de deux cent mille francs, parce que je
veux deux cents nègres, afin de satisfaire mon goût pour la
vie patriarcale•. Des nègres, voyez-vous ? c'est des enfants
3760 tout venus dont on fait ce qu'on veut, sans qu'un curieux de
procureur du roi arrive vous en demander compte. Avec ce
capital noir, en dix ans j'aurai trois ou quatre millions. Si je
réussis, personne ne me demandera : Qui es-tu ? Je serai
monsieur Quatre-Millions, citoyen des États-Unis. J'aurai
3765 cinquante ans, je ne serai pas encore pourri, je m'amuserai à
ma façon. En deux mots, si je vous procure une dot• d'un
million, me donnerez-vous deux cent mille francs ? Vingt
pour cent de commission, hein ! est-ce trop cher ? Vous vous
ferez aimer de votre petite femme. Une fois marié, vous
3770 manifesterez des inquiétudes, des remords, vous ferez le
triste pendant quinze jours. Une nuit, après quelques singeries, vous déclarerez, entre deux baisers, deux cent mille
francs de dettes à votre femme, en lui disant : Mon amour !

---

1. *Aubry* : général qui ôta à Bonaparte le commandement de l'artillerie dans l'armée
d'Italie en 1795.

Ce vaudeville[1] est joué tous les jours par les jeunes gens les
3775 plus distingués. Une jeune femme ne refuse pas sa bourse à
celui qui lui prend le cœur. Croyez-vous que vous y perdrez? Non. Vous trouverez le moyen de regagner vos deux
cent mille francs dans une affaire. Avec votre argent et votre
esprit, vous amasserez une fortune aussi considérable que
3780 vous pourrez la souhaiter. Ergo[2] vous aurez fait, en six mois
de temps, votre bonheur, celui d'une femme aimable et celui
de votre papa Vautrin, sans compter celui de votre famille
qui souffle dans ses doigts, l'hiver, faute de bois. Ne vous
étonnez ni de ce que je vous propose, ni de ce que je vous
3785 demande! Sur soixante beaux mariages qui ont lieu dans
Paris, il y en a quarante-sept qui donnent lieu à des marchés
semblables. La Chambre des Notaires a forcé monsieur...

— Que faut-il que je fasse? dit avidement Rastignac en
interrompant Vautrin.

3790 — Presque rien, répondit cet homme en laissant échapper
un mouvement de joie semblable à la sourde expression
d'un pêcheur qui sent un poisson au bout de sa ligne. Écoutez-moi bien! Le cœur d'une pauvre fille malheureuse et
misérable est l'éponge la plus avide à se remplir d'amour,
3795 une éponge sèche qui se dilate aussitôt qu'il y tombe une
goutte de sentiment. Faire la cour à une jeune personne qui
se rencontre dans des conditions de solitude, de désespoir et
de pauvreté sans qu'elle se doute de sa fortune à venir!
dam! c'est quinte et quatorze en main[3], c'est connaître les
3800 numéros à la loterie, c'est jouer[4] sur les rentes en sachant
les nouvelles. Vous construisez sur pilotis un mariage indes-
tructible. Viennent des millions à cette jeune fille, elle vous
les jettera aux pieds, comme si c'était des cailloux. — Prends,
mon bien-aimé! Prends, Adolphe! Alfred! Prends, Eugène!
3805 dira-t-elle si Adolphe, Alfred ou Eugène ont eu le bon esprit
de se sacrifier pour elle. Ce que j'entends par des sacrifices,
c'est vendre un vieil habit afin d'aller au Cadran-Bleu manger
ensemble des croûtes aux champignons; de là, le soir, à
l'Ambigu-Comique[5]; c'est mettre sa montre au Mont-de-

---

1. *vaudeville* : comédie.
2. *Ergo* : donc.
3. *c'est quinte et quatorze en main* : c'est avoir tous les avantages.
4. *jouer* : spéculer.
5. *l'Ambigu-Comique* : Théâtre du boulevard Saint-Martin où l'on jouait des mélodrames.

3810 Piété* pour lui donner un châle. Je ne vous parle pas du gribouillage de l'amour ni des fariboles auxquelles tiennent tant les femmes, comme, par exemple, de répandre des gouttes d'eau sur le papier à lettre en manière de larmes quand on est loin d'elles : vous m'avez l'air de connaître
3815 parfaitement l'argot* du cœur. Paris, voyez-vous, est comme une forêt du Nouveau-Monde, où s'agitent vingt espèces de peuplades sauvages, les Illinois, les Hurons, qui vivent du produit que donnent les différentes chasses sociales ; vous êtes un chasseur de millions. Pour les prendre, vous usez de
3820 pièges, de pipeaux [1], d'appeaux [2]. Il y a plusieurs manières de chasser. Les uns chassent à la dot* ; les autres chassent à la liquidation ; ceux-ci pêchent des consciences, ceux-là vendent leurs abonnés pieds et poings liés. Celui qui revient avec sa gibecière bien garnie est salué, fêté, reçu dans la
3825 bonne société. Rendons justice à ce sol hospitalier, vous avez affaire à la ville la plus complaisante qui soit dans le monde. Si les fières aristocraties de toutes les capitales de l'Europe refusent d'admettre dans leurs rangs un millionnaire infâme, Paris lui tend les bras, court à ses fêtes, mange ses dîners et
3830 trinque avec son infamie.
   — Mais où trouver une fille ? dit Eugène.
   — Elle est à vous, devant vous !
   — Mademoiselle Victorine ?
   — Juste !
3835   — Eh ! comment ?
   — Elle vous aime déjà, votre petite baronne de Rastignac !
   — Elle n'a pas un sou*, reprit Eugène étonné.
   — Ah ! nous y voilà. Encore deux mots, dit Vautrin, et tout
s'éclaircira. Le père Taillefer est un vieux coquin qui passe
3840 pour avoir assassiné l'un de ses amis pendant la Révolution.
C'est un de mes gaillards qui ont de l'indépendance dans les
opinions. Il est banquier, principal associé de la maison Frédéric Taillefer et compagnie. Il a un fils unique, auquel il veut
laisser son bien, au détriment de Victorine. Moi, je n'aime pas
3845 ces injustices-là. Je suis comme don Quichotte, j'aime à
prendre la défense du faible contre le fort. Si la volonté de
Dieu était de lui retirer son fils, Taillefer reprendrait sa fille ; il
voudrait un héritier quelconque, une bêtise qui est dans la

---

1. *pipeaux* : « petites branches enduites de glu pour prendre les oiseaux. » (Littré)
2. *appeaux* : sifflets imitant le cri des oiseaux pour les attirer.

nature, et il ne peut plus avoir d'enfants, je le sais. Victorine
3850 est douce et gentille, elle aura bientôt entortillé son père, et le
fera tourner comme une toupie d'Allemagne avec le fouet du
sentiment! Elle sera trop sensible à votre amour pour vous
oublier, vous l'épouserez. Moi, je me charge du rôle de la
Providence, je ferai vouloir le bon Dieu. J'ai un ami pour qui
3855 je me suis dévoué, un colonel de l'armée de la Loire qui vient
d'être employé dans la garde royale. Il écoute mes avis, et
s'est fait ultra-royaliste : ce n'est pas un de ces imbéciles qui
tiennent à leurs opinions. Si j'ai encore un conseil à vous
donner, mon ange, c'est de ne pas plus tenir à vos opinions
3860 qu'à vos paroles. Quand on vous les demandera, vendez-les.
Un homme qui se vante de ne jamais changer d'opinion est
un homme qui se charge d'aller toujours en ligne droite, un
niais qui croit à l'infaillibilité. Il n'y a pas de principes, il n'y a
que des événements ; il n'y a pas de lois, il n'y a que des
3865 circonstances : l'homme supérieur épouse les événements et
les circonstances pour les conduire. S'il y avait des principes
et des lois fixes, les peuples n'en changeraient pas comme
nous changeons de chemises. L'homme n'est pas tenu d'être
plus sage que toute une nation. L'homme qui a rendu le
3870 moins de services à la France est un fétiche vénéré pour avoir
toujours vu en rouge, il est tout au plus bon à mettre au
Conservatoire[1], parmi les machines, en l'étiquetant La
Fayette[2] ; tandis que le prince[3] auquel chacun lance sa pierre,
et qui méprise assez l'humanité pour lui cracher au visage
3875 autant de serments qu'elle en demande, a empêché le partage
de la France au congrès de Vienne : on lui doit des cou-
ronnes, on lui jette de la boue. Oh! je connais les affaires,
moi! J'ai les secrets de bien des hommes! Suffit. J'aurai une
opinion inébranlable le jour où j'aurai rencontré trois têtes
3880 d'accord sur l'emploi d'un principe, et j'attendrai longtemps!
L'on ne trouve pas dans les tribunaux trois juges qui aient le
même avis sur un article de loi. Je reviens à mon homme. Il
remettrait Jésus-Christ en croix si je le lui disais. Sur un seul
mot de son papa Vautrin, il cherchera querelle à ce drôle qui
3885 n'envoie pas seulement cent sous• à sa pauvre sœur, et... Ici

---

1. *Conservatoire* : conservatoire des Arts et Métiers.
2. *La Fayette* : homme politique français (1757-1834) qui participa à la guerre d'Indépendance américaine et à la Révolution française.
3. *le prince* : Talleyrand•.

Vautrin se leva, se mit en garde, et fit le mouvement d'un maître d'armes* qui se fend. – Et, à l'ombre! ajouta-t-il.

– Quelle horreur! dit Eugène. Vous voulez plaisanter, monsieur Vautrin?

3890 – Là, là, là, du calme, reprit cet homme. Ne faites pas l'enfant : cependant, si cela peut vous amuser, courroucez-vous, emportez-vous! Dites que je suis un infâme, un scélérat, un coquin, un bandit, mais ne m'appelez ni escroc, ni espion! Allez, dites, lâchez votre bordée! Je vous pardonne, 3895 c'est si naturel à votre âge! J'ai été comme ça, moi! Seulement, réfléchissez. Vous ferez pis quelque jour. Vous irez coqueter[1] chez quelque jolie femme et vous recevrez de l'argent. Vous y avez pensé! dit Vautrin; car comment réussirez-vous, si vous n'escomptez pas[2] votre amour? La vertu, 3900 mon cher étudiant, ne se scinde pas : elle est ou n'est pas. On nous parle de faire pénitence de nos fautes. Encore un joli système que celui en vertu duquel on est quitte d'un crime avec un acte de contrition[3]! Séduire une femme pour arriver à vous poser sur tel bâton de l'échelle sociale, jeter la 3905 zizanie entre les enfants d'une famille, enfin toutes les infamies qui se pratiquent sous le manteau d'une cheminée ou autrement dans un but de plaisir ou d'intérêt personnel, croyez-vous que ce soient des actes de foi, d'espérance et de charité[4]? Pourquoi deux mois de prison au dandy* qui, dans 3910 une nuit, ôte à un enfant la moitié de sa fortune, et pourquoi le bagne au pauvre diable qui vole un billet de mille francs avec les circonstances aggravantes? Voilà vos lois. Il n'y a pas un article qui n'arrive à l'absurde. L'homme en gants et à paroles jaunes a commis des assassinats où l'on ne 3915 verse pas de sang, mais où l'on en donne; l'assassin a ouvert une porte avec un monseigneur[5] : deux choses nocturnes! Entre ce que je vous propose et ce que vous ferez un jour, il n'y a que le sang de moins. Vous croyez à quelque chose de fixe dans ce monde-là! Méprisez donc les hommes, et voyez

---

1. *coqueter* : faire des coquetteries.
2. *si vous n'escomptez pas* : si vous ne comptez pas sur.
3. *acte de contrition* : prière de la religion catholique par laquelle on proclame son repentir d'avoir offensé Dieu.
4. *actes de foi, d'espérance et de charité* : prières de la religion catholique. Par l'acte de foi, on proclame sa foi en Dieu; par l'acte d'espérance, on dit espérer posséder Dieu et par l'acte de charité, on proclame aimer Dieu et son prochain.
5. *monseigneur* : pince-monseigneur; sorte de levier avec lequel on force les portes.

3920 les mailles par où l'on peut passer à travers le réseau du
Code. Le secret des grandes fortunes sans cause apparente
est un crime oublié, parce qu'il a été proprement fait.

— Silence, monsieur, je ne veux pas en entendre davantage, vous me feriez douter de moi-même. En ce moment le
3925 sentiment est toute ma science.

— À votre aise, bel enfant. Je vous croyais plus fort, dit
Vautrin, je ne vous dirai plus rien. Un dernier mot, cependant. Il regarda fixement l'étudiant : Vous avez mon secret,
lui dit-il.

3930 — Un jeune homme qui vous refuse saura bien l'oublier.

— Vous avez bien dit cela, ça me fait plaisir. Un autre,
voyez-vous, sera moins scrupuleux. Souvenez-vous de ce
que je veux faire pour vous. Je vous donne quinze jours.
C'est à prendre ou à laisser.

3935 — Quelle tête de fer a donc cet homme ! se dit Rastignac
en voyant Vautrin s'en aller tranquillement, sa canne sous le
bras. Il m'a dit crûment ce que madame de Beauséant me
disait en y mettant des formes. Il me déchirait le cœur avec
des griffes d'acier. Pourquoi veux-je aller chez madame de
3940 Nucingen ? Il a deviné mes motifs aussitôt que je les ai
conçus. En deux mots, ce brigand m'a dit plus de choses sur
la vertu que ne m'en ont dit les hommes et les livres. Si la
vertu ne souffre pas de capitulation, j'ai donc volé mes
sœurs ? dit-il en jetant le sac sur la table. Il s'assit, et resta là
3945 plongé dans une étourdissante méditation. – Être fidèle à la
vertu, martyre sublime ! Bah ! tout le monde croit à la vertu ;
mais qui est vertueux ? Les peuples ont la liberté pour idole ;
mais où est sur la terre un peuple libre ? Ma jeunesse est
encore bleue comme un ciel sans nuage : vouloir être grand
3950 ou riche, n'est-ce pas se résoudre à mentir, plier, ramper, se
redresser, flatter, dissimuler ? n'est-ce pas consentir à se faire
le valet de ceux qui ont menti, plié, rampé ? Avant d'être
leur complice, il faut les servir. Eh bien, non. Je veux travailler noblement, saintement ; je veux travailler jour et nuit, ne
3955 devoir ma fortune qu'à mon labeur. Ce sera la plus lente des
fortunes, mais chaque jour ma tête reposera sur mon oreiller
sans une pensée mauvaise. Qu'y a-t-il de plus beau que de
contempler sa vie et de la trouver pure comme un lis ? Moi
et la vie, nous sommes comme un jeune homme et sa fian-
3960 cée. Vautrin m'a fait voir ce qui arrive après dix ans de
mariage. Diable ! ma tête se perd. Je ne veux penser à rien,
le cœur est un bon guide.

Pages 109 à 130

Compréhension

1. *Quels sont les motifs d'angoisse et d'inquiétude de la mère d'Eugène? Comment essaie-t-elle de mettre son fils en garde? De quels traits de caractère fait-elle preuve? Quelle est la réaction d'Eugène à la lecture de cette lettre?*

2. *Quel sentiment envahit Laure et Agathe à la demande de leur frère? Quelle raison en donnent-t-elles? Relevez dans le texte ce qui traduit l'amour et l'admiration que les deux sœurs éprouvent pour leur frère.*
Quelle comparaison teintée de faits quotidiens montre l'humour de Laure? Quelle est la réaction d'Eugène à la lecture de cette lettre?

3. *Quelle satisfaction immédiate l'arrivée de l'argent procure-t-elle à Eugène? Quels changements cet argent opère-t-il en lui? Quel incident le ramène à la dure réalité?*

4. *Quels sentiments éprouve Eugène à l'égard de Vautrin? Quelle décision prend-il néanmoins? Pourquoi? Quelle particularité de son tempérament l'y pousse?*

5. *Sous quel prétexte Eugène aborde-t-il Vautrin? Comment se traduit la montée de la tension entre les deux hommes? Comment se traduit-elle chez les pensionnaires? Qui fait l'aveu de ce qu'ils redoutent tous? Pourquoi?*

6. *Comment Vautrin convainc-t-il Rastignac de l'écouter? Quelles révélations fait-il à Rastignac qui prouvent qu'il connaît la dure situation du jeune homme?*
Pourquoi les carrières traditionnelles ne peuvent-elles, selon Vautrin, convenir à l'ambition de Rastignac? Quelles difficultés l'attendent? Comment Vautrin l'en persuade-t-il?

7. *Quelles sont les étapes successives par lesquelles Vautrin dévoile à Rastignac la manière dont il entend le conduire à la fortune? Parallèlement, quel pacte lui propose-t-il? Quel passage du discours de Vautrin s'éclaire ici? Quels rapports Vautrin cherche-t-il à instaurer entre lui et Rastignac?*

8. *Quelles réflexions inspire à Rastignac le discours de Vautrin?*

9. *Au-delà des conseils donnés à Rastignac, que conteste Vautrin tout au long du discours qu'il lui tient? Justifiez en citant les passages concernés.*

131

Écriture

10. *Montrez que Vautrin a de l'humanité une vision animale. Relevez les comparaisons qu'il fait. Quelles sont les métaphores* et les comparaisons* utilisées par Balzac concernant Vautrin et Rastignac? Rapprochez vos observations de la dédicace du* Père Goriot.

11. *Pour quelles raisons peut-on considérer Balzac comme un narrateur omniscient* ?*

Mise en perspective

12. *Comme Rastignac, c'est à sa sœur Ève que Lucien de Rubempré, installé à Paris, écrit ses souffrances. Lisez à titre de comparaison la réponse qu'elle lui envoie:* Illusions perdues, Deuxième partie, Un grand homme de province à Paris. Ève Séchard à Lucien.

13. *Comparez les réflexions de Vautrin sur l'honnêteté avec celles du* Neveu de Rameau *(1762) de Diderot en lisant dans cette œuvre l'éloge qu'il fait de l'or.*

VAUTRIN - BALZAC. *Représentation donnée par le théâtre du Campagnol en 1986, sous la direction de Jean-Claude Penchenat et Jean Gillibert.*

Affiche du théâtre du Campagnol.

Eugène fut tiré de sa rêverie par la voix de la grosse Sylvie, qui lui annonça son tailleur, devant lequel il se pré-
3965 senta, tenant à la main ses deux sacs d'argent, et il ne fut pas fâché de cette circonstance. Quand il eut essayé ses habits du soir, il remit sa nouvelle toilette du matin, qui le métamorphosait complètement. – Je vaux bien monsieur de Trailles, se dit-il. Enfin j'ai l'air d'un gentilhomme!

3970 – Monsieur, dit le père Goriot en entrant chez Eugène, vous m'avez demandé si je connaissais les maisons où va madame de Nucingen?

– Oui!

– Eh bien, elle va lundi prochain au bal du maréchal de
3975 Carigliano. Si vous pouvez y être, vous me direz si mes deux filles se sont bien amusées, comment elles seront mises, enfin tout.

– Comment avez-vous su cela, mon bon père Goriot? dit Eugène en le faisant asseoir à son feu.

3980 – Sa femme de chambre me l'a dit. Je sais tout ce qu'elles font par Thérèse et par Constance, reprit-il d'un air joyeux. Le vieillard ressemblait à un amant encore assez jeune pour être heureux d'un stratagème qui le met en communication avec sa maîtresse sans qu'elle puisse s'en douter. – Vous les
3985 verrez, vous! dit-il en exprimant avec naïveté une douloureuse envie.

– Je ne sais pas, répondit Eugène. Je vais aller chez madame de Beauséant lui demander si elle peut me présenter à la maréchale.

3990 Eugène pensait avec une sorte de joie intérieure à se montrer chez la vicomtesse mis comme il le serait désormais. Ce que les moralistes nomment les abîmes du cœur humain sont uniquement les décevantes pensées, les involontaires mouvements de l'intérêt personnel. Ces péripéties, le sujet
3995 de tant de déclamations, ces retours soudains sont des calculs faits au profit de nos jouissances. En se voyant bien mis, bien ganté, bien botté, Rastignac oublia sa vertueuse résolution. La jeunesse n'ose pas se regarder au miroir de la conscience quand elle verse du côté de l'injustice, tandis que
4000 l'âge mûr s'y est vu : là gît toute la différence entre ces deux phases de la vie. Depuis quelques jours les deux voisins, Eugène et le père Goriot, étaient devenus bons amis. Leur secrète amitié tenait aux raisons psychologiques qui avaient engendré des sentiments contraires entre Vautrin et l'étu
4005 diant. Le hardi philosophe qui voudra constater les effets de nos sentiments dans le monde physique trouvera sans doute

134

plus d'une preuve de leur effective matérialité dans les rapports qu'ils créent entre nous et les animaux. Quel physiognomoniste[1] est plus prompt à deviner un caractère
4010 qu'un chien l'est à savoir si un inconnu l'aime ou ne l'aime pas ? Les *atomes crochus*[2], expression proverbiale dont chacun se sert, sont un de ces faits qui restent dans les langages pour démentir les niaiseries philosophiques dont s'occupent ceux qui aiment à vanner les épluchures des mots primitifs.
4015 On se sent aimé. Le sentiment s'empreint en toutes choses et traverse les espaces. Une lettre est une âme, elle est un si fidèle écho de la voix qui parle que les esprits délicats la comptent parmi les plus riches trésors de l'amour. Le père Goriot, que son sentiment irréfléchi élevait jusqu'au sublime
4020 de la nature canine, avait flairé la compassion, l'admirative bonté, les sympathies juvéniles qui s'étaient émues pour lui dans le cœur de l'étudiant. Cependant cette union naissante n'avait encore amené aucune confidence. Si Eugène avait manifesté le désir de voir madame de Nucingen, ce n'était
4025 pas qu'il comptât sur le vieillard pour être introduit par lui chez elle ; mais il espérait qu'une indiscrétion pourrait le bien servir. Le père Goriot ne lui avait parlé de ses filles qu'à propos de ce qu'il s'était permis d'en dire publiquement le jour de ses deux visites. – Mon cher monsieur, lui avait-il dit
4030 le lendemain, comment avez-vous pu croire que madame de Restaud vous en ait voulu d'avoir prononcé mon nom ? Mes deux filles m'aiment bien. Je suis un heureux père. Seulement, mes deux gendres se sont mal conduits envers moi. Je n'ai pas voulu faire souffrir ces chères créatures de mes dis-
4035 sensions avec leurs maris, et j'ai préféré les voir en secret. Ce mystère me donne mille jouissances que ne comprennent pas les autres pères qui peuvent voir leurs filles quand ils veulent. Moi, je ne le peux pas, comprenez-vous ? Alors je vais, quand il fait beau, dans les Champs-Élysées[*], après
4040 avoir demandé aux femmes de chambre si mes filles sortent. Je les attends au passage, le cœur me bat quand les voitures arrivent, je les admire dans leur toilette, elles me jettent en passant un petit rire qui me dore la nature comme s'il y

---

1. *physiognomoniste* : personne qui pense connaître le caractère de quelqu'un d'après les traits de son visage.
2. *atomes crochus* : dans la langue familière, avoir des atomes crochus avec quelqu'un signifie s'entendre avec lui.

tombait un rayon de quelque beau soleil. Et je reste, elles
4045 doivent revenir. Je les vois encore! l'air leur a fait du bien,
elles sont roses. J'entends dire autour de moi : Voilà une
belle femme! Ça me réjouit le cœur. N'est-ce pas mon sang?
J'aime les chevaux qui les traînent, et je voudrais être le petit
chien qu'elles ont sur leurs genoux. Je vis de leurs plaisirs.
4050 Chacun a sa façon d'aimer, la mienne ne fait pourtant de
mal à personne, pourquoi le monde s'occupe-t-il de moi? Je
suis heureux à ma manière. Est-ce contre les lois que j'aille
voir mes filles, le soir, au moment où elles sortent de leurs
maisons pour se rendre au bal? Quel chagrin pour moi si
4055 j'arrive trop tard, et qu'on me dise : Madame est sortie. Un
soir j'ai attendu jusqu'à trois heures du matin pour voir
Nasie, que je n'avais pas vue depuis deux jours. J'ai manqué
crever d'aise! Je vous en prie, ne parlez de moi que pour
dire combien mes filles sont bonnes. Elles veulent me
4060 combler de toutes sortes de cadeaux; je les en empêche, je
leur dis : Gardez donc votre argent! Que voulez-vous que
j'en fasse? Il ne me faut rien. En effet, mon cher monsieur,
que suis-je? un méchant cadavre dont l'âme est partout où
sont mes filles. Quand vous aurez vu madame de Nucingen,
4065 vous me direz celle des deux que vous préférez, dit le bonhomme après un moment de silence en voyant Eugène
qui se disposait à partir pour aller se promener aux Tuileries
en attendant l'heure de se présenter chez madame de
Beauséant.
4070   Cette promenade fut fatale à l'étudiant. Quelques femmes
le remarquèrent. Il était si beau, si jeune, et d'une élégance
de si bon goût! En se voyant l'objet d'une attention presque
admirative, il ne pensa plus à ses sœurs ni à sa tante
dépouillées, ni à ses vertueuses répugnances. Il avait vu pas-
4075 ser au-dessus de sa tête ce démon qu'il est si facile de
prendre pour un ange, ce Satan aux ailes diaprées[1], qui
sème des rubis, qui jette ses flèches d'or au front des palais,
empourpre les femmes, revêt d'un sot éclat les trônes, si
simples dans leur origine; il avait écouté le dieu de cette
4080 vanité crépitante dont le clinquant nous semble être un
symbole de puissance. La parole de Vautrin, quelque
cynique qu'elle fût, s'était logée dans son cœur comme dans
le souvenir d'une vierge se grave le profil ignoble d'une

---

1. *diaprées* : qui prend diverses couleurs.

vieille marchande à la toilette, qui lui a dit : « Or et amour à
4085 flots ! » Après avoir indolemment flâné, vers cinq heures
Eugène se présenta chez madame de Beauséant, et il y reçut
un de ces coups terribles contre lesquels les cœurs jeunes
sont sans armes. Il avait jusqu'alors trouvé la vicomtesse
pleine de cette aménité[1] polie, de cette grâce melliflue[2] don-
4090 née par l'éducation aristocratique, et qui n'est complète que
si elle vient du cœur.

Quand il entra, madame de Beauséant fit un geste sec, et
lui dit d'une voix brève : – Monsieur de Rastignac, il m'est
impossible de vous voir, en ce moment du moins ! je suis en
4095 affaire...

Pour un observateur, et Rastignac l'était devenu promptement, cette phrase, le geste, le regard, l'inflexion de voix,
étaient l'histoire du caractère et des habitudes de la caste. Il
aperçut la main de fer sous le gant de velours ; la personna-
4100 lité, l'égoïsme, sous les manières ; le bois, sous le vernis. Il
entendit enfin le MOI LE ROI qui commence sous les
panaches du trône et finit sous le cimier[3] du dernier gentilhomme. Eugène s'était trop facilement abandonné sur sa
parole à croire aux noblesses de la femme. Comme tous les
4105 malheureux, il avait signé de bonne foi le pacte délicieux qui
doit lier le bienfaiteur à l'obligé, et dont le premier article
consacre entre les grands cœurs une complète égalité. La
bienfaisance, qui réunit deux êtres en un seul est une passion
céleste aussi incomprise, aussi rare que l'est le véritable
4110 amour. L'un et l'autre sont la prodigalité[4] des belles âmes.
Rastignac voulait arriver au bal de la duchesse de Carigliano,
il dévora cette bourrasque.

– Madame, dit-il d'une voix émue, s'il ne s'agissait pas
d'une chose importante, je ne serais pas venu vous importu-
4115 ner ; soyez assez gracieuse pour me permettre de vous voir
plus tard, j'attendrai.

– Eh bien ! venez dîner avec moi, dit-elle un peu confuse
de la dureté qu'elle avait mise dans ses paroles ; car cette
femme était vraiment aussi bonne que grande.

4120 Quoique touché de ce retour soudain, Eugène se dit en

---

1. *aménité* : « douceur accompagnée de grâce et de politesse. » (Littré)
2. *melliflue* : mielleuse, doucereuse.
3. *cimier* : ornement qui forme la partie supérieure d'un casque.
4. *prodigalité* : générosité excessive.

s'en allant : « Rampe, supporte tout. Que doivent être les autres, si, dans un moment, la meilleure des femmes efface les promesses de son amitié, te laisse là comme un vieux soulier ? Chacun pour soi, donc ? Il est vrai que sa maison
4125 n'est pas une boutique, et que j'ai tort d'avoir besoin d'elle. Il faut, comme dit Vautrin, se faire boulet de canon. » Les amères réflexions de l'étudiant furent bientôt dissipées par le plaisir qu'il se promettait en dînant chez la vicomtesse. Ainsi, par une sorte de fatalité[1], les moindres événements de sa vie
4130 conspiraient à le pousser dans la carrière où, suivant les observations du terrible sphinx de la Maison Vauquer, il devait, comme sur un champ de bataille, tuer pour ne pas être tué, tromper pour ne pas être trompé ; où il devait déposer à la barrière sa conscience, son cœur, mettre un
4135 masque, se jouer sans pitié des hommes, et, comme à Lacédémone[2], saisir sa fortune sans être vu, pour mériter la couronne. Quand il revint chez la vicomtesse, il la trouva pleine de cette bonté gracieuse qu'elle lui avait toujours témoignée. Tous deux allèrent dans une salle à manger où le vicomte
4140 attendait sa femme, et où resplendissait ce luxe de table qui sous la Restauration* fut poussé, comme chacun le sait, au plus haut degré. Monsieur de Beauséant, semblable à beaucoup de gens blasés, n'avait plus guère d'autres plaisirs que ceux de la bonne chère ; il était en fait de gourmandise de
4145 l'école de Louis XVIII et du duc d'Escars. Sa table offrait donc un double luxe, celui du contenant et celui du contenu. Jamais semblable spectacle n'avait frappé les yeux d'Eugène, qui dînait pour la première fois dans une de ces maisons où les grandeurs sociales sont héréditaires. La mode venait de
4150 supprimer les soupers qui terminaient autrefois les bals de l'Empire, où les militaires avaient besoin de prendre des forces pour se préparer à tous les combats qui les attendaient au dedans comme au dehors. Eugène n'avait encore assisté qu'à des bals. L'aplomb qui le distingua plus tard si éminem-
4155 ment, et qu'il commençait à prendre, l'empêcha de s'ébahir niaisement. Mais en voyant cette argenterie sculptée, et les mille recherches d'une table somptueuse, en admirant pour la

---

1. *fatalité* : concours de circonstances fâcheuses et inévitables qui détermine d'avance le cours des événements.
2. *Lacédémone* : autre nom de Sparte, ville de l'Antiquité grecque célèbre pour ses mœurs austères.

première fois un service fait sans bruit, il était difficile à un homme d'ardente imagination de ne pas préférer cette vie
constamment élégante à la vie de privations qu'il voulait embrasser le matin. Sa pensée le rejeta pendant un moment dans sa pension bourgeoise ; il en eut une si profonde horreur qu'il se jura de la quitter au mois de janvier, autant pour se mettre dans une maison propre que pour fuir Vautrin, dont il
sentait la large main sur son épaule. Si l'on vient à songer aux mille formes que prend à Paris la corruption, parlante ou muette, un homme de bon sens se demande par quelle aberration l'État y met des écoles, y assemble des jeunes gens, comment les jolies femmes y sont respectées, comment l'or
étalé par les changeurs ne s'envole pas magiquement de leurs sébiles. Mais si l'on vient à songer qu'il est peu d'exemples de crimes, voire même de délits commis par les jeunes gens, de quel respect ne doit-on pas être pris pour ces patients Tantales° qui se combattent eux-mêmes, et sont presque toujours
victorieux ! S'il était bien peint dans sa lutte avec Paris, le pauvre étudiant fournirait un des sujets les plus dramatiques de notre civilisation moderne. Madame de Beauséant regardait vainement Eugène pour le convier à parler, il ne voulut rien dire en présence du vicomte.

— Me menez-vous ce soir aux Italiens° ? demanda la vicomtesse à son mari.

— Vous ne pouvez douter du plaisir que j'aurais à vous obéir, répondit-il avec une galanterie moqueuse dont l'étudiant fut la dupe, mais je dois aller rejoindre quelqu'un aux Variétés [1].

— Sa maîtresse, se dit-elle.

— Vous n'avez donc pas d'Ajuda ce soir ? demanda le vicomte.

— Non, répondit-elle avec humeur.

— Eh bien ! s'il vous faut absolument un bras, prenez celui
de monsieur de Rastignac.

La vicomtesse regarda Eugène en souriant.

— Ce sera bien compromettant pour vous, dit-elle.

— *Le Français aime le péril, parce qu'il y trouve la gloire*, a dit monsieur de Chateaubriand, répondit Rastignac en s'inclinant.

Quelques moments après il fut emporté près de madame de Beauséant, dans un coupé° rapide, au théâtre à la mode, et crut à quelque féerie lorsqu'il entra dans une loge de face, et

---

1. *Variétés* : théâtre parisien.

qu'il se vit le but de toutes les lorgnettes concurremment avec la vicomtesse dont la toilette était délicieuse. Il marchait
4200 d'enchantements en enchantements.

— Vous avez à me parler, lui dit madame de Beauséant. Ha ! tenez, voici madame de Nucingen à trois loges de la nôtre. Sa sœur et monsieur de Trailles sont de l'autre côté.

En disant ces mots, la vicomtesse regardait la loge où
4205 devait être mademoiselle de Rochefide, et, n'y voyant pas monsieur d'Ajuda, sa figure prit un éclat extraordinaire.

— Elle est charmante, dit Eugène après avoir regardé madame de Nucingen.

— Elle a les cils blancs.

4210 — Oui, mais quelle jolie taille mince !

— Elle a de grosses mains.

— Les beaux yeux !

— Elle a le visage long.

— Mais la forme longue a de la distinction.

4215 — Cela est heureux pour elle qu'il y en ait là. Voyez comment elle prend et quitte son lorgnon ! Le Goriot perce dans tous ses mouvements, dit la vicomtesse au grand étonnement d'Eugène.

En effet, madame de Beauséant lorgnait la salle et semblait ne pas faire attention à madame de Nucingen, dont elle ne
4220 perdait cependant pas un geste. L'assemblée était exquisement belle. Delphine de Nucingen n'était pas peu flattée d'occuper exclusivement le jeune, le beau, l'élégant cousin de madame de Beauséant, il ne regardait qu'elle.

— Si vous continuez à la couvrir de vos regards, vous allez
4225 faire scandale, monsieur de Rastignac. Vous ne réussirez à rien, si vous vous jetez ainsi à la tête des gens.

— Ma chère cousine, dit Eugène, vous m'avez déjà bien protégé ; si vous voulez achever votre ouvrage, je ne vous demande plus que de me rendre un service qui vous donnera
4230 peu de peine et me fera grand bien. Me voilà pris.

— Déjà ?

— Oui.

— Et de cette femme ?

— Mes prétentions seraient-elles donc écoutées ailleurs ?
4235 dit-il en lançant un regard pénétrant à sa cousine. Madame la duchesse de Carigliano est attachée à madame la duchesse de Berry[1], reprit-il après une pause, vous devez la voir, ayez la

---

1. *duchesse de Berry* : épouse du duc de Berry, fils du futur Charles X.

bonté de me présenter chez elle et de m'amener au bal qu'elle
donne lundi. J'y rencontrerai madame de Nucingen, et je
4240 livrerai ma première escarmouche.

— Volontiers, dit-elle. Si vous vous sentez déjà du goût
pour elle, vos affaires de cœur vont très bien. Voici de
Marsay dans la loge de la princesse Galathionne. Madame de
Nucingen est au supplice, elle se dépite. Il n'y a pas de
4245 meilleur moment pour aborder une femme, surtout une
femme de banquier. Ces dames de la Chaussée-d'Antin•
aiment toutes la vengeance.

— Que feriez-vous donc, vous, en pareil cas?

— Moi, je souffrirais en silence.

4250 En ce moment le marquis d'Ajuda se présenta dans la loge
de madame de Beauséant.

— J'ai mal fait mes affaires afin de venir vous retrouver,
dit-il, et je vous en instruis pour que ce ne soit pas un
sacrifice.

4255 Les rayonnements du visage de la vicomtesse apprirent à
Eugène à reconnaître les expressions d'un véritable amour,
et à ne pas les confondre avec les simagrées de la coquetterie
parisienne. Il admira sa cousine, devint muet et céda sa
place à monsieur d'Ajuda en soupirant. « Quelle noble,
4260 quelle sublime créature est une femme qui aime ainsi! se
dit-il. Et cet homme la trahirait pour une poupée! comment
peut-on la trahir?» Il se sentit au cœur une rage d'enfant. Il
aurait voulu se rouler aux pieds de madame de Beauséant, il
souhaitait le pouvoir des démons afin de l'emporter dans
4265 son cœur, comme un aigle enlève de la plaine dans son aire
une jeune chèvre blanche qui tète encore. Il était humilié
d'être dans ce grand Musée de la beauté sans son tableau,
sans une maîtresse à lui. «Avoir une maîtresse est une position quasi royale, se disait-il, c'est le signe de la puissance!»
4270 Et il regarda madame de Nucingen comme un homme
insulté regarde son adversaire. La vicomtesse se retourna
vers lui pour lui adresser sur sa discrétion mille remercie-
ments dans un clignement d'yeux. Le premier acte était fini.

— Vous connaissez assez madame de Nucingen pour lui
4275 présenter monsieur de Rastignac? dit-elle au marquis
d'Ajuda.

— Mais elle sera charmée de voir monsieur, dit le marquis.

Le beau Portugais se leva, prit le bras de l'étudiant, qui en
4280 un clin d'œil se trouva auprès de madame de Nucingen.

— Madame la baronne, dit le marquis, j'ai l'honneur de

vous présenter le chevalier Eugène de Rastignac, un cousin
de la vicomtesse de Beauséant. Vous faites une si vive
impression sur lui, que j'ai voulu compléter son bonheur en
4285 le rapprochant de son idole.

Ces mots furent dits avec un certain accent de raillerie qui
en faisait passer la pensée un peu brutale, mais qui, bien
sauvée, ne déplaît jamais à une femme. Madame de Nucingen
sourit, et offrit à Eugène la place de son mari, qui venait de
4290 sortir.

— Je n'ose pas vous proposer de rester près de moi, monsieur, lui dit-elle. Quand on a le bonheur d'être auprès de
madame de Beauséant, on y reste.

— Mais, lui dit à voix basse Eugène, il me semble,
4295 madame, que si je veux plaire à ma cousine, je demeurerai
près de vous. Avant l'arrivée de monsieur le marquis, nous
parlions de vous et de la distinction de toute votre personne, dit-il à voix haute.

Monsieur d'Ajuda se retira.

4300 — Vraiment, monsieur, dit la baronne, vous allez me rester? Nous ferons donc connaissance, madame de Restaud
m'avait déjà donné le plus vif désir de vous voir.

— Elle est donc bien fausse, elle m'a fait consigner à sa
porte.

4305 — Comment?

— Madame, j'aurai la conscience de vous en dire la raison; mais je réclame toute votre indulgence en vous
confiant un pareil secret. Je suis le voisin de monsieur votre
père. J'ignorais que madame de Restaud fût sa fille. J'ai eu
4310 l'imprudence d'en parler fort innocemment, et j'ai fâché
madame votre sœur et son mari. Vous ne sauriez croire
combien madame la duchesse de Langeais et ma cousine ont
trouvé cette apostasie[1] filiale de mauvais goût. Je leur ai
raconté la scène, elles en ont ri comme des folles. Ce fut
4315 alors qu'en faisant un parallèle entre vous et votre sœur,
madame de Beauséant me parla de vous en fort bons termes,
et me dit combien vous étiez excellente pour mon voisin,
monsieur Goriot. Comment, en effet, ne l'aimeriez-vous pas?
il vous adore si passionnément que j'en suis déjà jaloux.
4320 Nous avons parlé de vous ce matin pendant deux heures.
Puis, tout plein de ce que votre père m'a raconté, ce soir en

1. *apostasie* : au sens premier, reniement d'une religion.

dînant avec ma cousine, je lui disais que vous ne pouviez pas
être aussi belle que vous étiez aimante. Voulant sans doute
favoriser une si chaude admiration, madame de Beauséant
4325 m'a amené ici, en me disant avec sa grâce habituelle que je
vous y verrais.

— Comment, monsieur, dit la femme du banquier, je vous
dois déjà de la reconnaissance ? Encore un peu, nous allons
être de vieux amis.

4330 — Quoique l'amitié doive être près de vous un sentiment
peu vulgaire, dit Rastignac, je ne veux jamais être votre ami.

Ces sottises stéréotypées à l'usage des débutants paraissent
toujours charmantes aux femmes, et ne sont pauvres que
lues à froid. Le geste, l'accent, le regard d'un jeune homme,
4335 leur donnent d'incalculables valeurs. Madame de Nucingen
trouva Rastignac charmant. Puis, comme toutes les femmes,
ne pouvant rien dire à des questions aussi drûment* posées
que l'était celle de l'étudiant, elle répondit à autre chose.

— Oui, ma sœur se fait tort par la manière dont elle se
4340 conduit avec ce pauvre papa, qui vraiment a été pour nous
un dieu. Il a fallu que monsieur de Nucingen m'ordonnât
positivement de ne voir mon père que le matin, pour que je
cédasse sur ce point. Mais j'en ai longtemps été bien malheureuse. Je pleurais. Ces violences, venues après les bruta-
4345 lités du mariage, ont été l'une des raisons qui troublèrent le
plus mon ménage. Je suis certes la femme de Paris la plus
heureuse aux yeux du monde, la plus malheureuse en réalité. Vous allez me trouver folle de vous parler ainsi. Mais
vous connaissez mon père, et, à ce titre, vous ne pouvez pas
4350 m'être étranger.

— Vous n'aurez jamais rencontré personne, lui dit Eugène,
qui soit animé d'un plus vif désir de vous appartenir. Que
cherchez-vous toutes ? le bonheur, reprit-il d'une voix qui
allait à l'âme. Eh ! bien, si, pour une femme, le bonheur est
4355 d'être aimée, adorée, d'avoir un ami à qui elle puisse confier
ses désirs, ses fantaisies, ses chagrins, ses joies ; se montrer
dans la nudité de son âme, avec ses jolis défauts et ses belles
qualités, sans craindre d'être trahie ; croyez-moi, ce cœur
dévoué, toujours ardent, ne peut se rencontrer que chez un
4360 homme jeune, plein d'illusions, qui peut mourir sur un seul
de vos signes, qui ne sait rien encore du monde et n'en veut
rien savoir, parce que vous devenez le monde pour lui. Moi,
voyez-vous, vous allez rire de ma naïveté, j'arrive du fond
d'une province, entièrement neuf, n'ayant connu que de
4365 belles âmes, et je comptais rester sans amour. Il m'est arrivé

de voir ma cousine, qui m'a mis trop près de son cœur ; elle m'a fait deviner les mille trésors de la passion ; je suis, comme Chérubin[1], l'amant de toutes les femmes, en attendant que je puisse me dévouer à quelqu'une d'entre elles.
4370 En vous voyant, quand je suis entré, je me suis senti porté vers vous, comme par un courant. J'avais déjà tant pensé à vous ! Mais je ne vous avais pas rêvée aussi belle que vous l'êtes en réalité. Madame de Beauséant m'a ordonné de ne pas vous tant regarder. Elle ne sait pas ce qu'il y a d'at-
4375 trayant à voir vos jolies lèvres rouges, votre teint blanc, vos yeux si doux. Moi aussi, je vous dis des folies, mais laissez-les-moi dire.

Rien ne plaît plus aux femmes que de s'entendre débiter ces douces paroles. La plus sévère dévote[2] les écoute, même
4380 quand elle ne doit pas y répondre. Après avoir ainsi commencé, Rastignac défila son chapelet d'une voix coquettement sourde ; et madame de Nucingen encourageait Eugène par des sourires en regardant de temps en temps de Marsay, qui ne quittait pas la loge de la princesse Gala-
4385 thionne. Rastignac resta près de madame de Nucingen jusqu'au moment où son mari vint la chercher pour l'emmener.

— Madame, lui dit Eugène, j'aurai le plaisir de vous aller voir avant le bal de la duchesse de Carigliano.

— *Puisqui matame fous encache*, dit le baron, épais Alsacien
4390 dont la figure ronde annonçait une dangereuse finesse, *fous êtes sir d'êdre pien ressi.*

— Mes affaires sont en bon train, car elle ne s'est pas bien effarouchée en m'entendant lui dire : M'aimerez-vous bien ? Le mors est mis à ma bête, sautons dessus et gouvernons-la,
4395 se dit Eugène en allant saluer madame de Beauséant qui se levait et se retirait avec d'Ajuda. Le pauvre étudiant ne savait pas que la baronne était distraite, et attendait de de Marsay une de ces lettres décisives qui déchirent l'âme. Tout heureux de son faux succès, Eugène accompagna la vicomtesse
4400 jusqu'au péristyle*, où chacun attend sa voiture.

— Votre cousin ne se ressemble plus à lui-même, dit le Portugais en riant à la vicomtesse quand Eugène les eut quittés. Il va faire sauter la banque. Il est souple comme une

---

1. *Chérubin* : personnage du *Mariage de Figaro* de Beaumarchais, Chérubin est un adolescent qui s'éveille à l'amour.
2. *la plus sévère dévote* : la femme la plus pieuse.

anguille, et je crois qu'il ira loin. Vous seule avez pu lui trier
4405 sur le volet une femme au moment où il faut la consoler.
    – Mais, dit madame de Beauséant, il faut savoir si elle
aime encore celui qui l'abandonne.
    L'étudiant revint à pied du Théâtre-Italien* à la rue
Neuve-Sainte-Geneviève*, en faisant les plus doux projets. Il
4410 avait bien remarqué l'attention avec laquelle madame de
Restaud l'avait examiné, soit dans la loge de la vicomtesse,
soit dans celle de madame de Nucingen, et il présuma que
la porte de la comtesse ne lui serait plus fermée. Ainsi déjà
quatre relations majeures, car il comptait bien plaire à la
4415 maréchale, allaient lui être acquises au cœur de la haute
société parisienne. Sans trop s'expliquer les moyens, il devinait par avance que, dans le jeu compliqué des intérêts de
ce monde, il devait s'accrocher à un rouage pour se trouver
en haut de la machine, et il se sentait la force d'en enrayer la
4420 roue. « Si madame de Nucingen s'intéresse à moi, je lui
apprendrai à gouverner son mari. Ce mari fait des affaires
d'or, il pourra m'aider à ramasser tout d'un coup une fortune. » Il ne se disait pas cela crûment, il n'était pas encore
assez politique pour chiffrer une situation, l'apprécier et la
4425 calculer ; ces idées flottaient à l'horizon sous la forme de
légers nuages, et, quoiqu'elles n'eussent pas l'âpreté de celles
de Vautrin, si elles avaient été soumises au creuset de la
conscience elles n'auraient rien donné de bien pur. Les
hommes arrivent, par une suite de transactions de ce genre,
4430 à cette morale relâchée que professe l'époque actuelle, où se
rencontrent plus rarement que dans aucun temps ces
hommes rectangulaires, ces belles volontés qui ne se plient
jamais au mal, à qui la moindre déviation de la ligne droite
semble être un crime : magnifiques images de la probité* qui
4435 nous ont valu deux chefs-d'œuvre, Alceste de Molière, puis
récemment Jenny Deans et son père, dans l'œuvre de Walter
Scott[1]. Peut-être l'œuvre opposée, la peinture des sinuosités
dans lesquelles un homme du monde, un ambitieux fait
rouler sa conscience, en essayant de côtoyer le mal, afin
4440 d'arriver à son but en gardant les apparences, ne serait-elle ni
moins belle, ni moins dramatique. En atteignant au seuil de
sa pension, Rastignac s'était épris de madame de Nucingen,
elle lui avait paru svelte, fine comme une hirondelle. L'eni-

---

1. *Walter Scott* : romancier écossais (1771-1832) rendu célèbre par *Quentin Durward.*

vrante douceur de ses yeux, le tissu délicat et soyeux de sa
4445 peau sous laquelle il avait cru voir couler le sang, le son
enchanteur de sa voix, ses blonds cheveux, il se rappelait
tout ; et peut-être la marche, en mettant son sang en mouvement, aidait-elle à cette fascination. L'étudiant frappa rude-
ment à la porte du père Goriot.
4450 — Mon voisin, dit-il, j'ai vu madame Delphine.
    — Où ?
    — Aux Italiens•.
    — S'amusait-elle bien ? Entrez donc. Et le bonhomme, qui
s'était levé en chemise, ouvrit sa porte et se recoucha
4455 promptement. — Parlez-moi donc d'elle, demanda-t-il.
    Eugène, qui se trouvait pour la première fois chez le père
Goriot, ne fut pas maître d'un mouvement de stupéfaction
en voyant le bouge où vivait le père, après avoir admiré la
toilette de la fille. La fenêtre était sans rideaux ; le papier de
4460 tenture collé sur les murailles s'en détachait en plusieurs
endroits par l'effet de l'humidité, et se recroquevillait en laissant apercevoir le plâtre jauni par la fumée. Le bonhomme
gisait sur un mauvais lit, n'avait qu'une maigre couverture et
un couvre-pied ouaté fait avec les bons morceaux des
4465 vieilles robes de madame Vauquer. Le carreau était humide
et plein de poussière. En face de la croisée• se voyait une de
ces vieilles commodes en bois de rose à ventre renflé, qui
ont des mains en cuivre tordu en façon de sarments [1] déco-
rés de feuilles ou de fleurs ; un vieux meuble à tablette de
4470 bois sur lequel était un pot à eau dans sa cuvette et tous les
ustensiles nécessaires pour se faire la barbe. Dans un coin,
les souliers ; à la tête du lit, une table de nuit sans porte ni
marbre ; au coin de la cheminée, où il n'y avait pas trace de
feu, se trouvait la table carrée, en bois de noyer, dont la
4475 barre avait servi au père Goriot à dénaturer son écuelle en
vermeil•. Un méchant [2] secrétaire sur lequel était le chapeau
du bonhomme, un fauteuil foncé de paille et deux chaises
complétaient ce mobilier misérable. La flèche [3] du lit, attachée au plancher par une loque, soutenait une mauvaise
4480 bande d'étoffes à carreaux rouges et blancs. Le plus pauvre
commissionnaire était certes moins mal meublé dans son

---

1. *sarments* : branches de vigne.
2. *méchant* : de peu de valeur.
3. *flèche* : tringle qui tient le rideau au-dessus du lit.

grenier, que ne l'était le père Goriot chez madame Vauquer.
L'aspect de cette chambre donnait froid et serrait le cœur,
elle ressemblait au plus triste logement d'une prison. Heu-
4485 reusement Goriot ne vit pas l'expression qui se peignit sur la
physionomie d'Eugène quand celui-ci posa sa chandelle sur
la table de nuit. Le bonhomme se tourna de son côté en
restant couvert jusqu'au menton.

— Eh! bien, qui aimez-vous mieux de madame de
4490 Restaud ou de madame de Nucingen?

— Je préfère madame Delphine, répondit l'étudiant, parce
qu'elle vous aime mieux.

À cette parole chaudement dite, le bonhomme sortit son
bras du lit et serra la main d'Eugène.

4495 — Merci, merci, répondit le vieillard ému. Que vous a-t-
elle donc dit de moi?

L'étudiant répéta les paroles de la baronne en les embel-
lissant, et le vieillard l'écouta comme s'il eût entendu la
parole de Dieu.

4500 — Chère enfant! oui, oui, elle m'aime bien. Mais ne la
croyez pas dans ce qu'elle vous a dit d'Anastasie. Les deux
sœurs se jalousent, voyez-vous? c'est encore une preuve de
leur tendresse. Madame de Restaud m'aime bien aussi. Je le
sais. Un père est avec ses enfants comme Dieu est avec nous,
4505 il va jusqu'au fond des cœurs, et juge les intentions. Elles
sont toutes deux aussi aimantes. Oh! si j'avais eu de bons
gendres, j'aurais été trop heureux. Il n'est sans doute pas de
bonheur complet ici-bas. Si j'avais vécu chez elles; mais rien
que d'entendre leurs voix, de les savoir là, de les voir aller,
4510 sortir, comme quand je les avais chez moi, ça m'eût fait
cabrioler[1] le cœur. Étaient-elles bien mises?

— Oui, dit Eugène. Mais, monsieur Goriot, comment, en
ayant des filles aussi richement établies que sont les vôtres,
pouvez-vous demeurer dans un taudis pareil?

4515 — Ma foi, dit-il, d'un air en apparence insouciant, à quoi
cela me servirait-il d'être mieux? Je ne puis guère vous
expliquer ces choses-là; je ne sais pas dire deux paroles de
suite comme il faut. Tout est là, ajouta-t-il en se frappant le
cœur. Ma vie, à moi, est dans mes deux filles. Si elles
4520 s'amusent, si elles sont heureuses, bravement mises[2], si elles

---

1. *cabrioler* : bondir de joie (langage familier).
2. *bravement mises* : élégamment vêtues (langage familier).

marchent sur des tapis, qu'importe de quel drap je sois vêtu, et comment est l'endroit où je me couche ? Je n'ai point froid si elles ont chaud, je ne m'ennuie jamais si elles rient. Je n'ai de chagrins que les leurs. Quand vous serez père, quand vous vous direz, en oyant gazouiller vos enfants : C'est sorti de moi ! que vous sentirez ces petites créatures tenir à chaque goutte de votre sang, dont elles ont été la fine fleur, car c'est ça ! vous vous croirez attaché à leur peau, vous croirez être agité vous-même par leur marche. Leur voix me répond partout. Un regard d'elles, quand il est triste, me fige le sang. Un jour vous saurez que l'on est bien plus heureux de leur bonheur que du sien propre. Je ne peux pas vous expliquer ça : c'est des mouvements intérieurs qui répandent l'aise partout. Enfin, je vis trois fois. Voulez-vous que je vous dise une drôle de chose ? Eh bien ! quand j'ai été père, j'ai compris Dieu. Il est tout entier partout, puisque la création est sortie de lui. Monsieur, je suis ainsi avec mes filles. Seulement j'aime mieux mes filles que Dieu n'aime le monde, parce que le monde n'est pas si beau que Dieu, et que mes filles sont plus belles que moi. Elles me tiennent si bien à l'âme, que j'avais idée que vous les verriez ce soir. Mon Dieu ! un homme qui rendrait ma petite Delphine aussi heureuse qu'une femme l'est quand elle est bien aimée ; mais je lui cirerais ses bottes, je lui ferais ses commissions. J'ai su par sa femme de chambre que ce petit monsieur de Marsay est un mauvais chien. Il m'a pris des envies de lui tordre le cou. Ne pas aimer un bijou de femme, une voix de rossignol, et faite comme un modèle ! Où a-t-elle eu les yeux d'épouser cette grosse souche d'Alsacien ? Il leur fallait à toutes deux de jolis jeunes gens bien aimables. Enfin, elles ont fait à leur fantaisie.

Le père Goriot était sublime. Jamais Eugène ne l'avait pu voir illuminé par les feux de sa passion paternelle. Une chose digne de remarque est la puissance d'infusion que possèdent les sentiments. Quelque grossière que soit une créature, dès qu'elle exprime une affection forte et vraie, elle exhale un fluide particulier qui modifie la physionomie, anime le geste, colore la voix. Souvent l'être le plus stupide arrive, sous l'effort de la passion, à la plus haute éloquence dans l'idée, si ce n'est dans le langage, et semble se mouvoir dans une sphère lumineuse. Il y avait en ce moment dans la voix, dans le geste de ce bonhomme, la puissance communicative qui signale le grand acteur. Mais nos beaux sentiments ne sont-ils pas les poésies de la volonté ?

4565 — Eh! bien, vous ne serez peut-être pas fâché d'apprendre, lui dit Eugène, qu'elle va rompre sans doute avec ce de Marsay. Ce beau-fils[1] l'a quittée pour s'attacher à la princesse Galathionne. Quant à moi, ce soir, je suis tombé amoureux de madame Delphine.

4570 — Bah! dit le père Goriot.

— Oui. Je ne lui ai pas déplu. Nous avons parlé amour pendant une heure, et je dois aller la voir après-demain samedi.

— Oh! que je vous aimerais, mon cher monsieur, si vous
4575 lui plaisiez. Vous êtes bon, vous ne la tourmenteriez point. Si vous la trahissiez, je vous couperais le cou, d'abord. Une femme n'a pas deux amours, voyez-vous? Mon Dieu! mais je dis des bêtises, monsieur Eugène. Il fait froid ici pour vous. Mon Dieu! vous l'avez donc entendue, que vous a-t-
4580 elle dit pour moi?

— Rien, se dit en lui-même Eugène. Elle m'a dit, répondit-il à haute voix, qu'elle vous envoyait un bon baiser de fille.

— Adieu, mon voisin, dormez bien, faites de beaux rêves;
4585 les miens sont tout faits avec ce mot-là. Que Dieu vous protège dans tous vos désirs! Vous avez été pour moi ce soir comme un bon ange, vous me rapportez l'air de ma fille.

— Le pauvre homme, se dit Eugène en se couchant, il y a de quoi toucher des cœurs de marbre. Sa fille n'a pas plus
4590 pensé à lui qu'au Grand-Turc.

Depuis cette conversation, le père Goriot vit dans son voisin un confident inespéré, un ami. Il s'était établi entre eux les seuls rapports par lesquels ce vieillard pouvait s'attacher à un autre homme. Les passions ne font jamais de faux
4595 calculs. Le père Goriot se voyait un peu plus près de sa fille Delphine, il s'en voyait mieux reçu, si Eugène devenait cher à la baronne. D'ailleurs il lui avait confié l'une de ses douleurs. Madame de Nucingen, à laquelle mille fois par jour il souhaitait le bonheur, n'avait pas connu les douceurs de
4600 l'amour. Certes, Eugène était, pour se servir de son expression, un des jeunes gens les plus gentils qu'il eût jamais vus, et il semblait pressentir qu'il lui donnerait tous les plaisirs dont elle avait été privée. Le bonhomme se prit donc pour son voisin d'une amitié qui alla croissant, et sans laquelle il

---

1. *beau-fils* : dandy[*].

⁴⁶⁰⁵ eût été sans doute impossible de connaître le dénouement de cette histoire.

Le lendemain matin, au déjeuner, l'affectation avec laquelle le père Goriot regardait Eugène, près duquel il se plaça, les quelques paroles qu'il lui dit, et le changement de ⁴⁶¹⁰ sa physionomie, ordinairement semblable à un masque de plâtre, surprirent les pensionnaires. Vautrin, qui revoyait l'étudiant pour la première fois depuis leur conférence, semblait vouloir lire dans son âme. En se souvenant du projet de cet homme, Eugène, qui, avant de s'endormir, avait, pen-⁴⁶¹⁵ dant la nuit, mesuré le vaste champ qui s'ouvrait à ses regards, pensa nécessairement à la dot* de mademoiselle Taillefer, et ne put s'empêcher de regarder Victorine comme le plus vertueux jeune homme regarde une riche héritière. Par hasard, leurs yeux se rencontrèrent. La pauvre fille ne ⁴⁶²⁰ manqua pas de trouver Eugène charmant dans sa nouvelle tenue. Le coup d'œil qu'ils échangèrent fut assez significatif pour que Rastignac ne doutât pas d'être pour elle l'objet de ces confus désirs qui atteignent toutes les jeunes filles et qu'elles rattachent au premier être séduisant. Une voix lui ⁴⁶²⁵ criait : Huit cent mille francs ! Mais tout à coup il se rejeta dans ses souvenirs de la veille, et pensa que sa passion de commande pour madame de Nucingen était l'antidote de ses mauvaises pensées involontaires.

— L'on donnait hier aux Italiens* *Le Barbier de Séville* de ⁴⁶³⁰ Rossini. Je n'avais jamais entendu de si délicieuse musique, dit-il. Mon Dieu ! est-on heureux d'avoir une loge aux Italiens.

Le père Goriot saisit cette parole au vol comme un chien saisit un mouvement de son maître.

⁴⁶³⁵ — Vous êtes comme des coqs-en-pâte, dit madame Vauquer, vous autres hommes, vous faites tout ce qui vous plaît.

— Comment êtes-vous revenu ? demanda Vautrin.

— À pied, répondit Eugène.

— Moi, reprit le tentateur, je n'aimerais pas de demi-⁴⁶⁴⁰ plaisirs ; je voudrais aller là dans ma voiture, dans ma loge, et revenir bien commodément. Tout ou rien ! voilà ma devise.

— Et qui est bonne, reprit madame Vauquer.

— Vous irez peut-être voir madame de Nucingen, dit Eugène à voix basse à Goriot. Elle vous recevra, certes, à ⁴⁶⁴⁵ bras ouverts ; elle voudra savoir de vous mille petits détails sur moi. J'ai appris qu'elle ferait tout au monde pour être reçue chez ma cousine, madame la vicomtesse de Beauséant.

N'oubliez pas de lui dire que je l'aime trop pour ne pas penser à lui procurer cette satisfaction.

4650 Rastignac s'en alla promptement à l'École de droit, il voulait rester le moins de temps possible dans cette odieuse maison. Il flâna pendant presque toute la journée, en proie à cette fièvre de tête qu'ont connue les jeunes gens affectés de trop vives espérances. Les raisonnements de Vautrin le fai-
4655 saient réfléchir à la vie sociale, au moment où il rencontra son ami Bianchon dans le jardin du Luxembourg.

— Où as-tu pris cet air grave? lui dit l'étudiant en médecine en lui prenant le bras pour se promener devant le palais.

4660 — Je suis tourmenté par de mauvaises idées.

— En quel genre? Ça se guérit, les idées.

— Comment?

— En y succombant.

— Tu ris sans savoir ce dont il s'agit. As-tu lu Rousseau?

4665 — Oui.

— Te souviens-tu de ce passage où il demande à son lecteur ce qu'il ferait au cas où il pourrait s'enrichir en tuant à la Chine par sa seule volonté un vieux mandarin, sans bouger de Paris[1].

4670 — Oui.

— Eh! bien?

— Bah! J'en suis à mon trente-troisième mandarin.

— Ne plaisante pas. Allons, s'il t'était prouvé que la chose est possible et qu'il te suffît d'un signe de tête, le ferais-tu?

4675 — Est-il bien vieux, le mandarin? Mais, bah! jeune ou vieux, paralytique ou bien portant, ma foi... Diantre! Eh! bien, non.

— Tu es un brave garçon, Bianchon. Mais si tu aimais une femme à te mettre pour elle l'âme à l'envers, et qu'il lui
4680 fallût de l'argent, beaucoup d'argent pour sa toilette, pour sa voiture, pour toutes ses fantaisies enfin?

— Mais tu m'ôtes la raison, et tu veux que je raisonne.

— Eh! bien, Bianchon, je suis fou, guéris-moi. J'ai deux sœurs qui sont des anges de beauté, de candeur, et je veux
4685 qu'elles soient heureuses. Où prendre deux cent mille francs

---

1. *Te souviens-tu* [...] *sans bouger de Paris* : histoire qui est plus vraisemblablement tirée du *Génie du Christianisme* de Chateaubriand (I, VI, 2). (*Cf.* La Pléiade, tome III, p. 1280.)

pour leur dot* d'ici à cinq ans ? Il est, vois-tu, des circonstances dans la vie où il faut jouer gros jeu et ne pas user
son bonheur à gagner des sous.

4690 — Mais tu poses la question qui se trouve à l'entrée de la
vie pour tout le monde, et tu veux couper le nœud gordien
avec l'épée. Pour agir ainsi, mon cher, il faut être
Alexandre [1], sinon l'on va au bagne. Moi, je suis heureux de
la petite existence que je me créerai en province, où je suc-
céderai tout bêtement à mon père. Les affections de
4695 l'homme se satisfont dans le plus petit cercle aussi pleinement que dans une immense circonférence. Napoléon ne
dînait pas deux fois, et ne pouvait pas avoir plus de maîtresses* qu'en prend un étudiant en médecine quand il est
interne* aux Capucins. Notre bonheur, mon cher, tiendra
4700 toujours entre la plante de nos pieds et notre occiput* ; et,
qu'il coûte un million par an ou cent louis*, la perception
intrinsèque [2] en est la même au dedans de nous. Je conclus à
la vie du Chinois.

— Merci, tu m'as fait du bien, Bianchon ! nous serons tou-
4705 jours amis.

— Dis donc, reprit l'étudiant en médecine, en sortant du
cours de Cuvier* au Jardin des Plantes je viens d'apercevoir
la Michonneau et le Poiret causant sur un banc avec un
monsieur que j'ai vu dans les troubles de l'année dernière
4710 aux environs de la Chambre des Députés, et qui m'a fait
l'effet d'être un homme de la police déguisé en honnête
bourgeois vivant de ses rentes*. Étudions ce couple-là : je te
dirai pourquoi. Adieu, je vais répondre à mon appel de
quatre heures.

4715 Quand Eugène revint à la pension, il trouva le père Goriot
qui l'attendait.

— Tenez, dit le bonhomme, voilà une lettre d'elle. Hein, la
jolie écriture !

Eugène décacheta la lettre et lut.

4720 « Monsieur, mon père m'a dit que vous aimiez la musique
italienne. Je serai heureuse si vous vouliez me faire le plaisir

---

1. *nœud gordien [...] Alexandre* : Alexandre le Grand (356-323 av. J.-C.), roi de Macé-
doine (pays situé au nord de la Grèce), réussit à étendre son empire jusqu'en Asie. À
Gordion, en Asie Mineure, dans le temple de Zeus, Alexandre trancha d'un coup
d'épée le nœud gordien. Un oracle avait prédit que celui qui le dénouerait deviendrait
maître de l'Asie.
2. *intrinsèque* : propre, intime.

d'accepter une place dans ma loge. Nous aurons samedi la Fodor et Pellegrini, je suis sûre alors que vous ne me refuserez pas. Monsieur de Nucingen se joint à moi pour vous
4725 prier de venir dîner avec nous sans cérémonie. Si vous acceptez, vous le rendrez bien content de n'avoir pas à s'acquitter de sa corvée conjugale en m'accompagnant. Ne me répondez pas, venez, et agréez mes compliments.

« D. DE N. »

Rastignac présenté à madame de Nucingen.
Gravure du XIXe siècle.

Pages 134 à 153

Compréhension

1. *Relisez l'ensemble du passage et dites quelles sont les attitudes et les réflexions de Rastignac qui témoignent de sa transformation morale.*

2. *Quel type de relation s'instaure entre le père Goriot et le jeune Rastignac? Sur quels sentiments est-elle fondée? Quelles satisfactions apporte-elle à chacun?*

3. *Quelle expression emploie Balzac dès le début du passage pour nous dépeindre la passion paternelle de Goriot? Quels détails viennent corroborer cette assertion? Comment Goriot cherche-t-il à se persuader de l'amour de ses filles et du bonheur qu'elles lui donnent? Quelles sont les deux expressions, presque identiques, dont le rapprochement marque une certaine lucidité du vieillard?*

4. *Comment Eugène poursuit-il ses débuts dans le monde? Quel but se fixe-t-il désormais? En quoi madame de Beauséant tient-elle ses promesses? (Cf. question n° 5, p. 93.)*

5. *Où et quand Eugène voit-il madame de Nucingen pour la première fois? Comment le trouve-t-elle? Comment la trouve-t-il? Au-delà de cette première impression, quelles raisons chacun a-t-il de conquérir l'autre? Quelle stratégie emploie Eugène? Quand sera-t-il certain de sa réussite?*

6. *À qui Goriot compare-t-il un père? Quelles sont, selon lui, les causes de la passion paternelle? Quelles nouvelles manifestations en donne-t-il? Quel effet produit-il sur Eugène? Comment le traduit-il dans ses paroles?*

7. *Comment Victorine trouve-t-elle Eugène? Quelle tentation évoque-t-elle pour lui? À qui Eugène demande-t-il conseil et de quelle manière? Quelle nouvelle conception de la vie se trouve ici présentée?*

Écriture

8. *Dans les lignes 4008 à 4052, dites quelle métaphore animale emploie Balzac pour Goriot et quel animal appartenant à ses filles envie Goriot. Que symbolise cet animal? En quoi est-il bien choisi pour symboliser Goriot?*

9. *Par quelle phrase Balzac explique-t-il pourquoi il a choisi de présenter à ce moment-là la chambre du père Goriot? Quel nom emploie-t-il pour définir la chambre? Cherchez sa définition et relevez dans la description les détails qui développent cette idée.*

10. *L'adjectif charmant revient souvent dans ce passage, appliqué aussi bien à Delphine qu'à Eugène. Cherchez le nom duquel il est dérivé, donnez son origine étymologique et son sens premier.*

11. *Par quelle phrase Balzac laisse-t-il entrevoir au lecteur attentif le début d'une nouvelle phase de l'intrigue? Qui en est le témoin? Quels vont en être les protagonistes?*

Mise en perspective

12. *Le thème de la paternité est un thème cher à Balzac. Pour rencontrer d'autres créations paternelles, faites connaissance avec Félix Grandet dans* Eugénie Grandet, *avec Ferragus dans le roman du même nom, ou encore avec Balthazar Claës dans* La Recherche de l'Absolu.

13. *Pour découvrir Rastignac cherchant à «ramasser tout d'un coup une fortune» grâce au baron de Nucingen, lisez* La Maison Nucingen, *roman écrit par Balzac en 1838.*

Le théâtre de l'Ambigu-Comique.

— Montrez-la-moi, dit le bonhomme à Eugène quand il
4730 eut lu la lettre. Vous irez, n'est-ce pas ? ajouta-t-il après avoir
flairé le papier. Cela sent-il bon ! Ses doigts ont touché ça,
pourtant !

— Une femme ne se jette pas ainsi à la tête d'un homme,
se disait l'étudiant. Elle veut se servir de moi pour ramener
4735 de Marsay. Il n'y a que le dépit qui fasse faire de ces
choses-là.

— Eh ! bien, dit le père Goriot, à quoi pensez-vous donc ?

Eugène ne connaissait pas le délire de vanité dont certaines femmes étaient saisies en ce moment, et ne savait pas
4740 que, pour s'ouvrir une porte dans le faubourg Saint-
Germain*, la femme d'un banquier était capable de tous les
sacrifices. À cette époque, la mode commençait à mettre
au-dessus de toutes les femmes celles qui étaient admises
dans la société du faubourg Saint-Germain, dites les dames
4745 du Petit-Château[1], parmi lesquelles madame de Beauséant,
son amie la duchesse de Langeais et la duchesse de
Maufrigneuse tenaient le premier rang. Rastignac seul ignorait la fureur dont étaient saisies les femmes de la Chaussée-
d'Antin* pour entrer dans le cercle supérieur où brillaient les
4750 constellations de leur sexe. Mais sa défaillance le servit bien,
elle lui donna de la froideur, et le triste pouvoir de poser des
conditions au lieu d'en recevoir.

— Oui, j'irai, répondit-il.

Ainsi la curiosité le menait chez madame de Nucingen,
4755 tandis que, si cette femme l'eût dédaigné, peut-être y
aurait-il été conduit par la passion. Néanmoins il n'attendit
pas le lendemain et l'heure de partir sans une sorte d'impatience. Pour un jeune homme, il existe dans sa première
intrigue autant de charmes peut-être qu'il s'en rencontre
4760 dans un premier amour. La certitude de réussir engendre
mille félicités que les hommes n'avouent pas, et qui font
tout le charme de certaines femmes. Le désir ne naît pas
moins de la difficulté que de la facilité des triomphes. Toutes
les passions des hommes sont bien certainement excitées ou
4765 entretenues par l'une ou l'autre de ces deux causes, qui
divisent l'empire amoureux. Peut-être cette division est-elle
une conséquence de la grande question des tempéraments,

---

1. *les dames du Petit-Château* : en 1820, les femmes qui fréquentent la maison du
comte d'Artois, futur Charles X.

qui domine, quoi qu'on en dise, la société. Si les mélanco-
liques ont besoin du tonique des coquetteries, peut-être les
4770 gens nerveux ou sanguins décampent-ils si la résistance dure
trop. En d'autres termes, l'élégie* est aussi essentiellement
lymphatique[1] que le dithyrambe[2] est bilieux[1]. En faisant sa
toilette, Eugène savoura tous ces petits bonheurs dont
n'osent parler les jeunes gens, de peur de se faire moquer
4775 d'eux, mais qui chatouillent l'amour-propre. Il arrangeait ses
cheveux en pensant que le regard d'une jolie femme se cou-
lerait sous leurs boucles noires. Il se permit des singeries
enfantines autant qu'en aurait fait une jeune fille en s'habil-
lant pour le bal. Il regarda complaisamment sa taille mince,
4780 en déplissant son habit. – Il est certain, se dit-il, qu'on en
peut trouver de plus mal tournés! Puis il descendit au
moment où tous les habitués de la pension étaient à table, et
reçut gaiement le hourra de sottises que sa tenue élégante
excita. Un trait des mœurs particulières aux pensions bour-
4785 geoises est l'ébahissement qu'y cause une toilette soignée.
Personne n'y met un habit neuf sans que chacun dise son
mot.

— Kt, kt, kt, kt, fit Bianchon en faisant claquer sa langue
contre son palais, comme pour exciter un cheval.
4790 — Tournure de duc et pair! dit madame Vauquer.
— Monsieur va en conquête! fit observer mademoiselle
Michonneau.
— Kocquériko! cria le peintre.
— Mes compliments à madame votre épouse, dit l'em-
4795 ployé au Muséum.
— Monsieur a une épouse? demanda Poiret.
— Une épouse à compartiments, qui va sur l'eau, garantie
bon teint, dans les prix de vingt-cinq à quarante, dessins à
carreaux du dernier goût, susceptible de se laver, d'un joli
4800 porter, moitié fil, moitié coton, moitié laine, guérissant le
mal de dents, et autres maladies approuvées par l'Académie
royale de Médecine! excellente d'ailleurs pour les enfants!
meilleure encore contre les maux de tête, les plénitudes et
autres maladies de l'œsophage, des yeux et des oreilles, cria

---

1. *lymphatique, bilieux* : deux des quatre tempéraments de l'ancienne médecine, qui
s'intéressait aux substances liquides composant le corps humain. Le lymphatique était
caractérisé par la lenteur et par des formes alourdies et graisseuses. Le bilieux était
caractérisé par la volonté, l'énergie, la colère et par des formes osseuses.
2. *dithyrambe* : petit poème lyrique.

4805 Vautrin avec la volubilité comique et l'accentuation d'un opérateur[1]. Mais combien cette merveille, me direz-vous, messieurs? deux sous•! Non. Rien du tout. C'est un reste des fournitures faites au grand-Mogol, et que tous les souverains de l'Europe, y compris le grrrrrand-duc de Bade, ont

4810 voulu voir! Entrez droit devant vous! et passez au petit bureau. Allez, la musique! Brooum, là, là, trinn! là, là, boum, boum! Monsieur de la clarinette, tu joues faux, reprit-il d'une voix enrouée, je te donnerai sur les doigts.

— Mon dieu! que cet homme-là est agréable, dit madame

4815 Vauquer à madame Couture, je ne m'ennuierais jamais avec lui.

Au milieu des rires et des plaisanteries, dont ce discours comiquement débité fut le signal, Eugène put saisir le regard furtif de mademoiselle Taillefer qui se pencha sur madame

4820 Couture, à l'oreille de laquelle elle dit quelques mots.

— Voilà le cabriolet•, dit Sylvie.

— Où dîne-t-il donc? demanda Bianchon.

— Chez madame la baronne de Nucingen.

— La fille de monsieur Goriot, répondit l'étudiant.

4825 À ce nom, les regards se portèrent sur l'ancien vermicellier, qui contemplait Eugène avec une sorte d'envie.

Rastignac arriva rue Saint-Lazare•, dans une de ces maisons légères, à colonnes minces, à portiques mesquins[2], qui constituent le joli à Paris, une véritable maison de banquier,

4830 pleine de recherches coûteuses, des stucs[3], des paliers d'escalier en mosaïque de marbre. Il trouva madame de Nucingen dans un petit salon à peintures italiennes, dont le décor ressemblait à celui des cafés. La baronne était triste. Les efforts qu'elle fit pour cacher son chagrin intéressèrent

4835 d'autant plus vivement Eugène qu'il n'y avait rien de joué. Il croyait rendre une femme joyeuse par sa présence, et la trouvait au désespoir. Ce désappointement piqua son amour-propre.

— J'ai bien peu de droits à votre confiance, madame, dit-il

4840 après l'avoir lutinée[4] sur sa préoccupation; mais si je vous

---

1. opérateur : «charlatan qui vend des drogues en place publique.» (Littré)
2. portiques mesquins : galeries de mauvais goût.
3. stucs : enduits imitant le marbre dont on recouvre les murs ou les plafonds.
4. l'avoir lutinée : l'avoir tourmentée comme l'aurait fait un lutin.

gênais, je compte sur votre bonne foi, vous me le diriez franchement.

— Restez, dit-elle, je serais seule si vous vous en alliez. Nucingen dîne en ville, et je ne voudrais pas être seule, j'ai
4845 besoin de distraction.

— Mais qu'avez-vous ?

— Vous seriez la dernière personne à qui je le dirais, s'écria-t-elle.

— Je veux le savoir, je dois alors être pour quelque chose
4850 dans ce secret.

— Peut-être ! Mais non, reprit-elle, c'est des querelles de ménage qui doivent être ensevelies au fond du cœur. Ne vous le disais-je pas avant-hier ? je ne suis point heureuse. Les chaînes d'or sont les plus pesantes.

4855 Quand une femme dit à un jeune homme qu'elle est malheureuse, si ce jeune homme est spirituel, bien mis, s'il a quinze cents francs d'oisiveté dans sa poche, il doit penser ce que se disait Eugène, et devient fat*.

— Que pouvez-vous désirer ? répondit-il. Vous êtes belle,
4860 jeune, aimée, riche.

— Ne parlons pas de moi, dit-elle en faisant un sinistre mouvement de tête. Nous dînerons ensemble, tête à tête, nous irons entendre la plus délicieuse musique. Suis-je à votre goût ? reprit-elle en se levant et montrant sa robe en
4865 cachemire blanc à dessins perses de la plus riche élégance.

— Je voudrais que vous fussiez toute à moi, dit Eugène. Vous êtes charmante.

— Vous auriez une triste propriété, dit-elle en souriant avec amertume. Rien ici ne vous annonce le malheur, et
4870 cependant, malgré ces apparences, je suis au désespoir. Mes chagrins m'ôtent le sommeil, je deviendrai laide.

— Oh ! cela est impossible, dit l'étudiant. Mais je suis curieux de connaître ces peines qu'un amour dévoué n'effacerait pas ?

4875 — Ah ! si je vous les confiais, vous me fuiriez, dit-elle. Vous ne m'aimez encore que par une galanterie qui est de costume[1] chez les hommes ; mais si vous m'aimiez bien, vous tomberiez dans un désespoir affreux. Vous voyez que je dois me taire. De grâce, reprit-elle, parlons d'autre chose.
4880 Venez voir mes appartements.

---

1. *de costume* : de coutume.

– Non, restons ici, répondit Eugène en s'asseyant sur une causeuse* devant le feu près de madame de Nucingen, dont il prit la main avec assurance.

Elle la laissa prendre et l'appuya même sur celle du jeune
4885 homme par un de ces mouvements de force concentrée qui trahissent de fortes émotions.

– Écoutez, lui dit Rastignac ; si vous avez des chagrins, vous devez me les confier. Je veux vous prouver que je vous aime pour vous. Ou vous parlerez et me direz vos peines
4890 afin que je puisse les dissiper, fallût-il tuer six hommes, ou je sortirai pour ne plus revenir.

– Eh ! bien, s'écria-t-elle saisie par une pensée de désespoir qui la fit se frapper le front, je vais vous mettre à l'instant même à l'épreuve. Oui, se dit-elle, il n'est plus que
4895 ce moyen. Elle sonna.

– La voiture de monsieur est-elle attelée ? dit-elle à son valet de chambre.

– Oui, madame.

– Je la prends. Vous lui donnerez la mienne et mes che-
4900 vaux. Vous ne servirez le dîner qu'à sept heures.

– Allons, venez, dit-elle à Eugène, qui crut rêver en se trouvant dans le coupé* de monsieur de Nucingen, à côté de cette femme.

– Au Palais-Royal*, dit-elle au cocher, près du Théâtre-
4905 Français[1].

En route, elle parut agitée, et refusa de répondre aux mille interrogations d'Eugène, qui ne savait que penser de cette résistance muette, compacte, obtuse[2].

– En un moment elle m'échappe, se disait-il.
4910 Quand la voiture s'arrêta, la baronne regarda l'étudiant d'un air qui imposa silence à ses folles paroles ; car il s'était emporté.

– Vous m'aimez bien ? dit-elle.

– Oui, répondit-il en cachant l'inquiétude qui le saisissait.
4915 – Vous ne penserez rien de mal sur moi, quoi que je puisse vous demander ?

– Non.

– Êtes-vous disposé à m'obéir ?

– Aveuglément.

---

1. *Théâtre-Français* : Comédie-Française.
2. *obtuse* : difficile à pénétrer.

4920   – Êtes-vous allé quelquefois au jeu? dit-elle d'une voix tremblante.

– Jamais.

– Ah! je respire. Vous aurez du bonheur. Voici ma bourse, dit-elle. Prenez donc! il y a cent francs, c'est tout ce
4925 que possède cette femme si heureuse. Montez dans une maison de jeu, je ne sais où elles sont, mais je sais qu'il y en a au Palais-Royal. Risquez les cent francs à un jeu qu'on nomme la roulette, et perdez tout, ou rapportez-moi six mille francs. Je vous dirai mes chagrins à votre retour.

4930   – Je veux bien que le diable m'emporte si je comprends quelque chose à ce que je vais faire, mais je vais vous obéir, dit-il avec une joie causée par cette pensée : «Elle se compromet avec moi, elle n'aura rien à me refuser.»

Eugène prend la jolie bourse, court au numéro NEUF,
4935 après s'être fait indiquer par un marchand d'habits la plus prochaine maison de jeu. Il y monte, se laisse prendre son chapeau; mais il entre et demande où est la roulette. À l'étonnement des habitués, le garçon de salle le mène devant une longue table. Eugène, suivi de tous les spectateurs,
4940 demande sans vergogne où il faut mettre l'enjeu.

– Si vous placez un louis• sur un seul de ces trente-six numéros, et qu'il sorte, vous aurez trente-six louis, lui dit un vieillard respectable à cheveux blancs.

Eugène jette les cent francs sur le chiffre de son âge, vingt
4945 et un. Un cri d'étonnement part sans qu'il ait eu le temps de se reconnaître. Il avait gagné sans le savoir.

– Retirez donc votre argent, lui dit le vieux monsieur, l'on ne gagne pas deux fois dans ce système-là.

Eugène prend un râteau que lui tend le vieux monsieur, il
4950 tire à lui les trois mille six cents francs et, toujours sans rien savoir du jeu, les place sur la rouge. La galerie le regarde avec envie, en voyant qu'il continue à jouer. La roue tourne, il gagne encore, et le banquier lui jette encore trois mille six cents francs.

4955   – Vous avez sept mille deux cents francs à vous, lui dit à l'oreille le vieux monsieur. Si vous m'en croyez, vous vous en irez, la rouge a passé huit fois. Si vous êtes charitable, vous reconnaîtrez ce bon avis en soulageant la misère d'un ancien préfet de Napoléon qui se trouve dans le dernier besoin.

4960 Rastignac étourdi se laisse prendre dix louis par l'homme à cheveux blancs, et descend avec les sept mille francs, ne comprenant encore rien au jeu, mais stupéfié de son bonheur.

– Ah ça! où me mènerez-vous maintenant, dit-il en mon-
4965 trant les sept mille francs à madame de Nucingen quand la
portière fut refermée.

Delphine le serra par une étreinte folle et l'embrassa vivement, mais sans passion. – Vous m'avez sauvée! Des larmes de
joie coulèrent en abondance sur ses joues. Je vais tout vous
4970 dire, mon ami. Vous serez mon ami, n'est-ce pas? Vous me
voyez riche, opulente, rien ne me manque ou je parais ne
manquer de rien! Eh! bien, sachez que monsieur de Nucingen
ne me laisse pas disposer d'un sou• : il paye toute la maison,
mes voitures, mes loges; il m'alloue pour ma toilette une
4975 somme insuffisante, il me réduit à une misère secrète par
calcul. Je suis trop fière pour l'implorer. Ne serais-je pas la
dernière des créatures si j'achetais son argent au prix où il
veut me le vendre! Comment, moi riche de sept cent mille
francs, me suis-je laissé dépouiller? par fierté, par indigna-
4980 tion. Nous sommes si jeunes, si naïves, quand nous
commençons la vie conjugale! La parole par laquelle il fallait
demander de l'argent à mon mari me déchirait la bouche; je
n'osais jamais, je mangeais l'argent de mes économies et
celui que me donnait mon pauvre père; puis je me suis
4985 endettée. Le mariage est pour moi la plus horrible des
déceptions, je ne puis vous en parler : qu'il vous suffise de
savoir que je me jetterais par la fenêtre s'il fallait vivre avec
Nucingen autrement qu'en ayant chacun notre appartement
séparé. Quand il a fallu lui déclarer mes dettes de jeune
4990 femme, des bijoux, des fantaisies (mon pauvre père nous
avait accoutumées à ne nous rien refuser), j'ai souffert le
martyre; mais enfin j'ai trouvé le courage de les dire.
N'avais-je pas une fortune à moi? Nucingen s'est emporté, il
m'a dit que je le ruinerais, des horreurs! J'aurais voulu être à
4995 cent pieds sous terre. Comme il avait pris ma dot•, il a payé;
mais en stipulant désormais pour mes dépenses personnelles
une pension à laquelle je me suis résignée, afin d'avoir la
paix. Depuis, j'ai voulu répondre à l'amour-propre de quelqu'un que vous connaissez, dit-elle. Si j'ai été trompée par
5000 lui, je serais mal venue à ne pas rendre justice à la noblesse
de son caractère. Mais enfin il m'a quittée indignement! On
ne devrait jamais abandonner une femme à laquelle on a
jeté, dans un jour de détresse, un tas d'or! On doit l'aimer
toujours! Vous, belle âme de vingt et un ans, vous jeune et
5005 pur, vous me demanderez comment une femme peut accepter de l'or d'un homme? Mon Dieu! n'est-il pas naturel de
tout partager avec l'être auquel nous devons notre bonheur?

Quand on s'est tout donné, qui pourrait s'inquiéter d'une parcelle de ce tout ? L'argent ne devient quelque chose qu'au moment où le sentiment n'est plus. N'est-on pas lié pour la vie ? Qui de nous prévoit une séparation en se croyant bien aimée ? Vous nous jurez un amour éternel, comment avoir alors des intérêts distincts ? Vous ne savez pas ce que j'ai souffert aujourd'hui, lorsque Nucingen m'a positivement refusé de me donner six mille francs, lui qui les donne tous les mois à sa maîtresse, une fille de l'Opéra ! Je voulais me tuer. Les idées les plus folles me passaient par la tête. Il y a eu des moments où j'enviais le sort d'une servante, de ma femme de chambre. Aller trouver mon père, folie ! Anastasie et moi nous l'avons égorgé : mon pauvre père se serait vendu s'il pouvait valoir six mille francs. J'aurais été le désespérer en vain. Vous m'avez sauvée de la honte et de la mort, j'étais ivre de douleur. Ah ! monsieur, je vous devais cette explication : j'ai été bien déraisonnablement folle avec vous. Quand vous m'avez quittée, et que je vous ai eu perdu de vue, je voulais m'enfuir à pied... où ? je ne sais. Voilà la vie de la moitié des femmes de Paris : un luxe extérieur, des soucis cruels dans l'âme. Je connais de pauvres créatures encore plus malheureuses que je ne le suis. Il y a pourtant des femmes obligées de faire faire de faux mémoires[1] par leurs fournisseurs. D'autres sont forcées de voler leurs maris : les uns croient que des cachemires de cent louis° se donnent pour cinq cents francs, les autres qu'un cachemire de cinq cents francs vaut cent louis. Il se rencontre de pauvres femmes qui font jeûner leurs enfants, et grappillent pour avoir une robe. Moi, je suis pure de ces odieuses tromperies. Voici ma dernière angoisse. Si quelques femmes se vendent à leurs maris pour les gouverner, moi au moins je suis libre ! Je pourrais me faire couvrir d'or par Nucingen, et je préfère pleurer la tête appuyée sur le cœur d'un homme que je puisse estimer. Ah ! ce soir monsieur de Marsay n'aura pas le droit de me regarder comme une femme qu'il a payée. Elle se mit le visage dans ses mains, pour ne pas montrer ses pleurs à Eugène, qui lui dégagea la figure pour la contempler, elle était sublime ainsi. – Mêler l'argent aux sentiments, n'est-ce pas horrible ? Vous ne pourrez pas m'aimer, dit-elle.

---

1. *faux mémoires* : fausses factures.

Ce mélange de bons sentiments, qui rendent les femmes si grandes, et des fautes que la constitution actuelle de la
5050 société les force à commettre, bouleversait Eugène, qui disait des paroles douces et consolantes en admirant cette belle femme, si naïvement imprudente dans son cri de douleur.

– Vous ne vous armerez pas de ceci contre moi, dit-elle, promettez-le-moi.
5055 – Ah, madame ! j'en suis incapable, dit-il.

Elle lui prit la main et la mit sur son cœur par un mouvement plein de reconnaissance et de gentillesse. – Grâce à vous me voilà redevenue libre et joyeuse. Je vivais pressée par une main de fer. Je veux maintenant vivre simplement,
5060 ne rien dépenser. Vous me trouverez bien comme je serai, mon ami, n'est-ce pas ? Gardez ceci, dit-elle en ne prenant que six billets de banque. En conscience je vous dois mille écus*, car je me suis considérée comme étant de moitié avec vous. Eugène se défendit comme une vierge. Mais la
5065 baronne lui ayant dit : – Je vous regarde comme mon ennemi si vous n'êtes pas mon complice, il prit l'argent. – Ce sera une mise de fonds en cas de malheur, dit-il.

– Voilà le mot que je redoutais, s'écria-t-elle en pâlissant. Si vous voulez que je sois quelque chose pour vous, jurez-
5070 moi, dit-elle, de ne jamais retourner au jeu. Mon Dieu ! moi, vous corrompre ! j'en mourrais de douleur.

Ils étaient arrivés. Le contraste de cette misère et de cette opulence étourdissait l'étudiant, dans les oreilles duquel les sinistres paroles de Vautrin vinrent retentir.
5075 – Mettez-vous là, dit la baronne en entrant dans sa chambre et montrant une causeuse* auprès du feu, je vais écrire une lettre bien difficile ! Conseillez-moi.

– N'écrivez pas, lui dit Eugène, enveloppez les billets, mettez l'adresse, et envoyez-les par votre femme de
5080 chambre.

– Mais vous êtes un amour d'homme, dit-elle. Ah ! voilà, monsieur, ce que c'est que d'avoir été bien élevé ! Ceci est du Beauséant tout pur, dit-elle en souriant.

– Elle est charmante, se dit Eugène qui s'éprenait de plus
5085 en plus. Il regarda cette chambre où respirait la voluptueuse élégance d'une riche courtisane.

– Cela vous plaît-il ? dit-elle en sonnant sa femme de chambre.

– Thérèse, portez cela vous-même à monsieur de Marsay,
5090 et remettez-le à lui-même. Si vous ne le trouvez pas, vous me rapporterez la lettre.

Thérèse ne partit pas sans avoir jeté un malicieux coup d'œil sur Eugène. Le dîner était servi. Rastignac donna le bras à madame de Nucingen, qui le mena dans une salle à manger délicieuse, où il retrouva le luxe de table qu'il avait admiré chez sa cousine.

– Les jours d'Italiens*, dit-elle, vous viendrez dîner avec moi, et vous m'accompagnerez.

– Je m'accoutumerais à cette douce vie si elle devait durer ; mais je suis un pauvre étudiant qui a sa fortune à faire.

– Elle se fera, dit-elle en riant. Vous voyez, tout s'arrange : je ne m'attendais pas à être si heureuse.

Il est dans la nature des femmes de prouver l'impossible par le possible et de détruire les faits par des pressentiments. Quand madame de Nucingen et Rastignac entrèrent dans leur loge aux Bouffons*, elle eut un air de contentement qui la rendait si belle, que chacun se permit de ces petites calomnies contre lesquelles les femmes sont sans défense, et qui font souvent croire à des désordres inventés à plaisir. Quand on connaît Paris, on ne croit à rien de ce qui s'y dit, et l'on ne dit rien de ce qui s'y fait. Eugène prit la main de la baronne, et tous deux se parlèrent par des pressions plus ou moins vives, en se communiquant les sensations que leur donnait la musique. Pour eux, cette soirée fut enivrante. Ils sortirent ensemble, et madame de Nucingen voulut reconduire Eugène jusqu'au Pont-Neuf, en lui disputant, pendant toute la route, un des baisers qu'elle lui avait si chaleureusement prodigués au Palais-Royal*. Eugène lui reprocha cette inconséquence.

– Tantôt, répondit-elle, c'était de la reconnaissance pour un dévouement inespéré ; maintenant ce serait une promesse.

– Et vous ne voulez m'en faire aucune, ingrate. Il se fâcha. En faisant un de ces gestes d'impatience qui ravissent un amant, elle lui donna sa main à baiser, qu'il prit avec une mauvaise grâce dont elle fut enchantée.

– À lundi, au bal, dit-elle.

En s'en allant à pied, par un beau clair de lune, Eugène tomba dans de sérieuses réflexions. Il était à la fois heureux et mécontent : heureux d'une aventure dont le dénouement probable lui donnait une des plus jolies et des plus élégantes femmes de Paris, objet de ses désirs ; mécontent de voir ses projets de fortune renversés, et ce fut alors qu'il éprouva la réalité des pensées indécises auxquelles il s'était livré l'avant-veille. L'insuccès nous accuse toujours la puissance de nos

prétentions. Plus Eugène jouissait de la vie parisienne, moins il voulait demeurer obscur et pauvre. Il chiffonnait son billet de mille francs dans sa poche, en se faisant mille raisonnements captieux pour se l'approprier. Enfin il arriva
5140 rue Neuve-Sainte-Geneviève, et quand il fut en haut de l'escalier, il y vit de la lumière. Le père Goriot avait laissé sa porte ouverte et sa chandelle allumée, afin que l'étudiant n'oubliât pas de *lui raconter sa fille*, suivant son expression. Eugène ne lui cacha rien.

5145 — Mais, s'écria le père Goriot dans un violent désespoir de jalousie, elles me croient ruiné : j'ai encore treize cents livres• de rente•! Mon Dieu! la pauvre petite, que ne venait-elle ici! j'aurais vendu mes rentes, nous aurions pris sur le capital, et avec le reste je me serais fait du viager. Pourquoi
5150 n'êtes-vous pas venu me confier son embarras, mon brave voisin? Comment avez-vous eu le cœur d'aller risquer au jeu ses pauvres petits cent francs? c'est à fendre l'âme. Voilà ce que c'est que des gendres! Oh! si je les tenais, je leur serrerais le cou. Mon Dieu! pleurer, elle a pleuré?

5155 — La tête sur mon gilet, dit Eugène.

— Oh! donnez-le-moi, dit le père Goriot. Comment! il y a eu là des larmes de ma fille, de ma chère Delphine, qui ne pleurait jamais étant petite! Oh! je vous en achèterai un autre, ne le portez plus, laissez-le-moi. Elle doit, d'après son
5160 contrat, jouir de ses biens. Ah! je vais aller trouver Derville, un avoué•, dès demain. Je vais faire exiger le placement de sa fortune. Je connais les lois, je suis un vieux loup, je vais retrouver mes dents.

— Tenez, père, voici mille francs qu'elle a voulu me don-
5165 ner sur notre gain. Gardez-les-lui, dans le gilet.

Goriot regarda Eugène, lui tendit la main pour prendre la sienne, sur laquelle il laissa tomber une larme.

— Vous réussirez dans la vie, lui dit le vieillard. Dieu est juste, voyez-vous? Je me connais en probité•, moi, et puis
5170 vous assurer qu'il y a bien peu d'hommes qui vous ressemblent. Vous voulez donc être aussi mon cher enfant? Allez, dormez. Vous pouvez dormir, vous n'êtes pas encore père. Elle a pleuré, j'apprends ça, moi, qui étais là tranquillement à manger comme un imbécile pendant qu'elle
5175 souffrait; moi, moi qui vendrais le Père, le Fils et le Saint-Esprit pour leur éviter une larme à toutes deux!

— Par ma foi, se dit Eugène en se couchant, je crois que je serai honnête homme toute ma vie. Il y a du plaisir à suivre les inspirations de sa conscience.

5180 Il n'y a peut-être que ceux qui croient en Dieu qui font le bien en secret, et Eugène croyait en Dieu. Le lendemain, à l'heure du bal, Rastignac alla chez madame de Beauséant, qui l'emmena pour le présenter à la duchesse de Carigliano. Il reçut le plus gracieux accueil de la maréchale, chez laquelle il
5185 retrouva madame de Nucingen. Delphine s'était parée avec l'intention de plaire à tous pour mieux plaire à Eugène, de qui elle attendait impatiemment un coup d'œil, en croyant cacher son impatience. Pour qui sait deviner les émotions d'une femme, ce moment est plein de délices. Qui ne s'est souvent
5190 plu à faire attendre son opinion, à déguiser coquettement son plaisir, à chercher des aveux dans l'inquiétude que l'on cause, à jouir des craintes qu'on dissipera par un sourire ? Pendant cette fête, l'étudiant mesura tout à coup la portée de sa position, et comprit qu'il avait un état dans le monde en étant
5195 cousin avoué• de madame de Beauséant. La conquête de madame la baronne de Nucingen, qu'on lui donnait déjà, le mettait si bien en relief, que tous les jeunes gens lui jetaient des regards d'envie ; en en surprenant quelques-uns, il goûta les premiers plaisirs de la fatuité•. En passant d'un salon dans
5200 un autre, en traversant les groupes, il entendit vanter son bonheur. Les femmes lui prédisaient toutes des succès. Delphine, craignant de le perdre, lui promit de ne pas lui refuser le soir le baiser qu'elle s'était tant défendue d'accorder l'avant-veille. À ce bal, Rastignac reçut plusieurs engagements. Il fut
5205 présenté par sa cousine à quelques femmes qui toutes avaient des prétentions à l'élégance, et dont les maisons passaient pour être agréables ; il se vit lancé dans le plus grand et le plus beau monde de Paris. Cette soirée eut donc pour lui les charmes d'un brillant début, et il devait s'en souvenir jusque
5210 dans ses vieux jours, comme une jeune fille se souvient du bal où elle a eu des triomphes. Le lendemain, quand, en déjeunant, il raconta ses succès au père Goriot devant les pensionnaires, Vautrin se prit à sourire d'une façon diabolique.

– Et vous croyez, s'écria ce féroce logicien, qu'un jeune
5215 homme à la mode peut demeurer rue Neuve-Sainte-Geneviè-ve•, dans la maison Vauquer ? pension infiniment respectable sous tous les rapports, certainement, mais qui n'est rien moins que fashionable[1]. Elle est cossue, elle est belle de son abondance, elle est fière d'être le manoir momentané d'un

---

1. *fashionable* : mot anglais qui signifie « à la mode ».

5220 Rastignac; mais, enfin, elle est rue Neuve-Sainte-Geneviève•, et ignore le luxe, parce qu'elle est purement *patriarchalorama*[1]. Mon jeune ami, reprit Vautrin d'un air paternellement railleur, si vous voulez faire figure à Paris, il vous faut trois chevaux et un tilbury• pour le matin, un coupé• pour le
5225 soir, en tout neuf mille francs pour le véhicule. Vous seriez indigne de votre destinée si vous ne dépensiez trois mille francs chez votre tailleur, six cents francs chez le parfumeur, cent écus• chez le bottier, cent écus• chez le chapelier. Quant à votre blanchisseuse, elle vous coûtera mille francs. Les
5230 jeunes gens à la mode ne peuvent se dispenser d'être très forts sur l'article du linge : n'est-ce pas ce qu'on examine le plus souvent en eux? L'amour et l'église veulent de belles nappes sur leurs autels. Nous sommes à quatorze mille. Je ne vous parle pas de ce que vous perdrez au jeu, en paris,
5235 en présents; il est impossible de ne pas compter pour deux mille francs l'argent de poche. J'ai mené cette vie-là, j'en connais les débours[2]. Ajoutez à ces nécessités premières, trois cents louis• pour la pâtée, mille francs pour la niche. Allez, mon enfant, nous en avons pour nos petits vingt-cinq
5240 mille par an dans les flancs, ou nous tombons dans la crotte, nous nous faisons moquer de nous, et nous sommes destitué de notre avenir, de nos succès, de nos maîtresses! J'oublie le valet de chambre et le groom! Est-ce Christophe qui portera vos billets doux? Les écrirez-vous sur le papier dont vous
5245 vous servez? Ce serait vous suicider. Croyez-en un vieillard plein d'expérience! reprit-il en faisant un *rinforzando*[3] dans sa voix de basse. Ou déportez-vous dans une vertueuse mansarde, et mariez-vous-y avec le travail, ou prenez une autre voie.
5250   Et Vautrin cligna de l'œil en guignant mademoiselle Taillefer de manière à rappeler et résumer dans ce regard les raisonnements séducteurs qu'il avait semés au cœur de l'étudiant pour le corrompre. Plusieurs jours se passèrent pendant lesquels Rastignac mena la vie la plus dissipée. Il dînait
5255 presque tous les jours avec madame de Nucingen, qu'il accompagnait dans le monde. Il rentrait à trois ou quatre heures du matin, se levait à midi pour faire sa toilette, allait

---

1. *patriarchalorama* : patriarcale•.
2. *débours* : dépenses.
3. *rinforzando* : en parlant de plus en plus fort.

se promener au bois* avec Delphine, quand il faisait beau, prodiguant ainsi son temps sans en savoir le prix, et aspirant
5260 tous les enseignements, toutes les séductions du luxe avec l'ardeur dont est saisi l'impatient calice d'un dattier femelle pour les fécondantes poussières de son hyménée. Il jouait gros jeu, perdait ou gagnait beaucoup, et finit par s'habituer à la vie exorbitante des jeunes gens de Paris. Sur ses pre-
5265 miers gains, il avait renvoyé quinze cents francs à sa mère et à ses sœurs, en accompagnant sa restitution de jolis présents. Quoiqu'il eût annoncé vouloir quitter la Maison Vauquer, il y était encore dans les derniers jours du mois de janvier, et ne savait comment en sortir. Les jeunes gens sont
5270 soumis presque tous à une loi en apparence inexplicable, mais dont la raison vient de leur jeunesse même, et de l'espèce de furie avec laquelle ils se ruent au plaisir. Riches ou pauvres, ils n'ont jamais d'argent pour les nécessités de la vie, tandis qu'ils en trouvent toujours pour leurs caprices.
5275 Prodigues de tout ce qui s'obtient à crédit, ils sont avares de tout ce qui se paye à l'instant même, et semblent se venger de ce qu'ils n'ont pas, en dissipant tout ce qu'ils peuvent avoir. Ainsi, pour nettement poser la question, un étudiant prend bien plus de soin de son chapeau que de son habit.
5280 L'énormité du gain rend le tailleur essentiellement créditeur, tandis que la modicité de la somme fait du chapelier un des êtres les plus intraitables parmi ceux avec lesquels il est forcé de parlementer. Si le jeune homme assis au balcon d'un théâtre offre à la lorgnette des jolies femmes d'étourdis-
5285 sants gilets, il est douteux qu'il ait des chaussettes ; le bonnetier est encore un des charançons[1] de sa bourse. Rastignac en était là. Toujours vide pour madame Vauquer, toujours pleine pour les exigences de la vanité, sa bourse avait des revers et des succès lunatiques en désaccord avec les paye-
5290 ments les plus naturels. Afin de quitter la pension puante, ignoble, où s'humiliaient périodiquement ses prétentions, ne fallait-il pas payer un mois à son hôtesse, et acheter des meubles pour son appartement de dandy*? c'était toujours la chose impossible. Si, pour se procurer l'argent nécessaire
5295 à son jeu, Rastignac savait acheter chez son bijoutier des montres et des chaînes d'or chèrement payées sur ses gains, et qu'il portait au Mont-de-Piété*, ce sombre et discret ami

---

1. *charançons* : insectes qui rongent les céréales.

de la jeunesse, il se trouvait sans invention comme sans audace quand il s'agissait de payer sa nourriture, son loge-
5300 ment, ou d'acheter les outils indispensables à l'exploitation de la vie élégante. Une nécessité vulgaire, des dettes contrac-tées pour des besoins satisfaits, ne l'inspiraient plus. Comme la plupart de ceux qui ont connu cette vie de hasard, il attendait au dernier moment pour solder des créances[1]
5305 sacrées aux yeux des bourgeois, comme faisait Mirabeau, qui ne payait son pain que quand il se présentait sous la forme dragonnante[2] d'une lettre de change*. Vers cette époque, Rastignac avait perdu son argent, et s'était endetté. L'étu-diant commençait à comprendre qu'il lui serait impossible
5310 de continuer cette existence sans avoir des ressources fixes. Mais, tout en gémissant sous les piquantes atteintes de sa situation précaire, il se sentait incapable de renoncer aux jouissances excessives de cette vie, et voulait la continuer à tout prix. Les hasards sur lesquels il avait compté pour sa
5315 fortune devenaient chimériques, et les obstacles réels gran-dissaient. En s'initiant aux secrets domestiques de monsieur et madame de Nucingen, il s'était aperçu que, pour conver-tir l'amour en instrument de fortune, il fallait avoir bu toute honte, et renoncer aux nobles idées qui sont l'absolution des
5320 fautes de la jeunesse. Cette vie extérieurement splendide, mais rongée par tous les *taenias*[3] du remords, et dont les fugitifs plaisirs étaient chèrement expiés* par de persistantes angoisses, il l'avait épousée, il s'y roulait en se faisant, comme le Distrait de La Bruyère, un lit dans la fange du
5325 fossé; mais, comme le Distrait[4], il ne souillait encore que son vêtement.

— Nous avons donc tué le mandarin? lui dit un jour Bian-chon en sortant de table.

— Pas encore, répondit-il, mais il râle.

5330 L'étudiant en médecine prit ce mot pour une plaisanterie, et ce n'en était pas une. Eugène, qui, pour la première fois depuis longtemps, avait dîné à la pension, s'était montré pensif pendant le repas. Au lieu de sortir au dessert, il resta

---

1. *solder des créances* : rembourser des dettes.
2. *dragonnante* : menaçante.
3. *taenias* : ou ténias. Vers qui s'installent dans l'intestin humain et qui affaiblissent gravement la santé de l'homme.
4. *Distrait* : cette anecdote ne figure pas dans le portrait du Distrait (*cf.* La Bruyère, *Les Caractères*, XI, 7).

dans la salle à manger assis auprès de mademoiselle Taillefer,
5335 à laquelle il jeta de temps en temps des regards expressifs.
Quelques pensionnaires étaient encore attablés et mangeaient des noix, d'autres se promenaient en continuant des
discussions commencées. Comme presque tous les soirs,
chacun s'en allait à sa fantaisie, suivant le degré d'intérêt
5340 qu'il prenait à la conversation, ou selon le plus ou le moins
de pesanteur que lui causait sa digestion. En hiver, il était
rare que la salle à manger fût entièrement évacuée avant huit
heures, moment où les quatre femmes demeuraient seules et
se vengeaient du silence que leur sexe leur imposait au
5345 milieu de cette réunion masculine. Frappé de la préoccupation à laquelle Eugène était en proie, Vautrin resta dans la
salle à manger, quoiqu'il eût paru d'abord empressé de sortir, et se tint constamment de manière à n'être pas vu
d'Eugène, qui dut le croire parti. Puis, au lieu d'accompa-
5350 gner ceux des pensionnaires qui s'en allèrent les derniers, il
stationna sournoisement dans le salon. Il avait lu dans l'âme
de l'étudiant et pressentait un symptôme décisif. Rastignac
se trouvait en effet dans une situation perplexe que beaucoup de jeunes gens ont dû connaître. Aimante ou coquette,
5355 madame de Nucingen avait fait passer Rastignac par toutes
les angoisses d'une passion véritable, en déployant pour lui
les ressources de la diplomatie féminine en usage à Paris.
Après s'être compromise aux yeux du public pour fixer près
d'elle le cousin de madame de Beauséant, elle hésitait à lui
5360 donner réellement les droits dont il paraissait jouir. Depuis
un mois elle irritait si bien les sens d'Eugène, qu'elle avait fini
par attaquer le cœur. Si, dans les premiers moments de sa
liaison, l'étudiant s'était cru le maître, madame de Nucingen
était devenue la plus forte, à l'aide de ce manège qui mettait
5365 en mouvement chez Eugène tous les sentiments, bons ou
mauvais, des deux ou trois hommes qui sont dans un jeune
homme de Paris. Était-ce en elle un calcul? Non; les
femmes sont toujours vraies, même au milieu de leurs plus
grandes faussetés, parce qu'elles cèdent à quelque sentiment
5370 naturel. Peut-être Delphine, après avoir laissé prendre tout à
coup tant d'empire sur elle par ce jeune homme et lui avoir
montré trop d'affection, obéissait-elle à un sentiment de
dignité, qui la faisait ou revenir sur ses concessions, ou se
plaire à les suspendre. Il est si naturel à une Parisienne, au
5375 moment même où la passion l'entraîne, d'hésiter dans sa
chute, d'éprouver le cœur de celui auquel elle va livrer son
avenir! Toutes les espérances de madame de Nucingen

avaient été trahies une première fois, et sa fidélité pour un jeune égoïste venait d'être méconnue. Elle pouvait être 5380 défiante à bon droit. Peut-être avait-elle aperçu dans les manières d'Eugène, que son rapide succès avait rendu fat*, une sorte de mésestime causée par les bizarreries de leur situation. Elle désirait sans doute paraître imposante à un homme de cet âge, et se trouver grande devant lui après 5385 avoir été si longtemps petite devant celui par qui elle était abandonnée. Elle ne voulait pas qu'Eugène la crût une facile conquête, précisément parce qu'il savait qu'elle avait appartenu à de Marsay. Enfin, après avoir subi le dégradant plaisir d'un véritable monstre, un libertin* jeune, elle éprouvait tant 5390 de douceur à se promener dans les régions fleuries de l'amour, que c'était sans doute un charme pour elle d'en admirer tous les aspects, d'en écouter longtemps les frémissements, et de se laisser longtemps caresser par de chastes brises. Le véritable amour payait pour le mauvais. Ce 5395 contresens sera malheureusement fréquent tant que les hommes ne sauront pas combien de fleurs fauchent dans l'âme d'une jeune femme les premiers coups de la tromperie. Quelles que fussent ses raisons, Delphine se jouait de Rastignac, et se plaisait à se jouer de lui, sans doute parce 5400 qu'elle se savait aimée et sûre de faire cesser les chagrins de son amant, suivant son royal bon plaisir de femme. Par respect de lui-même, Eugène ne voulait pas que son premier combat se terminât par une défaite, et persistait dans sa poursuite, comme un chasseur qui veut absolument tuer 5405 une perdrix à sa première fête de Saint-Hubert[1]. Ses anxiétés, son amour-propre offensé, ses désespoirs, faux ou véritables, l'attachaient de plus en plus à cette femme. Tout Paris lui donnait madame de Nucingen, auprès de laquelle il n'était pas plus avancé que le premier jour où il l'avait vue. 5410 Ignorant encore que la coquetterie d'une femme offre quelquefois plus de bénéfices que son amour ne donne de plaisir, il tombait dans de sottes rages. Si la saison pendant laquelle une femme se dispute à l'amour offrait à Rastignac le butin de ses primeurs, elles lui devenaient aussi coûteuses 5415 qu'elles étaient vertes, aigrelettes et délicieuses à savourer. Parfois, en se voyant sans un sou*, sans avenir, il pensait, malgré la voix de sa conscience, aux chances de fortune

---

1. *Saint-Hubert* : patron des chasseurs.

dont Vautrin lui avait démontré la possibilité dans un mariage avec mademoiselle Taillefer. Or il se trouvait alors
5420 dans un moment où sa misère parlait si haut, qu'il céda presque involontairement aux artifices du terrible sphinx par les regards duquel il était souvent fasciné. Au moment où Poiret et mademoiselle Michonneau remontèrent chez eux, Rastignac se croyant seul entre madame Vauquer et
5425 madame Couture, qui se tricotait des manches de laine en sommeillant auprès du poêle, regarda mademoiselle Taillefer d'une manière assez tendre pour lui faire baisser les yeux.

— Auriez-vous des chagrins, monsieur Eugène? lui dit
5430 Victorine après un moment de silence.

— Quel homme n'a pas ses chagrins! répondit Rastignac. Si nous étions sûrs, nous autres jeunes gens, d'être bien aimés, avec un dévouement qui nous récompensât des sacrifices que nous sommes toujours disposés à faire, nous n'au-
5435 rions peut-être jamais de chagrins.

Mademoiselle Taillefer lui jeta, pour toute réponse, un regard qui n'était pas équivoque.

— Vous, mademoiselle, vous vous croyez sûre de votre cœur aujourd'hui; mais répondriez-vous de ne jamais chan-
5440 ger?

Un sourire vint errer sur les lèvres de la pauvre fille comme un rayon jailli de son âme, et fit si bien reluire sa figure qu'Eugène fut effrayé d'avoir provoqué une aussi vive explosion de sentiment.

5445 — Quoi! si demain vous étiez riche et heureuse, si une immense fortune vous tombait des nues, vous aimeriez encore le jeune homme pauvre qui vous aurait plu durant vos jours de détresse?

Elle fit un joli signe de tête.

5450 — Un jeune homme bien malheureux?

Nouveau signe.

— Quelles bêtises dites-vous donc là? s'écria madame Vauquer.

— Laissez-nous, répondit Eugène, nous nous entendons.

5455 — Il y aurait donc alors promesse de mariage entre monsieur le chevalier Eugène de Rastignac et mademoiselle Victorine Taillefer? dit Vautrin de sa grosse voix en se montrant tout à coup à la porte de la salle à manger.

— Ah! vous m'avez fait peur, dirent à la fois madame
5460 Couture et madame Vauquer.

— Je pourrais plus mal choisir, répondit en riant Eugène à

173

qui la voix de Vautrin causa la plus cruelle émotion qu'il eût jamais ressentie.

— Pas de mauvaises plaisanteries, messieurs! dit madame
5465 Couture. Ma fille, remontons chez nous.

Madame Vauquer suivit ses deux pensionnaires, afin d'économiser sa chandelle et son feu en passant la soirée chez elles. Eugène se trouva seul et face à face avec Vautrin.

— Je savais bien que vous y arriveriez, lui dit cet homme
5470 en gardant un imperturbable sang-froid. Mais, écoutez! j'ai de la délicatesse tout comme un autre, moi. Ne vous décidez pas dans ce moment, vous n'êtes pas dans votre assiette ordinaire. Vous avez des dettes. Je ne veux pas que ce soit la passion, le désespoir, mais la raison qui vous détermine à
5475 venir à moi. Peut-être vous faut-il quelque millier d'écus•. Tenez, le voulez-vous?

Ce démon prit dans sa poche un portefeuille, et en tira trois billets de banque qu'il fit papilloter aux yeux de l'étudiant. Eugène était dans la plus cruelle des situations. Il
5480 devait au marquis d'Ajuda et au comte de Trailles cent louis• perdus sur parole [1]. Il ne les avait pas, et n'osait aller passer la soirée chez madame de Restaud, où il était attendu. C'était une de ces soirées sans cérémonie où l'on mange des petits gâteaux, où l'on boit du thé, mais où l'on peut perdre
5485 six mille francs au whist•.

— Monsieur, lui dit Eugène en cachant avec peine un tremblement convulsif, après ce que vous m'avez confié, vous devez comprendre qu'il m'est impossible de vous avoir des obligations.

5490 — Eh! bien, vous m'auriez fait de la peine de parler autrement, reprit le tentateur. Vous êtes un beau jeune homme, délicat, fier comme un lion et doux comme une jeune fille. Vous seriez une belle proie pour le diable. J'aime cette qualité de jeunes gens. Encore deux ou trois réflexions de haute
5495 politique, et vous verrez le monde comme il est. En y jouant quelques petites scènes de vertu, l'homme supérieur y satisfait toutes ses fantaisies aux grands applaudissements des niais du parterre. Avant peu de jours vous serez à nous. Ah! si vous vouliez devenir mon élève, je vous ferais arriver à
5500 tout. Vous ne formeriez pas un désir qu'il ne fût à l'instant

---

1. *cent louis perdus sur parole* : cent louis perdus au jeu et pour le remboursement desquels il n'avait signé aucune reconnaissance de dette.

comblé, quoi que vous puissiez souhaiter : honneur, fortune, femmes. On vous réduirait toute la civilisation en ambroisie[1]. Vous seriez notre enfant gâté, notre Benjamin*, nous nous exterminerions tous pour vous avec plaisir. Tout ce qui
5505 vous ferait obstacle serait aplati. Si vous conservez des scrupules, vous me prenez donc pour un scélérat ? Eh ! bien, un homme qui avait autant de probité* que vous croyez en avoir encore, M. de Turenne[2], faisait, sans se croire compromis, de petites affaires avec des brigands. Vous ne voulez pas
5510 être mon obligé, hein ? Qu'à cela ne tienne, reprit Vautrin en laissant échapper un sourire. Prenez ces chiffons, et mettez-moi là-dessus, dit-il en tirant un timbre[3], là, en travers : *Accepté pour la somme de trois mille cinq cents francs payable en un an.* Et datez ! L'intérêt est assez fort pour vous ôter
5515 tout scrupule ; vous pouvez m'appeler juif, et vous regarder comme quitte de toute reconnaissance. Je vous permets de me mépriser encore aujourd'hui, sûr que plus tard vous m'aimerez. Vous trouverez en moi de ces immenses abîmes, de ces vastes sentiments concentrés que les niais appellent
5520 des vices ; mais vous ne me trouverez jamais ni lâche ni ingrat. Enfin, je ne suis ni un pion ni un fou, mais une tour[4], mon petit.

— Quel homme êtes-vous donc ? s'écria Eugène, vous avez été créé pour me tourmenter.
5525 — Mais non, je suis un bon homme qui veut se crotter pour que vous soyez à l'abri de la boue pour le reste de vos jours. Vous vous demandez pourquoi ce dévouement ? Eh ! bien, je vous le dirai tout doucement quelque jour, dans le tuyau de l'oreille. Je vous ai d'abord surpris en vous mon-
5530 trant le carillon de l'ordre social et le jeu de la machine ; mais votre premier effroi se passera comme celui du conscrit[5] sur le champ de bataille, et vous vous accoutumerez à l'idée de considérer les hommes comme des soldats décidés à périr pour le service de ceux qui se sacrent rois
5535 eux-mêmes. Les temps sont bien changés. Autrefois on disait

---

1. *ambroisie* : nourriture des dieux grecs, plus douce que le miel.
2. *M. de Turenne* : maréchal de France sous Louis XIV.
3. *timbre ou papier timbré* : papier marqué d'une empreinte et d'un timbre et qui doit être utilisé pour les actes officiels.
4. *pion, fou, tour* : pièces du jeu d'échecs.
5. *conscrit* : jeune soldat inexpérimenté.

à un brave[1] : Voilà cent écus*, tue-moi monsieur un tel, et l'on soupait tranquillement après avoir mis un homme à l'ombre[2] pour un oui, pour un non. Aujourd'hui je vous propose de vous donner une belle fortune contre un signe
5540 de tête qui ne vous compromet en rien, et vous hésitez. Le siècle est mou.

Eugène signa la traite, et l'échangea contre les billets de banque.

– Eh! bien, voyons, parlons raison, reprit Vautrin. Je
5545 veux partir d'ici à quelques mois pour l'Amérique, aller planter mon tabac. Je vous enverrai les cigares de l'amitié. Si je deviens riche, je vous aiderai. Si je n'ai pas d'enfants (cas probable, je ne suis pas curieux de me replanter ici par bouture), eh! bien, je vous léguerai ma fortune. Est-ce être
5550 l'ami d'un homme? Mais je vous aime, moi. J'ai la passion de me dévouer pour un autre. Je l'ai déjà fait. Voyez-vous, mon petit, je vis dans une sphère plus élevée que celles des autres hommes. Je considère les actions comme des moyens, et ne vois que le but. Qu'est-ce qu'un homme pour moi?
5555 Ça! fit-il en faisant claquer l'ongle de son pouce sous une de ses dents. Un homme est tout ou rien. Il est moins que rien quand il se nomme Poiret : on peut l'écraser comme une punaise, il est plat et il pue. Mais un homme est un dieu quand il vous ressemble : ce n'est plus une machine cou-
5560 verte en peau; mais un théâtre où s'émeuvent les plus beaux sentiments, et je ne vis que par les sentiments. Un senti-ment, n'est-ce pas le monde dans une pensée? Voyez le père Goriot : ses deux filles sont pour lui tout l'univers, elles sont le fil avec lequel il se dirige dans la création. Eh! bien, pour
5565 moi qui ai bien creusé la vie, il n'existe qu'un seul sentiment réel, une amitié d'homme à homme. Pierre et Jaffier, voilà ma passion. Je sais *Venise sauvée*[3] par cœur. Avez-vous vu beaucoup de gens assez poilus* pour, quand un camarade dit : « Allons enterrer un corps! » y aller sans souffler mot ni
5570 l'embêter de morale? J'ai fait ça, moi. Je ne parlerais pas ainsi à tout le monde. Mais vous, vous êtes un homme supé-rieur, on peut tout vous dire, vous savez tout comprendre.

---

1. *brave* : « assassin à gages ». (Littré)
2. *mis un homme à l'ombre* : tué un homme.
3. *Venise sauvée* : tragédie de l'Anglais Otway (xviie siècle) dont le thème dominant est l'amitié entre Pierre et Jaffier, les deux personnages principaux.

Vous ne patouillerez pas longtemps dans les marécages où vivent les crapoussins[1] qui nous entourent ici. Eh! bien,
5575 voilà qui est dit. Vous épouserez. Poussons chacun nos pointes! La mienne est en fer et ne mollit jamais, hé, hé!

Vautrin sortit sans vouloir entendre la réponse négative de l'étudiant, afin de le mettre à son aise. Il semblait connaître le secret de ces petites résistances, de ces combats dont les
5580 hommes se parent devant eux-mêmes, et qui leur servent à se justifier leurs actions blâmables.

– Qu'il fasse comme il voudra, je n'épouserai certes pas mademoiselle Taillefer! se dit Eugène.

Après avoir subi le malaise d'une fièvre intérieure que lui
5585 causa l'idée d'un pacte fait avec cet homme dont il avait horreur, mais qui grandissait à ses yeux par le cynisme même de ses idées et par l'audace avec laquelle il étreignait la société, Rastignac s'habilla, demanda sa voiture, et vint chez madame de Restaud. Depuis quelques jours, cette
5590 femme avait redoublé de soins pour un jeune homme dont chaque pas était un progrès au cœur du grand monde, et dont l'influence paraissait devoir être un jour redoutable. Il paya messieurs de Trailles et d'Ajuda, joua au whist* une partie de la nuit, et regagna ce qu'il avait perdu. Super-
5595 stitieux comme la plupart des hommes dont le chemin est à faire et qui sont plus ou moins fatalistes, il voulut voir dans son bonheur une récompense du ciel pour sa persévérance à rester dans le bon chemin. Le lendemain matin, il s'empressa de demander à Vautrin s'il avait encore sa lettre de
5600 change*. Sur une réponse affirmative, il lui rendit les trois mille francs en manifestant un plaisir assez naturel.

– Tout va bien, lui dit Vautrin.

– Mais je ne suis pas votre complice, dit Eugène.

– Je sais, je sais, répondit Vautrin en l'interrompant. Vous
5605 faites encore des enfantillages. Vous vous arrêtez aux bagatelles de la porte.

---

1. *crapoussins* : «Popul. Personnes courtes, grosses et mal faites.» (Littré)

Pages 156 à 177

Compréhension

1. *Quelle raison Eugène voit-il à l'invitation de Delphine ? Quelle explication en donne Balzac ?*
À travers les révélations de Delphine (pp. 162-163), que découvre Eugène sur la vie des Parisiennes, que Vautrin lui avait déjà laissé entrevoir (p. 57) ?

2. *Quelle évolution a connu la relation d'Eugène et de Delphine au cours de la soirée passée chez Delphine ? Justifiez en donnant les différentes étapes de cette soirée.*

3. *Quels sont les sentiments d'Eugène au retour de cette soirée ? Quels sont ceux du père Goriot au récit d'Eugène ?*
Quelles décisions prend le vieillard ? Quelles résolutions prend Rastignac ?

4. *Qu'a découvert Eugène à la salle de jeu ? En quoi ce bref épisode de la salle de jeu évoque-t-il métaphoriquement la vie ? Pourquoi est-ce important qu'il soit placé à cet endroit ?*

5. *Dans le passage allant de «Le lendemain, à l'heure du bal, Rastignac» jusqu'à «en accompagnant sa restitution de jolis présents.» (l. 5181 à 5267), relevez les traits caractéristiques de la nouvelle vie d'Eugène.*
Comment gagne-t-il sa vie ? Quel sentiment éprouve-t-il ? Qui le ramène sur terre et comment ?

6. *Dans le passage allant de «Quoiqu'il eût annoncé vouloir quitter» jusqu'à «laissez-nous, répondit Eugène, nous nous entendons.» (l. 5267 à 5454), relevez les difficultés rencontrées par Eugène de Rastignac.*
Qui les avait prévues (cf. question nº 5) ? Comment se traduisent-elles dans sa vie quotidienne et sentimentale ?
Quelle tentation lui revient à l'esprit ? Pour quelles raisons finit-il par y céder ? Comment s'y prend-il pour séduire Victorine ? Quel résultat obtient-il ?

7. *Comment Rastignac considère-t-il la «délicatesse» au nom de laquelle Vautrin veut lui consentir un prêt ?*
Après ce premier échec, comment Vautrin va-t-il s'y prendre pour persuader Eugène d'accepter son argent ?
Quelle idée déjà évoquée (cf. question nº 7, p. 131) développe Vautrin ? Que lui propose-t-il ? Quelle est, une nouvelle fois, la réaction d'Eugène ?

Écriture

8. *Du début du passage jusqu'à «vous viendrez dîner avec moi, et m'accompagnerez.» (l. 5098), relevez ce qui concerne la description de l'hôtel de Nucingen et comparez-le avec ce qui est dit de l'hôtel de Beauséant (p. 45 et p. 55). En quoi ces descriptions reflètent-elles bien les deux sphères opposées de la haute société parisienne ?*

9. *Comment comprenez-vous l'expression : «Vous vous arrêtez aux bagatelles de la porte» (l. 5605) ?*

Mise en perspective

10. *Renseignez-vous sur les droits de la femme au XIXe siècle.*

11. *«L'amitié d'homme à homme» (l. 5566) que Vautrin propose au jeune Rastignac n'est que le prélude à l'association qu'il proposera à Lucien de Rubempré. Lire, dans* Illusions perdues, *les propositions de l'abbé Carlos Herrera – alias Vautrin – à Lucien (troisième partie, depuis «Vous avez laissé courir la diligence, monsieur» jusqu'à «Un diplomate sans argent c'est ce que tu étais tout à l'heure : un poète sans volonté.»).*

Maison de jeu au Palais-Royal.

Bilan

L'action

- **Ce que nous savons**

Eugène reçoit de sa mère et de ses sœurs, qui ont dû consentir de gros sacrifices financiers, l'argent nécessaire à ses plaisirs. Vautrin se propose aussi pour mentor*; il lui explique que pour réussir il faut être riche et lui conseille de prendre l'argent où il est. Pour Eugène, il s'agirait donc d'épouser Victorine Taillefer qui, lorsque Vautrin aura fait tuer son frère, lui apportera une dot* d'un million. En contrepartie, Rastignac devrait lui verser deux cent mille francs.

Accompagné de madame de Beauséant, Eugène se rend aux Italiens* où Delphine lui est présentée. Mais après plusieurs rencontres et malgré une intimité qui va croissant, Delphine se refuse toujours à lui. Eugène ne sait que faire.

- **À quoi nous attendre?**

1. Eugène acceptera-t-il le marché de Vautrin?

2. Réussira-t-il à faire de Delphine sa maîtresse?

3. Découvrira-t-il qui est Vautrin?

Les personnages

- **Ce que nous savons**

– Eugène de Rastignac, riche de l'argent que lui a procuré sa famille, mène une vie tournée vers les plaisirs et les jeux et ne parvient pas à faire un choix entre Delphine, qu'il n'a pas conquise, et Victorine qui serait prête à se laisser conquérir. Il ne semble pas insensible à la proposition de Vautrin, mais considère encore le travail comme le meilleur moyen de réussite.

– Vautrin se fait un tentateur satanique : l'idéal qu'il offre à Rastignac est celui de l'« homme supérieur », un homme sans scrupules qui tourne les lois à son profit pour s'enrichir. « L'honnête homme [doit être] l'ennemi commun. »

– Delphine de Nucingen, malgré ses airs assurés, n'est en réalité qu'une pauvre créature accablée par les infortunes conjugales et extra-conjugales.

– *Victorine Taillefer, douce, tendre et pieuse, est elle aussi pensionnaire à la Maison Vauquer. Eugène ne lui est pas indifférent, elle le lui fait comprendre à demi-mot.*

– *Goriot, à qui sa solitude morale pèse, se prend d'amitié pour Eugène ; il lui raconte ses déboires paternels.*

– *Mademoiselle Michonneau, assistée de Poiret, semble comploter avec «un homme de la police déguisé en bourgeois».*

– *Enfin, apparaît un nouveau personnage, Bianchon, l'étudiant en médecine, l'ami de Rastignac.*

• **À quoi nous attendre ?**

1. *Vautrin reprendra-t-il l'avantage sur Rastignac ?*

2. *Delphine reconnaîtra-t-elle les mérites d'Eugène ?*

3. *Quel rôle sera réservé à Bianchon ?*

Écriture

• **Ce que nous savons**
À la critique sociale, succède la critique morale qui dénonce la corruption de la société de l'époque.
Pendant tout le début de cette partie, qui s'étale sur cinq jours, l'intrigue prend forme : Eugène part à la conquête de Paris. Puis, à l'image du héros qui s'enlise dans son ascension sociale et sa conquête amoureuse, l'activité dramatique se détend et l'aggravation du conflit reste latente.

• **Ce que nous attendons**
Par quelle crise Balzac va-t-il conduire sa tragédie vers le dénouement ?

page 182 : le boulevard des Italiens.

TROISIÈME PARTIE

TROMPE-LA-MORT

Deux jours après, Poiret et mademoiselle Michonneau se trouvaient assis sur un banc, au soleil, dans une allée solitaire du Jardin des Plantes, et causaient avec le monsieur qui
5610 paraissait à bon droit suspect à l'étudiant en médecine.

– Mademoiselle, disait monsieur Gondureau, je ne vois pas d'où naissent vos scrupules. Son Excellence monseigneur le ministre de la police générale du royaume...

– Ah! Son Excellence monseigneur le ministre de la
5615 police générale du royaume... répéta Poiret.

– Oui, Son Excellence s'occupe de cette affaire, dit Gondureau.

À qui ne paraîtra-t-il pas invraisemblable que Poiret, ancien employé, sans doute homme de vertus bourgeoises,
5620 quoique dénué d'idées, continuât d'écouter le prétendu rentier de la rue de Buffon, au moment où il prononçait le mot de police en laissant ainsi voir la physionomie d'un agent de la rue de Jérusalem° à travers son masque d'honnête homme? Cependant rien n'était plus naturel. Chacun
5625 comprendra mieux l'espèce particulière à laquelle appartenait Poiret, dans la grande famille des niais, après une remarque déjà faite par certains observateurs, mais qui jusqu'à présent n'a pas été publiée. Il est une nation plumigère[1], serrée au budget entre le premier degré de latitude
5630 qui comporte les traitements de douze cents francs, espèce de Groenland administratif, et le troisième degré, où commencent les traitements un peu plus chauds de trois à six mille francs, région tempérée, où s'acclimate la gratification, où elle fleurit malgré les difficultés de la culture. Un
5635 des traits caractéristiques qui trahit le mieux l'infirme étroitesse de cette gent° subalterne, est une sorte de respect involontaire, machinal, instinctif, pour ce grand lama de tout ministère, connu de l'employé par une signature illisible et

---

1. *plumigère* : adjectif inventé par Balzac ; il signifie qui tient une plume. La nation plumigère est donc l'ensemble des bureaucrates.

sous le nom de SON EXCELLENCE MONSEIGNEUR LE
5640 MINISTRE, cinq mots qui équivalent à l'*Il Bondo Cani* du
Calife de Bagdad[1], et qui, aux yeux de ce peuple aplati,
représente un pouvoir sacré, sans appel. Comme le pape
pour les chrétiens, monseigneur est administrativement
infaillible aux yeux de l'employé ; l'éclat qu'il jette se
5645 communique à ses actes, à ses paroles, à celles dites en son
nom ; il couvre tout de sa broderie, et légalise les actions
qu'il ordonne ; son nom d'Excellence, qui atteste la pureté
de ses intentions et la sainteté de ses vouloirs, sert de pas-
seport aux idées les moins admissibles. Ce que ces pauvres
5650 gens ne feraient pas dans leur intérêt, ils s'empressent de
l'accomplir dès que le mot Son Excellence est prononcé.
Les bureaux ont leur obéissance passive, comme l'armée a
la sienne : système qui étouffe la conscience, annihile un
homme, et finit, avec le temps, par l'adapter comme une
5655 vis ou un écrou à la machine gouvernementale. Aussi monsieur Gondureau, qui paraissait se connaître en hommes,
distingua-t-il promptement en Poiret un de ces niais
bureaucratiques, et fit-il sortir le *Deus ex machina*[2], le mot
talismanique[3] de Son Excellence, au moment où il fallait,
5660 en démasquant ses batteries, éblouir le Poiret, qui lui semblait le mâle de la Michonneau, comme la Michonneau lui
semblait la femelle du Poiret.

— Du moment où Son Excellence elle-même, Son Excellence monseigneur le ! Ah ! c'est très différent, dit Poiret.

5665 — Vous entendez monsieur, dans le jugement duquel vous
paraissez avoir confiance, reprit le faux rentier en s'adressant
à mademoiselle Michonneau. Eh ! bien, Son Excellence a
maintenant la certitude la plus complète que le prétendu
Vautrin, logé dans la Maison Vauquer, est un forçat évadé du
5670 bagne de Toulon, où il est connu sous le nom de *Trompe-la-
Mort*.

— Ah ! Trompe-la-Mort ! dit Poiret, il est bien heureux, s'il
a mérité ce nom-là.

---

1. *Le Calife de Bagdad, Il Bondo Cani* : *Le Calife de Bagdad* est un opéra de Boieldieu
(1775-1834). *Il Bondo Cani* est le nom au pouvoir magique que le Calife prend la nuit
pour circuler dans Bagdad.
2. *Deus ex machina* : expression latine signifiant « un dieu descendu au moyen d'une
machine » ; par extension, elle désigne une personne ou un événement qui permet de
débloquer une situation.
3. *mot talismanique* : mot magique.

– Mais, oui, reprit l'agent. Ce sobriquet* est dû au bon-
5675 heur qu'il a eu de ne jamais perdre la vie dans les entreprises extrêmement audacieuses qu'il a exécutées. Cet
homme est dangereux, voyez-vous! Il a des qualités qui le
rendent extraordinaire. Sa condamnation est même une
chose qui lui a fait dans sa partie un honneur infini...
5680   – C'est donc un homme d'honneur, demanda Poiret.
    – À sa manière. Il a consenti à prendre sur son compte le
crime d'un autre, un faux commis par un très beau jeune
homme qu'il aimait beaucoup, un jeune Italien assez joueur,
entré depuis au service militaire, où il s'est d'ailleurs par-
5685 faitement comporté.
    – Mais si Son Excellence le Ministre de la police est sûr
que monsieur Vautrin soit Trompe-la-Mort, pourquoi donc
aurait-il besoin de moi? dit mademoiselle Michonneau.
    – Ah! oui, dit Poiret, si en effet le Ministre, comme vous
5690 nous avez fait l'honneur de nous le dire, a une certitude
quelconque...
    – Certitude n'est pas le mot; seulement on se doute. Vous
allez comprendre la question. Jacques Collin, surnommé
Trompe-la-Mort, a toute la confiance des trois bagnes qui
5695 l'ont choisi pour être leur agent et leur banquier. Il gagne
beaucoup à s'occuper de ce genre d'affaires, qui nécessairement veut un homme de marque.
    – Ah! ah! comprenez-vous le calembour, mademoiselle?
dit Poiret. Monsieur l'appelle un homme de *marque*, parce
5700 qu'il a été marqué.
    – Le faux Vautrin, dit l'agent en continuant, reçoit les
capitaux de messieurs les forçats, les place, les leur conserve,
et les tient à la disposition de ceux qui s'évadent, ou de
leurs familles, quand ils en disposent par testament, ou de
5705 leurs maîtresses, quand ils tirent sur lui pour elles[1].
    – De leurs maîtresses! Vous voulez dire de leurs femmes,
fit observer Poiret.
    – Non, monsieur. Le forçat n'a généralement que des
épouses illégitimes, que nous nommons des concubines.
5710   – Ils vivent donc tous en état de concubinage?
    – Conséquemment.
    – Eh! bien, dit Poiret, voilà des horreurs que Monsei-

---

1. *quand ils tirent sur lui pour elles* : quand ils utilisent leur argent pour leur maîtresse.

gneur ne devrait pas tolérer. Puisque vous avez l'honneur de voir Son Excellence, c'est à vous, qui me paraissez avoir des
5715 idées philanthropiques*, à l'éclairer sur la conduite immorale de ces gens, qui donnent un très mauvais exemple au reste de la société.

– Mais, monsieur, le gouvernement ne les met pas là pour offrir le modèle de toutes les vertus.

5720 – C'est juste. Cependant, monsieur, permettez...

– Mais, laissez donc dire monsieur, mon cher mignon, dit mademoiselle Michonneau.

– Vous comprenez, mademoiselle, reprit Gondureau. Le gouvernement peut avoir un grand intérêt à mettre la main
5725 sur une caisse illicite[1], que l'on dit monter à un total assez majeur. Trompe-la-Mort encaisse des valeurs considérables en recélant non seulement les sommes possédées par quelques-uns de ses camarades, mais encore celles qui proviennent de la société des Dix mille...

5730 – Dix mille voleurs ! s'écria Poiret effrayé.

– Non, la société des Dix mille est une association de hauts voleurs, de gens qui travaillent en grand, et ne se mêlent pas d'une affaire où il n'y a pas dix mille francs à gagner. Cette société se compose de tout ce qu'il y a de plus
5735 distingué* parmi ceux de nos hommes qui vont droit en cour d'assises*. Ils connaissent le Code, et ne risquent jamais de se faire appliquer la peine de mort quand ils sont pincés. Collin est leur homme de confiance, leur conseil. À l'aide de ses immenses ressources, cet homme a su se créer une
5740 police à lui, des relations fort étendues qu'il enveloppe d'un mystère impénétrable. Quoique depuis un an nous l'ayons entouré d'espions, nous n'avons pas encore pu voir dans son jeu. Sa caisse et ses talents servent donc constamment à solder le vice, à faire les fonds au crime, et entretiennent sur
5745 pied une armée de mauvais sujets qui sont dans un perpétuel état de guerre avec la société. Saisir Trompe-la-Mort et s'emparer de sa banque, ce sera couper le mal dans sa racine. Aussi cette expédition est-elle devenue une affaire d'État et de haute politique, susceptible d'honorer ceux qui
5750 coopéreront à sa réussite. Vous-même, monsieur, pourriez être de nouveau employé dans l'administration, devenir

---

1. *illicite* : illégale.

secrétaire d'un commissaire de police, fonctions qui ne vous empêcheraient point de toucher votre pension de retraite.

5755 — Mais pourquoi, dit mademoiselle Michonneau, Trompe-la-Mort ne s'en va-t-il pas avec la caisse ?

— Oh ! fit l'agent, partout où il irait, il serait suivi d'un homme chargé de le tuer, s'il volait le bagne. Puis une caisse ne s'enlève pas aussi facilement qu'on enlève une demoiselle de bonne maison. D'ailleurs, Collin est un gaillard incapable 5760 de faire un trait semblable, il se croirait déshonoré.

— Monsieur, dit Poiret, vous avez raison, il serait tout à fait déshonoré.

— Tout cela ne nous dit pas pourquoi vous ne venez pas tout bonnement vous emparer de lui, demanda mademoi-5765 selle Michonneau.

— Eh ! bien, mademoiselle, je réponds... Mais, lui dit-il à l'oreille, empêchez votre monsieur de m'interrompre, ou nous n'en aurons jamais fini. Il doit avoir beaucoup de fortune pour se faire écouter, ce vieux-là. Trompe-la-Mort, en 5770 venant ici, a chaussé la peau d'un honnête homme, il s'est fait bon bourgeois de Paris, il s'est logé dans une pension sans apparence ; il est fin, allez ! on ne le prendra jamais sans vert[1]. Donc monsieur Vautrin est un homme considéré, qui fait des affaires considérables.

5775 — Naturellement, se dit Poiret à lui-même.

— Le ministre, si l'on se trompait en arrêtant un vrai Vautrin, ne veut pas se mettre à dos le commerce de Paris, ni l'opinion publique. M. le préfet de police branle dans le manche[2], il a des ennemis. S'il y avait erreur, ceux qui 5780 veulent sa place profiteraient des clabaudages et des criaille-ries libérales pour le faire sauter. Il s'agit ici de procéder comme dans l'affaire de Cogniard[3], le faux comte de Sainte-Hélène ; si ç'avait été un vrai comte de Sainte-Hélène, nous n'étions pas propres. Aussi faut-il vérifier !

5785 — Oui, mais vous avez besoin d'une jolie femme, dit vivement mademoiselle Michonneau.

— Trompe-la-Mort ne se laisserait pas aborder par une

---

1. *on ne le prendra jamais sans vert* : « on ne le prendra jamais au dépourvu. » (Littré)
2. *branle dans le manche* : « est menacé dans sa position. » (Littré)
3. *affaire de Cogniard* : Pierre Cogniard, devenu lieutenant-colonel sous le nom de comte de Sainte-Hélène, était en réalité un forçat évadé.

femme, dit l'agent. Apprenez un secret, il n'aime pas les femmes.

5790   — Mais je ne vois pas alors à quoi je suis bonne pour une semblable vérification, une supposition que je consentirais à la faire pour deux mille francs.

— Rien de plus facile, dit l'inconnu. Je vous remettrai un flacon contenant une dose de liqueur préparée pour donner
5795   un coup de sang qui n'a pas le moindre danger et simule une apoplexie•. Cette drogue peut se mêler également au vin et au café. Sur-le-champ vous transportez votre homme sur un lit, et vous le déshabillez afin de savoir s'il ne se meurt pas. Au moment où vous serez seule, vous lui donnerez une
5800   claque sur l'épaule, paf! et vous verrez reparaître les lettres.

— Mais c'est rien du tout, ça, dit Poiret.

— Eh! bien, consentez-vous? dit Gondureau à la vieille fille.

— Mais, mon cher monsieur, dit mademoiselle Michonneau,
5805   au cas où il n'y aurait point de lettres, aurais-je les deux mille francs?

— Non.

— Quelle sera donc l'indemnité?

— Cinq cents francs.

5810   — Faire une chose pareille pour si peu. Le mal est le même dans la conscience, et j'ai ma conscience à calmer, monsieur.

— Je vous affirme, dit Poiret, que mademoiselle a beaucoup de conscience, outre que c'est une très aimable per-
5815   sonne et bien entendue.

— Eh! bien, reprit mademoiselle Michonneau, donnez-moi trois mille francs si c'est Trompe-la-Mort, et rien si c'est un bourgeois.

— Ça va, dit Gondureau, mais à condition que l'affaire
5820   sera faite demain.

— Pas encore, mon cher monsieur, j'ai besoin de consulter mon confesseur.

— Finaude! dit l'agent en se levant. À demain alors. Et si vous étiez pressée de me parler, venez petite rue
5825   Sainte-Anne•, au bout de la cour de la Sainte-Chapelle. Il n'y a qu'une porte sous la voûte. Demandez monsieur Gondureau.

Bianchon, qui revenait du cours de Cuvier•, eut l'oreille frappée du mot assez original de Trompe-la-Mort, et enten-
5830   dit le ça va du célèbre chef de la police de sûreté•.

— Pourquoi n'en finissez-vous pas, ce serait trois

cents francs de rente• viagère, dit Poiret à mademoiselle Michonneau.

– Pourquoi ? dit-elle. Mais il faut y réfléchir. Si monsieur Vautrin était ce Trompe-la-Mort, peut-être y aurait-il plus d'avantage à s'arranger avec lui. Cependant lui demander de l'argent, ce serait le prévenir, et il serait homme à décamper *gratis•*. Ce serait un *puff*[1] abominable.

– Quand il serait prévenu, reprit Poiret, ce monsieur ne nous a-t-il pas dit qu'il était surveillé ? Mais vous, vous perdriez tout.

– D'ailleurs, pensa mademoiselle Michonneau, je ne l'aime point, cet homme ! Il ne sait me dire que des choses désagréables.

– Mais, reprit Poiret, vous feriez mieux. Ainsi que l'a dit ce monsieur, qui me paraît fort bien, outre qu'il est très proprement couvert, c'est un acte d'obéissance aux lois que de débarrasser la société d'un criminel, quelque vertueux qu'il puisse être. Qui a bu boira. S'il lui prenait fantaisie de nous assassiner tous ? Mais, que diable ! nous serions coupables de ces assassinats, sans compter que nous en serions les premières victimes.

La préoccupation de mademoiselle Michonneau ne lui permettait pas d'écouter les phrases tombant une à une de la bouche de Poiret, comme les gouttes d'eau qui suintent à travers le robinet d'une fontaine mal fermée. Quand une fois ce vieillard avait commencé la série de ses phrases, et que mademoiselle Michonneau ne l'arrêtait pas, il parlait toujours, à l'instar[2] d'une mécanique montée. Après avoir entamé un premier sujet, il était conduit par ses parenthèses à en traiter de tout opposés, sans avoir rien conclu. En arrivant à la Maison Vauquer, il s'était faufilé dans une suite de passages et de citations transitoires qui l'avaient amené à raconter sa déposition dans l'affaire du sieur Ragoulleau et de la dame Morin[3], où il avait comparu en qualité de témoin à décharge[4]. En entrant, sa compagne ne manqua pas d'apercevoir Eugène de Rastignac engagé avec made-

---

1. *un puff* : mot anglais qui signifie bouffée de vent mais que Balzac emploie avec le sens d'échec.
2. *à l'instar de* : comme.
3. *l'affaire du Sieur Ragoulleau et de la dame Morin* : en 1812, la veuve Morin fut condamnée aux travaux forcés pour tentative d'assassinat sur le sieur Ragoulleau.
4. *témoin à décharge* : témoin qui apporte des preuves favorables à l'accusé.

moiselle Taillefer dans une intime causerie dont l'intérêt était si palpitant que le couple ne fit aucune attention au passage 5870 des deux vieux pensionnaires quand ils traversèrent la salle à manger.

— Ça devait finir par là, dit mademoiselle Michonneau à Poiret. Ils se faisaient des yeux à s'arracher l'âme depuis huit jours.

5875 — Oui, répondit-il. Aussi fut-elle condamnée.

— Qui?

— Madame Morin.

— Je vous parle de mademoiselle Victorine, dit la Michonneau en entrant, sans y faire attention, dans la 5880 chambre de Poiret, et vous me répondez par madame Morin. Qu'est-ce que c'est que cette femme-là?

— De quoi serait donc coupable mademoiselle Victorine? demanda Poiret.

— Elle est coupable d'aimer M. Eugène de Rastignac, et va 5885 de l'avant sans savoir où ça la mènera, pauvre innocente!

Eugène avait été, pendant la matinée, réduit au désespoir par madame de Nucingen. Dans son for intérieur, il s'était abandonné complètement à Vautrin, sans vouloir sonder ni les motifs de l'amitié que lui portait cet homme extraordi- 5890 naire, ni l'avenir d'une semblable union. Il fallait un miracle pour le tirer de l'abîme où il avait déjà mis le pied depuis une heure, en échangeant avec mademoiselle Taillefer les plus douces promesses. Victorine croyait entendre la voix d'un ange, les cieux s'ouvraient pour elle, la Maison Vauquer 5895 se parait des teintes fantastiques que les décorateurs donnent aux palais de théâtre : elle aimait, elle était aimée, elle le croyait du moins! Et quelle femme ne l'aurait cru comme elle en voyant Rastignac, en l'écoutant durant cette heure dérobée à tous les argus[1] de la maison? En se débat- 5900 tant contre sa conscience, en sachant qu'il faisait mal et voulant faire mal, en se disant qu'il rachèterait ce péché véniel[2] par le bonheur d'une femme, il s'était embelli de son déses- poir, et resplendissait de tous les feux de l'enfer qu'il avait au cœur. Heureusement pour lui, le miracle eut lieu : Vau- 5905 trin entra joyeusement, et lut dans l'âme des deux jeunes

---

1. *argus* : surveillant qui a l'œil à tout. La légende veut que le géant Argus ait possédé cent yeux.
2. *péché véniel* : faute légère.

gens qu'il avait mariés par les combinaisons de son infernal
génie, mais dont il troubla soudain la joie en chantant de sa
grosse voix railleuse :

> Ma Fanchette est charmante
5910 > Dans sa simplicité...

Victorine se sauva en emportant autant de bonheur qu'elle
avait eu jusqu'alors de malheur dans sa vie. Pauvre fille ! un
serrement de mains, sa joue effleurée par les cheveux de
Rastignac, une parole dite si près de son oreille qu'elle avait
5915 senti la chaleur des lèvres de l'étudiant, la pression de sa
taille par un bras tremblant, un baiser pris sur son cou,
furent les accordailles[1] de sa passion, que le voisinage de la
grosse Sylvie, menaçant d'entrer dans cette radieuse salle à
manger, rendit plus ardentes, plus vives, plus engageantes
5920 que les plus beaux témoignages de dévouement racontés
dans les plus célèbres histoires d'amour. Ces *menus suffrages*[2], suivant une jolie expression de nos ancêtres, paraissaient être des crimes à une pieuse jeune fille confessée tous
les quinze jours ! En cette heure, elle avait prodigué plus de
5925 trésors d'âme que plus tard, riche et heureuse, elle n'en
aurait donné en se livrant tout entière.

– L'affaire est faite, dit Vautrin à Eugène. Nos deux dan-
dies se sont piochés[3]. Tout s'est passé convenablement.
Affaire d'opinion. Notre pigeon a insulté mon faucon. À
5930 demain, dans la redoute° de Clignancourt[4].

À huit heures et demie, mademoiselle Taillefer héritera de
l'amour et de la fortune de son père, pendant qu'elle sera là
tranquillement à tremper ses mouillettes de pain beurré
dans son café. N'est-ce pas drôle à se dire ? Ce petit Taillefer
5935 est très fort à l'épée, il est confiant comme un brelan carré[5] ;
mais il sera saigné par un coup que j'ai inventé, une manière
de relever l'épée et de vous piquer le front. Je vous montre-
rai cette botte-là, car elle est furieusement utile.

Rastignac écoutait d'un air stupide, et ne pouvait rien
5940 répondre. En ce moment le père Goriot, Bianchon et quelques autres pensionnaires arrivèrent.

---

1. *accordailles* : « réunion pour signer un contrat de mariage. » (Littré)
2. *menus suffrages* : petites choses dépourvues de conséquences.
3. *se sont piochés* : se sont battus.
4. *Clignancourt* : au nord de Paris.
5. *brelan carré* : ensemble de cartes formant un jeu très favorable.

— Voilà comme je vous voulais, lui dit Vautrin. Vous savez ce que vous faites. Bien, mon petit aiglon ! vous gouvernerez les hommes ; vous êtes fort, carré, poilu* ; vous avez mon estime.

5945

Il voulut lui prendre la main. Rastignac retira vivement la sienne, et tomba sur une chaise en pâlissant ; il croyait voir une mare de sang devant lui.

— Ah ! nous avons encore quelques petits langes tachés de vertu, dit Vautrin à voix basse. Papa d'Oliban a trois millions, je sais sa fortune. La dot* vous rendra blanc comme une robe de mariée, et à vos propres yeux.

5950

Rastignac n'hésita plus. Il résolut d'aller prévenir pendant la soirée messieurs Taillefer père et fils. En ce moment, Vautrin l'ayant quitté, le père Goriot lui dit à l'oreille : — Vous êtes triste, mon enfant ! je vais vous égayer, moi. Venez ! Et le vieux vermicellier allumait son rat-de-cave* à une des lampes. Eugène le suivit tout ému de curiosité.

5955

— Entrons chez vous, dit le bonhomme, qui avait demandé la clef de l'étudiant à Sylvie. Vous avez cru ce matin qu'elle ne vous aimait pas, hein ! reprit-il. Elle vous a renvoyé de force, et vous vous en êtes allé fâché, désespéré. Nigaudinos ! elle m'attendait. Comprenez-vous ? Nous devions aller achever d'arranger un bijou d'appartement dans lequel vous irez demeurer d'ici à trois jours. Ne me vendez pas [1]. Elle veut vous faire une surprise ; mais je ne tiens pas à vous cacher plus longtemps le secret. Vous serez rue d'Artois*, à deux pas de la rue Saint-Lazare*. Vous y serez comme un prince. Nous vous avons eu des meubles comme pour une épousée. Nous avons fait bien des choses depuis un mois, en ne vous disant rien. Mon avoué* s'est mis en campagne, ma fille aura ses trente-six mille francs par an, l'intérêt de sa dot, et je vais faire exiger le placement de ses huit cent mille francs en bons biens au soleil.

5960

5965

5970

Eugène était muet et se promenait, les bras croisés, de long en large, dans sa pauvre chambre en désordre. Le père Goriot saisit un moment où l'étudiant lui tournait le dos, et mit sur la cheminée une boîte en maroquin [2] rouge, sur laquelle étaient imprimées en or les armes de Rastignac.

5975

— Mon cher enfant, disait le pauvre bonhomme, je me

5980

---

1. *ne me vendez pas* : ne me trahissez pas.
2. *maroquin* : peau de chèvre.

suis mis dans tout cela jusqu'au cou. Mais, voyez-vous, il y
avait à moi bien de l'égoïsme, je suis intéressé dans votre
changement de quartier. Vous ne me refuserez pas, hein! si
je vous demande quelque chose?
5985   – Que voulez-vous?
    – Au-dessus de votre appartement, au cinquième, il y a
une chambre qui en dépend, j'y demeurerai, pas vrai? Je me
fais vieux, je suis trop loin de mes filles. Je ne vous gênerai
pas. Seulement je serai là. Vous me parlerez d'elle tous les
5990 soirs. Ça ne vous contrariera pas, dites? Quand vous rentre-
rez, que je serai dans mon lit, je vous entendrai, je me dirai:
Il vient de voir ma petite Delphine. Il l'a menée au bal, elle
est heureuse par lui. Si j'étais malade, ça me mettrait du
baume dans le cœur de vous écouter revenir, vous remuer,
5995 aller. Il y aura tant de ma fille en vous! Je n'aurai qu'un pas
à faire pour être aux Champs-Élysées•, où elles passent tous
les jours, je les verrai toujours, tandis que quelquefois j'arrive trop tard. Et puis elle viendra chez vous peut-être! je
l'entendrai, je la verrai dans sa douillette du matin, trottant,
6000 allant gentiment comme une petite chatte. Elle est redevenue, depuis un mois, ce qu'elle était, jeune fille, gaie, pimpante. Son âme est en convalescence, elle vous doit le bonheur. Oh! je ferais pour vous l'impossible. Elle me disait
tout à l'heure en revenant: «Papa, je suis bien heureuse!»
6005 Quand elles me disent cérémonieusement: *Mon père*, elles
me glacent; mais quand elles m'appellent *papa*, il me semble
encore les voir petites, elles me rendent tous mes souvenirs.
Je suis mieux leur père. Je crois qu'elles ne sont encore à
personne! Le bonhomme s'essuya les yeux, il pleurait. Il y a
6010 longtemps que je n'avais entendu cette phrase, longtemps
qu'elle ne m'avait donné le bras. Oh! oui, voilà bien dix ans
que je n'ai marché côte à côte avec une de mes filles. Est-ce
bon de se frotter à sa robe, de se mettre à son pas, de
partager sa chaleur! Enfin, j'ai mené Delphine, ce matin,
6015 partout. J'entrais avec elle dans les boutiques. Et je l'ai
reconduite chez elle. Oh! gardez-moi près de vous. Quelquefois vous aurez besoin de quelqu'un pour vous rendre
service, je serai là. Oh! si cette grosse souche d'Alsacien
mourait, si sa goutte• avait l'esprit de remonter dans l'esto-
6020 mac, ma pauvre fille serait-elle heureuse! Vous seriez mon
gendre, vous seriez ostensiblement son mari. Bah! elle est si
malheureuse, de ne rien connaître aux plaisirs de ce monde
que je l'absous de tout. Le bon Dieu doit être du côté des
pères qui aiment bien. Elle vous aime trop! dit-il en hochant

6025 la tête après une pause. En allant, elle causait de vous avec moi : « N'est-ce pas, mon père, il est bien ! il a bon cœur ! Parle-t-il de moi ? » Bah, elle m'en a dit, depuis la rue d'Artois° jusqu'au passage des Panoramas, des volumes ! Elle m'a enfin versé son cœur dans le mien. Pendant toute cette
6030 bonne matinée, je n'étais plus vieux, je ne pesais pas une once. Je lui ai dit que vous m'aviez remis le billet de mille francs. Oh ! la chérie, elle en a été émue aux larmes. Qu'avez-vous donc là sur votre cheminée ? dit enfin le père Goriot qui se mourait d'impatience en voyant Rastignac
6035 immobile.

Eugène tout abasourdi regardait son voisin d'un air hébété. Ce duel, annoncé par Vautrin pour le lendemain, contrastait si violemment avec la réalisation de ses plus chères espérances, qu'il éprouvait toutes les sensations du
6040 cauchemar. Il se tourna vers la cheminée, y aperçut la petite boîte carrée, l'ouvrit, et trouva dedans un papier qui couvrait une montre de Breguet[1]. Sur ce papier étaient écrits ces mots : « Je veux que vous pensiez à moi à toute heure, *parce que...*
6045 DELPHINE. »

Ce dernier mot faisait sans doute allusion à quelque scène qui avait eu lieu entre eux, Eugène en fut attendri. Ses armes étaient intérieurement émaillées dans l'or de la boîte.
6050 Ce bijou si longtemps envié, la chaîne, la clef, la façon, les desseins répondaient à tous ses vœux. Le père Goriot était radieux. Il avait sans doute promis à sa fille de lui rapporter les moindres effets de la surprise que causerait son présent à Eugène, car il était en tiers dans ces jeunes émotions et ne
6055 paraissait pas le moins heureux. Il aimait déjà Rastignac et pour sa fille et pour lui-même.

– Vous irez la voir ce soir, elle vous attend. La grosse souche d'Alsacien soupe chez sa danseuse. Ah ! ah ! il a été bien sot quand mon avoué° lui a dit son fait. Ne prétend-il
6060 pas aimer ma fille à l'adoration ? qu'il y touche et je le tue. L'idée de savoir ma Delphine à... (il soupira) me ferait commettre un crime ; mais ce ne serait pas un homicide, c'est une tête de veau sur un corps de porc. Vous me prendez avec vous, n'est-ce pas ?

1. *Breguet* : horloger suisse, inventeur de montres très coûteuses.

6065   — Oui, mon bon père Goriot, vous savez bien que je vous aime...

— Je le vois, vous n'avez pas honte de moi, vous! Laissez-moi vous embrasser. Et il serra l'étudiant dans ses bras. Vous la rendrez bien heureuse, promettez-le-moi! Vous irez ce
6070 soir, n'est-ce pas?

— Oh, oui! Je dois sortir pour des affaires qu'il est impossible de remettre.

— Puis-je vous être bon à quelque chose?

— Ma foi, oui! Pendant que j'irai chez madame de
6075 Nucingen, allez chez M. Taillefer le père, lui dire de me donner une heure dans la soirée pour lui parler d'une affaire de la dernière importance.

— Serait-ce donc vrai, jeune homme, dit le père Goriot en changeant de visage; feriez-vous la cour à sa fille, comme le
6080 disent ces imbéciles d'en bas? Tonnerre de Dieu! vous ne savez pas ce que c'est qu'une tape à la Goriot. Et si vous nous trompiez, ce serait l'affaire d'un coup de poing. Oh! ce n'est pas possible.

— Je vous jure que je n'aime qu'une femme au monde, dit
6085 l'étudiant, je ne le sais que depuis un moment.

— Ah, quel bonheur! fit le père Goriot.

— Mais, reprit l'étudiant, le fils de Taillefer se bat demain, et j'ai entendu dire qu'il serait tué.

— Qu'est-ce que cela vous fait? dit Goriot.

6090   — Mais il faut lui dire d'empêcher son fils de se rendre... s'écria Eugène.

En ce moment, il fut interrompu par la voix de Vautrin, qui se fit entendre sur le pas de sa porte, où il chantait:

Ô Richard, ô mon roi!
6095   L'univers t'abandonne...

Broum! broum! broum! broum! broum!

J'ai longtemps parcouru le monde,
Et l'on m'a vu...

Tra la, la, la, la...
6100   — Messieurs, cria Christophe, la soupe vous attend, et tout le monde est à table.

— Tiens, dit Vautrin, viens prendre une bouteille de mon vin de Bordeaux.

— La trouvez-vous jolie, la montre? dit le père Goriot.
6105 Elle a bon goût, hein!

Vautrin, le père Goriot et Rastignac descendirent ensemble

et se trouvèrent, par suite de leur retard, placés à côté les uns des autres à table. Eugène marqua la plus grande froideur à Vautrin pendant le dîner, quoique jamais cet homme, si aimable aux yeux de madame Vauquer, n'eût déployé autant d'esprit. Il fut pétillant de saillies[1], et sut mettre en train tous les convives. Cette assurance, ce sang-froid consternaient Eugène.

— Sur quelle herbe avez-vous donc marché aujourd'hui? dit madame Vauquer. Vous êtes gai comme un pinson.

— Je suis toujours gai quand j'ai fait de bonnes affaires.

— Des affaires? dit Eugène.

— Eh! bien, oui. J'ai livré une partie de marchandises qui me vaudra de bons droits de commission. Mademoiselle Michonneau, dit-il en s'apercevant que la vieille fille l'examinait, ai-je dans la figure un trait qui vous déplaise, que vous me faites l'œil américain[2]? Faut le dire! je le changerai pour vous être agréable.

— Poiret, nous ne nous fâcherons pas pour ça, hein? dit-il en guignant le vieil employé.

— Sac à papier! vous devriez poser pour un Hercule-Farceur, dit le jeune peintre à Vautrin.

— Ma foi, ça va! si mademoiselle Michonneau veut poser en Vénus du Père-Lachaise•, répondit Vautrin.

— Et Poiret? dit Bianchon.

— Oh! Poiret posera en Poiret. Ce sera le dieu des jardins! s'écria Vautrin. Il dérive de poire...

— Molle! reprit Bianchon. Vous seriez alors entre la poire et le fromage.

— Tout ça, c'est des bêtises, dit madame Vauquer, et vous feriez mieux de nous donner de votre vin de Bordeaux dont j'aperçois une bouteille qui montre son nez! Ça nous entretiendra en joie, outre que c'est bon à l'estomaque.

— Messieurs, dit Vautrin, madame la présidente nous rappelle à l'ordre. Madame Couture et mademoiselle Victorine ne se formaliseront pas de vos discours badins; mais respectez l'innocence du père Goriot. Je vous propose une petite bouteillorama de vin de Bordeaux, que le nom de Laffitte[3]

---

1. *saillies* : traits d'esprit brillants.
2. *œil américain* : regard inquisiteur.
3. *Laffitte* : jeu de mots entre Château-Lafite, qui est le nom du Bordeaux, et le nom du banquier Laffitte.

rend doublement illustre, soit dit sans allusion politique:
6145 Allons, Chinois! dit-il en regardant Christophe qui ne bou-
gea pas. Ici, Christophe! Comment, tu n'entends pas ton
nom? Chinois, amène les liquides!

– Voilà, monsieur, dit Christophe en lui présentant la
bouteille.
6150 Après avoir rempli le verre d'Eugène et celui du père
Goriot, il s'en versa lentement quelques gouttes qu'il
dégusta, pendant que ses deux boisins buvaient, et tout à
coup il fit une grimace.

– Diable! diable! il sent le bouchon. Prends cela pour toi,
6155 Christophe, et va nous en chercher; à droite, tu sais? Nous
sommes seize, descends huit bouteilles.

– Puisque vous vous fendez[1], dit le peintre, je paye un
cent de marrons.

– Oh! oh!
6160 – Booououh!

– Prrrr!

Chacun poussa des exclamations qui partirent comme les
fusées d'une girandole[2].

– Allons, maman Vauquer, deux de champagne, lui cria
6165 Vautrin.

– Quien, c'est cela! Pourquoi pas demander la maison?
Deux de champagne! mais ça coûte douze francs! Je ne les
gagne pas, non! Mais si monsieur Eugène veut les payer,
j'offre du cassis.
6170 – V'là son cassis qui purge comme de la manne[3], dit
l'étudiant en médecine à voix basse.

– Veux-tu te taire, Bianchon, s'écria Rastignac, je ne peux
pas entendre parler de manne sans que le cœur... Oui, va
pour le vin de Champagne, je le paye, ajouta l'étudiant.
6175 – Sylvie, dit madame Vauquer, donnez les biscuits et les
petits gâteaux.

– Vos petits gâteaux sont trop grands, dit Vautrin, ils ont
de la barbe. Mais quant aux biscuits, aboulez[4].

En un moment le vin de Bordeaux circula, les convives
6180 s'animèrent, la gaieté redoubla. Ce fut des rires féroces, au

---

1. *vous vous fendez* : vous faites une dépense extraordinaire.
2. *girandole* : « gerbe de fusées volantes. » (Littré)
3. *manne* : liqueur obtenue à partir du frêne et dont les effets sont purgatifs.
4. *aboulez* : donnez-les (langage familier).

milieu desquels éclatèrent quelques imitations des diverses
voix d'animaux. L'employé au Muséum s'étant avisé de
reproduire un cri de Paris qui avait de l'analogie avec le
miaulement du chat amoureux, aussitôt huit voix beuglèrent
6185 simultanément les phrases suivantes : – À repasser les couteaux ! – Mo-ron[1] pour les p'tits oiseaulx ! – Voilà le plaisir,
mesdames, voilà le plaisir ! – À raccommoder la faïence ! – À
la barque, à la barque ! • Battez vos femmes, vos habits ! –
Vieux habits, vieux galons•, vieux chapeaux à vendre ! – À la
6190 cerise, à la douce ! La palme fut à Bianchon pour l'accent
nasillard avec lequel il cria : – Marchand de parapluies ! En
quelques instants ce fut un tapage à casser la tête, une
conversation pleine de coq-à-l'âne[2], un véritable opéra que
Vautrin conduisait comme un chef d'orchestre, en surveillant
6195 Eugène et le père Goriot, qui semblaient ivres déjà. Le dos
appuyé sur leur chaise, tous deux contemplaient ce désordre
inaccoutumé d'un air grave, en buvant peu ; tous deux
étaient préoccupés de ce qu'ils avaient à faire pendant la
soirée, et néanmoins ils se sentaient incapables de se lever.
6200 Vautrin, qui suivait les changements de leur physionomie en
leur lançant des regards de côté, saisit le moment où leurs
yeux vacillèrent et parurent vouloir se fermer, pour se pen-
cher à l'oreille de Rastignac et lui dire : « Mon petit gars,
nous ne sommes pas assez rusé pour lutter avec notre papa
6205 Vautrin, et il vous aime trop pour vous laisser faire des
sottises. Quand j'ai résolu quelque chose, le bon Dieu seul
est assez fort pour me barrer le passage. Ah ! nous voulions
aller prévenir le père Taillefer, commettre des fautes d'éco-
lier ! Le four est chaud, la farine est pétrie, le pain est sur la
6210 pelle ; demain nous en ferons sauter les miettes par-dessus
notre tête en y mordant ; et nous empêcherions d'enfour-
ner ?... non, non, tout cuira ! Si nous avons quelques petits
remords, la digestion les emportera. Pendant que nous dor-
mirons notre petit somme, le colonel comte Franchessini
6215 vous ouvrira la succession de Michel Taillefer avec la pointe
de son épée. En héritant de son frère, Victorine aura quinze
petits mille francs de rente•. J'ai déjà pris des renseigne-

---

1. *Moron* : le nom exact est mouron ; il s'agit d'une petite fleur dont se nourrissent
les oiseaux.
2. *coq-à-l'âne* : propos sans suite.

ments, et sais que la succession de la mère monte à plus de trois cent mille...

6220   Eugène entendait ces paroles sans pouvoir y répondre : il sentait sa langue collée à son palais, et se trouvait en proie à une somnolence invincible ; il ne voyait déjà plus la table et les figures des convives qu'à travers un brouillard lumineux. Bientôt le bruit s'apaisa, les pensionnaires s'en allèrent un à
6225 un. Puis, quand il ne resta plus que madame Vauquer, madame Couture, mademoiselle Victorine, Vautrin et le père Goriot, Rastignac aperçut, comme s'il eût rêvé, madame Vauquer occupée à prendre les bouteilles pour en vider les restes de manière à en faire des bouteilles pleines.

6230   – Ah ! sont-ils fous, sont-ils jeunes ! disait la veuve.

Ce fut la dernière phrase que put comprendre Eugène.

– Il n'y a que monsieur Vautrin pour faire de ces farces-là, dit Sylvie. Allons, voilà Christophe qui ronfle comme une toupie.

6235   – Adieu, maman, dit Vautrin. Je vais au boulevard admirer M. Marty dans *Le Mont sauvage*, une grande pièce tirée du *Solitaire*. Si vous voulez, je vous y mène ainsi que ces dames.

– Je vous remercie, dit madame Couture.

– Comment, ma voisine ! s'écria madame Vauquer, vous
6240 refusez de voir une pièce prise dans *Le Solitaire*, un ouvrage fait par Atala de Chateaubriand [1], et que nous aimions tant à lire, qui est si joli que nous pleurions comme des Madeleines d'Élodie sous les *tyeuilles* cet été dernier, enfin un ouvrage moral qui peut être susceptible d'instruire votre
6245 demoiselle ?

– Il nous est défendu d'aller à la comédie, répondit Victorine.

– Allons, les voilà partis, ceux-là, dit Vautrin en remuant d'une manière comique la tête du père Goriot et celle
6250 d'Eugène.

En plaçant la tête de l'étudiant sur la chaise, pour qu'il pût dormir commodément, il le baisa chaleureusement au front, en chantant :

Dormez, mes chères amours !
6255   Pour vous je veillerai toujours.

---

1. *Atala de Chateaubriand* : contrairement à ce que pense madame Vauquer, Atala n'est pas le prénom de Chateaubriand, pas plus que *Le Solitaire* n'est une de ses pièces. Atala est le nom de l'héroïne du roman du même nom, *Atala*.

– J'ai peur qu'il ne soit malade, dit Victorine.

– Restez à le soigner alors, reprit Vautrin. C'est, lui souf-
fla-t-il à l'oreille, votre devoir de femme soumise. Il vous
6260 adore, ce jeune homme, et vous serez sa petite femme, je
vous le prédis. Enfin, dit-il à haute voix, *ils furent consi-
dérés dans tout le pays, vécurent heureux, et eurent beaucoup
d'enfants.* Voilà comment finissent tous les romans
d'amour. Allons, maman, dit-il en se tournant vers
6265 madame Vauquer, qu'il étreignit, mettez le chapeau, la belle
robe à fleurs, l'écharpe de la comtesse. Je vais vous
aller chercher un fiacre, soi-même. Et il partit en chantant :

6270   Soleil, soleil, divin soleil,
              Toi qui fais mûrir les citrouilles...

– Mon Dieu ! dites donc, madame Couture, cet homme-là
me ferait vivre heureuse sur les toits. Allons, dit-elle en se
tournant vers le vermicellier, voilà le père Goriot parti. Ce
6275 vieux cancre-là[1] n'a jamais eu l'idée de me mener *nune* part,
lui. Mais il va tomber par terre, mon Dieu ! C'est-y indécent
à un homme d'âge de perdre la raison ! Vous me direz qu'on
ne perd point ce qu'on n'a pas. Sylvie, montez-le donc chez
lui.

6280 Sylvie prit le bonhomme par-dessous le bras, le fit marcher,
et le jeta tout habillé comme un paquet au travers de son lit.

– Pauvre jeune homme, disait madame Couture en écartant
les cheveux d'Eugène qui lui tombaient dans les yeux, il est
comme une jeune fille, il ne sait pas ce que c'est qu'un
6285 excès.

– Ah ! je peux bien dire que depuis trente et un ans que
je tiens ma pension, dit madame Vauquer, il m'est passé
bien des jeunes gens par les mains, comme on dit ; mais
je n'en ai jamais vu d'aussi gentil, d'aussi distingué que
6290 monsieur Eugène. Est-il beau quand il dort ? Prenez-lui
donc la tête sur votre épaule, madame Couture. Bah ! il
tombe sur celle de mademoiselle Victorine : il y a un dieu
pour les enfants. Encore un peu, il se fendait la tête sur la
pomme de la chaise. À eux deux, ils feraient un bien joli
6295 couple.

---

1. *cancre* : homme sans ressources ou avare.

— Ma voisine, taisez-vous donc, s'écria madame Couture, vous dites des choses...

— Bah! fit madame Vauquer, il n'entend pas. Allons, Sylvie, 6300 viens m'habiller. Je vais mettre mon grand corset.

— Ah bien! votre grand corset, après avoir dîné, madame, dit Sylvie. Non, cherchez quelqu'un pour vous serrer*, ce ne sera pas moi qui serai votre assassin. Vous commettriez là une imprudence à vous coûter la vie.

6305 — Ça m'est égal, il faut faire honneur à monsieur Vautrin.

— Vous aimez donc bien vos héritiers?

— Allons, Sylvie, pas de raisons, dit la veuve en s'en allant.

— À son âge, dit la cuisinière en montrant sa maîtresse à 6310 Victorine.

Madame Couture et sa pupille, sur l'épaule de laquelle dormait Eugène, restèrent seules dans la salle à manger. Les ronflements de Christophe retentissaient dans la maison silencieuse, et faisaient ressortir le paisible sommeil d'Eu-6315 gène, qui dormait aussi gracieusement qu'un enfant. Heureuse de pouvoir se permettre un de ces actes de charité par lesquels s'épanchent tous les sentiments de la femme, et qui lui faisait sans crime sentir le cœur du jeune homme battant sur le sien, Victorine avait dans la physionomie quelque 6320 chose de maternellement protecteur qui la rendait fière. À travers les mille pensées qui s'élevaient dans son cœur, perçait un tumultueux mouvement de volupté qu'excitait l'échange d'une jeune et pure chaleur.

— Pauvre chère fille! dit madame Couture en lui pressant 6325 la main.

La vieille dame admirait cette candide et souffrante figure, sur laquelle était descendue l'auréole du bonheur. Victorine ressemblait à l'une de ces naïves peintures du Moyen Âge dans lesquelles tous les accessoires sont négligés par l'artiste, 6330 qui a réservé la magie d'un pinceau calme et fier pour la figure jaune de ton, mais où le ciel semble se refléter avec ses teintes d'or.

— Il n'a pourtant pas bu plus de deux verres, maman, dit Victorine en passant ses doigts dans la chevelure d'Eugène.

6335 — Mais si c'était un débauché, ma fille, il aurait porté le vin comme tous ces autres. Son ivresse fait son éloge.

Le bruit d'une voiture retentit dans la rue.

— Maman, dit la jeune fille, voici monsieur Vautrin. Prenez donc monsieur Eugène. Je ne voudrais pas être vue ainsi 6340 par cet homme, il a des expressions qui salissent l'âme, et des regards qui gênent une femme comme si on lui enlevait sa robe.

— Non, dit madame Couture, tu te trompes ! Monsieur Vautrin est un brave homme, un peu dans le genre de 6345 défunt monsieur Couture, brusque, mais bon, un bourru bienfaisant.

En ce moment Vautrin entra tout doucement, et regarda le tableau formé par ces deux enfants que la lueur de la lampe semblait caresser.

6350 — Eh ! bien, dit-il en se croisant les bras, voilà de ces scènes qui auraient inspiré de belles pages à ce bon Bernardin de Saint-Pierre, l'auteur de *Paul et Virginie*. La jeunesse est bien belle, madame Couture. Pauvre enfant, dors, dit-il en contemplant Eugène, le bien vient quelquefois en dor-6355 mant. Madame, reprit-il en s'adressant à la veuve, ce qui m'attache à ce jeune homme, ce qui m'émeut, c'est de savoir la beauté de son âme en harmonie avec celle de sa figure. Voyez, n'est-ce pas un chérubin posé sur l'épaule d'un ange ? il est digne d'être aimé, celui-là ! Si j'étais femme, je voudrais 6360 mourir (non, pas si bête !) vivre pour lui. En les admirant ainsi, madame, dit-il à voix basse et se penchant à l'oreille de la veuve, je ne puis m'empêcher de penser que Dieu les a créés pour être l'un à l'autre. La Providence a des voies bien cachées, elle sonde les reins et les cœurs, s'écria-t-il à haute 6365 voix. En vous voyant unis, mes enfants, unis par une même pureté, par tous les sentiments humains, je me dis qu'il est impossible que vous soyez jamais séparés dans l'avenir. Dieu est juste. Mais, dit-il à la jeune fille, il me semble avoir vu chez vous des lignes de prospérité. Donnez-moi votre main, 6370 mademoiselle Victorine ? je me connais en chiromancie[1], j'ai dit souvent la bonne aventure. Allons, n'ayez pas peur. Oh ! qu'aperçois-je ? Foi d'honnête homme, vous serez avant peu l'une des plus riches héritières de Paris. Vous comblerez de bonheur celui qui vous aime. Votre père vous appelle auprès 6375 de lui. Vous vous mariez avec un homme titré, jeune, beau, qui vous adore.

En ce moment, les pas lourds de la coquette veuve qui descendait interrompirent les prophéties de Vautrin.

— Voilà mamman Vauquerre[2] belle comme un astrrre,

---

1. *chiromancie* : prédiction de l'avenir d'après l'étude des lignes de la main.
2. *mammam Vauquerre* : se prononce normalement Vauquer.

6380 ficelée comme une carotte. N'étouffons-nous pas un petit brin ? lui dit-il en mettant sa main sur le haut du busc•; les avant-cœurs sont bien pressés, maman. Si nous pleurons, il y aura explosion ; mais je ramasserai les débris avec un soin d'antiquaire [1].

6385 — Il connaît le langage de la galanterie française, celui-là ! dit la veuve en se penchant à l'oreille de madame Couture.

— Adieu, enfants, reprit Vautrin en se tournant vers Eugène et Victorine. Je vous bénis, leur dit-il en leur imposant ses mains au-dessus de leurs têtes. Croyez-moi, made-6390 moiselle, c'est quelque chose que les vœux d'un honnête homme, ils doivent porter bonheur, Dieu les écoute.

— Adieu, ma chère amie, dit madame Vauquer à sa pensionnaire. Croyez-vous, ajouta-t-elle à voix basse, que monsieur Vautrin ait des intentions relatives à ma personne ?

6395 — Heu ! heu !

— Ah ! ma chère mère, dit Victorine en soupirant et en regardant ses mains, quand les deux femmes furent seules, si ce bon monsieur Vautrin disait vrai !

— Mais il ne faut qu'une chose pour cela, répondit la 6400 vieille dame, seulement que ton monstre de frère tombe de cheval.

— Ah ! maman.

— Mon Dieu, peut-être est-ce un péché que de souhaiter du mal à son ennemi, reprit la veuve. Eh ! bien, j'en ferai 6405 pénitence. En vérité, je porterai de bon cœur des fleurs sur sa tombe. Mauvais cœur ! il n'a pas le courage de parler pour sa mère, dont il garde à ton détriment l'héritage par des micmacs [2]. Ma cousine avait une belle fortune. Pour ton malheur, il n'a jamais été question de son apport dans le 6410 contrat.

— Mon bonheur me serait souvent pénible à porter s'il coûtait la vie à quelqu'un, dit Victorine. Et s'il fallait, pour être heureuse, que mon frère disparût, j'aimerais mieux toujours être ici.

6415 — Mon Dieu, comme dit ce bon monsieur Vautrin, qui, tu le vois, est plein de religion, reprit madame Couture, j'ai eu du plaisir à savoir qu'il n'est pas incrédule comme les autres, qui parlent de Dieu avec moins de respect que n'en a le

---

1. *antiquaire* : au XIXe siècle, ce mot signifie archéologue.
2. *micmacs* : agissements suspects.

diable. Eh! bien, qui peut savoir par quelles voies il plaît à
6420 la Providence de nous conduire?

Aidées par Sylvie, les deux femmes finirent par transporter Eugène dans sa chambre, le couchèrent sur son lit, et la
cuisinière lui défit ses habits pour le mettre à l'aise. Avant de
partir, quand sa protectrice eut le dos tourné, Victorine mit
6425 un baiser sur le front d'Eugène avec tout le bonheur que
devait lui causer ce criminel larcin. Elle regarda sa chambre,
ramassa pour ainsi dire dans une seule pensée les mille félicités de cette journée, en fit un tableau qu'elle contempla
longtemps, et s'endormit la plus heureuse créature de Paris.
6430 Le festoiement à la faveur duquel Vautrin avait fait boire à
Eugène et au père Goriot du vin narcotisé[1] décida la perte
de cet homme. Bianchon, à moitié gris[2], oublia de questionner mademoiselle Michonneau sur Trompe-la-Mort. S'il avait
prononcé ce nom, il aurait certes éveillé la prudence de
6435 Vautrin, ou, pour lui rendre son vrai nom, de Jacques
Collin, l'une des célébrités du bagne. Puis le sobriquet* de
Vénus du Père-Lachaise* décida mademoiselle Michonneau à
livrer le forçat au moment où, confiante en la générosité de
Collin, elle calculait s'il ne valait pas mieux le prévenir et le
6440 faire évader pendant la nuit. Elle venait de sortir, accompagnée de Poiret, pour aller trouver le fameux chef de la police
de sûreté*, petite rue Sainte-Anne*, croyant encore avoir
affaire à un employé supérieur nommé Gondureau. Le
directeur de la police judiciaire* la reçut avec grâce. Puis,
6445 après une conversation où tout fut précisé, mademoiselle
Michonneau demanda la potion à l'aide de laquelle elle
devait opérer la vérification de la marque. Au geste de
contentement que fit le grand homme de la petite rue
Sainte-Anne*, en cherchant une fiole dans un tiroir de son
6450 bureau, mademoiselle Michonneau devina qu'il y avait dans
cette capture quelque chose de plus important que l'arrestation d'un simple forçat. À force de se creuser la cervelle, elle
soupçonna que la police espérait, d'après quelques révélations faites par les traîtres du bagne, arriver à temps pour
6455 mettre la main sur des valeurs considérables. Quand elle eut
exprimé ses conjectures* à ce renard, il se mit à sourire, et
voulu détourner les soupçons de la vieille fille.

---

1. *narcotisé* : auquel il a été ajouté une substance qui provoque le sommeil.
2. *à moitié gris* : à moitié ivre.

– Vous vous trompez, répondit-il. Collin est la *sorbonne* la plus dangereuse qui jamais se soit trouvée du côté des voleurs. Voilà tout. Les coquins le savent bien ; il est leur drapeau, leur soutien, leur Bonaparte enfin ; ils l'aiment tous. Ce drôle ne nous laissera jamais sa *tronche* en place de Grève•.

Mademoiselle Michonneau ne comprenant pas, Gondureau lui expliqua les deux mots d'argot• dont il s'était servi. *Sorbonne* et *tronche* sont deux énergiques expressions du langage des voleurs, qui, les premiers, ont senti la nécessité de considérer la tête humaine sous deux aspects. La *sorbonne* est la tête de l'homme vivant, son conseil, sa pensée. La *tronche* est un mot de mépris destiné à exprimer combien la tête devient peu de chose quand elle est coupée.

– Collin nous joue, reprit-il. Quand nous rencontrons de ces hommes en façon de barres d'acier trempées à l'anglaise, nous avons la ressource de les tuer si, pendant leur arrestation, ils s'avisent de faire la moindre résistance. Nous comptons sur quelques voies de fait pour tuer Collin demain matin. On évite ainsi le procès, les frais de garde, la nourriture, et ça débarrasse la société. Les procédures, les assignations[1] aux témoins, leurs indemnités, l'exécution, tout ce qui doit légalement nous défaire de ces garnements-là coûte au-delà des mille écus• que vous aurez. Il y a économie de temps. En donnant un bon coup de baïonnette dans la panse de Trompe-la-Mort, nous empêcherons une centaine de crimes, et nous éviterons la corruption de cinquante mauvais sujets qui se tiendront bien sagement aux environs de la correctionnelle[2]. Voilà de la police bien faite. Selon les vrais philanthropes•, se conduire ainsi, c'est prévenir les crimes.

– Mais c'est servir son pays, dit Poiret.

– Eh ! bien, répliqua le chef, vous dites des choses sensées ce soir, vous. Oui, certes, nous servons le pays. Aussi le monde est-il bien injuste à notre égard. Nous rendons à la société de bien grands services ignorés. Enfin, il est d'un homme supérieur de se mettre au-dessus des préjugés, et d'un chrétien d'adopter les malheurs que le bien entraîne après soi quand il n'est pas fait selon les idées reçues. Paris

---

1. *assignations* : convocations.
2. *correctionnelle* : tribunal correctionnel, tribunal où sont jugés les délits.

est Paris, voyez-vous? Ce mot explique ma vie. J'ai l'honneur de vous saluer, mademoiselle. Je serai avec mes gens au Jardin-du-Roi[1] demain. Envoyez Christophe rue de Buffon[2], chez monsieur Gondureau, dans la maison où j'étais. Monsieur, je suis votre serviteur. S'il vous était jamais volé quelque chose, usez de moi pour vous le faire retrouver, je suis à votre service.

— Eh! bien, dit Poiret à mademoiselle Michonneau, il se rencontre des imbéciles que ce mot de police met sens dessus dessous. Ce monsieur est très aimable, et ce qu'il vous demande est simple comme bonjour.

Poiret et mademoiselle Michonneau.
Gravure du XIXᵉ siècle.

1. *Jardin-du-Roi* : Jardin des Plantes.
2. *rue de Buffon* : rue qui borde le Jardin des Plantes*.

Pages 183 à 206

Compréhension

1. *Quels soupçons le policier Gondureau a-t-il concernant Vautrin ? À qui demande-t-il de les vérifier et de quelle manière ? Qui est témoin de la fin de la conversation ?*

2. *Quels traits du caractère de Poiret utilise Gondureau pour mener à bien son opération ? De quels traits de caractère mademoiselle Michonneau fait-elle preuve, aussi bien pendant qu'après l'entretien avec Gondureau ?*

3. *Que découvrons-nous de nouveau sur la personnalité et les activités de Vautrin ? Quand avions-nous déjà approché la réalité de cet homme ?*

4. *Comment Victorine interprète-t-elle les propos et les attitudes d'Eugène ? Quels sentiments font-ils naître en elle ? Quels traits de son caractère nous sont confirmés ?*

5. *En quoi le comportement d'Eugène à l'égard de Victorine est-il contraire au code de l'honneur, au code du bien ? Quel champ lexical utilise Balzac pour nous le rendre sensible ?*
Qu'est-ce qui prouve que la transformation de Rastignac n'est pas totalement irréversible ? Quel événement viendra confirmer cette hypothèse ?

6. *Quel rebondissement apporte l'intervention du père Goriot ? En quoi celui-ci, à l'occasion de cet épisode de l'appartement, se montre-t-il toujours comme un père exclusif et possessif ? Comment envisage-t-il le bonheur de sa fille ?*

7. *Quelle raison invoque Vautrin pour offrir à boire aux pensionnaires ? Quelles véritables raisons y voyez-vous ? Comment chacun des personnages termine-t-il cette soirée ? Quels sont ceux dont l'action ou l'inaction va peser sur la suite du récit ?*

Écriture

8. *Dans l'expression « le Poiret, qui lui semblait le mâle de la Michonneau, comme la Michonneau lui semblait la femelle du Poiret » (l. 5660 à 5662), dites comment le choix des noms « mâle » et « femelle » nous confirme bien le fonctionnement de ce couple.*

9. *Balzac parle de Vautrin en disant : «cet homme extraordinaire». Cherchez l'étymologie de ce mot et les différents sens qu'en donne le dictionnaire. Dites quel sens vous retiendriez ici et pourquoi.*

10. *Étudiez le ton de Vautrin dans le passage allant de «L'affaire est faite» à «car elle est furieusement utile.» (l. 5927 à 5938) : en quoi contraste-t-il avec celui du passage précédent et comment dépeint-il son comportement ?*

Mise en perspective

11. *Renseignez-vous sur d'autres forçats et bandits de la littérature française et étrangère : Jean Valjean dans* Les Misérables *de Victor Hugo, Karl Moor dans* Les Brigands *de Schiller, Götz von Berlichingen dans le roman éponyme écrit par Goethe, etc.*

12. *«Mon petit aiglon», dit Vautrin à Rastignac. Quel personnage historique est connu sous ce nom ? Quel auteur dramatique célèbre l'a immortalisé ?*

Vautrin. Sculpture de G. Broquet.

Le lendemain devait prendre place parmi les jours les plus extraordinaires de l'histoire de la Maison Vauquer. Jusqu'alors l'événement le plus saillant de cette vie paisible avait été l'apparition météorique de la fausse comtesse de l'Ambermesnil. Mais tout allait pâlir devant les péripéties de cette grande journée, de laquelle il serait éternellement question dans les conversations de madame Vauquer. D'abord Goriot et Eugène de Rastignac dormirent jusqu'à onze heures. Madame Vauquer, rentrée à minuit de la Gaîté*, resta jusqu'à dix heures et demie au lit. Le long sommeil de Christophe, qui avait achevé le vin offert par Vautrin, causa des retards dans le service de la maison. Poiret et mademoiselle Michonneau ne se plaignirent pas de ce que le déjeuner se reculait. Quant à Victorine et à madame Couture, elles dormirent la grasse matinée. Vautrin sortit avant huit heures, et revint au moment même où le déjeuner fut servi. Personne ne réclama donc, lorsque, vers onze heures un quart, Sylvie et Christophe allèrent frapper à toutes les portes, en disant que le déjeuner attendait. Pendant que Sylvie et le domestique s'absentèrent, mademoiselle Michonneau, descendant la première, versa la liqueur dans le gobelet d'argent appartenant à Vautrin, et dans lequel la crème pour son café chauffait au bain-marie, parmi tous les autres. La vieille fille avait compté sur cette particularité de la pension pour faire son coup. Ce ne fut pas sans quelques difficultés que les sept pensionnaires se trouvèrent réunis. Au moment où Eugène, qui se détirait les bras, descendait le dernier de tous, un commissionnaire lui remit une lettre de madame de Nucingen. Cette lettre était ainsi conçue :

« Je n'ai ni fausse vanité ni colère avec vous, mon ami. Je vous ai attendu jusqu'à deux heures après minuit. Attendre un être que l'on aime ! Qui a connu ce supplice ne l'impose à personne. Je vois bien que vous aimez pour la première fois. Qu'est-il donc arrivé ? L'inquiétude m'a prise. Si je n'avais craint de livrer les secrets de mon cœur, je serais allée savoir ce qui vous advenait d'heureux ou de malheureux. Mais sortir à cette heure, soit à pied, soit en voiture, n'était-ce pas se perdre ? J'ai senti le malheur d'être femme. Rassurez-moi, expliquez-moi pourquoi vous n'êtes pas venu, après ce que vous a dit mon père. Je me fâcherai, mais je vous pardonnerai. Êtes-vous malade ? pourquoi se loger si loin ? Un mot, de grâce. À bientôt, n'est-ce pas ? Un mot me suffira si vous êtes occupé. Dites : J'accours, ou je souffre.

Mais si vous étiez mal portant, mon père serait venu me le dire ! Qu'est-il donc arrivé ?... »

– Oui, qu'est-il arrivé ? s'écria Eugène qui se précipita dans la salle à manger en froissant la lettre sans l'achever. Quelle heure est-il ?

– Onze heures et demie, dit Vautrin en sucrant son café.

Le forçat évadé jeta sur Eugène le regard froidement fascinateur que certains hommes éminemment magnétiques ont le don de lancer, et qui, dit-on, calme les fous furieux dans les maisons d'aliénés. Eugène trembla de tous ses membres. Le bruit d'un fiacre se fit entendre dans la rue, et un domestique à la livrée de monsieur Taillefer, et que reconnut sur-le-champ madame Couture, entra précipitamment d'un air effaré.

– Mademoiselle, s'écria-t-il, monsieur votre père vous demande. Un grand malheur est arrivé. Monsieur Frédéric s'est battu en duel, il a reçu un coup d'épée dans le front, les médecins désespèrent de le sauver ; vous aurez à peine le temps de lui dire adieu, il n'a plus sa connaissance.

– Pauvre jeune homme ! s'écria Vautrin. Comment se querelle-t-on quand on a trente bonnes mille livres* de rente*? Décidément la jeunesse ne sait pas se conduire.

– Monsieur ! lui cria Eugène.

– Eh ! bien, quoi, grand enfant ? dit Vautrin en achevant de boire son café tranquillement, opération que mademoiselle Michonneau suivait de l'œil avec trop d'attention pour s'émouvoir de l'événement extraordinaire qui stupéfiait tout le monde. N'y a-t-il pas des duels tous les matins à Paris ?

– Je vais avec vous, Victorine, disait madame Couture.

Et ces deux femmes s'envolèrent sans châle ni chapeau. Avant de s'en aller, Victorine, les yeux en pleurs, jeta sur Eugène un regard qui lui disait : Je ne croyais pas que notre bonheur dût me causer des larmes !

– Bah ! vous êtes donc prophète, monsieur Vautrin ? dit madame Vauquer.

– Je suis tout, dit Jacques Collin.

– C'est-y singulier ! reprit madame Vauquer en enfilant une suite de phrases insignifiantes sur cet événement. La mort nous prend sans nous consulter. Les jeunes gens s'en vont souvent avant les vieux. Nous sommes heureuses, nous autres femmes, de n'être pas sujettes au duel ; mais nous avons d'autres maladies que n'ont pas les hommes. Nous faisons les enfants, et le mal de mère dure longtemps! Quel quine[1] pour Victorine! Son père est forcé de l'adopter.

– Voilà! dit Vautrin en regardant Eugène, hier elle était sans un sou•, ce matin elle est riche de plusieurs millions.

6600 – Dites donc, monsieur Eugène, s'écria madame Vauquer, vous avez mis la main au bon endroit.

À cette interpellation, le père Goriot regarda l'étudiant et lui vit à la main la lettre chiffonnée.

– Vous ne l'avez pas achevée! qu'est-ce que cela veut 6605 dire? seriez-vous comme les autres? lui demanda-t-il.

– Madame, je n'épouserai jamais mademoiselle Victorine, dit Eugène en s'adressant à madame Vauquer avec un sentiment d'horreur et de dégoût qui surprit les assistants.

Le père Goriot saisit la main de l'étudiant et la lui serra. Il 6610 aurait voulu la baiser.

– Oh, oh! fit Vautrin. Les Italiens• ont un bon mot : *col tempo*[2]!

– J'attends la réponse, dit à Rastignac le commissionnaire de madame de Nucingen.

6615 – Dites que j'irai.

L'homme s'en alla. Eugène était dans un violent état d'irritation qui ne lui permettait pas d'être prudent. – Que faire? disait-il à haute voix, en se parlant à lui-même. Point de preuves!

6620 Vautrin se mit à sourire. En ce moment la potion absorbée par l'estomac commençait à opérer. Néanmoins le forçat était si robuste qu'il se leva, regarda Rastignac, lui dit d'une voix creuse : – Jeune homme, le bien nous vient en dormant.

6625 Et il tomba roide mort.

– Il y a donc une justice divine, dit Eugène.

– Eh! bien, qu'est-ce qui lui prend donc, à ce pauvre cher monsieur Vautrin?

– Une apoplexie•, cria mademoiselle Michonneau.

6630 – Sylvie, allons, ma fille, va chercher le médecin, dit la veuve. Ah! monsieur Rastignac, courez donc vite chez monsieur Bianchon; Sylvie peut ne pas rencontrer notre médecin, monsieur Grimprel.

---

1. *quine* : bonheur inespéré (langage familier). Au loto, c'est la sortie d'un numéro qui permet de compléter une rangée.
2. *col tempo* : avec le temps.

Rastignac, heureux d'avoir un prétexte de quitter cette
6635 épouvantable caverne, s'enfuit en courant.

– Christophe, allons, trotte chez l'apothicaire demander
quelque chose contre l'apoplexie•.

Christophe sortit.

– Mais, père Goriot, aidez-nous à le transporter là-haut,
6640 chez lui.

Vautrin fut saisi, manœuvré à travers l'escalier et mis sur
son lit.

– Je ne vous suis bon à rien, je vais voir ma fille, dit
monsieur Goriot.

6645 – Vieil égoïste ! s'écria madame Vauquer, va, je te souhaite
de mourir comme un chien.

– Allez donc voir si vous avez de l'éther, dit à madame
Vauquer mademoiselle Michonneau qui aidée par Poiret
avait défait les habits de Vautrin.

6650 Madame Vauquer descendit chez elle et laissa mademoiselle Michonneau maîtresse du champ de bataille.

– Allons, ôtez-lui donc sa chemise et retournez-le vite !
Soyez donc bon à quelque chose en m'évitant de voir des
nudités, dit-elle à Poiret. Vous restez là comme Baba[1].

6655 Vautrin retourné, mademoiselle Michonneau appliqua sur
l'épaule du malade une forte claque, et les deux fatales
lettres reparurent en blanc au milieu de la place rouge.

– Tiens, vous avez bien lestement gagné votre gratification de trois mille francs, s'écria Poiret en tenant Vautrin
6660 debout, pendant que mademoiselle Michonneau lui remet-
tait sa chemise. – Ouf ! il est lourd, reprit-il en le couchant.

– Taisez-vous. S'il y avait une caisse ? dit vivement la
vieille fille dont les yeux semblaient percer les murs, tant
elle examinait avec avidité les moindres meubles de la
6665 chambre. – Si l'on pouvait ouvrir ce secrétaire, sous un prétexte quelconque ? reprit-elle.

– Ce serait peut-être mal, répondit Poiret.

– Non. L'argent volé, ayant été celui de tout le monde,
n'est plus à personne. Mais le temps nous manque, répon-
6670 dit-elle. J'entends la Vauquer.

– Voilà de l'éther, dit madame Vauquer. Par exemple, c'est

---

1. *Baba* : personnages des farces populaires au début du XIXe siècle (La Pléiade,
tome III, p. 1301).

aujourd'hui la journée aux aventures. Dieu! cet homme-là
ne peut pas être malade, il est blanc comme un poulet.

— Comme un poulet? répéta Poiret.

6675 — Son cœur bat régulièrement, dit la veuve en lui posant
la main sur le cœur.

— Régulièrement? dit Poiret étonné.

— Il est très bien.

— Vous trouvez? demanda Poiret.

6680 — Dame! il a l'air de dormir. Sylvie est allée chercher un
médecin. Dites donc, mademoiselle Michonneau, il renifle à
l'éther. Bah! c'est un *se-passe* (un spasme). Son pouls est
bon. Il est fort comme un Turc. Voyez donc, mademoiselle,
quelle palatine[1] il a sur l'estomac; il vivra cent ans, cet
6685 homme-là! Sa perruque tient bien tout de même. Tiens, elle
est collée, il a de faux cheveux, rapport à ce qu'il est rouge.
On dit qu'ils sont tout bons ou tout mauvais, les rouges! Il
serait donc bon, lui?

— Bon à pendre, dit Poiret.

6690 — Vous voulez dire au cou d'une jolie femme, s'écria vivement mademoiselle Michonneau. Allez-vous-en donc, monsieur Poiret. Ça nous regarde, nous autres, de vous soigner
quand vous êtes malades. D'ailleurs, pour ce à quoi vous
êtes bon, vous pouvez bien vous promener, ajouta-t-elle.
6695 Madame Vauquer et moi, nous garderons bien ce cher monsieur Vautrin.

Poiret s'en alla doucement et sans murmurer, comme un
chien à qui son maître donne un coup de pied. Rastignac
était sorti pour marcher, pour prendre l'air, il étouffait. Ce
6700 crime commis à heure fixe, il avait voulu l'empêcher la
veille. Qu'était-il arrivé? Que devait-il faire? Il tremblait d'en
être le complice. Le sang-froid de Vautrin l'épouvantait
encore.

— Si cependant Vautrin mourait sans parler? se disait
6705 Rastignac.

Il allait à travers les allées du Luxembourg, comme s'il eût
été traqué par une meute de chiens, et il lui semblait en
entendre les aboiements.

— Eh! bien, lui cria Bianchon, as-tu lu *Le Pilote*?

6710 *Le Pilote* était une feuille radicale dirigée par monsieur

---

1. *palatine* : « fourrure que les femmes portent en hiver autour du cou et sur les
épaules. » (Littré)

Tissot, et qui donnait pour la province, quelques heures après les journaux du matin, une édition où se trouvaient les nouvelles du jour, qui alors avaient, dans les départements, vingt-quatre heures d'avance sur les autres feuilles.

6715 — Il s'y trouve une fameuse histoire, dit l'interne• de l'hôpital Cochin. Le fils Taillefer s'est battu en duel avec le comte Franchessini, de la vieille garde, qui lui a mis deux pouces de fer dans le front. Voilà la petite Victorine un des plus riches partis de Paris. Hein! si l'on avait su cela? Quel
6720 trente-et-quarante que la mort! Est-il vrai que Victorine te regardait d'un bon œil, toi?

— Tais-toi, Bianchon, je ne l'épouserai jamais. J'aime une délicieuse femme, j'en suis aimé, je...

— Tu dis cela comme si tu te battais les flancs pour ne pas
6725 être infidèle. Montre-moi donc une femme qui vaille le sacrifice de la fortune du sieur Taillefer.

— Tous les démons sont donc après moi? s'écria Rastignac.

— Après qui donc en as-tu? es-tu fou? Donne-moi donc
6730 la main, dit Bianchon, que je te tâte le pouls. Tu as la fièvre.

— Va donc chez la mère Vauquer, lui dit Eugène, ce scélérat de Vautrin vient de tomber comme mort.

— Ah! dit Bianchon, qui laissa Rastignac seul, tu me confirmes des soupçons que je veux aller vérifier.

6735 La longue promenade de l'étudiant en droit fut solennelle. Il fit en quelque sorte le tour de sa conscience. S'il frotta, s'il s'examina, s'il hésita, du moins sa probité• sortit de cette âpre et terrible discussion éprouvée comme une barre de fer qui résiste à tous les essais. Il se souvint des confidences que
6740 le père Goriot lui avait faites la veille, il se rappela l'appartement choisi pour lui près de Delphine, rue d'Artois•; il reprit sa lettre, la relut, la baisa. — Un tel amour est mon ancre de salut, se dit-il. Ce pauvre vieillard a bien souffert par le cœur. Il ne dit rien de ses chagrins, mais qui ne les
6745 devinerait pas! Eh! bien, j'aurai soin de lui comme d'un père, je lui donnerai mille jouissances. Si elle m'aime, elle viendra souvent chez moi passer la journée près de lui. Cette grande comtesse de Restaud est une infâme, elle ferait un portier de son père. Chère Delphine! elle est meilleure
6750 pour le bonhomme, elle est digne d'être aimée. Ah! ce soir je serai donc heureux! Il tira la montre, l'admira. — Tout m'a réussi! Quand on s'aime bien pour toujours, l'on peut s'aider, je puis recevoir cela. D'ailleurs je parviendrai, certes, et pourrai tout rendre au centuple. Il n'y a dans cette liaison ni

6755 crime, ni rien qui puisse faire froncer le sourcil à la vertu la
plus sévère. Combien d'honnêtes gens contractent des
unions semblables! Nous ne trompons personne; et ce qui
nous avilit, c'est le mensonge. Mentir, n'est-ce pas abdiquer?
Elle s'est depuis longtemps séparée de son mari. D'ailleurs,
6760 je lui dirai, moi, à cet Alsacien, de me céder une femme
qu'il lui est impossible de rendre heureuse.

Le combat de Rastignac dura longtemps. Quoique la victoire dût rester aux vertus de la jeunesse, il fut néanmoins
ramené par une invincible curiosité sur les quatre heures et
6765 demie, à la nuit tombante, vers la Maison Vauquer, qu'il se
jurait à lui-même de quitter pour toujours. Il voulait savoir
si Vautrin était mort. Après avoir eu l'idée de lui administrer
un vomitif, Bianchon avait fait porter à son hôpital les
matières rendues par Vautrin, afin de les analyser chimi-
6770 quement. En voyant l'insistance que mit mademoiselle
Michonneau à vouloir les faire jeter, ses doutes se forti-
fièrent. Vautrin fut d'ailleurs trop promptement rétabli pour
que Bianchon ne soupçonnât pas quelque complot contre le
joyeux boute-en-train de la pension. À l'heure où rentra
6775 Rastignac, Vautrin se trouvait donc debout près du poêle
dans la salle à manger. Attirés plus tôt que de coutume par
la nouvelle du duel de Taillefer le fils, les pensionnaires,
curieux de connaître les détails de l'affaire et l'influence
qu'elle avait eue sur la destinée de Victorine, étaient réunis,
6780 moins le père Goriot, et devisaient de cette aventure. Quand
Eugène entra, ses yeux rencontrèrent ceux de l'imperturbable Vautrin, dont le regard pénétra si avant dans son cœur
et y remua si fortement quelques cordes mauvaises, qu'il en
frissonna.

6785 — Eh! bien, cher enfant, lui dit le forçat évadé, la
Camuse[1] aura longtemps tort avec moi. J'ai, selon ces
dames, soutenu victorieusement un coup de sang qui aurait
dû tuer un bœuf.

— Ah! vous pouvez bien dire un taureau, s'écria la veuve
6790 Vauquer.

— Seriez-vous donc fâché de me voir en vie? dit Vautrin à
l'oreille de Rastignac dont il crut deviner les pensées. Ce
serait d'un homme diantrement fort!

— Ah, ma foi! dit Bianchon, mademoiselle Michonneau

---

1. *la Camuse* : la mort.

6795 parlait avant-hier d'un monsieur surnommé *Trompe-la-Mort* ;
ce nom-là vous irait bien.

Ce mot produisit sur Vautrin l'effet de la foudre : il pâlit
et chancela, son regard magnétique tomba comme un rayon
de soleil sur mademoiselle Michonneau, à laquelle ce jet de
6800 volonté cassa les jarrets. La vieille fille se laissa couler sur
une chaise. Poiret s'avança vivement entre elle et Vautrin,
comprenant qu'elle était en danger, tant la figure du forçat
devint férocement significative en déposant le masque
bénin[1] sous lequel se cachait sa vraie nature. Sans rien
6805 comprendre encore à ce drame, tous les pensionnaires restèrent ébahis. En ce moment, l'on entendit le pas de plusieurs hommes, et le bruit de quelques fusils que des soldats
firent sonner sur le pavé de la rue. Au moment où Collin
cherchait machinalement une issue en regardant les fenêtres
6810 et les murs, quatre hommes se montrèrent à la porte du
salon. Le premier était le chef de la police de sûreté*, les
trois autres étaient des officiers de paix[2].

– Au nom de la loi et du roi, dit un des officiers dont le
discours fut couvert par un murmure d'étonnement.

6815 Bientôt le silence régna dans la salle à manger, les pensionnaires se séparèrent pour livrer passage à trois de ces
hommes, qui tous avaient la main dans leur poche de côté
et y tenaient un pistolet armé. Deux gendarmes qui sui-
vaient les agents occupèrent la porte du salon, et deux
6820 autres se montrèrent à celle qui sortait par l'escalier. Le pas
et les fusils de plusieurs soldats retentirent sur le pavé cail-
louteux qui longeait la façade. Tout espoir de fuite fut donc
interdit à Trompe-la-Mort, sur qui tous les regards s'arrêtèrent irrésistiblement. Le chef alla droit à lui, commença
6825 par lui donner sur la tête une tape si violemment appliquée
qu'il fit sauter la perruque et rendit à la tête de Collin toute
son horreur. Accompagnées de cheveux rouge-brique et
courts qui leur donnaient un épouvantable caractère de
force mêlée de ruse, cette tête et cette face, en harmonie
6830 avec le buste, furent intelligemment illuminées comme si les
feux de l'enfer les eussent éclairées. Chacun comprit tout
Vautrin, son passé, son présent, son avenir, ses doctrines
implacables, la religion de son bon plaisir, la royauté que lui

---

1. *bénin* : du bien.
2. *officiers de paix* : magistrats chargés de veiller à la sécurité publique.

donnaient le cynisme de ses pensées, de ses actes, et la force
6835 d'une organisation faite à tout. Le sang lui monta au visage,
et ses yeux brillèrent comme ceux d'un chat sauvage. Il bondit sur lui-même par un mouvement empreint d'une si
féroce énergie, il rugit si bien qu'il arracha des cris de terreur à tous les pensionnaires. À ce geste de lion, et s'ap-
6840 puyant de la clameur générale, les agents tirèrent leurs pistolets. Collin comprit son danger en voyant briller le chien[1]
de chaque arme, et donna tout à coup la preuve de la plus
haute puissance humaine. Horrible et majestueux spectacle !
sa physionomie présenta un phénomène qui ne peut être
6845 comparé qu'à celui de la chaudière pleine de cette vapeur
fumeuse qui soulèverait des montagnes, et que dissout en
un clin d'œil une goutte d'eau froide. La goutte d'eau qui
froidit sa rage fut une réflexion rapide comme un éclair. Il se
mit à sourire et regarda sa perruque.
6850 – Tu n'es pas dans tes jours de politesse, dit-il au chef de
la police de sûreté•. Et il tendit ses mains aux gendarmes en
les appelant par un signe de tête. Messieurs les gendarmes,
mettez-moi les menottes ou les poucettes. Je prends à
témoin les personnes présentes que je ne résiste pas. Un
6855 murmure admiratif, arraché par la promptitude avec laquelle
la lave et le feu sortirent et rentrèrent dans ce volcan
humain, retentit dans la salle. – Ça te la coupe, monsieur
l'enfonceur[2], reprit le forçat en regardant le célèbre directeur
de la police judiciaire•.
6860 – Allons, qu'on se déshabille, lui dit l'homme de la petite
rue Sainte-Anne• d'un air plein de mépris.
 – Pourquoi ? dit Collin, il y a des dames. Je ne nie rien, et
je me rends.
Il fit une pause, et regarda l'assemblée comme un orateur
6865 qui va dire des choses surprenantes.
 – Écrivez, papa Lachapelle, dit-il en s'adressant à un petit
vieillard en cheveux blancs qui s'était assis au bout de la
table après avoir tiré d'un portefeuille le procès-verbal de
l'arrestation. Je reconnais être Jacques Collin, dit Trompe-la-
6870 Mort, condamné à vingt ans de fers[3] ; et je viens de prouver
que je n'ai pas volé mon surnom. Si j'avais seulement levé la

---

1. *chien* : pièce d'une arme qui assure la mise à feu.
2. *l'enfonceur* : celui qui envoie en prison.
3. *vingt ans de fers* : vingt ans de travaux forcés, de bagne.

main, dit-il aux pensionnaires, ces trois mouchards-là répandaient tout mon *raisiné*[1] sur le *trimar*[2] domestique de maman Vauquer. Ces drôles se mêlent de combiner des
6875 guets-apens !

Madame Vauquer se trouva mal en entendant ces mots. – Mon Dieu ! c'est à en faire une maladie ; moi qui étais hier à la Gaîté° avec lui, dit-elle à Sylvie.

– De la philosophie, maman, reprit Collin. Est-ce un mal-
6880 heur d'être allée dans ma loge hier, à la Gaîté° ? s'écria-t-il. Êtes-vous meilleure que nous ? Nous avons moins d'infamie sur l'épaule que vous n'en avez dans le cœur, membres flasques d'une société gangrenée[3] : le meilleur d'entre vous ne me résistait pas. Ses yeux s'arrêtèrent sur Rastignac,
6885 auquel il adressa un sourire gracieux qui contrastait singulièrement avec la rude expression de sa figure. – Notre petit marché va toujours, mon ange, en cas d'acceptation, toutefois ! Vous savez ? Il chanta :

Ma Fanchette est charmante
6890 Dans sa simplicité.

– Ne soyez pas embarrassé, reprit-il, je sais faire mes recouvrements. L'on me craint trop pour me *flouer*°, moi !

Le bagne avec ses mœurs et son langage, avec ses brusques transitions du plaisant à l'horrible, son épouvan-
6895 table grandeur, sa familiarité, sa bassesse, fut tout à coup représenté dans cette interpellation et par cet homme, qui ne fut plus un homme, mais le type de toute une nation dégénérée, d'un peuple sauvage et logique, brutal et souple. En un moment Collin devint un poème infernal où se pei-
6900 gnirent tous les sentiments humains, moins un seul, celui du repentir. Son regard était celui de l'archange déchu qui veut toujours la guerre. Rastignac baissa les yeux en acceptant ce cousinage criminel comme une expiation de ses mauvaises pensées.
6905 – Qui m'a trahi ? dit Collin en promenant son terrible regard sur l'assemblée. Et l'arrêtant sur mademoiselle Michonneau : C'est toi, lui dit-il, vieille cagnotte°, tu m'as donné un faux coup de sang, curieuse ! En disant deux

---

1. *raisiné* : mot d'argot qui signifie le sang.
2. *trimar* : mot d'argot qui signifie le sol.
3. *société gangrenée* : société rongée par la corruption.

mots, je pourrais te faire scier le cou dans huit jours. Je te
6910 pardonne, je suis chrétien. D'ailleurs ce n'est pas toi qui
m'as vendu. Mais qui ? – Ah ! ah ! vous fouillez là-haut,
s'écria-t-il en entendant les officiers de la police judiciaire•
qui ouvraient ses armoires et s'emparaient de ses effets.
Dénichés les oiseaux, envolés d'hier. Et vous ne saurez rien.
6915 Mes livres de commerce sont là, dit-il en se frappant le
front. Je sais qui m'a vendu maintenant. Ce ne peut être que
ce gredin de Fil-de-Soie•. Pas vrai, père l'empoigneur ? dit-il
au chef de police. Ça s'accorde trop bien avec le séjour de
nos billets de banque là-haut. Plus rien, mes petits mou-
6920 chards. Quant à Fil-de-Soie, il sera *terré*[1] sous quinze jours,
lors même que vous le feriez garder par toute votre gendarmerie. – Que lui avez-vous donné, à cette Michonnette ?
dit-il aux gens de la police, quelque millier d'écus• ? Je valais
mieux que ça, Ninon cariée, Pompadour en loque, Vénus du
6925 Père-Lachaise•. Si tu m'avais prévenu, tu aurais eu six mille
francs. Ah ! tu ne t'en doutais pas, vieille vendeuse de chair,
sans quoi j'aurais eu la préférence. Oui, je les aurais donnés
pour éviter un voyage qui me contrarie et qui me fait perdre
de l'argent, disait-il pendant qu'on lui mettait les menottes.
6930 Ces gens-là vont se faire un plaisir de me traîner un temps
infini pour m'*otolondrer*[2]. S'ils m'envoyaient tout de suite au
bagne, je serais bientôt rendu à mes occupations, malgré nos
petits badauds du quai des Orfèvres[3]. Là-bas, ils vont tous
se mettre l'âme à l'envers pour faire évader leur général, ce
6935 bon Trompe-la-Mort ! Y a-t-il un de vous qui soit, comme
moi, riche de plus de dix mille frères prêts à tout faire pour
vous ? demanda-t-il avec fierté. Il y a du bon là, dit-il en se
frappant le cœur ; je n'ai jamais trahi personne ! Tiens,
cagnotte•, vois-les, dit-il en s'adressant à la vieille fille. Ils
6940 me regardent avec terreur, mais toi tu leur soulèves le cœur
de dégoût. Ramasse ton lot. Il fit une pause en contemplant
les pensionnaires. – Êtes-vous bêtes, vous autres ! n'avez-
vous jamais vu de forçat ? Un forçat de la trempe de Collin,
ici présent, est un homme moins lâche que les autres, et qui
6945 proteste contre les profondes déceptions du contrat social,

---

1. *terré* : ici signifie tué.
2. *otolondrer* : ennuyer.
3. *quai des Orfèvres* : une des entrées des services de la police.

comme dit Jean-Jacques[1], dont je me glorifie d'être l'élève. Enfin, je suis seul contre le gouvernement avec son tas de tribunaux, de gendarmes, de budgets, et je les roule.

— Diantre! dit le peintre, il est fameusement beau à dessiner.

6950

— Dis-moi, menin[2] de monseigneur le bourreau, gouverneur de la Veuve (nom plein de terrible poésie que les forçats donnent à la guillotine), ajouta-t-il en se tournant vers le chef de la police de sûreté•, sois bon enfant, dis-moi si c'est Fil-de-Soie qui m'a vendu! Je ne voudrais pas qu'il payât pour un autre, ce ne serait pas juste.

6955

En ce moment les agents qui avaient tout ouvert et tout inventorié chez lui rentrèrent et parlèrent à voix basse au chef de l'expédition. Le procès-verbal était fini.

6960

— Messieurs, dit Collin en s'adressant aux pensionnaires, ils vont m'emmener. Vous avez été tous très aimables pour moi pendant mon séjour ici, j'en aurai de la reconnaissance. Recevez mes adieux. Vous me permettrez de vous envoyer des figues de Provence[3]. Il fit quelques pas, et se retourna pour regarder Rastignac. Adieu, Eugène, dit-il d'une voix douce et triste qui contrastait singulièrement avec le ton brusque de ses discours. Si tu étais gêné, je t'ai laissé un ami dévoué. Malgré ses menottes, il put se mettre en garde•, fit un appel de maître d'armes•, cria : Une, deux! et se fendit. En cas de malheur, adresse-toi là. Homme et argent, tu peux disposer de tout.

6965

6970

Ce singulier personnage mit assez de bouffonnerie dans ces dernières paroles pour qu'elles ne pussent être comprises que de Rastignac et de lui. Quand la maison fut évacuée par les gendarmes, par les soldats et par les agents de la police, Sylvie, qui frottait de vinaigre les tempes de sa maîtresse, regarda les pensionnaires étonnés.

6975

— Eh! bien, dit-elle, c'était un bon homme tout de même.

Cette phrase rompit le charme que produisaient sur chacun l'affluence et la diversité des sentiments excités par cette scène. En ce moment, les pensionnaires, après s'être examinés entre eux, virent tous à la fois mademoiselle Michonneau grêle•, sèche et froide autant qu'une momie, tapie près du

6980

---

1. *contrat social [...], Jean-Jacques* : Du contrat social (1762) est une œuvre de Jean-Jacques Rousseau dans laquelle il propose une société fondée sur l'égalité et la liberté.
2. *menin* : gentilhomme attaché au Dauphin.
3. *Provence* : Vautrin s'était évadé du bagne de Toulon.

poêle, les yeux baissés, comme si elle eût craint que l'ombre de son abat-jour ne fût pas assez forte pour cacher l'expression de ses regards. Cette figure, qui leur était antipathique depuis si longtemps, fut tout à coup expliquée. Un murmure, qui, par sa parfaite unité de son, trahissait un dégoût unanime, retentit sourdement. Mademoiselle Michonneau l'entendit et resta. Bianchon, le premier, se pencha vers son voisin.

— Je décampe si cette fille doit continuer à dîner avec nous, dit-il à demi-voix.

En un clin d'œil chacun, moins Poiret, approuva la proposition de l'étudiant en médecine, qui, fort de l'adhésion générale, s'avança vers le vieux pensionnaire.

— Vous qui êtes lié particulièrement avec mademoiselle Michonneau, lui dit-il, parlez-lui, faites-lui comprendre qu'elle doit s'en aller à l'instant même.

— À l'instant même ? répéta Poiret étonné.

Puis il vint auprès de la vieille, et lui dit quelques mots à l'oreille.

— Mais mon terme* est payé, je suis ici pour mon argent comme tout le monde, dit-elle en lançant un regard de vipère sur les pensionnaires.

— Qu'à cela ne tienne, nous nous cotiserons pour vous le rendre, dit Rastignac.

— Monsieur soutient Collin, répondit-elle en jetant sur l'étudiant un regard venimeux et interrogateur, il n'est pas difficile de savoir pourquoi.

À ce mot, Eugène bondit comme pour se ruer sur la vieille fille et l'étrangler. Ce regard, dont il comprit les perfidies, venait de jeter une horrible lumière dans son âme.

— Laissez-la donc, s'écrièrent les pensionnaires.

Rastignac se croisa les bras et resta muet.

— Finissons-en avec mademoiselle Judas*, dit le peintre en s'adressant à madame Vauquer. Madame, si vous ne mettez pas à la porte la Michonneau, nous quittons tous votre baraque, et nous dirons partout qu'il ne s'y trouve que des espions et des forçats. Dans le cas contraire, nous nous tairons tous sur cet événement, qui, au bout du compte, pourrait arriver dans les meilleures sociétés, jusqu'à ce qu'on marque les galériens[1] au front, et qu'on leur défende de se

---

1. *galériens* : forçats.

déguiser en bourgeois de Paris et de se faire aussi bêtement farceurs qu'ils le sont tous.

7345 À ce discours, madame Vauquer retrouva miraculeusement la santé, se redressa, se croisa les bras, ouvrit ses yeux clairs et sans apparence de larmes.

— Mais, mon cher monsieur, vous voulez donc la ruine de ma maison ? Voilà monsieur Vautrin... Oh ! mon Dieu, se
7350 dit-elle en s'interrompant elle-même, je ne puis pas m'empêcher de l'appeler par son nom d'honnête homme ! Voilà, reprit-elle, un appartement vide, et vous voulez que j'en aie deux de plus à louer dans une saison où tout le monde est casé.

7355 — Messieurs, prenons nos chapeaux, et allons dîner place Sorbonne, chez Flicoteaux, dit Bianchon.

Madame Vauquer calcula d'un seul coup d'œil le parti le plus avantageux, et roula jusqu'à mademoiselle Michonneau.

— Allons, ma chère petite belle, vous ne voulez pas la
7360 mort de mon établissement, hein ? Vous voyez à quelle extrémité me réduisent ces messieurs ; remontez dans votre chambre pour ce soir.

— Du tout, du tout, crièrent les pensionnaires, nous voulons qu'elle sorte à l'instant.

7365 — Mais elle n'a pas dîné, cette pauvre demoiselle, dit Poiret d'un ton piteux.

— Elle ira dîner où elle voudra, crièrent plusieurs voix.

— À la porte, la moucharde !

— À la porte, les mouchards !

7370 — Messieurs, s'écria Poiret, qui s'éleva tout à coup à la hauteur du courage que l'amour prête aux béliers, respectez une personne du sexe.

— Les mouchards ne sont d'aucun sexe, dit le peintre.

— Fameux sexorama !

7375 — À la portorama !

— Messieurs, ceci est indécent. Quand on renvoie les gens, on doit y mettre des formes. Nous avons payé, nous restons, dit Poiret en se couvrant de sa casquette et se plaçant sur une chaise à côté de mademoiselle Michonneau,
7380 que prêchait madame Vauquer.

— Méchant, lui dit le peintre d'un air comique, petit méchant, va !

— Allons, si vous ne vous en allez pas, nous nous en allons, nous autres, dit Bianchon.

7385 Et les pensionnaires firent en masse un mouvement vers le salon.

– Mademoiselle, que voulez-vous donc? s'écria madame Vauquer, je suis ruinée. Vous ne pouvez pas rester, ils vont en venir à des actes de violence.

7390 Mademoiselle Michonneau se leva.

– Elle s'en ira! – Elle ne s'en ira pas! – Elle s'en ira! – Elle ne s'en ira pas! Ces mots dits alternativement, et l'hostilité des propos qui commençaient à se tenir sur elle, contraignirent mademoiselle Michonneau à partir, après quelques

7395 stipulations[1] faites à voix basse avec l'hôtesse.

– Je vais chez madame Buneaud, dit-elle d'un air menaçant.

– Allez où vous voudrez, mademoiselle, dit madame Vauquer, qui vit une cruelle injure dans le choix qu'elle

7400 faisait d'une maison avec laquelle elle rivalisait, et qui lui était conséquemment odieuse. Allez chez la Buneaud, vous aurez du vin à faire danser les chèvres, et des plats achetés chez les regrattiers[2].

Les pensionnaires se mirent sur deux files dans le plus

7405 grand silence. Poiret regarda si tendrement mademoiselle Michonneau, il se montra si naïvement indécis, sans savoir s'il devait la suivre ou rester, que les pensionnaires, heureux du départ de mademoiselle Michonneau, se mirent à rire en se regardant.

7410 – Xi, xi, xi, Poiret, lui cria le peintre. Allons, houpe là, haoup!

L'employé au Muséum se mit à chanter comiquement ce début d'une romance connue :

7415   Partant pour la Syrie
7415   Le jeune et beau Dunois...

– Allez donc, vous en mourez d'envie, *trahit sua quemque voluptas*[3], dit Bianchon.

– Chacun suit sa particulière, traduction libre de Virgile, dit le répétiteur.

7420 Mademoiselle Michonneau ayant fait le geste de prendre le bras de Poiret en le regardant, il ne put résister à cet appel, et vint donner son appui à la vieille. Des applaudisse-

---

1. *stipulations* : conventions.
2. *regrattiers* : ceux qui vendent d'occasion des marchandises de médiocre valeur.
3. *trahit sua quemque voluptas* : « Chacun est entraîné par la passion qui lui est propre. » (Virgile, *Bucoliques*, II, 65)

ments éclatèrent, et il y eut une explosion de rires. – Bravo,
Poiret! – Ce vieux Poiret! – Apollon-Poiret. – Mars-Poiret. –
7425 Courageux Poiret!

En ce moment, un commissionnaire entra, remit une
lettre à madame Vauquer qui se laissa couler sur sa chaise,
après l'avoir lue.

– Mais il n'y a plus qu'à brûler ma maison, le tonnerre y
7430 tombe. Le fils Taillefer est mort à trois heures. Je suis bien
punie d'avoir souhaité du bien à ces dames au détriment de ce
pauvre jeune homme. Madame Couture et Victorine me rede-
mandent leurs effets, et vont demeurer chez son père. Monsieur Taillefer permet à sa fille de garder la veuve Couture
7435 comme demoiselle de compagnie. Quatre appartements
vacants, cinq pensionnaires de moins! Elle s'assit et parut près
de pleurer. Le malheur est entré chez moi, s'écria-t-elle.

Le roulement d'une voiture qui s'arrêtait retentit tout à
coup dans la rue.

7440 – Encore quelque chape-chute[1], dit Sylvie.

Goriot montra soudain une physionomie brillante et colo-
rée de bonheur, qui pouvait faire croire à sa régénération.

– Goriot en fiacre, dirent les pensionnaires, la fin du
monde arrive.

7445 Le bonhomme alla droit à Eugène, qui restait pensif dans
un coin, et le prit par le bras : – Venez, lui dit-il d'un air
joyeux.

– Vous ne savez donc pas ce qui se passe? lui dit Eugène.
Vautrin était un forçat que l'on vient d'arrêter, et le fils
7450 Taillefer est mort.

– Eh! bien, qu'est-ce que ça nous fait? répondit le père
Goriot. Je dîne avec ma fille, chez vous, entendez-vous? Elle
vous attend, venez!

Il tira si violemment Rastignac par le bras, qu'il le fit
7455 marcher de force, et parut l'enlever comme si c'eût été sa
maîtresse.

– Dînons, cria le peintre.

En ce moment chacun prit sa chaise et s'attabla.

– Par exemple, dit la grosse Sylvie, tout est malheur
7460 aujourd'hui, mon haricot de mouton s'est attaché. Bah! vous
le mangerez brûlé, tant pire!

---

1. *chape-chute* : employé ici, mais à tort, dans le sens de mésaventure. Le sens
courant de ce mot est «bonne aubaine».

Madame Vauquer n'eut pas le courage de dire un mot en ne voyant que dix personnes au lieu de dix-huit autour de sa table ; mais chacun tenta de la consoler et de l'égayer. Si d'abord les externes s'entretinrent de Vautrin et des événements de la journée, ils obéirent bientôt à l'allure serpentine de leur conversation, et se mirent à parler des duels, du bagne, de la justice, des lois à refaire, des prisons. Puis ils se trouvèrent à mille lieues de Jacques Collin, de Victorine et de son frère. Quoiqu'ils ne fussent que dix, ils crièrent comme vingt, et semblaient être plus nombreux qu'à l'ordinaire ; ce fut toute la différence qu'il y eut entre ce dîner et celui de la veille. L'insouciance habituelle de ce monde égoïste qui, le lendemain, devait avoir dans les événements quotidiens de Paris une autre proie à dévorer, reprit le dessus, et madame Vauquer elle-même se laissa calmer par l'espérance, qui emprunta la voix de la grosse Sylvie.

Cette journée devait être jusqu'au soir une fantasmagorie [1] pour Eugène, qui, malgré la force de son caractère et la bonté de sa tête, ne savait comment classer ses idées, quand il se trouva dans le fiacre à côté du père Goriot dont les discours trahissaient une joie inaccoutumée, et retentissaient à son oreille, après tant d'émotions, comme les paroles que nous entendons en rêve.

— C'est fini de ce matin. Nous dînons tous les trois ensemble, ensemble ! comprenez-vous ? Voici quatre ans que je n'ai dîné avec ma Delphine, ma petite Delphine. Je vais l'avoir à moi pendant toute une soirée. Nous sommes chez vous depuis ce matin. J'ai travaillé comme un manœuvre, habit bas. J'aidais à porter les meubles. Ah ! ah ! vous ne savez pas comme elle est gentille à table, elle s'occupera de moi : « Tenez, papa, mangez donc de cela, c'est bon. » Et alors je ne peux pas manger. Oh ! y a-t-il longtemps que je n'ai été tranquille avec elle comme nous allons l'être !

— Mais, lui dit Eugène, aujourd'hui le monde est donc renversé ?

— Renversé ? dit le père Goriot. Mais à aucune époque le monde n'a si bien été. Je ne vois que des figures gaies dans les rues, des gens qui se donnent des poignées de main, et qui s'embrassent ; des gens heureux comme s'ils allaient tous

---

1. *fantasmagorie* : art de faire apparaître des figures lumineuses grâce à une illusion d'optique. Ici ce mot signifie « rêve ».

dîner chez leurs filles, y *gobichonner*[1] un bon petit dîner qu'elle a commandé devant moi au chef du café des Anglais[2]. Mais, bah! près d'elle le chicotin[3] serait doux comme miel.

7505 — Je crois revenir à la vie, dit Eugène.

— Mais marchez donc, cocher, cria le père Goriot en ouvrant la glace de devant. Allez donc plus vite, je vous donnerai cent sous* pour boire si vous me menez en dix minutes là où vous savez. En entendant cette promesse, le
7510 cocher traversa Paris avec la rapidité de l'éclair.

— Il ne va pas, ce cocher, disait le père Goriot.

— Mais où me conduisez-vous donc? lui demanda Rastignac.

— Chez vous, dit le père Goriot.

7515 La voiture s'arrêta rue d'Artois*. Le bonhomme descendit le premier et jeta dix francs au cocher, avec la prodigalité d'un homme veuf qui, dans le paroxysme[4] de son plaisir, ne prend garde à rien.

— Allons, montons, dit-il à Rastignac en lui faisant traver-
7520 ser une cour et le conduisant à la porte d'un appartement situé au troisième étage, sur le derrière d'une maison neuve et de belle apparence. Le père Goriot n'eut pas besoin de sonner. Thérèse, la femme de chambre de madame de Nucingen, leur ouvrit la porte. Eugène se vit dans un délicieux apparte-
7525 ment de garçon, composé d'une antichambre, d'un petit salon, d'une chambre à coucher et d'un cabinet ayant vue sur un jardin. Dans le petit salon, dont l'ameublement et le décor pouvaient soutenir la comparaison avec ce qu'il y avait de plus joli, de plus gracieux, il aperçut, à la lumière des bou-
7530 gies, Delphine, qui se leva d'une causeuse*, au coin du feu, mit son écran[5] sur la cheminée, et lui dit avec une intonation de voix chargée de tendresse : – Il a donc fallu vous aller chercher, monsieur qui ne comprenez rien.

Thérèse sortit. L'étudiant prit Delphine dans ses bras, la
7535 serra vivement et pleura de joie. Ce dernier contraste entre

---

1. *gobichonner* : manger très bien (mot inventé par Balzac).
2. *café des Anglais* : café très réputé et très en vogue au XIXe siècle. Il était situé au 13 boulevard des Italiens.
3. *chicotin* : jus extrait de la coloquinte, concombre amer.
4. *paroxysme* : point culminant.
5. *écran* : sorte de meuble dont on se sert pour se protéger de l'action directe du feu.

ce qu'il voyait et ce qu'il venait de voir, dans un jour où tant
d'irritations avaient fatigué son cœur et sa tête, détermina
chez Rastignac un accès de sensibilité nerveuse.

540   — Je savais bien, moi, qu'il t'aimait, dit tout bas le père
Goriot à sa fille pendant qu'Eugène abattu gisait sur la causeuse* sans pouvoir prononcer une parole ni se rendre
compte encore de la manière dont ce dernier coup de
baguette avait été frappé.

545   — Mais venez donc voir, lui dit madame de Nucingen en
le prenant par la main et l'emmenant dans une chambre
dont les tapis, les meubles et les moindres détails lui rappe-
lèrent, en de plus petites proportions, celle de Delphine.

— Il y manque un lit, dit Rastignac.

— Oui, monsieur, dit-elle en rougissant et lui serrant la
550 main.

Eugène la regarda, et comprit, jeune encore, tout ce qu'il
y avait de pudeur vraie dans un cœur de femme aimante.

— Vous êtes une de ces créatures que l'on doit adorer
toujours, lui dit-il à l'oreille. Oui, j'ose vous le dire, puisque
555 nous nous comprenons si bien : plus vif et sincère est
l'amour, plus il doit être voilé, mystérieux. Ne donnons
notre secret à personne.

— Oh! je ne serai pas quelqu'un, moi, dit le père Goriot
en grognant.

560   — Vous savez bien que vous êtes *nous*, vous...

— Ah! voilà ce que je voulais. Vous ne ferez pas attention
à moi, n'est-ce pas? J'irai, je viendrai comme un bon esprit
qui est partout, et qu'on sait être là sans le voir! Eh! bien,
Delphinette, Ninette, Dedel! n'ai-je pas eu raison de te dire :
565 «Il y a un joli appartement rue d'Artois*, meublons-le pour
lui!» Tu ne voulais pas. Ah! c'est moi qui suis l'auteur de ta
joie, comme je suis l'auteur de tes jours. Les pères doivent
toujours donner pour être heureux. Donner toujours, c'est
ce qui fait qu'on est père.

570   — Comment? dit Eugène.

— Oui, elle ne voulait pas, elle avait peur qu'on ne dît des
bêtises, comme si le monde valait le bonheur! Mais toutes
les femmes rêvent de faire ce qu'elle fait...

Le père Goriot parlait tout seul, madame de Nucingen
575 avait emmené Rastignac dans le cabinet[1] où le bruit d'un

_____

1. *cabinet* : petite pièce.

baiser retentit, quelque légèrement qu'il fût pris. Cette pièce était en rapport avec l'élégance de l'appartement, dans lequel d'ailleurs rien ne manquait.

7580 — A-t-on bien deviné vos vœux ? dit-elle en revenant dans le salon pour se mettre à table.

— Oui, dit-il, trop bien. Hélas ! ce luxe si complet, ces beaux rêves réalisés, toutes les poésies d'une vie jeune, élégante, je les sens trop pour ne pas les mériter ; mais je ne puis les accepter de vous, et je suis trop pauvre encore
7585 pour...

— Ah ! ah ! vous me résistez déjà, dit-elle d'un petit air d'autorité railleuse en faisant une de ces jolies moues que font les femmes quand elles veulent se moquer de quelque scrupule pour le mieux dissiper.

7590 Eugène s'était trop solennellement interrogé pendant cette journée, et l'arrestation de Vautrin, en lui montrant la profondeur de l'abîme dans lequel il avait failli rouler, venait de trop bien corroborer[1] ses sentiments nobles et sa délicatesse pour qu'il cédât à cette caressante réfutation[2] de ses idées
7595 généreuses. Une profonde tristesse s'empara de lui.

— Comment ! dit madame de Nucingen, vous refuseriez ? Savez-vous ce que signifie un refus semblable ? Vous doutez de l'avenir, vous n'osez pas vous lier à moi. Vous avez donc peur de trahir mon affection ? Si vous m'aimez, si je... vous
7600 aime, pourquoi reculez-vous devant d'aussi minces obligations ? Si vous connaissiez le plaisir que j'ai eu à m'occuper de tout ce ménage de garçon, vous n'hésiteriez pas, et vous me demanderiez pardon. J'avais de l'argent à vous, je l'ai bien employé, voilà tout. Vous croyez être grand, et vous
7605 êtes petit. Vous demandez bien plus... (Ah ! dit-elle en saisissant un regard de passion chez Eugène) et vous faites des façons pour des niaiseries. Si vous ne m'aimez point, oh ! oui, n'acceptez pas. Mon sort est dans un mot. Parlez ? Mais, mon père, dites-lui donc quelques bonnes raisons, ajouta-
7610 t-elle en se tournant vers son père après une pause. Croit-il que je ne sois pas moins chatouilleuse que lui sur notre honneur ?

1. *corroborer* : renforcer.
2. *réfutation* : protestation.

Le père Goriot avait le sourire fixe d'un thériaki[1] en voyant, en écoutant cette jolie querelle.

7615 — Enfant! vous êtes à l'entrée de la vie, reprit-elle en saisissant la main d'Eugène, vous trouvez une barrière insurmontable pour beaucoup de gens, une main de femme vous l'ouvre, et vous reculez! Mais vous réussirez, vous ferez une brillante fortune, le succès est écrit sur votre beau front. Ne 7620 pourrez-vous pas alors me rendre ce que je vous prête aujourd'hui? Autrefois les dames ne donnaient-elles pas à leurs chevaliers des armures, des épées, des casques, des cottes de mailles, des chevaux, afin qu'ils pussent aller combattre en leur nom dans les tournois? Eh! bien, Eugène, 7625 les choses que je vous offre sont les armes de l'époque, des outils nécessaires à qui veut être quelque chose. Il est joli, le grenier où vous êtes, s'il ressemble à la chambre de papa. Voyons, nous ne dînerons donc pas? Voulez-vous m'attrister? Répondez donc? dit-elle en lui secouant la main. Mon 7630 Dieu, papa, décide-le donc, ou je sors et ne le revois jamais.

— Je vais vous décider, dit le père Goriot en sortant de son extase. Mon cher monsieur Eugène, vous allez emprunter de l'argent à des juifs, n'est-ce pas?

— Il le faut bien, dit-il.

7635 — Bon, je vous tiens, reprit le bonhomme en tirant un mauvais portefeuille en cuir tout usé. Je me suis fait juif, j'ai payé toutes les factures, les voici. Vous ne devez pas un centime pour tout ce qui se trouve ici. Ça ne fait pas une grosse somme, tout au plus cinq mille francs. Je vous les 7640 prête, moi! Vous ne me refuserez pas, je ne suis pas une femme. Vous m'en ferez une reconnaissance sur un chiffon de papier, et vous me les rendrez plus tard.

Quelques pleurs roulèrent à la fois dans les yeux d'Eugène et de Delphine, qui se regardèrent avec surprise. Rastignac 7645 tendit la main au bonhomme et la lui serra.

— Eh! bien, quoi! n'êtes-vous pas mes enfants? dit Goriot.

— Mais, mon pauvre père, dit madame de Nucingen, comment avez-vous donc fait?

7650 — Ah! nous y voilà, répondit-il. Quand je t'ai eu décidée à le mettre près de toi, que je t'ai vue achetant des choses comme pour une mariée, je me suis dit : « Elle va se trouver

---

1. *thériaki* : fumeur d'opium.

dans l'embarras ! » L'avoué° prétend que le procès à intenter
à ton mari, pour lui faire rendre ta fortune, durera plus de
7655 six mois. Bon. J'ai vendu mes treize cent cinquante livres° de
rente° perpétuelle ; je me suis fait, avec quinze mille francs,
douze cents francs de rentes viagères° bien hypothéquées[1],
et j'ai payé vos marchands avec le reste du capital, mes
enfants. Moi, j'ai là-haut une chambre de cinquante écus°
7660 par an, je peux vivre comme un prince avec quarante sous°
par jour, et j'aurai encore du reste. Je n'use rien, il ne me
faut presque pas d'habits. Voilà quinze jours que je ris dans
ma barbe en me disant : « Vont-ils être heureux ! » Eh ! bien,
n'êtes-vous pas heureux ?

7665   – Oh ! papa, papa ! dit madame de Nucingen en sautant
sur son père qui la reçut sur ses genoux. Elle le couvrit de
baisers, lui caressa les joues avec ses cheveux blonds, et
versa des pleurs sur ce vieux visage épanoui, brillant. – Cher
père, vous êtes un père ! Non, il n'existe pas deux pères
7670 comme vous sous le ciel. Eugène vous aimait bien déjà, que
sera-ce maintenant !

    – Mais, mes enfants, dit le père Goriot qui depuis dix ans
n'avait pas senti le cœur de sa fille battre sur le sien, mais,
Delphinette, tu veux donc me faire mourir de joie ! Mon
7675 pauvre cœur se brise. Allez, monsieur Eugène, nous sommes
déjà quittes ! Et le vieillard serrait sa fille par une étreinte si
sauvage, si délirante qu'elle dit : – Ah ! tu me fais mal. – Je
t'ai fait mal ! dit-il en pâlissant. Il la regarda d'un air surhu-
main de douleur. Pour bien peindre la physionomie de ce
7680 Christ de la Paternité, il faudrait aller chercher des comparaisons dans les images que les princes de la palette ont
inventées pour peindre la passion soufferte au bénéfice des
mondes par le Sauveur des hommes. Le père Goriot baisa
bien doucement la ceinture que ses doigts avaient trop pres-
7685 sée. – Non, non, je ne t'ai pas fait mal ; reprit-il en la ques-
tionnant par un sourire ; c'est toi qui m'as fait mal avec ton
cri. Ça coûte plus cher, dit-il à l'oreille de sa fille en la lui
baisant avec précaution, mais faut l'attraper, sans quoi il se
fâcherait.

7690   Eugène était pétrifié par l'inépuisable dévouement de cet
homme, et le contemplait en exprimant cette naïve admiration qui, au jeune âge, est de la foi.

---

1. *hypothéquées* : garanties.

– Je serai digne de tout cela, s'écria-t-il.

– Ô mon Eugène, c'est beau ce que vous venez de dire là.
7695 Et madame de Nucingen baisa l'étudiant au front.

– Il a refusé pour toi mademoiselle Taillefer et ses millions, dit le père Goriot. Oui, elle vous aimait, la petite ; et, son frère mort, la voilà riche comme Crésus.

– Oh ! pourquoi le dire ? s'écria Rastignac.

7700 – Eugène, lui dit Delphine à l'oreille, maintenant j'ai un regret pour ce soir. Ah ! je vous aimerai bien, moi ! et toujours.

– Voilà la plus belle journée que j'aie eue depuis vos mariages, s'écria le père Goriot. Le bon Dieu peut me faire
7705 souffrir tant qu'il lui plaira, pourvu que ce ne soit pas par vous, je me dirai : En février de cette année, j'ai été pendant un moment plus heureux que les hommes ne peuvent l'être pendant toute leur vie. Regarde-moi, Fifine ! dit-il à sa fille. Elle est bien belle, n'est-ce pas ? Dites-moi donc, avez-vous
7710 rencontré beaucoup de femmes qui aient ses jolies couleurs et sa petite fossette ? Non, pas vrai ? Eh ! bien, c'est moi qui ai fait cet amour de femme. Désormais, en se trouvant heureuse par vous, elle deviendra mille fois mieux. Je puis aller en enfer, mon voisin, dit-il, s'il vous faut ma part de paradis,
7715 je vous la donne. Mangeons, mangeons, reprit-il en ne sachant plus ce qu'il disait, tout est à nous.

– Ce pauvre père !

– Si tu savais, mon enfant, dit-il en se levant et allant à elle, lui prenant la tête et la baisant au milieu de ses nattes
7720 de cheveux, combien tu peux me rendre heureux à bon marché ! viens me voir quelquefois, je serai là-haut, tu n'auras qu'un pas à faire. Promets-le-moi, dis !

– Oui, cher père.

– Dis encore.

7725 – Oui, mon bon père.

– Tais-toi, je te le ferais dire cent fois si je m'écoutais. Dînons.

La soirée tout entière fut employée en enfantillages, et le père Goriot ne se montra pas le moins fou des trois. Il se
7730 couchait aux pieds de sa fille pour les baiser ; il la regardait longtemps dans les yeux ; il frottait sa tête contre sa robe ; enfin il faisait des folies comme en aurait fait l'amant le plus jeune et le plus tendre.

– Voyez-vous ? dit Delphine à Eugène, quand mon père
7735 est avec nous, il faut être tout à lui. Ce sera pourtant bien gênant quelquefois.

Eugène, qui s'était senti déjà plusieurs fois des mouvements de jalousie, ne pouvait pas blâmer ce mot, qui renfermait le principe de toutes les ingratitudes.

7740 – Et quand l'appartement sera-t-il fini? dit Eugène en regardant autour de la chambre. Il faudra donc nous quitter ce soir?

– Oui, mais demain vous viendrez dîner avec moi, dit-elle d'un air fin. Demain est un jour d'Italiens*.

7745 – J'irai au parterre, moi, dit le père Goriot.

Il était minuit. La voiture de madame de Nucingen attendait. Le père Goriot et l'étudiant retournèrent à la Maison Vauquer en s'entretenant de Delphine avec un croissant enthousiasme qui produisit un curieux combat d'expressions
7750 entre ces deux violentes passions. Eugène ne pouvait pas se dissimuler que l'amour du père, qu'aucun intérêt personnel n'entachait, écrasait le sien par sa persistance et par son étendue. L'idole était toujours pure et belle pour le père, et son adoration s'accroissait de tout le passé comme de l'ave-
7755 nir. Ils trouvèrent madame Vauquer seule au coin de son poêle, entre Sylvie et Christophe. La vieille hôtesse était là comme Marius sur les ruines de Carthage[1]. Elle attendait les deux seuls pensionnaires qui lui restassent, en se désolant avec Sylvie. Quoique lord Byron ait prêté d'assez belles
7760 lamentations au Tasse[2], elles sont bien loin de la profonde vérité de celles qui échappaient à madame Vauquer.

– Il n'y aura donc que trois tasses de café à faire demain matin, Sylvie. Hein! ma maison déserte, n'est-ce pas à fendre le cœur? Qu'est-ce que la vie sans mes pension-
7765 naires? Rien du tout. Voilà ma maison démeublée de ses hommes. La vie est dans les meubles. Qu'ai-je fait au ciel pour m'être attiré tous ces désastres? Nos provisions de haricots et de pommes de terre sont faites pour vingt personnes. La police chez moi! Nous allons donc ne manger
7770 que des pommes de terre! Je renverrai donc Christophe!

Le Savoyard, qui dormait, se réveilla soudain et dit : – Madame?

– Pauvre garçon! c'est comme un dogue, dit Sylvie.

---

1. *Marius vaincu sur les ruines de Carthage* : Marius, général et homme politique romain, vaincu par Sylla, s'est arrêté sur les ruines de Carthage pour y méditer sur son propre sort.
2. *lamentations au Tasse* : dans *La Complainte du Tasse*, le poète anglais Byron (XIXᵉ siècle) évoque le Tasse (poète italien du XVIᵉ siècle) interné dans un asile de Ferrare.

– Une saison morte, chacun s'est casé. D'où me tombera-
7775 t-il des pensionnaires? J'en perdrai la tête. Et cette sibylle[1]
de Michonneau qui m'enlève Poiret! Qu'est-ce qu'elle lui
faisait donc pour s'être attaché cet homme-là, qui la suit
comme un toutou?

– Ah! dame! fit Sylvie en hochant la tête, ces vieilles
7780 filles, ça connaît les rubriques[2].

– Ce pauvre monsieur Vautrin dont ils ont fait un forçat,
reprit la veuve, eh! bien, Sylvie, c'est plus fort que moi, je
ne le crois pas encore. Un homme gai comme ça, qui prenait du gloria• pour quinze francs par mois, et qui payait
7785 rubis sur l'ongle[3]!

– Et qui était généreux! dit Christophe.

– Il y a erreur, dit Sylvie.

– Mais non, il a avoué• lui-même, reprit madame Vauquer. Et dire que toutes ces choses-là sont arrivées chez moi,
7790 dans un quartier où il ne passe pas un chat! Foi d'honnête
femme, je rêve. Car, vois-tu, nous avons vu Louis XVI avoir
son accident, nous avons vu tomber l'empereur, nous l'avons
vu revenir et retomber, tout cela c'était dans l'ordre des
choses possibles; tandis qu'il n'y a point de chances contre
7795 des pensions bourgeoises : on peut se passer de roi, mais il
faut toujours qu'on mange; et quand une honnête femme,
née de Conflans, donne à dîner avec toutes bonnes choses,
mais à moins que la fin du monde n'arrive... Mais, c'est ça,
c'est la fin du monde.

7800 – Et penser que mademoiselle Michonneau, qui vous fait
tout ce tort, va recevoir, à ce qu'on dit, mille écus• de rente•,
s'écria Sylvie.

– Ne m'en parle pas, ce n'est qu'une scélérate! dit
madame Vauquer. Et elle va chez la Buneaud, par-dessus le
7805 marché! Mais elle est capable de tout, elle a dû faire des
horreurs, elle a tué, volé dans son temps. Elle devait aller au
bagne à la place de ce pauvre cher homme...

En ce moment Eugène et le père Goriot sonnèrent.

– Ah! voilà mes deux fidèles, dit la veuve en soupirant.
7810 Les deux fidèles, qui n'avaient qu'un fort léger souvenir des

---

1. *sibylle* : chez les Anciens, femme à laquelle on attribuait la connaissance de l'avenir. Ici, signifie une femme méchante.
2. *connaît les rubriques* : connaît les ruses.
3. *payait rubis sur l'ongle* : payait exactement et ponctuellement.

désastres de la pension bourgeoise, annoncèrent sans cérémonie à leur hôtesse qu'ils allaient demeurer à la Chaussée-d'Antin.

7815 – Ah, Sylvie! dit la veuve, voilà mon dernier atout. Vous m'avez donné le coup de la mort, messieurs! ça m'a frappée dans l'estomac. J'ai une barre là. Voilà une journée qui me met dix ans de plus sur la tête. Je deviendrai folle, ma parole d'honneur! Que faire des haricots? Ah! bien, si je suis seule ici, tu t'en iras demain, Christophe. Adieu, messieurs, bonne 7820 nuit.

– Qu'a-t-elle donc? demanda Eugène à Sylvie.

– Dame! voilà tout le monde parti par suite des affaires. Ça lui a troublé la tête. Allons, je l'entends qui pleure. Ça lui fera du bien de *chigner*[1]. Voilà la première fois qu'elle se 7825 vide les yeux depuis que je suis à son service.

Le lendemain, madame Vauquer s'était, suivant son expression, *raisonnée*. Si elle parut affligée comme une femme qui avait perdu tous ses pensionnaires, et dont la vie était bouleversée, elle avait toute sa tête, et montra ce qu'é-7830 tait la vraie douleur, une douleur profonde, la douleur causée par l'intérêt froissé, par les habitudes rompues. Certes, le regard qu'un amant jette sur les lieux habités par sa maîtresse, en les quittant, n'est pas plus triste que ne le fut celui de madame Vauquer sur sa table vide. Eugène la consola en 7835 lui disant que Bianchon, dont l'internat• finissait dans quelques jours, viendrait sans doute le remplacer; que l'employé du Muséum avait souvent manifesté le désir d'avoir l'appartement de madame Couture, et que dans peu de jours elle aurait remonté son personnel.

7840 – Dieu vous entende, mon cher monsieur! mais le malheur est ici. Avant dix jours, la mort y viendra, vous verrez, lui dit-elle en jetant un regard lugubre sur la salle à manger. Qui prendra-t-elle?

– Il fait bon déménager, dit tout bas Eugène au père 7845 Goriot.

– Madame, dit Sylvie en accourant effarée, voici trois jours que je n'ai vu Mistigris.

– Ah! bien, si mon chat est mort, s'il nous a quittés, je...

La pauvre veuve n'acheva pas, elle joignit les mains et se

---

1. *chigner*: pleurnicher.

7850 renversa sur le dos de son fauteuil accablée par ce terrible
pronostic.

Vers midi, heure à laquelle les facteurs arrivaient dans le
quartier du Panthéon, Eugène reçut une lettre élégamment
enveloppée, cachetée aux armes de Beauséant. Elle contenait
7855 une invitation adressée à monsieur et à madame de Nucingen
pour le grand bal annoncé depuis un mois, et qui devait avoir
lieu chez la vicomtesse. À cette invitation était joint un petit
mot pour Eugène :

« J'ai pensé, monsieur, que vous vous chargeriez avec plai-
7860 sir d'être l'interprète de mes sentiments auprès de madame
de Nucingen ; je vous envoie l'invitation que vous m'avez
demandée, et serai charmée de faire la connaissance de la
sœur de madame de Restaud. Amenez-moi donc cette jolie
personne, et faites en sorte qu'elle ne prenne pas toute votre
7865 affection, vous m'en devez beaucoup en retour de celle que
je vous porte.

Vicomtesse de Beauséant.

– Mais, se dit Eugène en relisant ce billet, madame de
Beauséant me dit assez clairement qu'elle ne veut pas du
7870 baron de Nucingen. Il alla promptement chez Delphine,
heureux d'avoir à lui procurer une joie dont il recevrait sans
doute le prix. Madame de Nucingen était au bain. Rastignac
attendit dans le boudoir*, en butte aux impatiences naturelles à un jeune homme ardent et pressé de prendre posses-
7875 sion d'une maîtresse, l'objet de deux ans de désirs. C'est des
émotions qui ne se rencontrent pas deux fois dans la vie des
jeunes gens. La première femme réellement femme à
laquelle s'attache un homme, c'est-à-dire celle qui se présente à lui dans la splendeur des accompagnements que veut
7880 la société parisienne, celle-là n'a jamais de rivale. L'amour à
Paris ne ressemble en rien aux autres amours. Ni les
hommes ni les femmes n'y sont dupes des montres[1] pavoisées[2] de lieux communs que chacun étale par décence sur
ses affections soi-disant désintéressées. En ce pays, une
7885 femme ne doit pas satisfaire seulement le cœur et les sens,
elle sait parfaitement qu'elle a de plus grandes obligations à
remplir envers les mille vanités dont se compose la vie. Là

---

1. *montres* : apparences.
2. *pavoisées* : parées.

surtout l'amour est essentiellement vantard, effronté, gaspil-
leur, charlatan et fastueux. Si toutes les femmes de la cour
7890 de Louis XIV ont envié à mademoiselle de La Vallière[1] l'entraînement de passion qui fit oublier à ce grand prince que
ses manchettes coûtaient chacune mille écus* quand il les
déchira pour faciliter au duc de Vermandois[1] son entrée sur
la scène du monde, que peut-on demander au reste de
7895 l'humanité? Soyez jeunes, riches et titrés, soyez mieux
encore si vous pouvez; plus vous apporterez de grains d'encens à brûler devant l'idole, plus elle vous sera favorable, si
toutefois vous avez une idole. L'amour est une religion, et
son culte doit coûter plus cher que celui de toutes les autres
7900 religions; il passe promptement, et passe en gamin qui tient
à marquer son passage par des dévastations. Le luxe du
sentiment est la poésie des greniers; sans cette richesse, qu'y
deviendrait l'amour? S'il est des exceptions à ces lois draconiennes[2] du code parisien, elles se rencontrent dans la
7905 solitude, chez les âmes qui ne se sont point laissé entraîner
par les doctrines sociales, qui vivent près de quelque source
aux eaux claires, fugitives mais incessantes; qui, fidèles à
leurs ombrages verts, heureuses d'écouter le langage de l'infini, écrit pour elles en toute chose et qu'elles retrouvent en
7910 elles-mêmes, attendent patiemment leurs ailes en plaignant
ceux de la terre. Mais Rastignac, semblable à la plupart des
jeunes gens, qui, par avance, ont goûté les grandeurs, voulait se présenter tout armé dans la lice du monde[3]; il en
avait épousé la fièvre, et se sentait peut-être la force de le
7915 dominer, mais sans connaître ni les moyens ni le but de
cette ambition. À défaut d'un amour pur et sacré, qui rem-
plit la vie, cette soif du pouvoir peut devenir une belle
chose; il suffit de dépouiller tout intérêt personnel et de se
proposer la grandeur d'un pays pour objet. Mais l'étudiant
7920 n'était pas encore arrivé au point d'où l'homme peut
contempler le cours de la vie et la juger. Jusqu'alors il n'avait
même pas complètement secoué le charme des fraîches et
suaves idées qui enveloppent comme d'un feuillage la jeunesse des enfants élevés en province. Il avait continuelle-

---

1. *mademoiselle de La Vallière, duc de Vermandois* : Louis de Bourbon, comte de
Vermandois, né en 1667, était le fils naturel de Louis XIV et de mademoiselle de La
Vallière.
2. *draconiennes* : d'une sévérité exceptionnelle.
3. *dans la lice du monde* : dans l'arène du monde.

7925 ment hésité à franchir le Rubicon[1] parisien. Malgré ses ardentes curiosités, il avait toujours conservé quelques arrière-pensées de la vie heureuse que mène le vrai gentilhomme dans son château. Néanmoins ses derniers scrupules avaient disparu la veille, quand il s'était vu dans son appar-
7930 tement. En jouissant des avantages matériels de la fortune, comme il jouissait depuis longtemps des avantages moraux que donne la naissance, il avait dépouillé sa peau d'homme de province, et s'était doucement établi dans une position d'où il découvrait un bel avenir. Aussi, en attendant Del-
7935 phine, mollement assis dans ce joli boudoir* qui devenait un peu le sien, se voyait-il si loin du Rastignac venu l'année dernière à Paris, qu'en le lorgnant par un effet d'optique morale, il se demandait s'il se ressemblait en ce moment à lui-même.

7940   — Madame est dans sa chambre, vint lui dire Thérèse qui le fit tressaillir.

Il trouva Delphine étendue sur sa causeuse*, au coin du feu, fraîche, reposée. À la voir ainsi étalée sur des flots de mousseline, il était impossible de ne pas la comparer à ces
7945 belles plantes de l'Inde dont le fruit vient dans la fleur.

   — Eh! bien, nous voilà, dit-elle avec émotion.

   — Devinez ce que je vous apporte, dit Eugène en s'asseyant près d'elle et lui prenant le bras pour lui baiser la main.

7950 Madame de Nucingen fit un mouvement de joie en lisant l'invitation. Elle tourna sur Eugène ses yeux mouillés, et lui jeta ses bras au cou pour l'attirer à elle dans un délire de satisfaction vaniteuse.

   — Et c'est vous (toi, lui dit-elle à l'oreille; mais Thérèse
7955 est dans mon cabinet de toilette, soyons prudents!), vous à qui je dois ce bonheur? Oui, j'ose appeler cela un bonheur. Obtenu par vous, n'est-ce pas plus qu'un triomphe d'amour-propre? Personne ne m'a voulu présenter dans ce monde. Vous me trouverez peut-être en ce moment petite, frivole,
7960 légère comme une Parisienne; mais pensez, mon ami, que je suis prête à tout vous sacrifier, et que, si je souhaite plus ardemment que jamais d'aller dans le faubourg Saint-Germain*, c'est que vous y êtes.

---

1. *Rubicon* : fleuve qui sépare l'Italie de la Gaule. César, décidé à conquérir la Gaule, le franchit en 49 av. J.-C.

— Ne pensez-vous pas, dit Eugène, que madame de
Beauséant a l'air de nous dire qu'elle ne compte pas voir le
baron de Nucingen à son bal ?

— Mais oui, dit la baronne en rendant la lettre à Eugène. Ces
femmes-là ont le génie de l'impertinence. Mais n'importe,
j'irai. Ma sœur doit s'y trouver, je sais qu'elle prépare une
toilette délicieuse. Eugène, reprit-elle à voix basse, elle y va
pour dissiper d'affreux soupçons. Vous ne savez pas les bruits
qui courent sur elle ? Nucingen est venu me dire ce matin
qu'on en parlait hier au Cercle sans se gêner. À quoi tient, mon
Dieu ! l'honneur des femmes et des familles ! Je me suis sentie
attaquée, blessée dans ma pauvre sœur. Selon certaines personnes, monsieur de Trailles aurait souscrit des lettres de
change montant à cent mille francs, presque toutes échues, et
pour lesquelles il allait être poursuivi. Dans cette extrémité,
ma sœur aurait vendu ses diamants à un juif, ces beaux
diamants que vous avez pu lui voir, et qui viennent de
madame de Restaud la mère. Enfin, depuis deux jours, il n'est
question que de cela. Je conçois alors qu'Anastasie se fasse
faire une robe lamée* et veuille attirer sur elle tous les regards
chez madame de Beauséant, en y paraissant dans tout son éclat
et avec ses diamants. Mais je ne veux pas être au-dessous
d'elle. Elle a toujours cherché à m'écraser, elle n'a jamais été
bonne pour moi, qui lui rendais tant de services, qui avais
toujours de l'argent pour elle quand elle n'en avait pas. Mais
laissons le monde, aujourd'hui je veux être tout heureuse.

Rastignac était encore à une heure du matin chez
madame de Nucingen, qui, en lui prodiguant l'adieu des
amants, cet adieu plein des joies à venir, lui dit avec une
expression de mélancolie : — Je suis si peureuse, si superstitieuse, donnez à mes pressentiments le nom qu'il vous
plaira, que je tremble de payer mon bonheur par quelque
affreuse catastrophe.

— Enfant, dit Eugène.

— Ah ! c'est moi qui suis l'enfant ce soir, dit-elle en riant.

Eugène revint à la Maison Vauquer avec la certitude de la
quitter le lendemain, il s'abandonna donc pendant la route à
ces jolis rêves que font tous les jeunes gens quand ils ont
encore sur les lèvres le goût du bonheur.

— Eh bien ? lui dit le père Goriot quand Rastignac passa
devant sa porte.

— Eh ! bien, répondit Eugène, je vous dirai tout demain.

— Tout, n'est-ce pas ? cria le bonhomme. Couchez-vous.
Nous allons commencer demain notre vie heureuse.

Pages 209 à 238

Compréhension

1. *Quels événements se succèdent au cours de cette journée ? Dites, pour chacun d'eux, qui en est l'instigateur.*

2. *À quoi est lié le « sentiment d'horreur et de dégoût » avec lequel Eugène déclare : « je n'épouserai jamais mademoiselle Victorine. » (l. 6606) ? Pourquoi les pensionnaires en sont-ils surpris ? Comment se manifeste le sentiment d'Eugène ? Comment finit-il par le combattre ?*

3. *En quoi le malaise de Vautrin peut-il être considéré comme un coup de théâtre ? De quels traits de caractère mademoiselle Michonneau fait-elle preuve pendant tout cet épisode ? Qui la démasque ? Comment ? Pour quelle raison ? Pourquoi les paroles de Bianchon (« Ah ! ma foi ! » à « ce nom-là vous irait bien. », l. 6794 à 6796) font-elles l'effet de la foudre sur Vautrin et mademoiselle Michonneau ?*

4. *Quels sentiments contradictoires animent les pensionnaires à l'égard de Vautrin ? Comment et pourquoi ces sentiments évoluent-ils tout au long de ce passage ? Comment et par qui va être vengée l'arrestation de Vautrin ?*

5. *« Mais, lui dit Eugène [au père Goriot], aujourd'hui le monde est donc renversé ? » (l. 7495). Dans le passage allant de « En ce moment, un commissionnaire entra » jusqu'à « depuis que je suis à son service » (l. 7426 à 7825), montrez comment, le père Goriot d'un côté et madame Vauquer de l'autre voient, dans un parallélisme inversé, leur monde se renverser. Quelles expressions d'Eugène prouvent qu'il croit plus à un rêve qu'à un renversement de situation ? Depuis « Le lendemain, madame Vauquer » (l. 7826) jusqu'à la fin du passage, relevez deux expressions qui peuvent laisser envisager que le rêve prendra fin.*

6. *Dans ce même passage, analysez la passion du père Goriot. Pourquoi Balzac peut-il parler de « Christ de la Paternité » ? Quels sentiments éprouve le père Goriot à s'occuper du bonheur de Delphine et Rastignac ? Dans quelle mesure Eugène est-il l'instrument de sa passion ? Une fois encore (cf. question n° 3, p. 154), montrez que cette passion paternelle s'apparente à la passion amoureuse.*

7. *Pourquoi Eugène a-t-il des scrupules à accepter l'appartement aménagé par Delphine ? Est-il sensible aux arguments de Delphine ? À ceux du père Goriot ? Justifiez votre réponse.*

8. *À la fin de ce passage (depuis « Vers midi, heure à laquelle les facteurs arrivaient », l. 7852 jusqu'à la fin), dites quelles sont les raisons du bonheur de Delphine et d'Eugène.*

Écriture

9. *Comment Balzac indique-t-il au lecteur qu'il arrive à l'un des moments les plus importants du roman ?*

10. *Dans le passage relatant l'arrestation de Vautrin, relevez les comparaisons* et les métaphores* le concernant ; classez-les en fonction des traits de son caractère ainsi mis en valeur. Balzac fait de Vautrin « le type de toute une nation dégénérée, d'un peuple sauvage et logique, brutal et souple. » À quelle métaphore ou comparaison renvoie chacun des adjectifs ? Comment Balzac allie-t-il le fond et la forme ?*

11. *Dans l'épisode du bannissement de mademoiselle Michonneau, étudiez le comique. Pourquoi Balzac l'a-t-il traité sur ce thème ?*

12. *Quelle remarque appelle la durée de « deux ans » indiquée par Balzac dans la phrase : « Rastignac attendit dans le boudoir* [...] prendre possession d'une maîtresse, l'objet de deux ans de désirs. » (l. 7872 à 7875) ?*

Mise en perspective

13. *Vous ppuvez retrouver le personnage du forçat Fil-de-Soie, de son vrai nom Sélérier, dans* Splendeurs et Misères des Courtisanes.

14. *Pour connaître le récit de l'arrestation d'un autre forçat, Jean Valjean, lisez, dans* Les Misérables, *le Livre huitième, parties I à IV.*

Bilan

L'action

• Ce que nous savons

Le même jour, deux évènements viennent perturber la tranquillité de la pension Vauquer : l'arrestation de Vautrin et la mort du fils Taillefer. La chute de Vautrin est l'œuvre de mademoiselle Michonneau qui a mis au point, avec le policier Gondureau, un stratagème destiné à le confondre et à lui rendre sa véritable identité. La chute du fils Taillefer est l'œuvre de Vautrin qui a maquillé le meurtre en un duel ayant toutes les apparences de la légitimité. Indignés de la délation commise par mademoiselle Michonneau, les autres pensionnaires exigent son départ immédiat de la pension. Rastignac, après avoir affirmé bien haut que jamais il n'épouserait Victorine, se laisse entraîner par le père Goriot vers la garçonnière que Delphine et lui-même viennent de lui aménager.

• À quoi nous attendre ?

1. Eugène est-il définitivement lancé sur les chemins de l'ascension sociale ?

2. Le père Goriot prendra-t-il une revanche sur le destin ?

Les personnages

• Ce que nous savons

Plusieurs personnages quittent la scène pour des raisons différentes. Tout d'abord Vautrin. L'arrestation de Jacques Collin, alias Trompe-la-Mort, explique le mystère et le secret dont il s'entourait. Ensuite, Victorine Taillefer est appelée par son père à vivre auprès de lui après la mort de son frère. Mademoiselle Michonneau est chassée par les siens. Elle quitte la pension en compagnie de son fidèle Poiret. Madame Vauquer, en voyant sa pension se vider, semble prête à sombrer dans le désespoir. Goriot et Rastignac, quant à eux, paraissent vivre sur une autre planète, tout au bonheur de se rendre auprès de Delphine.

• À quoi nous attendre ?

1. Goriot et Rastignac quitteront-ils réellement la pension ?

2. Quel sera l'avenir de la Maison Vauquer ?

Écriture

• Ce que nous savons

Tout au long de cette partie, Balzac continue la critique sociale et morale d'une société qu'il juge corrompue. Mais ce sont surtout les procédés d'écriture qui attirent l'attention. Fidèle à son idée de tragédie, Balzac dénoue une partie de l'intrigue en deux étapes à la fois successives et simultanées. Après la disparition du fils Taillefer, dont la mort est rapportée sur la scène de la Maison Vauquer, Balzac résout le cas Vautrin dans une scène véritablement théâtrale : mise en scène, dialogue et surtout coup de théâtre que constitue l'arrivée des policiers sont étudiés avec attention.

• À quoi nous attendre ?

1. Quelle résolution Balzac va-t-il choisir en ce qui concerne Goriot et Rastignac ?

2. Balzac portera-t-il un jugement définitif sur la société ?

L'arrestation de Vautrin.
Gravure du XIXe siècle.

QUATRIÈME PARTIE

LA MORT DU PÈRE GORIOT

Le lendemain, Goriot et Rastignac n'attendaient plus que le bon vouloir d'un commissionnaire pour partir de la pension bourgeoise, quand vers midi le bruit d'un équipage* qui s'arrêtait précisément à la porte de la Maison Vauquer retentit dans la rue Neuve-Sainte-Geneviève*. Madame de Nucingen descendit de sa voiture, demanda si son père était encore à la pension. Sur la réponse affirmative de Sylvie, elle monta lestement l'escalier. Eugène se trouvait chez lui sans que son voisin le sût. Il avait, en déjeunant, prié le père Goriot d'emporter ses effets[1], en lui disant qu'ils se retrouveraient à quatre heures rue d'Artois*. Mais, pendant que le bonhomme avait été chercher des porteurs, Eugène, ayant promptement répondu à l'appel de l'école, était revenu sans que personne l'eût aperçu, pour compter[2] avec madame Vauquer, ne voulant pas laisser cette charge à Goriot, qui, dans son fanatisme, aurait sans doute payé pour lui. L'hôtesse était sortie. Eugène remonta chez lui pour voir s'il n'y oubliait rien, et s'applaudit d'avoir eu cette pensée en voyant dans le tiroir de sa table l'acceptation en blanc, souscrite à Vautrin, qu'il avait insouciamment jetée là le jour où il l'avait acquittée. N'ayant pas de feu, il allait la déchirer en petits morceaux quand, en reconnaissant la voix de Delphine, il ne voulut faire aucun bruit, et s'arrêta pour l'entendre, en pensant qu'elle ne devait avoir aucun secret pour lui. Puis, dès les premiers mots, il trouva la conversation entre le père et la fille trop intéressante pour ne pas l'écouter.

— Ah! mon père, dit-elle, plaise au ciel que vous ayez eu l'idée de demander compte de ma fortune assez à temps pour que je ne sois pas ruinée! Puis-je parler?

— Oui, la maison est vide, dit le père Goriot d'une voix altérée[3].

---

1. *ses effets* : ses affaires.
2. *compter* : régler ses comptes.
3. *altérée* : traduisant une émotion pénible.

— Qu'avez-vous donc, mon père? reprit madame de Nucingen.

— Tu viens, répondit le vieillard, de me donner un coup de hache sur la tête. Dieu te pardonne, mon enfant! Tu ne sais pas combien je t'aime; si tu l'avais su, tu ne m'aurais pas dit brusquement de semblables choses, surtout si rien n'est désespéré. Qu'est-il donc arrivé de si pressant pour que tu sois venue me chercher ici quand dans quelques instants nous allions être rue d'Artois•?

— Eh! mon père, est-on maître de son premier mouvement dans une catastrophe? Je suis folle! Votre avoué• nous a fait découvrir un peu plus tôt le malheur qui sans doute éclatera plus tard. Votre vieille expérience commerciale va nous devenir nécessaire, et je suis accourue vous chercher comme on s'accroche à une branche quand on se noie. Lorsque monsieur Derville a vu Nucingen lui opposer mille chicanes[1], il l'a menacé d'un procès en lui disant que l'autorisation du président du tribunal serait promptement obtenue. Nucingen est venu ce matin chez moi pour me demander si je voulais sa ruine et la mienne. Je lui ai répondu que je ne me connaissais à rien de tout cela, que j'avais une fortune, que je devais être en possession de ma fortune, et que tout ce qui avait rapport à ce démêlé regardait mon avoué•, que j'étais de la dernière ignorance et dans l'impossibilité de rien entendre à ce sujet. N'était-ce pas ce que vous m'aviez recommandé de dire?

— Bien, répondit le père Goriot.

— Eh! bien, reprit Delphine, il m'a mise au fait de ses affaires. Il a jeté tous ses capitaux et les miens dans des entreprises à peine commencées, et pour lesquelles il a fallu mettre de grandes sommes en dehors. Si je le forçais à me représenter ma dot•, il serait obligé de déposer son bilan; tandis que, si je veux attendre un an, il s'engage sur l'honneur à me rendre une fortune double ou triple de la mienne en plaçant mes capitaux dans des opérations territoriales à la fin desquelles je serai maîtresse de tous les biens. Mon cher père, il était sincère, il m'a effrayée. Il m'a demandé pardon de sa conduite, il m'a rendu ma liberté, m'a permis de me conduire à ma guise, à la condition de le laisser entièrement maître de gérer les affaires sous mon nom. Il m'a promis,

---

1. *chicanes* : formalités de justice abusives.

pour me prouver sa bonne foi, d'appeler monsieur Derville
8080 toutes les fois que je le voudrais pour juger si les actes en
vertu desquels il m'instituerait propriétaire seraient convenablement rédigés. Enfin il s'est remis entre mes mains pieds
et poings liés. Il demande encore pendant deux ans la
conduite de la maison, et m'a suppliée de ne rien dépenser
8085 pour moi de plus qu'il ne m'accorde. Il m'a prouvé que tout
ce qu'il pouvait faire était de conserver les apparences, qu'il
avait renvoyé sa danseuse, et qu'il allait être contraint à la
plus stricte mais à la plus sourde économie, afin d'atteindre
au terme° de ses spéculations° sans altérer son crédit. Je l'ai
8090 malmené, j'ai tout mis en doute afin de le pousser à bout et
d'en apprendre davantage : il m'a montré ses livres, enfin il a
pleuré. Je n'ai jamais vu d'homme en pareil état. Il avait
perdu la tête, il parlait de se tuer, il délirait. Il m'a fait pitié.
– Et tu crois à ces sornettes, s'écria le père Goriot. C'est
8095 un comédien ! J'ai rencontré des Allemands en affaires : ces
gens-là sont presque tous de bonne foi, pleins de candeur ;
mais, quand, sous leur air de franchise et de bonhomie, ils
se mettent à être malins et charlatans, ils le sont alors plus
que les autres. Ton mari t'abuse. Il se sent serré de près, il
8100 fait le mort, il veut rester plus maître sous ton nom qu'il ne
l'est sous le sien. Il va profiter de cette circonstance pour se
mettre à l'abri des chances de son commerce. Il est aussi fin
que perfide ; c'est un mauvais gars. Non, non, je ne m'en irai
pas au Père-Lachaise° en laissant mes filles dénuées de tout.
8105 Je me connais encore un peu aux affaires. Il a, dit-il, engagé
ses fonds dans les entreprises, eh ! bien, ses intérêts sont
représentés par des valeurs, par des reconnaissances, par des
traités[1] ! qu'il les montre, et liquide[2] avec toi. Nous choisi-
rons les meilleures spéculations°, nous en courrons les
8110 chances, et nous aurons les titres recognitifs[3] en notre nom
de *Delphine Goriot, épouse séparée quant aux biens du baron de
Nucingen*. Mais nous prend-il pour des imbéciles, celui-là ?
Croit-il que je puisse supporter pendant deux jours l'idée de
te laisser sans fortune, sans pain ? Je ne la supporterais pas
8115 un jour, pas une nuit, pas deux heures ! Si cette idée était
vraie, je n'y survivrais pas. Eh ! quoi, j'aurai travaillé pendant

---

1. *traités* : accords, contrats.
2. *liquide* : règle ses comptes avec toi.
3. *titres recognitifs* : titres par lesquels on reconnaît l'existence d'un droit.

quarante ans de ma vie, j'aurai porté des sacs sur mon dos, j'aurai sué des averses, je me serai privé pendant toute ma vie pour vous, mes anges, qui me rendiez tout travail, tout
8120 fardeau léger ; et aujourd'hui ma fortune, ma vie s'en iraient en fumée ! Ceci me ferait mourir enragé. Par tout ce qu'il y a de plus sacré sur terre et au ciel, nous allons tirer ça au clair, vérifier les livres, la caisse, les entreprises ! Je ne dors pas, je ne me couche pas, je ne mange pas, qu'il ne me soit prouvé
8125 que ta fortune est là tout entière. Dieu merci, tu es séparée de biens ; tu auras maître Derville pour avoué•, un honnête homme heureusement. Jour de Dieu ! tu garderas ton bon petit million, tes cinquante mille livres• de rente•, jusqu'à la fin de tes jours, ou je fais un tapage dans Paris, ah ! ah ! Mais
8130 je m'adresserais aux chambres si les tribunaux nous victimaient [1]. Te savoir tranquille et heureuse du côté de l'argent, mais cette pensée allégeait tous mes maux et calmait mes chagrins. L'argent, c'est la vie. Monnaie fait tout. Que nous chante-t-il donc, cette grosse souche d'Alsacien ? Delphine,
8135 ne fais pas une concession d'un quart de liard à cette grosse bête, qui t'a mise à la chaîne et t'a rendue malheureuse. S'il a besoin de toi, nous le tricoterons [2] ferme, et nous le ferons marcher droit. Mon Dieu, j'ai la tête en feu, j'ai dans le crâne quelque chose qui me brûle. Ma Delphine sur la paille ! Oh !
8140 ma Fifine ! toi ! Sapristi ! où sont mes gants ? Allons ! partons, je veux aller tout voir, les livres, les affaires, la caisse, la correspondance, à l'instant. Je ne serai calme que quand il me sera prouvé que ta fortune ne court plus de risques, et que je la verrai de mes yeux.

8145 — Mon cher père ! allez-y prudemment. Si vous mettiez la moindre velléité [3] de vengeance en cette affaire, et si vous montriez des intentions trop hostiles, je serais perdue. Il vous connaît, il a trouvé tout naturel que, sous votre inspiration, je m'inquiétasse de ma fortune ; mais, je vous le jure,
8150 il la tient en ses mains, et a voulu la tenir. Il est homme à s'enfuir avec tous les capitaux, et à nous laisser là, le scélérat ! Il sait bien que je ne déshonorerai pas moi-même le nom que je porte en le poursuivant. Il est à la fois fort et

---

1. *victimaient* : rendaient victimes.
2. *tricoterons* : populairement, battrons.
3. *vélléité* : intention.

faible. J'ai bien tout examiné. Si nous le poussons à bout, je
8155 suis ruinée.

— Mais c'est donc un fripon?

— Eh! bien, oui, mon père, dit-elle en se jetant sur une
chaise en pleurant. Je ne voulais pas vous l'avouer pour vous
épargner le chagrin de m'avoir mariée à un homme de cette
8160 espèce-là! Mœurs secrètes et conscience, l'âme et le corps,
tout en lui s'accorde! c'est effroyable : je le hais et le
méprise. Oui, je ne puis plus estimer ce vil Nucingen après
tout ce qu'il m'a dit. Un homme capable de se jeter dans les
combinaisons commerciales dont il m'a parlé n'a pas la
8165 moindre délicatesse, et mes craintes viennent de ce que j'ai
lu parfaitement dans son âme. Il m'a nettement proposé, lui,
mon mari, la liberté, vous savez ce que cela signifie? si je
voulais être, en cas de malheur, un instrument entre ses
mains, enfin si je voulais lui servir de prête-nom.
8170 — Mais les lois sont là! Mais il y a une place de Grève•
pour les gendres de cette espèce-là, s'écria le père Goriot;
mais je le guillotinerais moi-même s'il n'y avait pas de bourreau.

— Non, mon père, il n'y a pas de lois contre lui. Écoutez
8175 en deux mots son langage, dégagé des circonlocutions dont
il l'enveloppait : «Ou tout est perdu, vous n'avez pas un
liard, vous êtes ruinée; car je ne saurais choisir pour
complice une autre personne que vous; ou vous me laisserez conduire à bien mes entreprises.» Est-ce clair? Il tient
8180 encore à moi. Ma probité• de femme le rassure; il sait que je
lui laisserai sa fortune, et me contenterai de la mienne. C'est
une association improbe[1] et voleuse à laquelle je dois
consentir sous peine d'être ruinée. Il m'achète ma
conscience et la paye en me laissant être à mon aise la
8185 femme d'Eugène. «Je te permets de commettre des fautes,
laisse-moi faire des crimes en ruinant de pauvres gens!» Ce
langage est-il encore assez clair? Savez-vous ce qu'il nomme
faire des opérations? Il achète des terrains nus sous son
nom, puis il y fait bâtir des maisons par des hommes de
8190 paille[2]. Ces hommes concluent les marchés pour les bâtisses
avec tous les entrepreneurs, qu'ils payent en effets à longs

---

1. *improbe* : malhonnête.
2. *hommes de paille* : personnes qui servent de prête-noms dans des entreprises
malhonnêtes.

termes[*][1], et consentent, moyennant une légère somme, à donner quittance[2] à mon mari, qui est alors possesseur des maisons, tandis que ces hommes s'acquittent avec les entre-
8195 preneurs dupés en faisant faillite. Le nom de la maison de Nucingen a servi à éblouir les pauvres constructeurs. J'ai compris cela. J'ai compris aussi que, pour prouver, en cas de besoin, le payement de sommes énormes, Nucingen a envoyé des valeurs considérables à Amsterdam, à Londres, à
8200 Naples, à Vienne. Comment les saisirions-nous?

Eugène entendit le son lourd des genoux du père Goriot, qui tomba sans doute sur le carreau de sa chambre.

– Mon Dieu, que t'ai-je fait? Ma fille livrée à ce misé-rable, il exigera tout d'elle s'il le veut. Pardon, ma fille! cria
8205 le vieillard.

– Oui, si je suis dans un abîme, il y a peut-être de votre faute, dit Delphine. Nous avons si peu de raison quand nous nous marions! Connaissons-nous le monde, les affaires, les hommes, les mœurs? Les pères devraient penser pour nous.
8210 Cher père, je ne vous reproche rien, pardonnez-moi ce mot. En ceci la faute est toute à moi. Non, ne pleurez point, papa, dit-elle en baisant le front de son père.

– Ne pleure pas non plus, ma petite Delphine. Donne tes yeux, que je les essuie en les baisant. Va! je vais retrouver
8215 ma caboche[3], et débrouiller l'écheveau d'affaires que ton mari a mêlé.

– Non, laissez-moi faire; je saurai le manœuvrer. Il m'aime, eh! bien, je me servirai de mon empire sur lui pour l'amener à me placer promptement quelques capitaux en
8220 propriétés. Peut-être lui ferai-je racheter sous mon nom Nucingen, en Alsace, il y tient. Seulement venez demain pour examiner ses livres, ses affaires. Monsieur Derville ne sait rien de ce qui est commercial. Non, ne venez pas demain. Je ne veux pas me tourner le sang. Le bal de
8225 madame de Beauséant a lieu après-demain, je veux me soi-gner pour y être belle, reposée, et faire honneur à mon cher Eugène! Allons donc voir sa chambre.

En ce moment une voiture s'arrêta dans la rue Neuve-Sainte-Geneviève[*], et l'on entendit dans l'escalier la voix de

---

1. *qu'ils payent en effets à longs termes* : qu'ils payent longtemps après les travaux.
2. *quittance* : écrit constatant qu'une somme a été payée.
3. *retrouver ma caboche* : retrouver ma tête, mon bon sens.

8230 madame de Restaud, qui disait à Sylvie : – Mon père y est-
il ? Cette circonstance sauva heureusement Eugène, qui
méditait déjà de se jeter sur son lit et de feindre d'y dormir.
    – Ah ! mon père, vous a-t-on parlé d'Anastasie ? dit Del-
phine en reconnaissant la voix de sa sœur. Il paraîtrait qu'il
8235 lui arrive aussi de singulières choses dans son ménage.
    – Quoi donc ! dit le père Goriot : ce serait donc ma fin.
Ma pauvre tête ne tiendra pas à un double malheur.
    – Bonjour, mon père, dit la comtesse en entrant. Ah ! te
voilà, Delphine.
8240   Madame de Restaud parut embarrassée de rencontrer sa
sœur.
    – Bonjour, Nasie, dit la baronne. Trouves-tu donc ma
présence extraordinaire ? Je vois mon père tous les jours,
moi.
8245   – Depuis quand ?
    – Si tu y venais, tu le saurais.
    – Ne me taquine pas, Delphine, dit la comtesse d'une
voix lamentable. Je suis bien malheureuse, je suis perdue,
mon pauvre père ! oh ! bien perdue cette fois !
8250   – Qu'as-tu, Nasie ? cria le père Goriot. Dis-nous tout,
mon enfant. Elle pâlit. Delphine, allons, secours-la donc,
sois bonne pour elle, je t'aimerai encore mieux, si je peux,
toi !
    – Ma pauvre Nasie, dit madame de Nucingen en asseyant
8255 sa sœur, parle. Tu vois en nous les deux seules personnes
qui t'aimeront toujours assez pour te pardonner tout.
Vois-tu, les affections de famille sont les plus sûres. Elle lui
fit respirer des sels[1], et la comtesse revint à elle.
    – J'en mourrai, dit le père Goriot. Voyons, reprit-il en
8260 remuant son feu de mottes, approchez-vous toutes les deux.
J'ai froid. Qu'as-tu, Nasie ? dis vite, tu me tues...
    – Eh bien, dit la pauvre femme, mon mari sait tout. Figu-
rez-vous, mon père, il y a quelque temps, vous souvenez-
vous de cette lettre de change• de Maxime ? Eh ! bien, ce
8265 n'était pas la première. J'en avais déjà payé beaucoup. Vers le
commencement de janvier, monsieur de Trailles me paraissait bien chagrin. Il ne me disait rien ; mais il est si facile de
lire dans le cœur des gens qu'on aime, un rien suffit : puis il
y a des pressentiments. Enfin il était plus aimant, plus

---

1. *respirer des sels* : sels que l'on fait respirer à quelqu'un pour le ranimer.

8270 tendre que je ne l'avais jamais vu, j'étais toujours plus heureuse. Pauvre Maxime! dans sa pensée, il me faisait ses
adieux, m'a-t-il dit; il voulait se brûler la cervelle. Enfin je
l'ai tant tourmenté, tant supplié, je suis restée deux heures à
ses genoux. Il m'a dit qu'il devait cent mille francs! Oh!
8275 papa, cent mille francs! Je suis devenue folle. Vous ne les
aviez pas, j'avais tout dévoré...

— Non, dit le père Goriot, je n'aurais pas pu les faire, à
moins d'aller les voler. Mais j'y aurais été, Nasie! J'irai.

À ce mot lugubrement jeté, comme un son du râle d'un
8280 mourant, et qui accusait l'agonie du sentiment paternel
réduit à l'impuissance, les deux sœurs firent une pause.
Quel égoïsme serait resté froid à ce cri de désespoir qui,
semblable à une pierre lancée dans un gouffre, en révélait la
profondeur?

8285 — Je les ai trouvés en disposant de ce qui ne m'appartenait pas, mon père, dit la comtesse en fondant en larmes.

Delphine fut émue et pleura en mettant la tête sur le cou
de sa sœur.

— Tout est donc vrai, lui dit-elle.

8290 Anastasie baissa la tête, madame de Nucingen la saisit à
plein corps, la baisa tendrement, et l'appuyant sur son
cœur : — Ici, tu seras toujours aimée sans être jugée, lui
dit-elle.

— Mes anges, dit Goriot d'une voix faible, pourquoi votre
8295 union est-elle due au malheur?

— Pour sauver la vie de Maxime, enfin pour sauver tout
mon bonheur, reprit la comtesse encouragée par ces témoignages d'une tendresse chaude et palpitante, j'ai porté chez
cet usurier° que vous connaissez, un homme fabriqué par
8300 l'enfer, que rien ne peut attendrir, ce monsieur Gobseck, les
diamants de famille auxquels tient tant monsieur de
Restaud, les siens, les miens, tout, je les ai vendus. Vendus!
comprenez-vous? il a été sauvé! Mais, moi, je suis morte.
Restaud a tout su.

8305 — Par qui? comment? Que je le tue! cria le père Goriot.

— Hier, il m'a fait appeler dans sa chambre. J'y suis allée...
« Anastasie, m'a-t-il dit d'une voix... (oh! sa voix a suffi, j'ai
tout deviné), où sont vos diamants? » « Chez moi ». « Non,
m'a-t-il dit en me regardant, ils sont là, sur ma commode. »
8310 Et il m'a montré l'écrin qu'il avait couvert de son mouchoir.
« Vous savez d'où ils viennent? » m'a-t-il dit. Je suis tombée
à ses genoux... j'ai pleuré, je lui ai demandé de quelle mort
il voulait me voir mourir.

— Tu as dit cela! s'écria le père Goriot. Par le sacré nom
8315 de Dieu, celui qui vous fera mal à l'une ou à l'autre, tant que
je serai vivant, peut être sûr que je le brûlerai à petit feu!
Oui, je le déchiquèterai comme...

Le père Goriot se tut, les mots expiraient dans sa gorge.

— Enfin, ma chère, il m'a demandé quelque chose de plus
8320 difficile à faire que de mourir. Le ciel préserve toute femme
d'entendre ce que j'ai entendu!

— J'assassinerai cet homme, dit le père Goriot tranquillement. Mais il n'a qu'une vie, et il m'en doit deux. Enfin,
quoi? reprit-il en regardant Anastasie.

8325 — Eh bien, dit la comtesse en continuant, après une pause
il m'a regardée: «Anastasie, m'a-t-il dit, j'ensevelis tout dans
le silence, nous resterons ensemble, nous avons des enfants.
Je ne tuerai pas monsieur de Trailles, je pourrais le manquer,
et pour m'en défaire autrement je pourrais me heurter
8330 contre la justice humaine. Le tuer dans vos bras, ce serait
déshonorer les enfants. Mais pour ne voir périr ni vos
enfants, ni leur père, ni moi, je vous impose deux conditions. Répondez: Ai-je un enfant à moi?» J'ai dit oui.
«Lequel?» a-t-il demandé. «Ernest, notre aîné.» «Bien,
8335 a-t-il dit. Maintenant, jurez-moi de m'obéir désormais sur
un seul point.» J'ai juré. «Vous signerez la vente de vos
biens quand je vous le demanderai.»

— Ne signe pas, cria le père Goriot. Ne signe jamais cela.
Ah! ah! monsieur de Restaud, vous ne savez pas ce que c'est
8340 que de rendre une femme heureuse, elle va chercher le bonheur là où il est, et vous la punissez de votre niaise impuissance?... Je suis là, moi, halte là! il me trouvera dans sa
route. Nasie, sois en repos. Ah, il tient à son héritier! bon,
bon. Je lui empoignerai son fils, qui, sacré tonnerre, est mon
8345 petit-fils. Je puis bien le voir, ce marmot? Je le mets dans
mon village, j'en aurai soin, sois bien tranquille. Je le ferai
capituler, ce monstre-là, en lui disant: À nous deux! Si tu
veux avoir ton fils, rends à ma fille son bien, et laisse-la se
conduire à sa guise.

8350 — Mon père!

— Oui, ton père! Ah! je suis un vrai père. Que ce drôle
de grand seigneur ne maltraite pas mes filles. Tonnerre! je
ne sais pas ce que j'ai dans les veines. J'y ai le sang d'un
tigre, je voudrais dévorer ces deux hommes. O mes enfants!
8355 voilà donc votre vie? Mais c'est ma mort. Que deviendrez-
vous donc quand je ne serai plus là? Les pères devraient
vivre autant que leurs enfants. Mon Dieu, comme ton

monde est mal arrangé! Et tu as un fils cependant, à ce qu'on nous dit. Tu devrais nous empêcher de souffrir dans
8360 nos enfants. Mes chers anges, quoi! ce n'est qu'à vos douleurs que je dois votre présence. Vous ne me faites connaître que vos larmes. Eh! bien, oui, vous m'aimez, je le vois. Venez, venez vous plaindre ici! mon cœur est grand, il peut tout recevoir. Oui, vous aurez beau le percer, les lambeaux
8365 feront encore des cœurs de père. Je voudrais prendre vos peines, souffrir pour vous. Ah! quand vous étiez petites, vous étiez bien heureuses...

— Nous n'avons eu que ce temps-là de bon, dit Delphine. Où sont les moments où nous dégringolions du haut des
8370 sacs dans le grand grenier.

— Mon père! ce n'est pas tout, dit Anastasie à l'oreille de Goriot qui fit un bond. Les diamants n'ont pas été vendus cent mille francs. Maxime est poursuivi. Nous n'avons plus que douze mille francs à payer. Il m'a promis d'être sage, de
8375 ne plus jouer. Il ne me reste plus au monde que son amour, et je l'ai payé trop cher pour ne pas mourir s'il m'échappait. Je lui ai sacrifié fortune, honneur, repos, enfants. Oh! faites qu'au moins Maxime soit libre, honoré, qu'il puisse demeurer dans le monde où il saura se faire une position. Mainte-
8380 nant il ne me doit pas que le bonheur, nous avons des enfants qui seraient sans fortune. Tout sera perdu s'il est mis à Sainte-Pélagie[1].

— Je ne les ai pas, Nasie. Plus, plus rien, plus rien! C'est la fin du monde. Oh! le monde va crouler, c'est sûr. Allez-
8385 vous en, sauvez-vous avant! Ah! j'ai encore mes boucles d'argent, six couverts, les premiers que j'aie eus dans ma vie. Enfin, je n'ai plus que douze cents francs de rente viagère•...

— Qu'avez-vous donc fait de vos rentes• perpétuelles[2]?

— Je les ai vendues en me réservant ce petit bout de
8390 revenu pour mes besoins. Il me fallait douze mille francs pour arranger un appartement à Fifine.

— Chez toi, Delphine? dit madame de Restaud à sa sœur.

— Oh! qu'est-ce que cela fait! reprit le père Goriot, les douze mille francs sont employés.

8395 — Je devine, dit la comtesse. Pour monsieur de Rastignac. Ah! ma pauvre Delphine, arrête-toi. Vois où j'en suis.

---

1. *Sainte-Pélagie* : prison où sont incarcérés les prisonniers pour dettes.
2. *rentes• perpétuelles* : rentes• de l'État.

— Ma chère, monsieur de Rastignac est un jeune homme incapable de ruiner sa maîtresse.

8400 — Merci, Delphine. Dans la crise où je me trouve, j'attendais mieux de toi; mais tu ne m'as jamais aimée.

— Si, elle t'aime, Nasie, cria le père Goriot, elle me le disait tout à l'heure. Nous parlions de toi, elle me soutenait que tu étais belle et qu'elle n'était que jolie, elle!

— Elle! répéta la comtesse, elle est d'un beau froid.

8405 — Quand cela serait, dit Delphine en rougissant, comment t'es-tu comportée envers moi? Tu m'as reniée, tu m'as fait fermer les portes de toutes les maisons où je souhaitais aller, enfin tu n'as jamais manqué la moindre occasion de me causer de la peine. Et moi, suis-je venue, comme toi, souti-

8410 rer à ce pauvre père, mille francs à mille francs, sa fortune, et le réduire dans l'état où il est? Voilà ton ouvrage, ma sœur. Moi, j'ai vu mon père tant que j'ai pu, je ne l'ai pas mis à la porte, et ne suis pas venue lui lécher les mains quand j'avais besoin de lui. Je ne savais seulement pas qu'il

8415 eût employé ces douze mille francs pour moi. J'ai de l'ordre, moi! tu le sais. D'ailleurs, quand papa m'a fait des cadeaux, je ne les ai jamais quêtés.

— Tu étais plus heureuse que moi : monsieur de Marsay était riche, tu en sais quelque chose. Tu as toujours été

8420 vilaine[1] comme l'or. Adieu, je n'ai ni sœur, ni...

— Tais-toi, Nasie! cria le père Goriot.

— Il n'y a qu'une sœur comme toi qui puisse répéter ce que le monde ne croit plus, tu es un monstre, lui dit Delphine.

8425 — Mes enfants, mes enfants, taisez-vous, ou je me tue devant vous.

— Va, Nasie, je te pardonne, dit madame de Nucingen en continuant, tu es malheureuse. Mais je suis meilleure que tu ne l'es. Me dire cela au moment où je me sentais capable de

8430 tout pour te secourir, même d'entrer dans la chambre de mon mari, ce que je ne ferais ni pour moi ni pour... Ceci est digne de tout ce que tu as commis de mal contre moi depuis neuf ans.

— Mes enfants, mes enfants, embrassez-vous! dit le père.

8435 Vous êtes deux anges.

— Non, laissez-moi, cria la comtesse que Goriot avait

---

1. *vilaine* : avare.

prise par le bras et qui secoua l'embrassement de son père. Elle a moins de pitié pour moi que n'en aurait mon mari. Ne dirait-on pas qu'elle est l'image de toutes les vertus!

8440 — J'aime encore mieux passer pour devoir de l'argent à monsieur de Marsay que d'avouer que monsieur de Trailles me coûte plus de deux cent mille francs, répondit madame de Nucingen.

— Delphine! cria la comtesse en faisant un pas vers elle.

8445 — Je te dis la vérité quand tu me calomnies, répliqua froidement la baronne.

— Delphine! tu es une...

Le père Goriot s'élança, retint la comtesse et l'empêcha de parler en lui couvrant la bouche avec sa main.

8450 — Mon Dieu? mon père, à quoi donc avez-vous touché ce matin? lui dit Anastasie.

— Eh! bien, oui, j'ai tort, dit le pauvre père en s'essuyant les mains à son pantalon. Mais je ne savais pas que vous viendriez, je déménage.

8455 Il était heureux de s'être attiré un reproche qui détournait sur lui la colère de sa fille.

— Ah! reprit-il en s'asseyant, vous m'avez fendu le cœur. Je me meurs, mes enfants! Le crâne me cuit intérieurement comme s'il avait du feu. Soyez donc gentilles, aimez-vous

8460 bien! Vous me feriez mourir. Delphine, Nasie, allons, vous aviez raison, vous aviez tort toutes les deux. Voyons, Dedel, reprit-il en tournant sur la baronne des yeux pleins de larmes, il lui faut douze mille francs, cherchons-les. Ne vous regardez pas comme ça. Il se mit à genoux devant Delphine.

8465 — Demande-lui pardon pour me faire plaisir, lui dit-il à l'oreille, elle est la plus malheureuse, voyons?

— Ma pauvre Nasie, dit Delphine épouvantée de la sauvage et folle expression que la douleur imprimait sur le visage de son père, j'ai eu tort, embrasse-moi...

8470 — Ah! vous me mettez du baume sur le cœur, cria le père Goriot. Mais où trouver douze mille francs? Si je me proposais comme remplaçant?

— Ah! mon père! dirent les deux filles en l'entourant, non, non.

8475 — Dieu vous récompensera de cette pensée, notre vie n'y suffirait point! n'est-ce pas, Nasie? reprit Delphine.

— Et puis, pauvre père, ce serait une goutte d'eau, fit observer la comtesse.

— Mais on ne peut donc rien faire de son sang? cria le

8480 vieillard désespéré. Je me voue à celui qui te sauvera, Nasie!

je tuerai un homme pour lui. Je ferai comme Vautrin, j'irai
au bagne! je... Il s'arrêta comme s'il eût été foudroyé. Plus
rien! dit-il en s'arrachant les cheveux. Si je savais où aller
pour voler, mais il est encore difficile de trouver un vol à
8485 faire. Et puis il faudrait du monde et du temps pour prendre
la Banque. Allons, je dois mourir, je n'ai plus qu'à mourir.
Oui, je ne suis plus bon à rien, je ne suis plus père! non.
Elle me demande, elle a besoin! et moi, misérable, je n'ai
rien. Ah! tu t'es fait des rentes viagères*, vieux scélérat, et tu
8490 avais des filles! Mais tu ne les aimes donc pas? Crève, crève
comme un chien que tu es! Oui, je suis au-dessous d'un
chien, un chien ne se conduirait pas ainsi! Oh! ma tête! elle
bout!

— Mais, papa, crièrent les deux jeunes femmes qui l'en-
8495 touraient pour l'empêcher de se frapper la tête contre les
murs, soyez donc raisonnable.

Il sanglotait. Eugène, épouvanté, prit la lettre de change*
souscrite à Vautrin, et dont le timbre comportait une plus
forte somme; il en corrigea le chiffre, en fit une lettre de
8500 change régulière de douze mille francs à l'ordre de Goriot et
entra.

— Voici tout votre argent, madame, dit-il en présentant le
papier. Je dormais, votre conversation m'a réveillé, j'ai pu
savoir ainsi ce que je devais à monsieur Goriot. En voici le
8505 titre que vous pouvez négocier, je l'acquitterai fidèlement.

La comtesse, immobile, tenait le papier.

— Delphine, dit-elle pâle et tremblante de colère, de
fureur, de rage, je te pardonnais tout, Dieu m'en est témoin,
mais ceci! Comment, monsieur était là, tu le savais! tu as eu
8510 la petitesse de te venger en me laissant lui livrer mes secrets,
ma vie, celle de mes enfants, ma honte, mon honneur! Va,
tu ne m'es plus de rien, je te hais, je te ferai tout le mal
possible, je... La colère lui coupa la parole, et son gosier se
sécha.

8515 — Mais, c'est mon fils, notre enfant, ton frère, ton sauveur, criait le père Goriot. Embrasse-le donc, Nasie! Tiens,
moi je l'embrasse, reprit-il en serrant Eugène avec une sorte
de fureur. Oh! mon enfant! je serai plus qu'un père pour
toi, je veux être une famille. Je voudrais être Dieu, je te
8520 jetterais l'univers aux pieds. Mais, baise-le donc, Nasie? ce
n'est pas un homme, mais un ange, un véritable ange.

— Laissez-la, mon père, elle est folle en ce moment, dit
Delphine.

— Folle! folle! Et toi, qu'es-tu? demanda madame de
8525 Restaud.

— Mes enfants, je meurs si vous continuez, cria le vieillard
en tombant sur son lit comme frappé par une balle. — Elles
me tuent! se dit-il.

La comtesse regarda Eugène, qui restait immobile, aba-
8530 sourdi par la violence de cette scène : — Monsieur, lui dit-
elle en l'interrogeant du geste, de la voix et du regard, sans
faire attention à son père dont le gilet fut rapidement défait
par Delphine.

— Madame, je payerai et je me tairai, répondit-il sans
8535 attendre la question.

— Tu as tué notre père, Nasie! dit Delphine en montrant
le vieillard évanoui à sa sœur, qui se sauva.

— Je lui pardonne bien, dit le bonhomme en ouvrant les
yeux, sa situation est épouvantable et tournerait une meil-
8540 leure tête. Console Nasie, sois douce pour elle, promets-le à
ton pauvre père⸴ qui se meurt, demanda-t-il à Delphine en
lui pressant la main.

— Mais qu'avez-vous? dit-elle tout effrayée.

— Rien, rien, répondit le père, ça se passera. J'ai quelque
8545 chose qui me presse le front, une migraine. Pauvre Nasie,
quel avenir!

En ce moment la comtesse rentra, se jeta aux genoux de
son père : — Pardon! cria-t-elle.

— Allons, dit le père Goriot, tu me fais encore plus de mal
8550 maintenant.

— Monsieur, dit la comtesse à Rastignac, les yeux baignés
de larmes, la douleur m'a rendue injuste. Vous serez un frère
pour moi? reprit-elle en lui tendant la main.

— Nasie, lui dit Delphine en la serrant, ma petite Nasie,
8555 oublions tout.

— Non, dit-elle, je m'en souviendrai, moi!

— Les anges, s'écria le père Goriot, vous m'enlevez le
rideau que j'avais sur les yeux, votre voix me ranime.
Embrassez-vous donc encore. Eh! bien, Nasie, cette lettre de
8560 change• te sauvera-t-elle?

— Je l'espère. Dites donc, papa, voulez-vous y mettre
votre signature?

— Tiens, suis-je bête, moi, d'oublier ça! Mais je me suis
trouvé mal, Nasie, ne m'en veux pas. Envoie-moi dire que tu
8565 es hors de peine. Non, j'irai. Mais non, je n'irai pas, je ne
puis plus voir ton mari, je le tuerais net. Quant à dénaturer

tes biens, je serai là. Va vite, mon enfant, et fais que Maxime devienne sage.

Eugène était stupéfait.

8570 — Cette pauvre Anastasie a toujours été violente, dit madame de Nucingen, mais elle a bon cœur.

— Elle est revenue pour l'endos[1], dit Eugène à l'oreille de Delphine.

— Vous croyez?

8575 — Je voudrais ne pas le croire. Méfiez-vous d'elle, répondit-il en levant les yeux comme pour confier à Dieu des pensées qu'il n'osait exprimer.

— Oui, elle a toujours été un peu comédienne, et mon pauvre père se laisse prendre à ses mines.

8580 — Comment allez-vous, mon bon père Goriot? demanda Rastignac au vieillard.

— J'ai envie de dormir, répondit-il.

Eugène aida Goriot à se coucher. Puis, quand le bonhomme se fut endormi en tenant la main de Delphine, sa 8585 fille se retira.

— Ce soir aux Italiens*, dit-elle à Eugène, et tu me diras comment il va. Demain, vous déménagerez, monsieur. Voyons votre chambre. Oh! quelle horreur! dit-elle en y entrant. Mais vous étiez plus mal que n'est mon père. 8590 Eugène, tu t'es bien conduit. Je vous aimerais davantage si c'était possible; mais, mon enfant, si vous voulez faire fortune, il ne faut pas jeter comme ça des douze mille francs par les fenêtres. Le comte de Trailles est joueur. Ma sœur ne veut pas voir ça. Il aurait été chercher ses douze mille francs 8595 là où il sait perdre ou gagner des monts d'or.

Un gémissement les fit revenir chez Goriot, qu'ils trouvèrent en apparence endormi; mais quand les deux amants approchèrent, ils entendirent ces mots : — Elles ne sont pas heureuses! Qu'il dormît ou qu'il veillât, l'accent de cette 8600 phrase frappa si vivement le cœur de sa fille, qu'elle s'approcha du grabat* sur lequel gisait son père, et le baisa au front. Il ouvrit les yeux en disant : — C'est Delphine!

— Eh! bien, comment vas-tu? demanda-t-elle.

— Bien, dit-il. Ne sois pas inquiète, je vais sortir. Allez, 8605 allez, mes enfants, soyez heureux.

---

1. *endos* : signature qui, portée au dos d'une lettre de change*, permet qu'elle puisse être payée à un autre bénéficiaire.

Pages 243 à 257

Compréhension

1. *Faites la liste des éléments mis en place par Balzac au début de ce passage.*

2. *Par quelles révélations successives Delphine annonce-t-elle à son père que son mari l'a ruinée ? Pourquoi procède-t-elle ainsi ? À quelles activités malhonnêtes s'adonne Nucingen en utilisant le nom et l'argent de sa femme ?*
En quoi son comportement est-il révélateur de l'évolution économique et sociale du début du xixᵉ siècle ?

3. *Quels moyens envisage Goriot pour défendre Delphine contre Nucingen ? Quelles raisons donne-t-il à Delphine ? Quelle nouvelle passion nous découvre-t-il ?*
Pourquoi Delphine refuse-t-elle finalement que son père intervienne auprès de Nucingen ? Que craint-elle ? Comment préfère-t-elle s'y prendre ?
Qui, finalement, accuse-t-elle de ses malheurs et de l'avoir laissé épouser Nucingen ?

4. *Quelles révélations la concernant Anastasie fait-elle à son père ? Maxime de Trailles semble-t-il digne de la passion qu'elle lui porte ? Pour quelles raisons ?*

5. *Quels moyens envisage Goriot pour défendre Anastasie contre son mari ? Quel trait de caractère de Goriot se révèle ici ? Quelles solutions envisage le père Goriot pour sauver Anastasie du déshonneur ?*
Quelle solution se fait jour finalement ? En quoi satisfait-elle les deux parties ?

6. *Que nous confirment les toutes premières paroles échangées par les deux sœurs que nous savions déjà ? Par qui l'avions-nous appris ? Qu'apprend Anastasie, qui déclenche sa colère et ses insultes ?*
En quoi la scène qui éclate entre les deux filles est-elle d'une violence extrême ? Existe-t-il des moments de répit ? À qui ou à quoi sont-ils dus ? Laquelle des deux sœurs est la plus vindicative ? À quoi le voyons-nous ?

7. *Quelle expression, répétée plusieurs fois dans le texte, montre que les événements de la journée ont ébranlé la santé du père Goriot ?*
Quels autres signes de cette dégradation physique se manifestent ? Laquelle des deux sœurs est la plus attentive à son père ?

Écriture

8. Relevez tout au long du passage les termes appartenant au champ lexical* de la mort. Quels personnages concernent-ils ? Pourquoi ?

9. Dans ce passage, relevez deux métaphores* et une comparaison* qui assimilent les filles Goriot à des meurtrières. (l. 8039 à 8047 ; 8450 à 8466 ; 8524 à 8528.)

Mise en perspective

10. Vous connaîtrez tous les détails de l'aventure de madame de Restaud et de Maxime de Trailles en lisant Gobseck.

11. L'argent est une des valeurs clés de la société du XIXᵉ siècle. Il est un thème fréquent des romans de cette époque. Quel autre romancier français de la deuxième moitié du XIXᵉ siècle en a fait le thème de plusieurs de ses romans ? Citez-en quelques-uns.

Goriot est regardé par les gens du monde avec le respect
dû aux écus. Gravure du XIXᵉ siècle.

Eugène accompagna Delphine jusque chez elle ; mais, inquiet de l'état dans lequel il avait laissé Goriot, il refusa de dîner avec elle, et revint à la maison Vauquer. Il trouva le père Goriot debout et prêt à s'attabler. Bianchon s'était mis
8610 de manière à bien examiner la figure du vermicellier. Quand il lui vit prendre son pain et le sentir pour juger de la farine avec laquelle il était fait, l'étudiant, ayant observé dans ce mouvement une absence totale de ce que l'on pourrait nommer la conscience de l'acte, fit un geste sinistre.

8615 — Viens donc près de moi, monsieur l'interne• à Cochin, dit Eugène.

Bianchon s'y transporta d'autant plus volontiers qu'il allait être près du vieux pensionnaire.

— Qu'a-t-il ? demanda Rastignac.

8620 — À moins que je ne me trompe, il est flambé[1] ! Il a dû se passer quelque chose d'extraordinaire en lui, il me semble être sous le poids d'une apoplexie séreuse• imminente. Quoique le bas de la figure soit assez calme, les traits supérieurs du visage se tirent vers le front malgré lui, vois ! Puis
8625 les yeux sont dans l'état particulier qui dénote l'invasion du sérum dans le cerveau. Ne dirait-on pas qu'ils sont pleins d'une poussière fine ? Demain matin j'en saurai davantage.

— Y aurait-il quelque remède ?

— Aucun. Peut-être pourra-t-on retarder sa mort si l'on
8630 trouve les moyens de déterminer une réaction vers les extrémités, vers les jambes ; mais si demain soir les symptômes ne cessent pas, le pauvre bonhomme est perdu. Sais-tu par quel événement la maladie a été causée ? il a dû recevoir un coup violent sous lequel son moral aura succombé.

8635 — Oui, dit Rastignac en se rappelant que les deux filles avaient battu sans relâche sur le cœur de leur père.

— Au moins, se disait Eugène, Delphine aime son père, elle !

Le soir, aux Italiens•, Rastignac prit quelques précautions
8640 afin de ne pas trop alarmer madame de Nucingen.

— N'ayez pas d'inquiétude, répondit-elle aux premiers mots que lui dit Eugène, mon père est fort. Seulement, ce matin, nous l'avons un peu secoué. Nos fortunes sont en question, songez-vous à l'étendue de ce malheur ? Je ne
8645 vivrais pas si votre affection ne me rendait pas insensible à

---

1. *flambé* : perdu.

ce que j'aurais regardé naguère comme des angoisses mortelles. Il n'est plus aujourd'hui qu'une seule crainte, un seul malheur pour moi, c'est de perdre l'amour qui m'a fait sentir le plaisir de vivre. En dehors de ce sentiment tout m'est
8650 indifférent, je n'aime plus rien au monde. Vous êtes tout pour moi. Si je sens le bonheur d'être riche, c'est pour mieux vous plaire. Je suis, à ma honte, plus amante que je ne suis fille. Pourquoi? je ne sais. Toute ma vie est en vous. Mon père m'a donné un cœur, mais vous l'avez fait
8655 battre. Le monde entier peut me blâmer, que m'importe! si vous, qui n'avez pas le droit de m'en vouloir, m'acquittez des crimes auxquels me condamne un sentiment irrésistible? Me croyez-vous une fille dénaturée? oh, non, il est impossible de ne pas aimer un père aussi bon que l'est le
8660 nôtre. Pouvais-je empêcher qu'il ne vît enfin les suites naturelles de nos déplorables mariages? Pourquoi ne les a-t-il pas empêchés? N'était-ce pas à lui de réfléchir pour nous? Aujourd'hui, je le sais, il souffre autant que nous; mais que pouvions-nous y faire? Le consoler! nous ne le
8665 consolerions de rien. Notre résignation lui faisait plus de douleur que nos reproches et nos plaintes ne lui causeraient de mal. Il est des situations dans la vie où tout est amertume.

Eugène resta muet, saisi de tendresse par l'expression
8670 naïve d'un sentiment vrai. Si les Parisiennes sont souvent fausses, ivres de vanité, personnelles, coquettes, froides, il est sûr que quand elles aiment réellement, elles sacrifient plus de sentiments que les autres femmes à leurs passions; elles se grandissent de toutes leurs petitesses, et deviennent
8675 sublimes. Puis Eugène était frappé de l'esprit profond et judicieux que la femme déploie pour juger les sentiments les plus naturels, quand une affection privilégiée l'en sépare et la met à distance. Madame de Nucingen se choqua du silence que gardait Eugène.

8680 — À quoi pensez-vous donc? lui demanda-t-elle.

— J'écoute encore ce que vous m'avez dit. J'ai cru jusqu'ici vous aimer plus que vous ne m'aimiez.

Elle sourit et s'arma contre le plaisir qu'elle éprouva, pour laisser la conversation dans les bornes imposées par les
8685 convenances. Elle n'avait jamais entendu les expressions vibrantes d'un amour jeune et sincère. Quelques mots de plus, elle ne se serait plus contenue.

— Eugène, dit-elle en changeant de conversation, vous ne savez donc pas ce qui se passe? Tout Paris sera demain chez

8690 madame de Beauséant. Les Rochefide et le marquis d'Ajuda se sont entendus pour ne rien ébruiter ; mais le roi signe demain le contrat de mariage, et votre pauvre cousine ne sait rien encore. Elle ne pourra pas se dispenser de recevoir, et le marquis ne sera pas à son bal. On ne s'entretient que
8695 de cette aventure.

— Et le monde se rit d'une infamie, et il y trempe ! Vous ne savez donc pas que madame de Beauséant en mourra ?

— Non, dit Delphine en souriant, vous ne connaissez pas ces sortes de femmes-là. Mais tout Paris viendra chez elle, et
8700 j'y serai ! Je vous dois ce bonheur-là pourtant.

— Mais, dit Rastignac, n'est-ce pas un de ces bruits absurdes comme on en fait tant courir à Paris ?

— Nous saurons la vérité demain.

Eugène ne rentra pas à la maison Vauquer. Il ne put se
8705 résoudre à ne pas jouir de son nouvel appartement. Si, la veille, il avait été forcé de quitter Delphine, à une heure après minuit, ce fut Delphine qui le quitta vers deux heures pour retourner chez elle. Il dormit le lendemain assez tard, attendit vers midi madame de Nucingen, qui vint déjeuner
8710 avec lui. Les jeunes gens sont si avides de ces jolis bonheurs, qu'il avait presque oublié le père Goriot. Ce fut une longue fête pour lui que de s'habituer à chacune de ces élégantes choses qui lui appartenaient. Madame de Nucingen était là, donnant à tout un nouveau prix. Cependant, vers quatre
8715 heures, les deux amants pensèrent au père Goriot en songeant au bonheur qu'il se promettait à venir demeurer dans cette maison. Eugène fit observer qu'il était nécessaire d'y transporter promptement le bonhomme, s'il devait être malade, et quitta Delphine pour courir à la maison Vauquer.
8720 Ni le père Goriot ni Bianchon n'étaient à table.

— Eh ! bien, lui dit le peintre, le père Goriot est éclopé[1]. Bianchon est là-haut près de lui. Le bonhomme a vu l'une de ses filles, la comtesse de Restaurama. Puis il a voulu sortir et sa maladie a empiré. La société va être privée d'un
8725 de ses beaux ornements.

Rastignac s'élança vers l'escalier.

— Hé ! monsieur Eugène !

— Monsieur Eugène ! madame vous appelle, cria Sylvie.

— Monsieur, lui dit la veuve, monsieur Goriot et vous,

---

1. *éclopé* : malade.

8730 vous deviez sortir le quinze de février. Voici trois jours que le quinze est passé, nous sommes au dix-huit ; il faudra me payer un mois pour vous et pour lui, mais, si vous voulez garantir le père Goriot, votre parole me suffira.

— Pourquoi ? n'avez-vous pas confiance ?

8735 — Confiance ! si le bonhomme n'avait plus sa tête et mourait, ses filles ne me donneraient pas un liard, et toute sa défroque ne vaut pas dix francs. Il a emporté ce matin ses derniers couverts, je ne sais pourquoi. Il s'était mis en jeune homme. Dieu me pardonne, je crois qu'il avait du rouge, il

8740 m'a paru rajeuni.

— Je réponds de tout, dit Eugène en frissonnant d'horreur et appréhendant une catastrophe.

Il monta chez le père Goriot. Le vieillard gisait sur son lit, et Bianchon était auprès de lui.

8745 — Bonjour, père, lui dit Eugène.

Le bonhomme lui sourit doucement, et répondit en tournant vers lui des yeux vitreux : — Comment va-t-elle ?

— Bien. Et vous ?

— Pas mal.

8750 — Ne le fatigue pas, dit Bianchon en entraînant Eugène dans un coin de la chambre.

— Eh ! bien ? lui dit Rastignac.

— Il ne peut être sauvé que par un miracle. La congestion séreuse[1] a eu lieu, il a les sinapismes ; heureusement il les

8755 sent, ils agissent.

— Peut-on le transporter ?

— Impossible. Il faut le laisser là, lui éviter tout mouvement physique et toute émotion...

— Mon bon Bianchon, dit Eugène, nous le soignerons à

8760 nous deux.

— J'ai déjà fait venir le médecin en chef de mon hôpital.

— Eh ! bien ?

— Il prononcera demain soir. Il m'a promis de venir après sa journée. Malheureusement ce fichu bonhomme a commis

8765 ce matin une imprudence sur laquelle il ne veut pas s'expliquer. Il est entêté comme une mule. Quand je lui parle, il fait semblant de ne pas entendre, et dort pour ne pas me répondre ; ou bien, s'il a les yeux ouverts, il se met à geindre. Il est sorti vers le matin, il a été à pied dans Paris,

---

1. *congestion séreuse* : *cf.* apoplexie séreuse*.

8770 on ne sait où. Il a emporté tout ce qu'il possédait de vaillant, il a été faire quelque sacré trafic pour lequel il a outrepassé ses forces! Une de ses filles est venue.

— La comtesse? dit Eugène. Une grande brune, l'œil vif et bien coupé•, joli pied, taille souple?

8775 — Oui.

— Laisse-moi seul un moment avec lui, dit Rastignac. Je vais le confesser, il me dira tout, à moi.

— Je vais aller dîner pendant ce temps-là. Seulement tâche de ne pas trop l'agiter; nous avons encore quelque espoir.

8780 — Sois tranquille.

— Elles s'amuseront bien demain, dit le père Goriot à Eugène quand ils furent seuls. Elles vont à un grand bal.

— Qu'avez-vous donc fait ce matin, papa, pour être si souffrant ce soir qu'il vous faille rester au lit?

8785 — Rien.

— Anastasie est venue? demanda Rastignac.

— Oui, répondit le père Goriot.

— Eh! bien, ne me cachez rien. Que vous a-t-elle encore demandé?

8790 — Ah! reprit-il en rassemblant ses forces pour parler, elle était• bien malheureuse, allez, mon enfant! Nasie n'a pas un sou• depuis l'affaire des diamants. Elle avait commandé, pour ce bal, une robe lamée• qui doit lui aller comme un bijou. Sa couturière, une infâme, n'a pas voulu lui faire cré-

8795 dit, et sa femme de chambre a payé mille francs en à-compte sur la toilette. Pauvre Nasie, en être venue là! Ça m'a déchiré le cœur. Mais la femme de chambre, voyant ce Restaud retirer toute sa confiance à Nasie, a eu peur de perdre son argent, et s'entend avec la couturière pour ne

8800 livrer la robe que si les mille francs sont rendus. Le bal est demain, la robe est prête. Nasie est au désespoir. Elle a voulu m'emprunter mes couverts pour les engager. Son mari veut qu'elle aille à ce bal pour montrer à tout Paris les diamants qu'on prétend vendus par elle. Peut-elle dire à ce

8805 monstre : « Je dois mille francs, payez-les »? Non. J'ai compris ça, moi. Sa sœur Delphine ira là dans une toilette superbe. Anastasie ne doit pas être au-dessous de sa cadette. Et puis elle est si noyée de larmes, ma pauvre fille! J'ai été si humilié de n'avoir pas eu douze mille francs hier, que j'au-

8810 rais donné le reste de ma misérable vie pour racheter ce tort-là. Voyez-vous? j'avais eu la force de tout supporter, mais mon dernier manque d'argent m'a crevé le cœur. Oh! oh! je n'en ai fait ni une ni deux, je me suis rafistolé•,

requinqué[1] ; j'ai vendu pour six cents francs de couverts et
8815 de boucles, puis j'ai engagé, pour un an, mon titre de rente*
viagère contre quatre cents francs une fois payés, au papa
Gobseck. Bah ! je mangerai du pain ! ça me suffisait quand
j'étais jeune, ça peut encore aller. Au moins elle aura une
belle soirée, ma Nasie. Elle sera pimpante. J'ai le billet de
8820 mille francs là sous mon chevet. Ça me réchauffe d'avoir là
sous la tête ce qui va faire plaisir à la pauvre Nasie. Elle
pourra mettre sa mauvaise Victoire à la porte. A-t-on vu des
domestiques ne pas avoir confiance dans leurs maîtres !
Demain je serai bien, Nasie vient à dix heures. Je ne veux
8825 pas qu'elles me croient malade, elles n'iraient point au bal,
elles me soigneraient. Nasie m'embrassera demain comme
son enfant, ses caresses me guériront. Enfin, n'aurais-je pas
dépensé mille francs chez l'apothicaire ? J'aime mieux les
donner à mon Guérit-Tout, à ma Nasie. Je la consolerai dans
8830 sa misère, au moins. Ça m'acquitte du tort de m'être fait du
viager. Elle est au fond de l'abîme, et moi je ne suis plus
assez fort pour l'en tirer. Oh ! je vais me remettre au
commerce. J'irai à Odessa* pour y acheter du grain. Les blés
valent là trois fois moins que les nôtres ne coûtent. Si l'in-
8835 troduction des céréales est défendue en nature, les braves
gens qui font les lois n'ont pas songé à prohiber les fabrica-
tions dont les blés sont le principe. Hé, hé !... j'ai trouvé
cela, moi, ce matin ! Il y a de beaux coups à faire dans les
amidons.
8840 – Il est fou, se dit Eugène en regardant le vieillard.
Allons, restez en repos, ne parlez pas...
Eugène descendit pour dîner quand Bianchon remonta.
Puis tous deux passèrent la nuit à garder le malade à tour de
rôle, en s'occupant, l'un à lire ses livres de médecine, l'autre à
8845 écrire à sa mère et à ses sœurs. Le lendemain, les symptômes
qui se déclarèrent chez le malade furent, suivant Bianchon,
d'un favorable augure ; mais ils exigèrent des soins conti-
nuels dont les deux étudiants étaient seuls capables, et dans
le récit desquels il est imposible de compromettre la pudi-
8850 bonde phraséologie[2] de l'époque. Les sangsues[3] mises sur le

---

1. *requinqué* : habillé.
2. *pudibonde phraséologie* : discours plein de pudeur exagérée.
3. *sangsues* : petits vers utilisés en médecine ; elles étaient destinées à saigner le
malade.

corps appauvri du bonhomme furent accompagnées de cataplasmes*, de bains de pied, de manœuvres médicales pour lesquelles il fallait d'ailleurs la force et le dévouement des deux jeunes gens. Madame de Restaud ne vint pas; elle
8855 envoya chercher sa somme par un commissionnaire.

– Je croyais qu'elle serait venue elle-même. Mais ce n'est pas un mal, elle se serait inquiétée, dit le père en paraissant heureux de cette circonstance.

À sept heures du soir, Thérèse vint apporter une lettre de
8860 Delphine.

« Que faites-vous donc, mon ami? À peine aimée, serais-je déjà négligée? Vous m'avez montré, dans ces confidences versées de cœur à cœur, une trop belle âme pour n'être pas de ceux qui restent toujours fidèles en voyant combien les
8865 sentiments ont de nuances. Comme vous l'avez dit en écoutant la prière de Mosè[1] : "Pour les uns c'est une même note, pour les autres c'est l'infini de la musique!" Songez que je vous attends ce soir pour aller au bal de madame de Beauséant. Décidément le contrat de monsieur d'Ajuda a été
8870 signé ce matin à la cour, et la pauvre vicomtesse ne l'a su qu'à deux heures. Tout Paris va se porter chez elle, comme le peuple encombre la Grève[2] quand il doit y avoir une exécution. N'est-ce pas horrible d'aller voir si cette femme cachera sa douleur, si elle saura bien mourir? Je n'irais
8875 certes pas, mon ami, si j'avais été déjà chez elle; mais elle ne recevra plus sans doute, et tous les efforts que j'ai faits seraient superflus. Ma situation est bien différente de celle des autres. D'ailleurs, j'y vais pour vous aussi. Je vous attends. Si vous n'étiez pas près de moi dans deux heures, je
8880 ne sais si je vous pardonnerai cette félonie[3]. »

Rastignac prit une plume et répondit ainsi :

« J'attends un médecin pour savoir si votre père doit vivre encore. Il est mourant. J'irai vous porter l'arrêt, et j'ai peur que ce ne soit un arrêt[4] de mort. Vous verrez si vous pouvez
8885 aller au bal. Mille tendresses. »

Le médecin vint à huit heures et demie, et, sans donner

---

1. *Mosè* : *Mosè in Egitto* (*Moïse en Égypte*), opéra de Rossini créé à Paris en 1822. (Or l'action du *Père Goriot* se passe en 1819-1820.)

2. *Grève* : place de Grève*.

3. *félonie* : trahison.

4. *un arrêt* : un avis.

un avis favorable, il ne pensa pas que la mort dût être imminente. Il annonça des mieux et des rechutes alternatives d'où dépendraient la vie et la raison du bonhomme.

8890 — Il vaudrait mieux qu'il mourût promptement, fut le dernier mot du docteur.

Eugène confia le père Goriot aux soins de Bianchon, et partit pour aller porter à madame de Nucingen les tristes nouvelles qui, dans son esprit encore imbu des devoirs de 8895 famille, devaient suspendre toute joie.

— Dites-lui qu'elle s'amuse tout de même, lui cria le père Goriot qui paraissait assoupi mais qui se dressa sur son séant au moment où Rastignac sortit.

Le jeune homme se présenta navré de douleur à Del-8900 phine, et la trouva coiffée, chaussée, n'ayant plus que sa robe de bal à mettre. Mais, semblables aux coups de pinceau par lesquels les peintres achèvent leurs tableaux, les derniers apprêts voulaient plus de temps que n'en demandait le fond même de la toile.

8905 — Eh quoi, vous n'êtes pas habillé? dit-elle.

— Mais, madame, votre père...

— Encore mon père, s'écria-t-elle en l'interrompant. Mais vous ne m'apprendrez pas ce que je dois à mon père. Je connais mon père depuis longtemps. Pas un mot, Eugène. Je 8910 ne vous écouterai que quand vous aurez fait votre toilette. Thérèse a tout préparé chez vous; ma voiture est prête, prenez-la; revenez. Nous causerons de mon père en allant au bal. Il faut partir de bonne heure, si nous sommes pris dans la file des voitures, nous serons bien heureux de faire notre 8915 entrée à onze heures.

— Madame!

— Allez! pas un mot, dit-elle courant dans son boudoir• pour y prendre un collier.

— Mais, allez donc, monsieur Eugène, vous fâcherez 8920 madame, dit Thérèse en poussant le jeune homme épouvanté de cet élégant parricide•.

Il alla s'habiller en faisant les plus tristes, les plus décourageantes réflexions. Il voyait le monde comme un océan de boue dans lequel un homme se plongeait jusqu'au cou, s'il y 8925 trempait le pied. — Il ne s'y commet que des crimes mesquins•! se dit-il. Vautrin est plus grand. Il avait vu les trois grandes expressions de la société : l'Obéissance, la Lutte et la Révolte; la Famille, le Monde et Vautrin. Et il n'osait prendre parti. L'Obéissance était ennuyeuse, la Révolte 8930 impossible, et la Lutte incertaine. Sa pensée le reporta au

sein de sa famille. Il se souvint des pures émotions de cette vie calme, il se rappela les jours passés au milieu des êtres dont il était chéri. En se conformant aux lois naturelles du foyer domestique, ces chères créatures y trouvaient un bon-
8935 heur plein, continu, sans angoisses. Malgré ses bonnes pensées, il ne se sentit pas le courage de venir confesser la foi des âmes pures à Delphine, en lui ordonnant la Vertu au nom de l'Amour. Déjà son éducation commencée avait porté ses fruits. Il aimait égoïstement déjà. Son tact lui avait per-
8940 mis de reconnaître la nature du cœur de Delphine. Il pressentait qu'elle était capable de marcher sur le corps de son père pour aller au bal, et il n'avait ni la force de jouer le rôle d'un raisonneur, ni le courage de lui déplaire, ni la vertu de la quitter. – Elle ne me pardonnerait jamais d'avoir eu raison
8945 contre elle dans cette circonstance, se dit-il. Puis il commenta les paroles des médecins, il se plut à penser que le père Goriot n'était pas aussi dangereusement malade qu'il le croyait ; enfin, il entassa des raisonnements assassins pour justifier Delphine. Elle ne connaissait pas l'état dans lequel
8950 était son père. Le bonhomme lui-même la renverrait au bal, si elle l'allait voir. Souvent la loi sociale, implacable dans sa formule, condamne là où le crime apparent est excusé par les innombrables modifications qu'introduisent au sein des familles la différence des caractères, la diversité des intérêts
8955 et des situations. Eugène voulait se tromper lui-même, il était prêt à faire à sa maîtresse le sacrifice de sa conscience. Depuis deux jours, tout était changé dans sa vie. La femme y avait jeté ses désordres, elle avait fait pâlir la famille, elle avait tout confisqué à son profit. Rastignac et Delphine
8960 s'étaient rencontrés dans les conditions voulues pour éprouver l'un par l'autre les plus vives jouissances. Leur passion bien préparée avait grandi par ce qui tue les passions, par la jouissance. En possédant cette femme, Eugène s'aperçut que jusqu'alors il ne l'avait que désirée, il ne l'aima qu'au lende-
8965 main du bonheur : l'amour n'est peut-être que la reconnaissance du plaisir. Infâme ou sublime, il adorait cette femme pour les voluptés qu'il lui avait apportées en dot•, et pour toutes celles qu'il en avait reçues ; de même que Delphine aimait Rastignac autant que Tantale• aurait aimé l'ange qui
8970 serait venu satisfaire sa faim, ou étancher la soif de son gosier desséché.

    – Eh ! bien, comment va mon père ? lui dit madame de Nucingen quand il fut de retour et en costume de bal.

    – Extrêmement mal, répondit-il, si vous voulez me don-

8975 ner une preuve de votre affection, nous courrons le voir.
— Eh! bien, oui, dit-elle, mais après le bal. Mon bon
Eugène, sois gentil, ne me fais pas de morale, viens.

Ils partirent. Eugène resta silencieux pendant une partie
du chemin.
8980 — Qu'avez-vous donc? dit-elle.
— J'entends le râle de votre père, répondit-il avec l'accent
de la fâcherie. Et il se mit à raconter avec la chaleureuse
éloquence du jeune âge la féroce action à laquelle madame
de Restaud avait été poussée par la vanité, la crise mortelle
8985 que le dernier dévouement du père avait déterminée, et ce
que coûterait la robe lamée* d'Anastasie. Delphine pleurait.
— Je vais être laide, pensa-t-elle. Ses larmes se séchèrent.
J'irai garder mon père, je ne quitterai pas son chevet, reprit-
elle.
8990 — Ah! te voilà comme je te voulais, s'écria Rastignac.

Les lanternes de cinq cents voitures éclairaient les abords
de l'hôtel de Beauséant. De chaque côté de la porte illumi-
née piaffait un gendarme. Le grand monde affluait si abondamment, et chacun mettait tant d'empressement à voir
8995 cette grande femme au moment de sa chute, que les appartements, situés au rez-de-chaussée de l'hôtel, étaient déjà
pleins quand madame de Nucingen et Rastignac s'y présentèrent. Depuis le moment où toute la cour se rua chez la
grande Mademoiselle[1] à qui Louis* XIV arrachait son amant,
9000 nul désastre de cœur ne fut plus éclatant que ne l'était celui
de madame de Beauséant. En cette circonstance, la dernière
fille de la quasi royale maison de Bourgogne se montra
supérieure à son mal, et domina jusqu'à son dernier
moment le monde dont elle n'avait accepté les vanités que
9005 pour les faire servir au triomphe de sa passion. Les plus
belles femmes de Paris animaient les salons de leurs toilettes
et de leurs sourires. Les hommes les plus distingués de la
cour, les ambassadeurs, les ministres, les gens illustrés en
tout genre, chamarrés de croix, de plaques, de cordons mul-
9010 ticolores, se pressaient autour de la vicomtesse. L'orchestre
faisait résonner les motifs de sa musique sous les lambris
dorés de ce palais, désert pour sa reine. Madame de
Beauséant se tenait debout devant son premier salon pour

---

1. *la grande Mademoiselle* : Louis XIV, après avoir consenti à son mariage avec Lau-
zun, fit conduire celui-ci à la prison de la Bastille.

recevoir ses prétendus amis. Vêtue de blanc, sans aucun
9015 ornement dans ses cheveux simplement nattés, elle semblait
calme, et n'affichait ni douleur, ni fierté, ni fausse joie. Personne ne pouvait lire dans son âme. Vous eussiez dit d'une
Niobé[1] de marbre. Son sourire à ses intimes amis fut parfois
railleur ; mais elle parut à tous semblable à elle-même, et se
9020 montra si bien ce qu'elle était quand le bonheur la parait de
ses rayons, que les plus insensibles l'admirèrent, comme les
jeunes Romaines applaudissaient le gladiateur qui savait sourire en expirant. Le monde semblait s'être paré pour faire ses
adieux à l'une de ses souveraines.
9025 — Je tremblais que vous ne vinssiez pas, dit-elle à
Rastignac.
— Madame, répondit-il d'une voix émue en prenant ce
mot pour un reproche, je suis venu pour rester le dernier.
— Bien, dit-elle en lui prenant la main. Vous êtes peut-être
9030 ici le seul auquel je puisse me fier. Mon ami, aimez une
femme que vous puissiez aimer toujours. N'en abandonnez
aucune.
Elle prit le bras de Rastignac et le mena sur un canapé,
dans le salon où l'on jouait.
9035 — Allez, lui dit-elle, chez le marquis. Jacques, mon valet
de chambre, vous y conduira et vous remettra une lettre
pour lui. Je lui demande ma correspondance. Il vous la
remettra tout entière, j'aime à le croire. Si vous avez mes
lettres, montez dans ma chambre. On me préviendra.
9040 Elle se leva pour aller au-devant de la duchesse de
Langeais, sa meilleure amie qui venait aussi. Rastignac partit,
fit demander le marquis d'Ajuda à l'hôtel de Rochefide, où il
devait passer la soirée, et où il le trouva. Le marquis l'emmena chez lui, remit une boîte à l'étudiant, et lui dit : —
9045 Elles y sont toutes. Il parut vouloir parler à Eugène, soit
pour le questionner sur les événements du bal et sur la
vicomtesse, soit pour lui avouer que déjà peut-être il était au
désespoir de son mariage, comme il le fut plus tard ; mais
un éclair d'orgueil brilla dans ses yeux, et il eut le déplo-
9050 rable courage de garder le secret sur ses plus nobles sentiments. — Ne lui dites rien de moi, mon cher Eugène. Il

---

1. *Niobé* : mère de sept fils et de sept filles, elle s'était moquée de Léto qui n'en avait
eu que deux, Artémis et Apollon. Sur ordre de leur mère, ceux-ci tuèrent les enfants
de Niobé. Transformée en rocher par Zeus, Niobé continua de pleurer.

pressa la main de Rastignac par un mouvement affectueuse-
ment triste, et lui fit signe de partir. Eugène revint à l'hôtel
de Beauséant, et fut introduit dans la chambre de la
9055 vicomtesse, où il vit les apprêts d'un départ. Il s'assit auprès
du feu, regarda la cassette en cèdre, et tomba dans une
profonde mélancolie. Pour lui, madame de Beauséant avait
les proportions des déesses de l'*Iliade*[1].

— Ah! mon ami, dit la vicomtesse en entrant et appuyant
9060 sa main sur l'épaule de Rastignac.

Il aperçut sa cousine en pleurs, les yeux levés, une main
tremblante, l'autre levée. Elle prit tout à coup la boîte, la
plaça dans le feu et la vit brûler.

— Ils dansent! ils sont venus tous bien exactement, tandis
9065 que la mort viendra tard. Chut! mon ami, dit-elle en mettant
un doigt sur la bouche de Rastignac prêt à parler. Je ne verrai
plus jamais ni Paris ni le monde. À cinq heures du matin, je
vais partir pour aller m'ensevelir au fond de la Normandie.
Depuis trois heures après midi, j'ai été obligée de faire mes
9070 préparatifs, signer des actes, voir à des affaires; je ne pouvais
envoyer personne chez... Elle s'arrêta. Il était sûr qu'on le
trouverait chez... Elle s'arrêta encore accablée de douleur. En
ces moments tout est souffrance, et certains mots sont impossibles à prononcer. — Enfin, reprit-elle, je comptais sur vous
9075 ce soir pour ce dernier service. Je voudrais vous donner un
gage de mon amitié. Je penserai souvent à vous, qui m'avez
paru bon et noble, jeune et candide au milieu de ce monde
où ces qualités sont si rares. Je souhaite que vous songiez
quelquefois à moi. Tenez, dit-elle en jetant les yeux autour
9080 d'elle, voici le coffret où je mettais mes gants. Toutes les fois
que j'en ai pris avant d'aller au bal ou au spectacle, je me
sentais belle, parce que j'étais heureuse, et je n'y touchais que
pour y laisser quelque pensée gracieuse : il y a beaucoup de
moi là-dedans, il y a toute une madame de Beauséant qui
9085 n'est plus, acceptez-le, j'aurai soin qu'on le porte chez vous,
rue d'Artois*. Madame de Nucingen est fort bien ce soir,
aimez-là bien. Si nous ne nous voyons plus, mon ami, soyez
sûr que je ferai des vœux pour vous, qui avez été bon pour
moi. Descendons, je ne veux pas leur laisser croire que je
9090 pleure. J'ai l'éternité devant moi, j'y serai seule, et personne

---

1. *Iliade* : œuvre du VIIIᵉ siècle av. J.-C. attribuée au poète grec Homère. Elle raconte
les dernières semaines de la guerre de Troie.

ne m'y demandera compte de mes larmes. Encore un regard à cette chambre. Elle s'arrêta. Puis, après s'être un moment caché les yeux avec sa main, elle se les essuya, les baigna d'eau fraîche, et prit le bras de l'étudiant. Marchons ! dit-elle.

9095 Rastignac n'avait pas encore senti d'émotion aussi violente que le fut le contact de cette douleur si noblement contenue. En rentrant dans le bal, Eugène en fit le tour avec madame de Beauséant, dernière et délicate attention de cette gracieuse femme.

9100 Bientôt il aperçut les deux sœurs, madame de Restaud et madame de Nucingen. La comtesse était magnifique avec tous ses diamants étalés, qui, pour elle, étaient brûlants sans doute, elle les portait pour la dernière fois. Quelque puissants que fussent son orgueil et son amour, elle ne soutenait

9105 pas bien les regards de son mari. Ce spectacle n'était pas de nature à rendre les pensées de Rastignac moins tristes. S'il avait revu Vautrin dans le colonel italien, il revit alors, sous les diamants des deux sœurs, le grabat• sur lequel gisait le père Goriot. Son attitude mélancolique ayant trompé la

9110 vicomtesse, elle lui retira son bras.

– Allez ! je ne veux pas vous coûter un plaisir, dit-elle.

Eugène fut bientôt réclamé par Delphine, heureuse de l'effet qu'elle produisait, et jalouse de mettre aux pieds de l'étudiant les hommages qu'elle recueillait dans ce monde, où

9115 elle espérait être adoptée.

– Comment trouvez-vous Nasie ? lui dit-elle.

– Elle a, dit Rastignac, escompté jusqu'à la mort de son père.

Vers quatre heures du matin, la foule des salons commen-

9120 çait à s'éclaircir. Bientôt la musique ne se fit plus entendre. La duchesse de Langeais et Rastignac se trouvèrent seuls dans le grand salon. La vicomtesse, croyant n'y rencontrer que l'étudiant, y vint après avoir dit adieu à monsieur de Beauséant, qui s'alla coucher en lui répétant : – Vous avez tort, ma chère,

9125 d'aller vous enfermer à votre âge ! Restez donc avec nous.

En voyant la duchesse, madame de Beauséant ne put retenir une exclamation.

– Je vous ai devinée, Clara, dit madame de Langeais. Vous partez pour ne plus revenir ; mais vous ne partirez pas

9130 sans m'avoir entendue et sans que nous nous soyons comprises. Elle prit son amie par le bras, l'emmena dans le salon voisin, et là, la regardant avec des larmes dans les yeux, elle la serra dans ses bras et la baisa sur les joues. – Je ne veux pas vous quitter froidement, ma chère, ce serait un

9135 remords trop lourd. Vous pouvez compter sur moi comme
sur vous-même. Vous avez été grande ce soir, je me suis
sentie digne de vous, et veux vous le prouver. J'ai eu des
torts envers vous, je n'ai pas toujours été bien, pardonnez-
moi, ma chère : je désavoue tout ce qui a pu vous blesser, je
9140 voudrais reprendre mes paroles. Une même douleur a réuni
nos âmes, et je ne sais qui de nous sera la plus malheureuse.
Monsieur de Montriveau n'était pas ici ce soir, comprenez-
vous ? Qui vous a vue pendant ce bal, Clara, ne vous
oubliera jamais. Moi, je tente un dernier effort. Si j'échoue,
9145 j'irai dans un couvent ! Où allez-vous, vous ?

— En Normandie, à Courcelles, aimer, prier, jusqu'au jour
où Dieu me retirera de ce monde.

— Venez, monsieur de Rastignac, dit la vicomtesse d'une
voix émue, en pensant que ce jeune homme attendait. L'étu-
9150 diant plia le genou, prit la main de sa cousine et la baisa. —
Antoinette, adieu ! reprit madame de Beauséant, soyez heureuse. Quant à vous, vous l'êtes, vous êtes jeune, vous pouvez
croire à quelque chose, dit-elle à l'étudiant. À mon départ de
ce monde, j'aurai eu, comme quelques mourants privilégiés,
9155 de religieuses, de sincères émotions autour de moi !

Rastignac s'en alla vers cinq heures, après avoir vu
madame de Beauséant dans sa berline de voyage, après avoir
reçu son dernier adieu mouillé de larmes qui prouvaient que
les personnes les plus élevées ne sont pas mises hors de la
9160 loi du cœur et ne vivent pas sans chagrins, comme quelques
courtisans du peuple voudraient le lui faire croire. Eugène
revint à pied vers la maison Vauquer, par un temps humide
et froid. Son éducation s'achevait.

— Nous ne sauverons pas le pauvre père Goriot, lui dit
9165 Bianchon quand Rastignac entra chez son voisin.

— Mon ami, lui dit Eugène après avoir regardé le vieillard
endormi, va, poursuis la destinée modeste à laquelle tu
bornes tes désirs. Moi, je suis en enfer, et il faut que j'y
reste. Quelque mal que l'on te dise du monde, crois-le ! il
9170 n'y a pas de Juvénal* qui puisse en peindre l'horreur couverte d'or et de pierreries.

Pages 260 à 273

Compréhension

1. *Lors de leur soirée aux Italiens*, quelles révélations Delphine fait-elle à Eugène concernant ses sentiments à son égard ? à l'égard de son père ? Relevez ce qui dans son comportement peut justifier ce que Balzac appelle « un élégant parricide* ». (l. 8921)*

2. *Quelle est la réaction d'Eugène face au comportement de Delphine ? Que lui sacrifie-t-il ? De qui suit-il ici les conseils ? Dans le passage commençant à « Il alla s'habiller » (l. 8922) jusqu'à la fin du texte, relevez deux phrases qui traduisent cette idée. Eugène vous semble-t-il conscient de sa transformation ? Que dit-il à Bianchon ?*

3. *Pourtant, quelles preuves de sa générosité et de sa bonté Eugène donne-t-il tout au long de ce passage ? Envers qui ? Quels sentiments éprouve-t-il qui montrent sa sincérité dans ses actes ?*

4. *Relevez dans le texte ce qui permet d'appliquer à Anastasie le nom de parricide*.*

5. *Quel diagnostic Bianchon établit-il immédiatement quant à la maladie dont souffre Goriot ? A-t-il alors espoir de le voir guérir ? Justifiez votre réponse à partir du texte. Comment se présente la situation le lendemain ? le surlendemain ?*

6. *Que souhaite le Tout-Paris en accourant au bal de madame de Beauséant ? Dans quel état d'esprit la trouvera-t-il ? Quel sentiment éprouvent ceux qui la voient ? Quelle résolution a-t-elle prise ? Quelle autre grande dame fait également ses adieux à la scène parisienne ? Pour quelle raison ?*

Écriture

7. *Quelle métaphore* déjà utilisée avant concernant Paris est reprise ici ? (l. 8923) Par qui avait-elle été employée ? (cf. pp. 59 et 90).*

8. *« Voici trois jours que le quinze est passé, nous sommes au dix-huit février », dit madame Vauquer à Rastignac (l. 8730). En partant de cette indication, faites le compte à rebours et datez les événements qui agitent la pension Vauquer : la trahison de*

mademoiselle Michonneau et de Poiret vis-à-vis de Vautrin; l'ar-restation de Vautrin et la mort du fils Taillefer; l'attaque du père Goriot; le bal chez la vicomtesse de Beauséant.

9. *Étudiez la manière dont Balzac traite du thème médical (voca-bulaire, syntaxe, ton...). En quoi cela témoigne-t-il du réalisme* balzacien ?*

Mise en perspective

10. *Pour connaître la vie et les amours de madame de Beauséant au cours de sa retraite normande, lisez* La Femme abandonnée. *Pour connaître la vie de la duchesse de Langeais, carmélite dans un couvent d'une «ville espagnole située sur une île de la Médi-terranée», lisez* La Duchesse de Langeais.

11. *D'autres auteurs ont présenté la maladie et la mort avec une minutie prouvant qu'ils s'étaient documentés d'un point de vue médical. Dans* Madame Bovary, *Flaubert décrit avec la précision technique d'un manuel de médecine la mort d'Emma (III, 8); dans* L'Éducation sentimentale *(II, 6), il procède de même pour la diphtérie du petit Eugène, le fils de Marie Arnoux.*

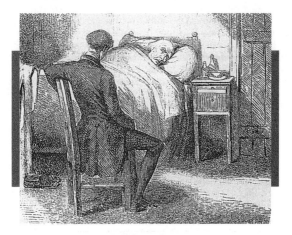

Rastignac veille le père Goriot, mourant.
Gravure du XIXᵉ siècle.

Le lendemain, Rastignac fut éveillé sur les deux heures après midi par Bianchon, qui, forcé de sortir, le pria de garder le père Goriot, dont l'état avait fort empiré pendant la matinée.

9175

– Le bonhomme n'a pas deux jours, n'a peut-être pas six heures à vivre, dit l'élève en médecine, et cependant nous ne pouvons pas cesser de combattre le mal. Il va falloir lui donner des soins coûteux. Nous serons bien ses garde-malades; mais je n'ai pas le sou*, moi. J'ai retourné ses poches, fouillé ses armoires : zéro au quotient. Je l'ai questionné dans un moment où il avait sa tête, il m'a dit ne pas avoir un liard à lui. Qu'as-tu, toi?

9180

– Il me reste vingt francs, répondit Rastignac; mais j'irai les jouer, je gagnerai.

9185

– Si tu perds?

– Je demanderai de l'argent à ses gendres et à ses filles.

– Et s'ils ne t'en donnent pas? reprit Bianchon. Le plus pressé dans ce moment n'est pas de trouver de l'argent, il faut envelopper le bonhomme d'un sinapisme bouillant depuis les pieds jusqu'à la moitié des cuisses. S'il crie, il y aura de la ressource. Tu sais comment cela s'arrange. D'ailleurs, Christophe t'aidera. Moi, je passerai chez l'apothicaire répondre de tous les médicaments que nous y prendrons. Il est malheureux que le pauvre homme n'ait pas été transportable à notre hospice, il y aurait été mieux. Allons, viens que je t'installe, et ne le quitte pas que je ne sois revenu.

9190

9195

Les deux jeunes gens entrèrent dans la chambre où gisait le vieillard. Eugène fut effrayé du changement de cette face convulsée, blanche et profondément débile.

9200

– Eh! bien, papa! lui dit-il en se penchant sur le grabat*.

Goriot leva sur Eugène des yeux ternes et le regarda fort attentivement sans le reconnaître. L'étudiant ne soutint pas ce spectacle, des larmes humectèrent ses yeux.

9205

– Bianchon, ne faudrait-il pas des rideaux aux fenêtres?

– Non. Les circonstances atmosphériques ne l'affectent plus. Ce serait trop heureux s'il avait chaud ou froid. Néanmoins il nous faut du feu pour faire les tisanes et préparer bien des choses. Je t'enverrai des falourdes[1] qui nous serviront jusqu'à ce que nous ayons du bois. Hier et cette nuit, j'ai brûlé le tien et toutes les mottes du pauvre homme. Il

9210

---

1. *falourdes* : fagots de bûches liées ensemble.

faisait humide, l'eau dégouttait des murs. À peine ai-je pu sécher la chambre. Christophe l'a balayée, c'est vraiment une écurie. J'y ai brûlé du genièvre[1], ça puait trop.

9215   — Mon Dieu! dit Rastignac, mais ses filles!

    — Tiens, s'il demande à boire, tu lui donneras de ceci, dit l'interne• en montrant à Rastignac un grand pot blanc. Si tu l'entends se plaindre et que le ventre soit chaud et dur, tu te feras aider par Christophe pour lui administrer... tu sais. S'il

9220 avait, par hasard, une grande exaltation, s'il parlait beaucoup, s'il avait enfin un petit brin de démence, laisse-le aller. Ce ne sera pas un mauvais signe. Mais envoie Christophe à l'hospice Cochin. Notre médecin, mon camarade ou moi, nous viendrions lui appliquer des moxas•. Nous avons fait

9225 ce matin, pendant que tu dormais, une grande consultation avec un élève du docteur Gall•, avec un médecin en chef de l'Hôtel-Dieu[2] et le nôtre. Ces messieurs ont cru reconnaître de curieux symptômes, et nous allons suivre les progrès de la maladie, afin de nous éclairer sur plusieurs points scienti-

9230 fiques assez importants. Un de ces messieurs prétend que la pression du sérum, si elle portait plus sur un organe que sur un autre, pourrait développer des faits particuliers. Écoute-le donc bien, au cas où il parlerait, afin de constater à quel genre d'idées appartiendraient ses discours : si c'est des

9235 effets de mémoire, de pénétration, de jugement ; s'il s'occupe de matérialités, ou de sentiments ; s'il calcule, s'il revient sur le passé ; enfin sois en état de nous faire un rapport exact. Il est possible que l'invasion ait lieu en bloc, il mourra imbécile comme il l'est en ce moment. Tous est bien bizarre dans

9240 ces sortes de maladies ! Si la bombe crevait par ici, dit Bianchon en montrant l'occiput• du malade, il y a des exemples de phénomènes singuliers : le cerveau recouvre quelques-unes de ses facultés, et la mort est plus lente à se déclarer. Les sérosités[3] peuvent se détourner du cerveau, prendre des

9245 routes dont on ne connaît le cours que par l'autopsie. Il y a aux Incurables• un vieillard hébété chez qui l'épanchement a suivi la colonne vertébrale ; il souffre horriblement, mais il vit.

---

1.   *genièvre* : eau-de-vie de grain aromatisée avec les baies du genévrier.
2.   *Hôtel-Dieu* : le plus ancien des hôpitaux parisiens, situé près de Notre-Dame.
3.   *sérosités* : liquides.

– Se sont-elles bien amusées? dit le père Goriot, qui
9250 reconnut Eugène.

– Oh! il ne pense qu'à ses filles, dit Bianchon. Il m'a dit
plus de cent fois cette nuit : « Elles dansent! Elle a sa robe. »
Il les appelait par leurs noms. Il me faisait pleurer, diable
m'emporte! avec ses intonations : «Delphine! ma petite
9255 Delphine! Nasie!» Ma parole d'honneur, dit l'élève en
médecine, c'était à fondre en larmes.

– Delphine, dit le vieillard, elle est là, n'est-ce pas? Je le
savais bien. Et ses yeux recouvrèrent une activité folle pour
regarder les murs et la porte.

9260 – Je descends dire à Sylvie de préparer les sinapismes,
cria Bianchon, le moment est favorable.

Rastignac resta seul près du vieillard, assis au pied du lit,
les yeux fixés sur cette tête effrayante et douloureuse à voir.

– Madame de Beauséant s'enfuit, celui-ci se meurt, dit-il.
9265 Les belles âmes ne peuvent pas rester longtemps en ce
monde. Comment les grands sentiments s'allieraient-ils, en
effet, à une société mesquine•, petite, superficielle?

Les images de la fête à laquelle il avait assisté se représen-
tèrent à son souvenir et contrastèrent avec le spectacle de ce
9270 lit de mort. Bianchon reparut soudain.

– Dis donc, Eugène, je viens de voir notre médecin en
chef, et je suis revenu toujours courant. S'il se manifeste des
symptômes de raison, s'il parle, couche-le sur un long sinapisme, de manière à l'envelopper de moutarde depuis la
9275 nuque jusqu'à la chute des reins, et fais-nous appeler.

– Cher Bianchon, dit Eugène.

– Oh! il s'agit d'un fait scientifique, reprit l'élève en
médecine avec toute l'ardeur d'un néophyte[1].

– Allons, dit Eugène, je serai donc le seul à soigner ce
9280 pauvre vieillard par affection.

– Si tu m'avais vu ce matin, tu ne dirais pas cela, reprit
Bianchon sans s'offenser du propos. Les médecins qui ont
exercé ne voient que la maladie; moi, je vois encore le
malade, mon cher garçon.

9285 Il s'en alla, laissant Eugène seul avec le vieillard, et dans
l'appréhension d'une crise qui ne tarda pas à se déclarer.

– Ah! c'est vous, mon cher enfant, dit le père Goriot en
reconnaissant Eugène.

---

1. *néophyte* : ici jeune médecin.

– Allez-vous mieux? demanda l'étudiant en lui prenant la
9290 main.

– Oui, j'avais la tête serrée comme dans un étau, mais
elle se dégage. Avez-vous vu mes filles? Elles vont venir
bientôt, elles accourront aussitôt qu'elles me sauront malade,
elles m'ont tant soigné rue de la Jussienne•! Mon Dieu! je
9295 voudrais que ma chambre fût propre pour les recevoir. Il y a
un jeune homme qui m'a brûlé toutes mes mottes.

– J'entends Christophe, lui dit Eugène, il vous monte du
bois• que ce jeune homme vous envoie.

– Bon! mais comment payer le bois? je n'ai pas un sou•,
9300 mon enfant. J'ai tout donné, tout. Je suis à la charité. La
robe lamée• était-elle belle au moins? (Ah! je souffre!)
Merci, Christophe. Dieu vous récompensera, mon garçon;
moi, je n'ai plus rien.

– Je te payerai bien, toi et Sylvie, dit Eugène à l'oreille du
9305 garçon.

– Mes filles vous ont dit qu'elles allaient venir, n'est-ce
pas, Christophe? Vas-y encore, je te donnerai cent sous•.
Dis-leur que je ne me sens pas bien, que je voudrais les
embrasser, les voir encore une fois avant de mourir. Dis-leur
9310 cela, mais sans trop les effrayer.

Christophe partit sur un signe de Rastignac.

– Elles vont venir, reprit le vieillard. Je les connais. Cette
bonne Delphine, si je meurs, quel chagrin je lui causerai!
Nasie aussi. Je ne voudrais pas mourir, pour ne pas les faire
9315 pleurer. Mourir, mon bon Eugène, c'est ne plus les voir. Là
où l'on s'en va, je m'ennuierai bien. Pour un père, l'enfer,
c'est d'être sans enfants, et j'ai déjà fait mon apprentissage
depuis qu'elles sont mariées. Mon paradis était rue de la
Jussienne•. Dites donc, si je vais en paradis, je pourrai reve-
9320 nir sur terre en esprit autour d'elles. J'ai entendu dire de ces
choses-là. Sont-elles vraies? Je crois les voir en ce moment
telles qu'elles étaient rue de la Jussienne•. Elles descendaient
le matin. Bonjour, papa, disaient-elles. Je les prenais sur mes
genoux, je leur faisais mille agaceries, des niches. Elles me
9325 caressaient gentiment. Nous déjeunions tous les matins
ensemble, nous dînions, enfin j'étais père, je jouissais de
mes enfants. Quand elles étaient rue de la Jussienne•, elles
ne raisonnaient pas, elles ne savaient rien du monde, elles
m'aimaient bien. Mon Dieu! pourquoi ne sont-elles pas tou-
9330 jours restées petites? (Oh! je souffre, la tête me tire.) Ah!
ah! pardon, mes enfants! je souffre horriblement, et il faut
que ce soit de la vraie douleur, vous m'avez rendu bien dur

au mal. Mon Dieu! si j'avais seulement leurs mains dans les
miennes, je ne sentirais point mon mal. Croyez-vous qu'elles
9335 viennent? Christophe est si bête! J'aurais dû y aller moi-
même. Il va les voir, lui. Mais vous avez été hier au bal.
Dites-moi donc comment elles étaient? Elles ne savaient rien
de ma maladie, n'est-ce pas? Elles n'auraient pas dansé,
pauvres petites! Oh! je ne veux plus être malade. Elles ont
9340 encore trop besoin de moi. Leurs fortunes sont compro-
mises. Et à quels maris sont-elles livrées! Guérissez-moi,
guérissez-moi! (Oh! que je souffre! Ah! ah! ah!) Voyez-
vous, il faut me guérir, parce qu'il leur faut de l'argent, et je
sais où aller en gagner. J'irai faire de l'amidon en aiguilles à
9345 Odessa*. Je suis un malin, je gagnerai des millions. (Oh! je
souffre trop!)

Goriot garda le silence pendant un moment, en paraissant
faire tous ses efforts pour rassembler ses forces afin de supporter la douleur.

9350 — Si elles étaient là, je ne me plaindrais pas, dit-il. Pourquoi donc me plaindre?

Un léger assoupissement survint et dura longtemps.
Christophe revint. Rastignac, qui croyait le père Goriot
endormi, laissa le garçon lui rendre compte à haute voix de
9355 sa mission.

— Monsieur, dit-il, je suis d'abord allé chez madame la
comtesse, à laquelle il m'a été impossible de parler, elle était
dans de grandes affaires avec son mari. Comme j'insistais,
monsieur de Restaud est venu lui-même, et m'a dit comme
9360 ça : Monsieur Goriot se meurt, eh! bien, c'est ce qu'il a de
mieux à faire. J'ai besoin de madame de Restaud pour ter-
miner des affaires importantes, elle ira quand tout sera fini.
Il avait l'air en colère, ce monsieur-là. J'allais sortir, lorsque
madame est entrée dans l'antichambre par une porte que je
9365 ne voyais pas, et m'a dit : Christophe, dis à mon père que
je suis en discussion avec mon mari, je ne puis pas le quitter ; il s'agit de la vie ou de la mort de mes enfants ; mais
aussitôt que tout sera fini, j'irai. Quant à madame la
baronne, autre histoire! je ne l'ai point vue, et je n'ai pas
9370 pu lui parler. Ah! me dit la femme de chambre, madame
est rentrée du bal à cinq heures un quart, elle dort ; si je
l'éveille avant midi, elle me grondera. Je lui dirai que son
père va plus mal quand elle me sonnera. Pour une mauvaise nouvelle, il est toujours temps de la lui dire. J'ai eu
9375 beau prier! Ah ouin! J'ai demandé à parler à monsieur le
baron, il était sorti.

– Aucune de ses filles ne viendrait ! s'écria Rastignac. Je vais écrire à toutes deux.

– Aucune, répondit le vieillard en se dressant sur son 9380 séant. Elles ont des affaires, elles dorment, elles ne viendront pas. Je le savais. Il faut mourir pour savoir ce que c'est que des enfants. Ah ! mon ami, ne vous mariez pas, n'ayez pas d'enfants ! Vous leur donnez la vie, ils vous donnent la mort. Vous les faites entrer dans le monde, ils vous en chassent. 9385 Non, elles ne viendront pas ! Je sais cela depuis dix ans. Je me le disais quelquefois, mais je n'osais pas y croire.

Une larme roula dans chacun de ses yeux, sur la bordure rouge, sans en tomber.

– Ah ! si j'étais riche, si j'avais gardé ma fortune, si je ne 9390 la leur avais pas donnée, elles seraient là, elles me lèche-raient les joues de leurs baisers ! je demeurerais dans un hôtel, j'aurais de belles chambres, des domestiques, du feu à moi ; et elles seraient tout en larmes, avec leurs maris, leurs enfants. J'aurais tout cela. Mais rien. L'argent donne tout, 9395 même des filles. Oh ! mon argent, où est-il ? Si j'avais des trésors à laisser, elles me panseraient, elles me soigneraient ; je les entendrais, je les verrais. Ah ! mon cher enfant, mon seul enfant, j'aime mieux mon abandon et ma misère ! Au moins quand un malheureux est aimé, il est bien sûr qu'on 9400 l'aime. Non, je voudrais être riche, je les verrais. Ma foi, qui sait ? Elles ont toutes les deux des cœurs de roche. J'avais trop d'amour pour elles pour qu'elles en eussent pour moi. Un père doit être toujours riche, il doit tenir ses enfants en bride comme des chevaux sournois. Et j'étais à genoux 9405 devant elles. Les misérables ! elles couronnent dignement leur conduite envers moi depuis dix ans. Si vous saviez comme elles étaient aux petits soins pour moi dans les pre-miers temps de leur mariage ! (Oh ! je souffre un cruel mar-tyre !) Je venais de leur donner à chacune près de huit cent 9410 mille francs, elles ne pouvaient pas, ni leurs maris non plus, être rudes avec moi. L'on me recevait : « Mon bon père, par-ci ; mon cher père, par-là. » Mon couvert était toujours mis chez elles. Enfin je dînais avec leurs maris, qui me trai-taient avec considération. J'avais l'air d'avoir encore quelque 9415 chose. Pourquoi ça ? Je n'avais rien dit de mes affaires. Un homme qui donne huit cent mille francs à ses filles était un homme à soigner. Et l'on était aux petits soins, mais c'était pour mon argent. Le monde n'est pas beau. J'ai vu cela, moi ! L'on me menait en voiture au spectacle, et je restais 9420 comme je voulais aux soirées. Enfin elles se disaient mes

filles, et elles m'avouaient pour leur père. J'ai encore ma
finesse, allez, et rien ne m'est échappé. Tout a été à son
adresse et m'a percé le cœur. Je voyais bien que c'était des
frimes[1] ; mais le mal était sans remède. Je n'étais pas chez
9425 elles aussi à l'aise qu'à la table d'en bas. Je ne savais rien
dire. Aussi quand quelques-uns de ces gens du monde
demandaient à l'oreille de mes gendres : – Qui est-ce que ce
monsieur-là ? – C'est le père aux écus•, il est riche. – Ah,
diable ! disait-on, et l'on me regardait avec le respect dû aux
9430 écus•. Mais si je les gênais quelquefois un peu, je rachetais
bien mes défauts ! D'ailleurs, qui donc est parfait ? (Ma tête
est une plaie !) Je souffre en ce moment ce qu'il faut souffrir
pour mourir, mon cher monsieur Eugène, eh ! bien, ce n'est
rien en comparaison de la douleur que m'a causée le pre-
9435 mier regard par lequel Anastasie m'a fait comprendre que je
venais de dire une bêtise qui l'humiliait ; son regard m'a
ouvert toutes les veines. J'aurais voulu tout savoir, mais ce
que j'ai bien su, c'est que j'étais de trop sur terre. Le lendemain je suis allé chez Delphine pour me consoler, et voilà
9440 que j'y fais une bêtise qui me l'a mise en colère. J'en suis
devenu comme fou. J'ai été huit jours ne sachant plus ce
que je devais faire. Je n'ai pas osé les aller voir, de peur de
leurs reproches. Et me voilà à la porte de mes filles. O mon
Dieu ! puisque tu connais les misères, les souffrances que j'ai
9445 endurées ; puisque tu as compté les coups de poignard que
j'ai reçus, dans ce temps qui m'a vieilli, changé, tué, blanchi,
pourquoi me fais-tu donc souffrir aujourd'hui ? J'ai bien
expié• le péché de les trop aimer. Elles se sont bien vengées
de mon affection, elles m'ont tenaillé comme des bourreaux.
9450 Eh ! bien, les pères sont si bêtes ! je les aimais tant que j'y
suis retourné comme un joueur au jeu. Mes filles, c'était
mon vice à moi ; elles étaient mes maîtresses, enfin tout !
Elles avaient toutes les deux besoin de quelque chose, de
parures ; les femmes de chambre me le disaient, et je les
9455 donnais pour être bien reçu ! Mais elles m'ont fait tout de
même quelques petites leçons sur ma manière d'être dans le
monde. Oh ! elles n'ont pas attendu le lendemain. Elles
commençaient à rougir de moi. Voilà ce que c'est que de
bien élever ses enfants. À mon âge je ne pouvais pourtant
9460 pas aller à l'école. (Je souffre horriblement, mon Dieu ! les

---

1. *des frimes* : des comédies.

médecins ! les médecins ! Si l'on m'ouvrait la tête, je souffrirais moins.) Mes filles, mes filles, Anastasie, Delphine ! je
veux les voir. Envoyez-les chercher par la gendarmerie, de
force ! la justice est pour moi, tout est pour moi, la nature,
465 le code civil*. Je proteste. La patrie périra si les pères sont
foulés aux pieds. Cela est clair. La société, le monde roulent
sur la paternité, tout croule si les enfants n'aiment pas leurs
pères. Oh ! les voir, les entendre, n'importe ce qu'elles me
diront, pourvu que j'entende leur voix, ça calmera mes dou-
470 leurs, Delphine surtout. Mais dites-leur, quand elles seront
là, de ne pas me regarder froidement comme elles font. Ah !
mon bon ami, monsieur Eugène, vous ne savez pas ce que
c'est que de trouver l'or du regard changé tout à coup en
plomb gris. Depuis le jour où leurs yeux n'ont plus rayonné
475 sur moi, j'ai toujours été en hiver ici ; je n'ai plus eu que des
chagrins à dévorer, et je les ai dévorés ! J'ai vécu pour être
humilié, insulté. Je les aime tant, que j'avalais tous les
affronts par lesquels elles me vendaient une pauvre petite
jouissance honteuse. Un père se cacher pour voir ses filles !
480 Je leur ai donné ma vie, elles ne me donneront pas une
heure aujourd'hui ! J'ai soif, j'ai faim, le cœur me brûle, elles
ne viendront pas rafraîchir mon agonie, car je meurs, je le
sens. Mais elles ne savent donc pas ce que c'est que de
marcher sur le cadavre de son père ! Il y a un Dieu dans les
485 cieux, il nous venge malgré nous, nous autres pères. Oh !
elles viendront ! Venez, mes chéries, venez encore me baiser,
un dernier baiser, le viatique¹ de votre père, qui priera Dieu
pour vous, qui lui dira que vous avez été de bonnes filles,
qui plaidera pour vous ! Après tout, vous êtes innocentes.
490 Elles sont innocentes, mon ami ! Dites-le bien à tout le
monde, qu'on ne les inquiète pas à mon sujet. Tout est de
ma faute, je les ai habituées à me fouler aux pieds. J'aimais
cela, moi. Ça ne regarde personne, ni la justice humaine, ni
la justice divine. Dieu serait injuste s'il les condamnait à
495 cause de moi. Je n'ai pas su me conduire, j'ai fait la bêtise
d'abdiquer mes droits. Je me serais avili² pour elles ! Que
voulez-vous ! le plus beau naturel, les meilleures âmes
auraient succombé à la corruption de cette facilité pater-

---

1. *viatique* : provision ou argent donné pour un grand voyage. Dans la religion
catholique, sacrement de l'Eucharistie donné aux mourants.
2. *avili* : rendu méprisable.

nelle. Je suis un misérable, je suis justement puni. Moi seul
9500 ai causé les désordres de mes filles, je les ai gâtées. Elles
veulent aujourd'hui le plaisir, comme elles voulaient autrefois du bonbon. Je leur ai toujours permis de satisfaire leurs
fantaisies de jeunes filles. À quinze ans, elles avaient voiture !
Rien ne leur a résisté. Moi seul suis coupable, mais coupable
9505 par amour. Leur voix m'ouvrait le cœur. Je les entends, elles
viennent. Oh ! oui, elles viendront. La loi veut qu'on vienne
voir mourir son père, la loi est pour moi. Puis ça ne coûtera
qu'une course. Je la payerai. Écrivez-leur que j'ai des millions à leur laisser ! Parole d'honneur. J'irai faire des pâtes
9510 d'Italie à Odessa*. Je connais la manière. Il y a, dans mon
projet, des millions à gagner. Personne n'y a pensé. Ça ne se
gâtera point dans le transport comme le blé ou comme la
farine. Eh, eh, l'amidon ? il y aura là des millions ! Vous ne
mentirez pas, dites-leur des millions, et quand même elles
9515 viendraient par avarice, j'aime mieux être trompé, je les verrai. Je veux mes filles ! je les ai faites ! elles sont à moi ! dit-il
en se dressant sur son séant, en montrant à Eugène une tête
dont les cheveux blancs étaient épars et qui menaçait par
tout ce qui pouvait exprimer la menace.
9520   — Allons, lui dit Eugène, recouchez-vous, 'mon bon père
Goriot, je vais leur écrire. Aussitôt que Bianchon sera de
retour, j'irai si elles ne viennent pas.
    — Si elles ne viennent pas ? répéta le vieillard en sanglo-
tant. Mais je serai mort, mort dans un accès de rage, de
9525 rage ! La rage me gagne ! En ce moment, je vois ma vie
entière. Je suis dupe ! elles ne m'aiment pas, elles ne m'ont
jamais aimé ! cela est clair. Si elles ne sont pas venues, elles
ne viendront pas. Plus elles auront tardé, moins elles se
décideront à me faire cette joie. Je les connais. Elles n'ont
9530 jamais su rien deviner de mes chagrins, de mes douleurs, de
mes besoins, elles ne devineront pas plus ma mort ; elles ne
sont seulement pas dans le secret de ma tendresse. Oui, je le
vois, pour elles, l'habitude de m'ouvrir les entrailles a ôté du
prix à tout ce que je faisais. Elles auraient demandé à me
9535 crever les yeux, je leur aurais dit : « Crevez-les ! » Je suis trop
bête. Elles croient que tous les pères sont comme le leur. Il
faut toujours se faire valoir. Leurs enfants me vengeront.
Mais c'est dans leur intérêt de venir ici. Prévenez-les donc
qu'elles compromettent leur agonie. Elles commettent tous
9540 les crimes en un seul. Mais allez donc, dites-leur donc que,
ne pas venir, c'est un parricide* ! Elles en ont assez commis
sans ajouter celui-là. Criez donc comme moi : « Hé, Nasie !

hé, Delphine! venez à votre père qui a été si bon pour vous et qui souffre!» Rien, personne. Mourrai-je donc comme un
9545 chien? Voilà ma récompense, l'abandon. Ce sont des infâmes, des scélérates; je les abomine, je les maudis; je me relèverai, la nuit, de mon cercueil pour les remaudire, car, enfin, mes amis, ai-je tort? elles se conduisent bien mal! hein? Qu'est-ce que je dis? Ne m'avez-vous pas averti que
9550 Delphine est là? C'est la meilleure des deux. Vous êtes mon fils, Eugène, vous! aimez-la, soyez un père pour elle. L'autre est bien malheureuse. Et leurs fortunes! Ah, mon Dieu! J'expire, je souffre un peu trop! Coupez-moi la tête, laissez-moi seulement le cœur.

9555 — Christophe, allez chercher Bianchon, s'écria Eugène épouvanté du caractère que prenaient les plaintes et les cris du vieillard, et ramenez-moi un cabriolet*.

— Je vais aller chercher vos filles, mon bon père Goriot, je vous les ramènerai.

9560 — De force, de force! Demandez la garde, la ligne[1], tout! tout, dit-il en jetant à Eugène un dernier regard où brilla la raison. Dites au gouvernement, au procureur du roi, qu'on me les amène, je le veux!

— Mais vous les avez maudites.

9565 — Qui est-ce qui a dit cela? répondit le vieillard stupéfait. Vous savez bien que je les aime, je les adore! Je suis guéri si je les vois... Allez, mon bon voisin, mon cher enfant, allez, vous êtes bon, vous; je voudrais vous remercier, mais je n'ai rien à vous donner que les bénédictions d'un mourant. Ah!
9570 je voudrais au moins voir Delphine pour lui dire de m'acquitter envers vous. Si l'autre ne peut pas, amenez-moi celle-là. Dites-lui que vous ne l'aimerez plus si elle ne veut pas venir. Elle vous aime tant qu'elle viendra. À boire, les entrailles me brûlent! Mettez-moi quelque chose sur la tête.
9575 La main de mes filles, ça me sauverait, je le sens... Mon Dieu! qui refera leurs fortunes si je m'en vais? Je veux aller à Odessa* pour elles, à Odessa*, y faire des pâtes.

— Buvez ceci, dit Eugène en soulevant le moribond et le prenant dans son bras gauche tandis que de l'autre il tenait
9580 une tasse pleine de tisane.

— Vous devez aimer votre père et votre mère, vous! dit le vieillard en serrant de ses mains défaillantes la main d'Eu-

---

1. *ligne* : régiment d'infanterie.

gène. Comprenez-vous que je vais mourir sans les voir, mes filles? Avoir soif toujours, et ne jamais boire, voilà comment j'ai vécu depuis dix ans... Mes deux gendres ont tué mes filles. Oui, je n'ai plus eu de filles après qu'elles ont été mariées. Pères, dites aux chambres• de faire une loi sur le mariage! Enfin, ne mariez pas vos filles si vous les aimez. Le gendre est un scélérat qui gâte tout chez une fille, il souille tout. Plus de mariages! C'est ce qui nous enlève nos filles, et nous ne les avons plus quand nous mourons. Faites une loi sur la mort des pères. C'est épouvantable, ceci! Vengeance! Ce sont mes gendres qui les empêchent de venir. Tuez-les! À mort le Restaud, à mort l'Alsacien, ils sont mes assassins! La mort ou mes filles! Ah! c'est fini, je meurs sans elles! Elles! Nasie, Fifine, allons, venez donc! Votre papa sort...

— Mon bon père Goriot, calmez-vous, voyons, restez tranquille, ne vous agitez pas, ne pensez pas.

— Ne pas les voir, voilà l'agonie!

— Vous allez les voir.

— Vrai! cria le vieillard égaré. Oh! les voir! je vais les voir, entendre leur voix. Je mourrai heureux. Eh bien! oui, je ne demande plus à vivre, je n'y tenais plus, mes peines allaient croissant. Mais les voir, toucher leurs robes, ah! rien que leurs robes, c'est bien peu; mais que je sente quelque chose d'elles! Faites-moi prendre les cheveux... veux...

Il tomba la tête sur l'oreiller comme s'il recevait un coup de massue. Ses mains s'agitèrent sur la couverture comme pour prendre les cheveux de ses filles.

— Je les bénis, dit-il en faisant un effort, bénis.

Il s'affaissa tout à coup. En ce moment Bianchon entra. — J'ai rencontré Christophe, dit-il, il va t'amener une voiture. Puis il regarda le malade, lui souleva de force les paupières, et les deux étudiants lui virent un œil sans chaleur et terne.

— Il n'en reviendra pas, dit Bianchon, je ne crois pas. Il prit le pouls, le tâta, mit la main sur le cœur du bonhomme.

— La machine va toujours; mais, dans sa position, c'est un malheur, il vaudrait mieux qu'il mourût!

— Ma foi, oui, dit Rastignac.

— Qu'as-tu donc? tu es pâle comme la mort.

— Mon ami, je viens d'entendre des cris et des plaintes. Il y a un Dieu! Oh! oui! il y a un Dieu, et il nous a fait un monde meilleur, ou notre terre est un non-sens. Si ce n'avait pas été si tragique, je fondrais en larmes, mais j'ai le cœur et l'estomac horriblement serrés.

— Dis donc, il va falloir bien des choses; où prendre de l'argent?

Rastignac tira sa montre.

9630 — Tiens, mets-la vite en gage. Je ne veux pas m'arrêter en route, car j'ai peur de perdre une minute, et j'attends Christophe. Je n'ai pas un liard, il faudra payer mon cocher au retour.

Rastignac se précipita dans l'escalier, et partit pour aller

9635 rue du Helder* chez madame de Restaud. Pendant le chemin, son imagination, frappée de l'horrible spectacle dont il avait été témoin, échauffa son indignation. Quand il arriva dans l'antichambre et qu'il demanda madame de Restaud, on lui répondit qu'elle n'était pas visible.

9640 — Mais, dit-il au valet de chambre, je viens de la part de son père qui se meurt.

— Monsieur, nous avons de monsieur le comte les ordres les plus sévères...

— Si monsieur de Restaud y est, dites-lui dans quelle cir-

9645 constance se trouve son beau-père et prévenez-le qu'il faut que je lui parle à l'instant même.

Eugène attendit pendant longtemps.

— Il se meurt peut-être en ce moment, pensait-il.

Le valet de chambre l'introduisit dans le premier salon, où

9650 monsieur de Restaud reçut l'étudiant debout, sans le faire asseoir, devant une cheminée où il n'y avait pas de feu.

— Monsieur le comte, lui dit Rastignac, monsieur votre beau-père expire en ce moment dans un bouge infâme, sans un liard pour avoir du bois; il est exactement à la mort et

9655 demande à voir sa fille...

— Monsieur, lui répondit avec froideur le comte de Restaud, vous avez pu vous apercevoir que j'ai fort peu de tendresse pour monsieur Goriot. Il a compromis son caractère avec madame de Restaud, il a fait le malheur de ma vie,

9660 je vois en lui l'ennemi de mon repos. Qu'il meure, qu'il vive, tout m'est parfaitement indifférent. Voilà quels sont mes sentiments à son égard. Le monde pourra me blâmer, je méprise l'opinion. J'ai maintenant des choses plus importantes à accomplir qu'à m'occuper de ce que penseront de

9665 moi des sots ou des indifférents. Quant à madame de Restaud, elle est hors d'état de sortir. D'ailleurs, je ne veux pas qu'elle quitte sa maison. Dites à son père qu'aussitôt qu'elle aura rempli ses devoirs envers moi, envers mon enfant, elle ira le voir. Si elle aime son père, elle peut être

9670 libre dans quelques instants...

– Monsieur le comte, il ne m'appartient pas de juger de votre conduite, vous êtes le maître de votre femme ; mais je puis compter sur votre loyauté ? eh bien ! promettez-moi seulement de lui dire que son père n'a pas un jour à vivre, 9675 et l'a déjà maudite en ne la voyant pas à son chevet !

– Dites-le-lui vous-même, répondit monsieur de Restaud frappé des sentiments d'indignation que trahissait l'accent d'Eugène.

Rastignac entra, conduit par le comte, dans le salon où se 9680 tenait habituellement la comtesse : il la trouva noyée de larmes, et plongée dans une bergère comme une femme qui voulait mourir. Elle lui fit pitié. Avant de regarder Rastignac, elle jeta sur son mari de craintifs regards qui annonçaient une prostration[1] complète de ses forces écrasées par une 9685 tyrannie morale et physique. Le comte hocha la tête, elle se crut encouragée à parler.

– Monsieur, j'ai tout entendu. Dites à mon père que s'il connaissait la situation dans laquelle je suis, il me pardonnerait. Je ne comptais pas sur ce supplice, il est au-dessus de 9690 mes forces, monsieur, mais je résisterai jusqu'au bout, dit-elle à son mari. Je suis mère. Dites à mon père que je suis irréprochable envers lui, malgré les apparences, cria-t-elle avec désespoir à l'étudiant.

Eugène salua les deux époux, en devinant l'horrible crise 9695 dans laquelle était la femme, et se retira stupéfait. Le ton de monsieur de Restaud lui avait démontré l'inutilité de sa démarche, et il comprit qu'Anastasie n'était plus libre. Il courut chez madame de Nucingen, et la trouva dans son lit.

– Je suis souffrante, mon pauvre ami, lui dit-elle. J'ai pris 9700 froid en sortant du bal, j'ai peur d'avoir une fluxion de poitrine[2], j'attends le médecin...

– Eussiez-vous la mort sur les lèvres, lui dit Eugène en l'interrompant, il faut vous traîner auprès de votre père. Il vous appelle ! si vous pouviez entendre le plus léger de ses 9705 cris, vous ne vous sentiriez point malade.

– Eugène, mon père n'est peut-être pas aussi malade que vous le dites ; mais je serais au désespoir d'avoir le moindre tort à vos yeux, et je me conduirai comme vous le voudrez. Lui, je le sais, il mourrait de chagrin si ma maladie devenait

---

1. *prostration* : abattement profond.
2. *fluxion de poitrine* : congestion pulmonaire.

9710 mortelle par suite de cette sortie. Eh! bien, j'irai dès que mon médecin sera venu. Ah! pourquoi n'avez-vous plus votre montre? dit-elle en ne voyant plus la chaîne. Eugène rougit. Eugène! Eugène, si vous l'aviez déjà vendue, perdue... oh! cela serait bien mal.

9715 L'étudiant se pencha sur le lit de Delphine, et lui dit à l'oreille : – Vous voulez le savoir? eh! bien, sachez-le! Votre père n'a pas de quoi s'acheter le linceul* dans lequel on le mettra ce soir. Votre montre est en gage, je n'avais plus rien.

Delphine sauta tout à coup hors de son lit, courut à son 9720 secrétaire, y prit sa bourse, la tendit à Rastignac. Elle sonna et s'écria : J'y vais, j'y vais, Eugène. Laissez-moi m'habiller; mais je serais un monstre! Allez, j'arriverai avant vous! Thérèse, cria-t-elle à sa femme de chambre, dites à monsieur de Nucingen de monter me parler à l'instant même.

9725 Eugène, heureux de pouvoir annoncer au moribond la présence d'une de ses filles, arriva presque joyeux rue Neuve-Sainte-Geneviève*. Il fouilla dans la bourse pour pouvoir payer immédiatement son cocher. La bourse de cette jeune femme, si riche, si élégante, contenait soixante-dix 9730 francs. Parvenu en haut de l'escalier, il trouva le père Goriot maintenu par Bianchon, et opéré par le chirurgien de l'hôpital, sous les yeux du médecin. On lui brûlait le dos avec des moxas*, dernier remède de la science, remède inutile.

– Les sentez-vous? demandait le médecin.

9735 Le père Goriot, ayant entrevu l'étudiant, répondit : – Elles viennent, n'est-ce pas?

– Il peut s'en tirer, dit le chirurgien, il parle.

– Oui, répondit Eugène, Delphine me suit.

– Allons! dit Bianchon, il parlait de ses filles, après les-9740 quelles il crie comme un homme sur le pal crie, dit-on, après l'eau...

– Cessez, dit le médecin au chirurgien, il n'y a plus rien à faire, on ne le sauvera pas.

Bianchon et le chirurgien replacèrent le mourant à plat 9745 sur son grabat* infect.

– Il faudrait cependant le changer de linge, dit le médecin. Quoiqu'il n'y ait aucun espoir, il faut respecter en lui la nature humaine. Je reviendrai, Bianchon, dit-il à l'étudiant. S'il se plaignait encore, mettez-lui de l'opium sur le dia-9750 phragme.

Le chirurgien et le médecin sortirent.

– Allons, Eugène, du courage, mon fils! dit Bianchon à Rastignac quand ils furent seuls, il s'agit de lui mettre une

chemise blanche et de changer son lit. Va dire à Sylvie de
9755 monter des draps et de venir nous aider.

Eugène descendit, et trouva madame Vauquer occupée à
mettre le couvert avec Sylvie. Aux premiers mots que lui dit
Rastignac, la veuve vint à lui, en prenant l'air aigrement
doucereux d'une marchande soupçonneuse qui ne voudrait
9760 ni perdre son argent, ni fâcher le consommateur.

— Mon cher monsieur Eugène, répondit-elle, vous savez
tout comme moi que le père Goriot n'a plus le sou*. Donner
des draps à un homme en train de tortiller de l'œil, c'est les
perdre, d'autant qu'il faudra bien en sacrifier un pour le
9765 linceul*. Ainsi, vous me devez déjà cent quarante-quatre
francs, mettez quarante francs de draps, et quelques autres
petites choses, la chandelle que Sylvie vous donnera, tout
cela fait au moins deux cents francs, qu'une pauvre veuve
comme moi n'est pas en état de perdre. Dame! soyez juste,
9770 monsieur Eugène, j'ai bien assez perdu depuis cinq jours
que le guignon[1] s'est logé chez moi. J'aurais donné dix écus*
pour que ce bonhomme-là fût parti ces jours-ci, comme
vous le disiez. Ça frappe mes pensionnaires. Pour un rien, je
le ferais porter à l'hôpital. Enfin, mettez-vous à ma place.
9775 Mon établissement avant tout, c'est ma vie, à moi.

Eugène remonta rapidement chez le père Goriot.

— Bianchon, l'argent de la montre?

— Il est là sur la table, il en reste trois cent soixante et
quelques francs. J'ai payé sur ce qu'on m'a donné tout ce
9780 que nous devions. La reconnaissance du Mont-de-Piété est
sous l'argent.

— Tenez, madame, dit Rastignac après avoir dégringolé
l'escalier avec horreur, soldez nos comptes. Monsieur Goriot
n'a pas longtemps à rester chez vous, et moi...

9785 — Oui, il en sortira les pieds en avant, pauvre bonhomme,
dit-elle en comptant deux cents francs, d'un air moitié gai,
moitié mélancolique.

— Finissons, dit Rastignac.

— Sylvie, donnez les draps, et allez aider ces messieurs,
9790 là-haut.

— Vous n'oublierez pas Sylvie, dit madame Vauquer à
l'oreille d'Eugène, voilà deux nuits qu'elle veille.

Dès qu'Eugène eut le dos tourné, la vieille courut à sa

---

1. *le guignon* : le malheur.

cuisinière : – Prends les draps retournés[1], numéro sept. Par
Dieu, c'est toujours assez bon pour un mort, lui dit-elle à
l'oreille.

Eugène, qui avait déjà monté quelques marches de l'escalier, n'entendit pas les paroles de la vieille hôtesse.

– Allons, lui dit Bianchon, passons-lui sa chemise.
Tiens-le droit.

Eugène se mit à la tête du lit, et soutint le moribond
auquel Bianchon enleva sa chemise, et le bonhomme fit un
geste comme pour garder quelque chose sur sa poitrine, et
poussa des cris plaintifs et inarticulés, à la manière des animaux qui ont une grande douleur à exprimer.

– Oh! oh! dit Bianchon, il veut une petite chaîne de
cheveux et un médaillon que nous lui avons ôté tout à
l'heure pour lui poser ses moxas*. Pauvre homme! il faut la
lui remettre. Elle est sur la cheminée.

Eugène alla prendre une chaîne tressée avec des cheveux
blond-cendré, sans doute ceux de madame Goriot. Il lut
d'un côté du médaillon : Anastasie ; et de l'autre : Delphine.
Image de son cœur qui reposait toujours sur son cœur. Les
boucles contenues étaient d'une telle finesse qu'elles
devaient avoir été prises pendant la première enfance des
deux filles. Lorsque le médaillon toucha sa poitrine, le vieillard fit un han prolongé qui annonçait une satisfaction
effrayante à voir. C'était un des derniers retentissements de
sa sensibilité, qui semblait se retirer au centre inconnu d'où
partent et où s'adressent nos sympathies[2]. Son visage
convulsé prit une expression de joie maladive. Les deux étudiants, frappés de ce terrible éclat d'une force de sentiment
qui survivait à la pensée, laissèrent tomber chacun des
larmes chaudes sur le moribond qui jeta un cri de plaisir
aigu.

– Nasie! Fifine! dit-il.

– Il vit encore, dit Bianchon.

– À quoi ça lui sert-il? dit Sylvie.

– À souffrir, répondit Rastignac.

Après avoir fait à son camarade un signe pour lui dire de
l'imiter, Bianchon s'agenouilla pour passer ses bras sous les
jarrets du malade, pendant que Rastignac en faisait autant de

---

1. *les draps retournés* : les draps refaits sur l'envers.
2. *nos sympathies* : nos émotions.

l'autre côté du lit afin de passer les mains sous le dos. Sylvie était là, prête à retirer les draps quand le moribond serait
9835 soulevé, afin de les remplacer par ceux qu'elle apportait. Trompé sans doute par les larmes, Goriot usa ses dernières forces pour étendre les mains, rencontra de chaque côté de son lit les têtes des étudiants, les saisit violemment par les cheveux, et l'on entendit faiblement : « Ah! mes anges! »
9840 Deux mots, deux murmures accentués par l'âme qui s'envola sur cette parole.

— Pauvre cher homme, dit Sylvie attendrie de cette exclamation où se peignit un sentiment suprême que le plus horrible, le plus involontaire des mensonges exaltait une der-
9845 nière fois.

Le dernier soupir de ce père devait être un soupir de joie. Ce soupir fut l'expression de toute sa vie, il se trompait encore. Le père Goriot fut pieusement replacé sur son grabat*. À compter de ce moment, sa physionomie garda la
9850 douleureuse empreinte du combat qui se livrait entre la mort et la vie dans une machine qui n'avait plus cette espèce de conscience cérébrale d'où résulte le sentiment du plaisir et de la douleur pour l'être humain. Ce n'était plus qu'une question de temps pour la destruction.

9855 — Il va rester ainsi quelques heures, et mourra sans que l'on s'en aperçoive, il ne râlera même pas. Le cerveau doit être complètement envahi.

En ce moment on entendit dans l'escalier un pas de jeune femme haletante.

9860 — Elle arrive trop tard, dit Rastignac.

Ce n'était pas Delphine, mais Thérèse, sa femme de chambre.

— Monsieur Eugène, dit-elle, il s'est élevé une scène violente entre monsieur et madame, à propos de l'argent que
9865 cette pauvre madame demandait pour son père. Elle s'est évanouie, le médecin est venu, il a fallu la saigner, elle criait : — Mon père se meurt, je veux voir papa! Enfin, des cris à fendre l'âme.

— Assez, Thérèse. Elle viendrait que maintenant ce serait
9870 superflu, monsieur Goriot n'a plus de connaissance.

— Pauvre cher monsieur, est-il mal comme ça! dit Thérèse.

— Vous n'avez plus besoin de moi, faut que j'aille à mon dîner, il est quatre heures et demie, dit Sylvie qui faillit se heurter sur le haut de l'escalier avec madame de Restaud.
9875 Ce fut une apparition grave et terrible que celle de la comtesse. Elle regarda le lit de mort, mal éclairé par une

seule chandelle, et versa des pleurs en apercevant le masque de son père où palpitaient encore les derniers tressaillements de la vie. Bianchon se retira par discrétion.

9880 – Je ne me suis pas échappée assez tôt, dit la comtesse à Rastignac.

L'étudiant fit un signe de tête affirmatif plein de tristesse. Madame de Restaud prit la main de son père, la baisa.

– Pardonnez-moi, mon père! Vous disiez que ma voix 9885 vous rappellerait de la tombe; eh! bien, revenez un moment à la vie pour bénir votre fille repentante. Entendez-moi. Ceci est affreux! votre bénédiction est la seule que je puisse recevoir ici-bas désormais. Tout le monde me hait, vous seul m'aimez. Mes enfants eux-mêmes me haïront. Emmenez-moi 9890 avec vous, je vous aimerai, je vous soignerai. Il n'entend plus, je suis folle. Elle tomba sur ses genoux, et contempla ce débris avec une expression de délire. Rien ne manque à mon malheur, dit-elle en regardant Eugène. Monsieur de Trailles est parti, laissant ici des dettes énormes, et j'ai su 9895 qu'il me trompait. Mon mari ne me pardonnera jamais, et je l'ai laissé le maître de ma fortune. J'ai perdu toutes mes illusions. Hélas! pour qui ai-je trahi le seul cœur (elle montra son père) où j'étais adorée! Je l'ai méconnu, je l'ai repoussé, je lui fait mille maux, infâme que je suis!

9900 – Il le savait, dit Rastignac.

En ce moment le père Goriot ouvrit les yeux, mais par l'effet d'une convulsion. Le geste qui révélait l'espoir de la comtesse ne fut pas moins horrible à voir que l'œil du mourant.

9905 – M'entendrait-il? cria la comtesse. Non, se dit-elle en s'asseyant auprès de lui.

Madame de Restaud ayant manifesté le désir de garder son père, Eugène descendit pour prendre un peu de nourriture. Les pensionnaires étaient déjà réunis.

9910 – Eh! bien, lui dit le peintre, il paraît que nous allons avoir un petit mortorama là-haut?

– Charles, lui dit Eugène, il me semble que vous devriez plaisanter sur quelque sujet moins lugubre.

– Nous ne pourrons donc plus rire ici? reprit le peintre. 9915 Qu'est-ce que cela fait, puisque Bianchon dit que le bonhomme n'a plus sa connaissance?

– Eh! bien, reprit l'employé au Muséum, il sera mort comme il a vécu.

– Mon père est mort, cria la comtesse.

9920 À ce cri terrible, Sylvie, Rastignac et Bianchon montèrent, et trouvèrent madame de Restaud évanouie. Après l'avoir fait revenir à elle, ils la transportèrent dans le fiacre qui l'attendait. Eugène la confia aux soins de Thérèse, lui ordonnant de la conduire chez madame de Nucingen.

9925 — Oh! il est bien mort, dit Bianchon en descendant.

— Allons, messieurs, à table, dit madame Vauquer, la soupe va se refroidir.

Les deux étudiants se mirent à côté l'un de l'autre.

— Que faut-il faire maintenant? dit Eugène à Bianchon.

9930 — Mais je lui ai fermé les yeux, et je l'ai convenablement disposé. Quand le médecin de la mairie aura constaté le décès que nous irons déclarer, on le coudra dans un linceul*, et on l'enterrera. Que veux-tu qu'il devienne?

— Il ne flairera plus son pain comme ça, dit un pension-
9935 naire en imitant la grimace du bonhomme.

— Sacrebleu, messieurs, dit le répétiteur, laissez donc le père Goriot, et ne nous en faites plus manger, car on l'a mis à toute sauce depuis une heure. Un des privilèges de la bonne ville de Paris, c'est qu'on peut y naître, y vivre, y
9940 mourir sans que personne fasse attention à vous. Profitons donc des avantages de la civilisation. Il y a soixante morts aujourd'hui, voulez-vous nous apitoyer sur les hécatombes [1] parisiennes? Que le père Goriot soit crevé, tant mieux pour lui! Si vous l'adorez, allez le garder, et laissez-nous manger
9945 tranquillement, nous autres.

— Oh! oui, dit la veuve, tant mieux pour lui qu'il soit mort! Il paraît que le pauvre homme avait bien du désagrément, sa vie durant.

Ce fut la seule oraison funèbre d'un être qui, pour
9950 Eugène, représentait la Paternité. Les quinze pensionnaires se mirent à causer comme à l'ordinaire. Lorsque Eugène et Bianchon eurent mangé, le bruit des fourchettes et des cuillers, les rires de la conversation, les diverses expressions de ces figures gloutonnes et indifférentes, leur insouciance, tout
9955 les glaça d'horreur. Ils sortirent pour aller chercher un prêtre qui veillât et priât pendant la nuit près du mort. Il leur fallut mesurer les derniers devoirs à rendre au bonhomme sur le peu d'argent dont ils pourraient disposer. Vers neuf heures du soir, le corps fut placé sur un fond sanglé, entre deux

---

1. *hécatombes* : littéralement, sacrifice de cent bœufs offert à un dieu. Ici, grand nombre de morts.

9960 chandelles, dans cette chambre nue, et un prêtre vint s'asseoir auprès de lui. Avant de se coucher, Rastignac, ayant demandé des renseignements à l'ecclésiastique sur le prix du service à faire et sur celui des convois, écrivit un mot au baron de Nucingen et au comte de Restaud en les priant 9965 d'envoyer leurs gens d'affaires afin de pourvoir à tous les frais de l'enterrement. Il leur dépêcha Christophe, puis il se coucha et s'endormit accablé de fatigue. Le lendemain matin Bianchon et Rastignac furent obligés d'aller déclarer eux-mêmes le décès, qui vers midi fut constaté. Deux heures 9970 après aucun des deux gendres n'avait envoyé d'argent, personne ne s'était présenté en leur nom, et Rastignac avait été forcé déjà de payer les frais du prêtre. Sylvie ayant demandé dix francs pour ensevelir le bonhomme et le coudre dans un linceul*, Eugène et Bianchon calculèrent que si les parents 9975 du mort ne voulaient se mêler de rien, ils auraient à peine de quoi pourvoir aux frais. L'étudiant en médecine se chargea donc de mettre lui-même le cadavre dans une bière* de pauvre qu'il fit apporter de son hôpital, où il l'eut à meilleur marché.

9980   — Fais une farce à ces drôles-là, dit-il à Eugène. Va acheter un terrain, pour cinq ans, au Père-Lachaise*, et commande un service de troisième classe[1] à l'église et aux Pompes-Funèbres. Si les gendres et les filles se refusent à te rembourser, tu feras graver sur la tombe : « Ci-gît monsieur 9985 Goriot, père de la comtesse de Restaud et de la baronne de Nucingen, enterré aux frais de deux étudiants. »

   Eugène ne suivit le conseil de son ami qu'après avoir été infructueusement chez monsieur et madame de Nucingen et chez monsieur et madame de Restaud. Il n'alla pas plus loin 9990 que la porte. Chacun des concierges avait des ordres sévères.

   — Monsieur et madame, dirent-ils, ne reçoivent personne ; leur père est mort, et ils sont plongés dans la plus vive douleur.

   Eugène avait assez l'expérience du monde parisien pour 9995 savoir qu'il ne devait pas insister. Son cœur se serra étrangement quand il se vit dans l'impossibilité de parvenir jusqu'à Delphine.

   « *Vendez une parure,* lui écrivit-il chez le concierge, *et que votre père soit décemment conduit à sa dernière demeure.* »

---

1. *un service de troisième classe* : l'enterrement le moins cher existant à cette époque.

10000   Il cacheta ce mot, et pria le concierge du baron de le remettre à Thérèse pour sa maîtresse ; mais le concierge le remit au baron de Nucingen qui le jeta dans le feu. Après avoir fait toutes ses dispositions, Eugène revint vers trois heures à la pension bourgeoise, et ne put retenir une larme

10005 quand il aperçut à cette porte bâtarde• la bière• à peine couverte d'un drap noir, posée sur deux chaises dans cette rue déserte. Un mauvais goupillon [1], auquel personne n'avait encore touché, trempait dans un plat de cuivre argenté plein d'eau bénite. La porte n'était pas même tendue de noir.

10010 C'était la mort des pauvres, qui n'a ni faste, ni suivants, ni amis, ni parents. Bianchon, obligé d'être à son hôpital, avait écrit un mot à Rastignac pour lui rendre compte de ce qu'il avait fait avec l'église. L'interne• lui mandait qu'une messe était hors de prix, qu'il fallait se contenter du service moins

10015 coûteux des vêpres, et qu'il avait envoyé Christophe avec un mot aux Pompes-Funèbres. Au moment où Eugène achevait de lire le griffonnage de Bianchon, il vit entre les mains de madame Vauquer le médaillon à cercle d'or où étaient les cheveux des deux filles.

10020   — Comment avez-vous osé prendre ça ? lui dit-il.

   — Pardi ! fallait-il l'enterrer avec ? répondit Sylvie, c'est en or.

   — Certes ! reprit Eugène avec indignation, qu'il emporte au moins avec lui la seule chose qui puisse représenter ses deux filles.

10025   Quand le corbillard vint, Eugène fit remonter la bière•, la décloua, et plaça religieusement sur la poitrine du bon-homme une image qui se rapportait à un temps où Delphine et Anastasie étaient jeunes, vierges et pures, et *ne raison-naient pas*, comme il l'avait dit dans ses cris d'agonisant.

10030 Rastignac et Christophe accompagnèrent seuls, avec deux croque-morts, le char qui menait le pauvre homme à Saint-Étienne-du-Mont•, église peu distante de la rue Neuve-Sainte-Geneviève•. Arrivé là, le corps fut présenté à une petite chapelle basse et sombre, autour de laquelle l'étudiant

10035 chercha vainement les deux filles du père Goriot ou leurs maris. Il fut seul avec Christophe, qui se croyait obligé de rendre les derniers devoirs à un homme qui lui avait fait gagner quelques bons pourboires. En attendant les deux

---

1. *goupillon* : instrument qui sert à asperger un cercueil d'eau bénite.

prêtres, l'enfant de chœur et le bedeau, Rastignac serra la
10040 main de Christophe, sans pouvoir prononcer une parole.

– Oui, monsieur Eugène, dit Christophe, c'était un brave
et honnête homme, qui n'a jamais dit une parole plus haut
que l'autre, qui ne nuisait à personne et n'a jamais fait de
mal.

10045 Les deux prêtres, l'enfant de chœur et le bedeau[1] vinrent
et donnèrent tout ce qu'on peut avoir pour soixante-dix
francs dans une époque où la religion n'est pas assez riche
pour prier gratis•. Les gens du clergé chantèrent un psaume,
le *Libera*, le *De profundis*[2]. Le service dura vingt minutes. Il
10050 n'y avait qu'une seule voiture de deuil pour un prêtre et un
enfant de chœur, qui consentirent à recevoir avec eux
Eugène et Christophe.

– Il n'y a point de suite, dit le prêtre, nous pourrons aller
vite, afin de ne pas nous attarder, il est cinq heures et
10055 demie.

Cependant, au moment où le corps fut placé dans le corbillard, deux voitures armoriées, mais vides, celle du comte
de Restaud et celle du baron de Nucingen, se présentèrent et
suivirent le convoi jusqu'au Père-Lachaise•. À six heures, le
10060 corps du père Goriot fut descendu dans sa fosse, autour de
laquelle étaient les gens de ses filles, qui disparurent avec le
clergé aussitôt que fut dite la courte prière due au bonhomme pour l'argent de l'étudiant. Quand les deux fos-
soyeurs eurent jeté quelques pelletées de terre sur la bière•
10065 pour la cacher, ils se relevèrent, et l'un d'eux, s'adressant à
Rastignac, lui demanda leur pourboire. Eugène fouilla dans
sa poche et n'y trouva rien, il fut forcé d'emprunter vingt
sous• à Christophe. Ce fait, si léger en lui-même, détermina
chez Rastignac un accès d'horrible tristesse. Le jour tombait,
10070 un humide crépuscule agaçait les nerfs, il regarda la tombe
et y ensevelit sa dernière larme de jeune homme, cette larme
arrachée par les saintes émotions d'un cœur pur, une de ces
larmes qui, de la terre où elles tombent, rejaillissent jusque
dans les cieux. Il se croisa les bras, contempla les nuages, et
10075 le voyant ainsi, Christophe le quitta.

Rastignac, resté seul, fit quelques pas vers le haut du
cimetière et vit Paris tortueusement couché le long des deux

---

1. *bedeau* : laïc employé par une église.
2. *le Libera, le De profundis* : prières récitées lors des enterrements.

rives de la Seine, où commençaient à briller les lumières. Ses
yeux s'attachèrent presque avidement entre la colonne de la
10080 place Vendôme[1] et le dôme des Invalides[2], là où vivait ce
beau monde dans lequel il avait voulu pénétrer. Il lança sur
cette ruche bourdonnant un regard qui semblait par avance
en pomper le miel, et dit ces mots grandioses : – À nous
deux maintenant !

10085 Et pour premier acte du défi qu'il portait à la Société,
Rastignac alla dîner chez madame de Nucingen.

Saché, septembre 1834.

Rastignac, seul après l'enterrement du père Goriot.
Gravure du XIXe siècle.

---

1. *place Vendôme* : place située dans le quartier du faubourg Saint-Honoré qui,
comme le quartier de la Chaussée-d'Antin[*], est celui de la bourgeoisie.
2. *dôme des Invalides* : l'hôtel des Invalides fut construit sous Louis XIV pour les
militaires blessés au cours des guerres. Il est situé à proximité du faubourg Saint-
Germain[*].

Pages 276 à 298

Compréhension

1. *Bianchon résume ainsi sa conception de la médecine :* «Les médecins qui ont exercé ne voient que la maladie ; moi je vois encore le malade.» *(l. 9282). Dans le texte allant du début du passage jusqu'à* «d'une crise qui ne tarda pas à se déclarer.» *(l. 9286), relevez ce qui traduit cette conception.*

2. *Quelles illusions se fait le père Goriot quant à ses filles ? Quels souvenirs peuvent expliquer ses illusions ? Pour quelles raisons souhaite-t-il ne pas mourir ?*

3. *Quelles raisons Christophe donne-t-il du refus des deux sœurs de venir voir leur père ? De qui les tient-il ? Dans le passage allant de* «Aucune, répondit le vieillard» *(l. 9379) à* «et qui menaçait par tout ce qui pouvait exprimer la menace.» *(l. 9518), relevez les phrases du père Goriot qui traduisent sa lucidité quant au comportement de ses filles et au sien. À partir de là, dites ce qu'il regrette et ce qu'il se reproche.*
À quel ordre supérieur en appelle-t-il pour voir ses filles ?

4. *Quelles plaintes concernant ses filles reprend le père Goriot dans le passage allant de* «Si elles ne viennent pas ?» *(l. 9523) à* «Il s'affaissa tout à coup.» *(l. 9612) ? À quelles autres plaintes sont-elles mêlées ? En quoi est-ce important à ce moment du récit ? Quelles nouvelles déclarations fait-il ?*

5. *Par quelles actions se traduit une fois encore la sollicitude de Rastignac envers le père Goriot ? En quoi les paroles et les actions de monsieur de Restaud confirment-elles les propos tenus à Christophe (l. 9656 à 9670) ? Quel sentiment chacune des deux jeunes femmes inspire-t-elle au lecteur ? Quel incident décide Delphine à envisager de se rendre chez son père ?*

6. *Dans le passage allant de* «Bianchon et le chirurgien replacèrent le mourant à plat sur son grabat* infect» *(l. 9744) jusqu'à la fin du texte, relevez tous les détails qui révèlent la misère matérielle et morale entourant l'agonie et l'enterrement du père Goriot. À partir des renseignements que vous avez sur les personnages, dites si cela a de quoi surprendre. Pourquoi peut-on parler ici de pathétique ?*

7. *Quelle hallucination traduisent les dernières paroles de Goriot ? Quel double rôle jouent-elles ? Quant à la mort de Goriot ? Quant à son personnage ?*

8. *Pour quelle raison Rastignac verse-t-il sa « dernière larme de jeune homme » ? Dans quelle attitude physique Balzac le dépeint-il ensuite ? En quoi est-ce symbolique de la situation dans laquelle il se trouve ? Où Balzac conduit-il Rastignac ensuite ? En quoi est-ce révélateur des désirs de Rastignac ? À quoi voit-on que son apprentissage est terminé et que les leçons de Vautrin ont porté leurs fruits ?*

Écriture

9. *Dans le texte délimité pour la question n° 1, relevez les phrases par lesquelles Balzac annonce l'imminence du dénouement.*

10. *Expliquez la composition du discours du père Goriot en deux parties séparées par le rapport de Christophe ; puis la structure de la deuxième partie. Relevez les différents champs lexicaux* et dites en quoi leur association résume la vie du père Goriot. Examinez la syntaxe* des phrases et son rôle. À quels textes célèbres Balzac fait-il explicitement ou implicitement référence dans ce passage ?*

Mise en perspective

11. *Comparez la fin du* Père Goriot *avec la fin d'autres romans d'apprentissage du xixᵉ siècle :* Le Rouge et le Noir *de Stendhal,* Illusions perdues *de Balzac,* L'Éducation sentimentale *de Flaubert,* Bel-Ami *de Maupassant.*

12. *Cherchez des adaptations théâtrales du* Père Goriot *et comparez-les au roman.*

Bilan

L'action

• Ce que nous savons

Tout continue de basculer dans la vie des personnages. Le 18 février, alors que Goriot s'apprête à quitter la pension Vauquer pour la rue d'Artois*, une double visite de ses filles remet tout en cause : l'annonce de leur ruine respective provoque chez celui-ci une crise d'apoplexie* dont l'issue sera fatale deux jours plus tard. Il ne prendra donc pas sa revanche sur le destin. Rastignac poursuit son ascension sociale en passant sa première nuit avec Delphine et en assistant au dernier bal de madame de Beauséant, où il fait figure de protégé. Le rôle qu'il joue auprès du père Goriot pendant son agonie le contraint à marquer une pause dans sa conquête. Celle-ci reprend dès le père Goriot mis en terre.

Les personnages

• Ce que nous savons

– Le père Goriot meurt, emporté par la passion qui a dévoré sa vie : ses filles.

– La mise à mort sociale dont sont victimes madame de Beauséant et, à un degré moindre, madame de Langeais, est elle aussi le résultat d'une passion amoureuse trop ostensible.

– Quant à Anastasie de Restaud, c'est son amour absolu pour Maxime de Trailles qui l'a conduite à sa perte.

– Pour Rastignac, soutenu par l'amour qu'en dépit de son parricide* il porte à Delphine, et par l'espoir de faire fortune grâce au baron, la mort du père Goriot sonne comme un nouveau départ dans la vie. Fort des connaissances que lui ont transmises ses parents spirituels (madame de Beauséant, Vautrin mais aussi le père Goriot), Eugène a pu accomplir son parcours initiatique et se qualifier comme adulte. Il cherchera à faire fortune en exploitant les failles de la société. Le Père Goriot est autant le roman de Goriot que celui de Rastignac.

Écriture

• Ce que nous savons

Balzac, écrivain réaliste, continue sa satire sociale et morale de la société. La leçon donnée par Rastignac consiste à composer avec le monde tel qu'il est.

Balzac, dramaturge, mène à bien sa tragédie : le père Goriot, déterminé et immuable, garde jusqu'au bout la certitude d'être aimé par ses filles alors que tout prouve le contraire. Installé dans une situation sans issue, il ne peut qu'être conduit à sa perte.

Balzac, auteur de La Comédie humaine, utilise pour la première fois le principe du retour des personnages, « transformant une population romanesque nombreuse, mais disparate, en un microcosme unique, agrandi aux dimensions d'une société tout entière, cohérente, hiérarchisée, peuplée d'agneaux et de vautours, traversée de luttes et de conflits. » (S. Vachon) et laissant pour chaque personnage une zone d'ombre que viendra éclaircir un autre roman.

Honoré de Balzac. Eau-forte de Gavarni, 1856.

Animation au Palais-Royal en 1815.

DATES	ÉVÉNEMENTS HISTORIQUES	ÉVÉNEMENTS CULTURELS
1799	18 Brumaire : Coup d'État de Bonaparte → Consulat.	
1800		Mme de Staël, *De la littérature*.
1802	Bonaparte consul à vie.	Naissance de Victor Hugo.
1804	Proclamation de l'Empire. Code civil.	Naissance de George Sand.
1806	Victoire d'Iéna.	
1807	Victoires d'Eylau et de Friedland.	
1814	Abdication de Napoléon Ier. Louis XVIII, roi.	
1815	Les Cent-Jours. Défaite de Waterloo.	
1816		Rossini, *Le Barbier de Séville*.
1819		Géricault, *Le Radeau de la Méduse*.
1820		Champollion lit les hiéroglyphes. Lamartine, *Méditations poétiques*.
1821	Mort de Napoléon Ier à Sainte-Hélène.	Cuvier fonde la paléontologie.
1822	Lois contre la liberté de la presse.	
1824	Mort de Louis XVIII. Charles X, roi.	Beethoven, *IXe Symphonie*. Delacroix, *Les Massacres de Scio*.
1825		Stendhal, *Racine et Shakespeare*.
1826		
1827		Hugo, *Cromwell*.
1828		
1829		Goethe, *Les Années de voyage de Wilhelm Meister* (publié en 1837).
1830	Révolution de Juillet. Louis-Philippe, roi.	Hugo, *Hernani* ; Stendhal, *Le Rouge et le Noir* ; Berlioz, *La Symphonie fantastique*.
1831		Delacroix, *La Liberté guidant le peuple*.
1832		
1833		Michelet, début de *L'Histoire de France*.
1834		Sainte-Beuve, *Volupté*.
1835		Tocqueville, *De la démocratie en Amérique*.
1836		Musset, *La Confession d'un enfant du siècle*.
1837		
1838		Hugo, *Ruy Blas*.
1839		Stendhal, *La Chartreuse de Parme*.
1840	Gouvernement Guizot.	Mérimée, *Colomba*.
1841		
1842		Sue, *Les Mystères de Paris*.
1843		
1844		Dumas, *Les Trois Mousquetaires*.
1845		Mérimée, *Carmen*.
1846		George Sand, *La Mare au diable*.
1848	Révolution en France. Proclamation de la IIe République. Révolutions en Europe.	Marx et Engels, *Le Manifeste du parti communiste*.
1850		Courbet, *Un Enterrement à Ornans*.

VIE ET ŒUVRE DE BALZAC	DATES
20 mai : naissance d'Honoré de Balzac à Tours.	1799
Naissance de Laure, sœur de Balzac.	1800
Naissance de Laurence, seconde sœur de Balzac.	1802
Entrée d'Honoré à la pension Le Guay, à Tours.	1804
Naissance d'Henry, demi-frère de Balzac, fils du châtelain de Saché.	1807
Entrée d'Honoré au collège de Vendôme.	
Installation de la famille Balzac à Paris, quartier du Marais.	1814
	1815
Balzac est clerc chez un avoué. Inscription en droit à la Sorbonne.	1816
Bachelier en droit.	1819
Rédaction d'une tragédie jamais publiée, *Cromwell*.	1820
	1821
Amant de Laure de Berny (la « Dilecta », de 22 ans son aînée).	1822
Publication de plusieurs romans sous différents pseudonymes.	
Début de sa liaison avec la duchesse d'Abrantès, de 15 ans son aînée.	1825
Balzac éditeur.	
Balzac imprimeur. Début dans les journaux.	1826
Exploitation d'une fonderie de caractères d'imprimerie.	1827
Liquidation de l'imprimerie et de la fonderie. Dettes.	1828
Le Dernier Chouan (Les Chouans), La Physiologie du mariage	1829
Gobseck. Succès mondains.	1830
La Peau de chagrin, La Femme de trente ans.	1831
Le Colonel Chabert, La Femme abandonnée. Début de la correspondance avec Eve Hanska, une admiratrice polonaise.	1832
Eugénie Grandet. Première rencontre avec Mme Hanska.	1833
Début de la parution du *Père Goriot* dans *La Revue de Paris* (décembre).	1834
Fin de la parution du *Père Goriot* dans *La Revue de Paris* (janvier et février).	1835
Mort de Mme de Berny. *Le Lys dans la vallée*.	1836
César Birotteau. Début des *Illusions perdues* → 1843.	1837
Séjour à Nohant, chez George Sand. *La Maison Nucingen*.	1838
Président de la Société des gens de lettres.	1839
Première apparition du titre *La Comédie humaine*.	1840
Installation à Passy (actuelle maison de Balzac, rue Raynouard).	
Mort du comte Hanski.	1841
Début de la parution de *La Comédie humaine* chez Furne.	1842
Voyage à Saint-Pétersbourg. Retrouvailles avec Mme Hanska.	1843
Début des *Paysans*.	1844
Plan définitif de *La Comédie humaine*.	1845
La Cousine Bette.	1846
Échec aux élections législatives (candidat légitimiste) et à l'Académie française.	1848
Mars : mariage avec Mme Hanska. 18 août : mort de Balzac.	1850
Éloge funèbre prononcé par Victor Hugo.	

BALZAC ET SON TEMPS

La maison de Balzac au 47, rue Raynouard, dans le XVIe arrondissement de Paris. Il y vécut de 1840 à 1847 et y écrivit la dernière partie de son œuvre.

Né avec le Consulat – il a quelques mois seulement lors du coup d'État de Bonaparte, le 18 Brumaire – Balzac s'éteint peu avant le coup d'État de Louis-Napoléon Bonaparte, qui, le 2 décembre 1851, sera le prélude à la création du Second Empire. C'est donc dans un monde en profonde mutation politique, économique et sociale que s'inscrit l'œuvre de Balzac : essor des sciences et des techniques, révolution industrielle, développement de l'économie capitaliste sous la conduite de la bourgeoisie, et apparition des théories socialistes de Proudhon (1809-1865) ou Marx (1818-1883). Tous ces bouleversements n'épargnent ni la littérature ni les arts et la condition de l'écrivain s'en trouve également transformée.

L'ESSOR DES SCIENCES ET DES TECHNIQUES

La recherche scientifique se poursuit sur la lancée du XVIIIe siècle. Les progrès touchent aussi bien les mathématiques (Monge, 1746-1818 ; Laplace, 1749-1827) que la physique (Fresnel, 1788-1827 ; Ampère, 1775-1836) et la chimie. Mais ce sont surtout les recherches menées dans le domaine des sciences naturelles qui vont intéresser Balzac : celles de Cuvier (1769-1832), fondateur de l'anatomie comparée et de la paléontologie ; celles de Geoffroy Saint-Hilaire (1772-1844), fondateur de la zoologie moderne, qui a montré les effets de l'environnement sur l'espèce animale et auquel Balzac dédie *Le Père Goriot*. Balzac s'intéresse également aux travaux de Lavater (1741-1801), fondateur de la physiognomie, qui prétend connaître l'âme à l'examen des traits du visage ; et à ceux du médecin allemand Gall (1758-1828), créateur de la phrénologie, science qui pense pouvoir reconnaître le caractère d'un homme à la forme de son crâne.

La machine à vapeur, inventée entre 1769 et 1780 par l'Anglais John Watt, révolutionne l'industrie. Elle fournit, au moyen de la houille, de l'énergie à bon marché qui permet l'expansion du machinisme et entraîne d'autres découvertes, telle celle de la locomotive par l'Anglais Stephenson. Les premiers trains rouleront vers 1825.

UNE SOCIÉTÉ EN MUTATION

Sur un plan historique et social, cette période est caractérisée par l'ascension de la bourgeoisie. Si elle est quelque peu écartée du pouvoir politique sous la Restauration (1814-1830), elle n'en détient pas moins les leviers de l'économie. Après la révolution de 1830, qui repousse une tentative de Charles X pour rétablir un régime autoritaire, la monarchie de Juillet (1830-1848) consacrera son hégémonie. Le banquier Laffitte dont Balzac mentionne le nom (p. 196) est l'un des symboles de la réussite sociale à cette époque. Le conservatisme politique dont font preuve Louis-Philippe et le gouvernement dans les années 1840, mais aussi la crise économique de 1847, amènent la révolution de 1848.

Le développement du machinisme entraîne de profonds bouleversements sociaux liés à l'essor du capitalisme et à l'apparition d'une nouvelle classe sociale, celle des ouvriers. Dès 1820, certains penseurs, émus par le sort des plus défavorisés, veulent changer la société sans avoir recours à la violence. Socialistes, qui veulent transformer la société en faisant passer le bien général avant l'intérêt de chacun, et communistes, qui veulent la disparition de la propriété privée et la mise en commun de tous les biens, rivalisent d'ardeur. En 1848 paraît un ouvrage appelé à révolutionner l'histoire sociale : *Le Manifeste du parti communiste*, de Karl Marx et Friedrich Engels.

ARTS ET LITTÉRATURE

Le romantisme
•

Apparu en Allemagne et en Angleterre à la fin du XVIIIe siècle, en France au début du XIXe, le romantisme domine toute la première moitié du XIXe siècle. Ses doctrines sont essentiellement élaborées par Charles Nodier et Victor Hugo, l'un en son salon de l'Arsenal (à partir de 1824), l'autre en son cénacle de la rue Notre-Dame-des-Champs (à partir de 1827) ; ils posent les bases d'un mouvement qu'ils situent dans la lignée des *Souffrances du jeune Werther*, de Goethe (1774) et qu'ils veulent intégrer à un vaste courant européen.

Prédominance du sentiment sur la raison ; libre expression du « moi » dans la poésie lyrique (Lamartine, Hugo, Musset, Vigny) ou dans le roman, empreint de confidences personnelles (Balzac, Stendhal, George Sand) ; solitude du héros, être passionné et sensible – Eugène de Rastignac, le héros du *Père Goriot*, s'adapte difficilement à la dure réalité de la vie parisienne – ; place importante de la nature, du rêve, de l'exotisme, du fantastique dans la littérature (Balzac dans *La Peau de chagrin*, 1831 ; Nodier, Gauthier, Nerval), la peinture (Delacroix, 1798-1863) ou la musique (c'est en 1830 qu'est donnée pour la première fois la *Symphonie fantastique* de Berlioz, 1803-1869) ; engagement dans la vie politique et publique pour aider ceux qui ne peuvent le faire seuls à conquérir plus de liberté (Lamartine,

Hugo, Sand, Mérimée) : telles sont les constantes du mouvement romantique.

Deux étapes importantes marquent le début du romantisme : la Préface de *Cromwell* (1827), dans laquelle Hugo jette les bases d'un théâtre dégagé des règles classiques et la « bataille d'*Hernani* » ; lors de la première représentation du Théâtre-Français, le 25 février 1830, Gautier rassemble, autour de son célèbre gilet rouge, les partisans de Hugo et assure le succès des romantiques contre les classiques.

La véritable naissance du genre romanesque
•

Vers 1830, le roman n'a pas encore conquis ses lettres de noblesse. Pourtant, de nombreux auteurs préromantiques s'y sont adonnés avec succès (Jean-Jacques Rousseau, Chateaubriand ou Mme de Staël) ; George Sand a acquis la célébrité avec la parution d'*Indiana* (1832) et de *Lélia* (1833) dans lesquels elle revendique pour la femme le droit à la passion et au rejet des conventions morales et sociales ; Vigny et Hugo se sont illustrés dans le roman historique, l'un avec *Cinq-Mars* (1826), l'autre avec *Notre-Dame de Paris* (1831). Balzac n'a pu s'imposer comme auteur dramatique, mais il s'intéresse de très près aux nouvelles théories de Hugo, particulièrement à tout ce qui touche l'histoire et l'utilisation de la réalité. C'est pourquoi il pense que « le roman seul, dans la littérature moderne possède [...] la souplesse et la diversité de ressources nécessaires pour répondre aux intentions du manifeste lancé par Hugo et pour exprimer la vérité complexe du monde. » (P.-G. Castex, *Introduction au Père Goriot*, Garnier, 1963). Il décide de faire du roman un genre majeur et connaît son premier vrai succès avec *Les Chouans* (1829). Avec *Le Père Goriot*, Balzac marque sa volonté de construire son roman comme une tragédie : après l'exposition (« Ici se termine l'exposition de cette obscure, mais effroyable tragédie parisienne », p. 103) nous assistons aux différentes crises, puis au(x) dénouement(s). Mais l'ensemble de son œuvre apparaît davantage comme une tentative pour peindre avec précision et minutie la société dans sa complexité et sa profondeur : au-delà de « la traduction littérale des faits » (*Avant-Propos* de 1842), de la copie pure et simple, Balzac cherche à exprimer la société en donnant l'illusion du vrai, du réel. Pour beaucoup, Balzac apparaît comme un précurseur du réalisme, mouvement littéraire et artistique qui débute en 1850 – l'année même de la mort de Balzac – avec la querelle autour du tableau de Gustave Courbet, aujourd'hui exposé au musée d'Orsay, *Un enterrement à Ornans* (1850).

LA CONDITION D'ÉCRIVAIN

Au XIXᵉ siècle, la vie des écrivains, et particulièrement celle des romanciers, est très liée au développement de la presse.

La naissance de la presse moderne
•

La Restauration en particulier, et le XIXᵉ siècle en général, sont marqués par un essor prodigieux de la presse lié aux importants progrès de la scolarisation, qui permet à un nombre croissant de Français d'accéder à la lecture. Dès 1830, *Le Constitutionnel* ou *Le Journal des débats* comptent un nombre d'abonnés important, mais leur prix trop élevé ne permet pas de toucher les classes populaires. En 1836, une nouvelle étape est franchie avec le lancement de deux quotidiens qui, utilisant la publicité, diminuent leur prix de vente de moitié : *La Presse*, journal gouvernemental d'Émile de Girardin et *Le Siècle*, journal d'opposition de Dutacq. Pour attirer les lecteurs, se développe la mode du roman feuilleton : fin 1834 - début 1835, *La Revue de Paris* publie *Le Père Goriot*; en 1844, *Le Siècle* publie *Les Trois Mousquetaires* d'Alexandre Dumas, et *Les Débats* publie *Le Comte de Monte-Cristo*, également de Dumas. *La Mare au diable,* de George Sand, paraît dans *Le Courrier Français* en février 1846.

Une situation matérielle souvent précaire
•

Tous les écrivains rêvent de vivre de leur plume et cherchent à faire accepter par les journaux, articles, nouvelles ou relations de voyages. La vie de Balzac illustre bien les débuts difficiles de ces écrivains qui ne considèrent plus l'écriture comme un passe-temps mais comme une profession à part entière, de laquelle ils espèrent vivre. Après trois années passées comme clerc de notaire, Balzac décide en 1819 de quitter le monde de la magistrature pour tenter sa chance dans celui de la littérature. Il persuade sa famille, qui pourtant connaît à cette époque des ennuis financiers, qu'il peut vivre de sa plume et obtient de son père la location d'une mansarde dans le quartier du Marais, à Paris. Sa première œuvre est, en cette période romantique, un drame, *Cromwell* (1820), qui se révèle un fiasco complet. Pour vivre, Balzac va devoir écrire, seul ou en collaboration, des romans qu'il trouve trop mauvais pour être signés de son nom. À 26 ans, en 1825, Balzac se lance dans les affaires et décide de devenir éditeur, puis imprimeur. Mais deux ans plus tard, c'est la faillite. Sa famille se ruine pour rembourser ses créanciers. Pour rembourser les dettes qu'il a contractées, Balzac écrit articles politiques et littéraires, promet aux journaux des livres dont il n'a pas encore écrit la moindre ligne. Toute sa vie, Balzac, dépensier et ami du luxe, sera harcelé par les créanciers et contraint à écrire pour survivre.

Le livre reste l'apanage d'une élite et, malgré la création de nombreuses maisons d'édition qui se font concurrence (Charpentier, Hetzel, Hachette, Michel Lévy), se vend relativement mal. Le roman est le seul genre qui intéresse toutes les couches sociales : Victor Hugo touche entre 3 000 et 4 000 francs pour une œuvre tirée à 2 500 exemplaires, tandis que Musset ne touche que de 200 à 500 francs pour une œuvre tirée à 500 exemplaires. Et les démêlés avec les éditeurs ne sont pas rares !

Maison et imprimerie de Balzac, située à Paris,
au 17, rue Visconti.

BALZAC ET SON TEMPS

	Faubourg Saint-Marceau
« fin novembre 1819 » p. 45 « quelques jours plus tard » p. 45	**Situation initiale** Pension Vauquer. Sept pensionnaires, dont Goriot, Vautrin et Rastignac, 22 ans. Bachelier en lettres et en droit, **Élément modificateur** Découverte des mystères Goriot et Vautrin.
« le lendemain » p. 69	Eugène s'institue défenseur du père Goriot dont Mme de Bauséant lui a appris le passé.
« fin de la première semaine de décembre » p. 109	Vautrin **initiateur** : l'argent est source de la réussite. Il propose à Eugène d'épouser Victorine Taillefer qu'il rendra riche en tuant son frère.
12 février 1820 p. 173 14 février 1820 p. 183 15 février 1820 p. 209 16 février 1820 p. 234	Eugène se rapproche de Victorine ; Eugène débiteur de Vautrin. Poiret et Mlle Michonneau trahissent Vautrin. Arrestation de Vautrin, alias Trompe-la-Mort. Mort en duel du fils Taillefer.
17 février 1820 p. 243 « Nous sommes au dix-huit » p. 263 19 février 1820 p. 265	Attaque du père Goriot. Début de l'agonie du père Goriot. Agonie du père Goriot. L'agonie du père Goriot se poursuit.
20 février 1820 p. 276 21 février 1820 p. 295	**Situation finale** Mort du père Goriot. Funérailles du père Goriot.

À PROPOS DE L'ŒUVRE

Chaussée-d'Antin	Faubourg Saint-Germain
Comtesse de Restaud. Baronne de Nucingen.	Vicomtesse de Beauséant. Duchesse de Langeais.
depuis un an à Paris, il décide de réussir par les femmes.	
Rencontre avec A. de Restaud lors d'un bal chez Mme de Bauséant.	
Eugène éconduit de chez les Restaud.	Madame de Bauséant **initiatrice** des mystères parisiens (A. de Restaud et D. de Nucingen sont des demoiselles Goriot).
Rencontre avec D. de Nucingen, lors d'une sortie aux Italiens avec Mme de Beauséant.	
Delphine, **initiatrice,** lui révèle la vie des femmes de Paris : *« un luxe extérieur, des soucis cruels dans l'âme »*. Eugène donné pour amant de Delphine lors du bal de la duchesse de Carigliano.	
Le père Goriot installe Rastignac rue d'Artois. Soirée rue d'Artois avec Delphine.	
	Invitation au bal de la vicomtesse de Beauséant, quittée par son amant, le marquis d'Ajuda-Pinto.
Ruine des sœurs Goriot.	
	Bal chez la vicomtesse de Beauséant.
	Mme de Beauséant se retire en Normandie. Mme de Langeais se retire au couvent.
Défi de Rastignac à Paris : *« A nous deux maintenant ! »*. Il se rend déjeuner chez Delphine.	

*Le château de Saché, en Touraine,
où Balzac écrivit Le Père Goriot.*

LES SOURCES DE L'ŒUVRE

Par deux fois, Balzac laisse entendre que le sujet du *Père Goriot* lui a été inspiré par des faits réels. Dans le carnet où il prenait ses notes, il résume ainsi le sujet du *Père Goriot* : « Un brave homme – pension bourgeoise, 600 francs de rente – s'étant dépouillé pour ses filles, qui toutes deux ont 50 000 francs de rente, mourant comme un chien. » Dans la préface du *Cabinet des Antiques*, il écrit : « l'événement qui a servi de modèle offrait des circonstances affreuses et comme il ne s'en présente pas chez les cannibales : le pauvre père a crié pendant vingt heures d'agonie pour avoir à boire, sans que personne arrivât à son secours, et ses deux filles étaient l'une au bal, l'autre au spectacle, quoiqu'elles n'ignorassent pas l'état de leur père. »

Pourtant, les commentateurs n'ont pas manqué de faire le rapprochement avec d'autres œuvres littéraires, et particulièrement *Le Roi Lear* (1606), de Shakespeare : le roi Lear, qui partage son royaume entre ses deux filles aînées, Goneril et Régane, ne reçoit d'elles que mépris et ingratitude. Peu à peu, il sombre dans la folie et meurt. Mais sa fille cadette, Cordélia, qu'il avait autrefois déshéritée en croyant qu'elle ne l'aimait pas, revient vers lui et adoucit les dernières heures de sa vie. Plus près de lui, Balzac a pu trouver l'inspiration dans une pièce de théâtre d'un auteur en vogue sous le Premier Empire, Étienne. Sa pièce, intitulée *Les Deux Gendres* (1810), raconte l'histoire d'un père qui a marié ses deux filles à des aventuriers qui l'ont spolié. Mais à la différence du *Roi Lear* ou du *Père Goriot*, celle-ci se termine par la restitution au chef de famille de son pouvoir et de son argent. Entre *Le Roi Lear* et *Les Deux Gendres*, *Conaxa*, une pièce d'un jésuite anonyme du XVIIIᵉ siècle dont Balzac peut avoir eu connaissance, traite du même sujet.

Enfin, il ne faut pas oublier les **souvenirs personnels** qui ont pu être utilisés par Balzac dans la création de ses personnages ou dans le choix de leur nom. Rastignac et ses deux sœurs font immédiatement songer à Balzac et aux deux siennes : pour leur sœur favorite, un seul et même prénom, Laure. Le nom de Goriot est celui d'un personnage ayant réellement existé et que Balzac aurait pu rencontrer (L. A. Uffenbeck, « Balzac a-t-il connu Goriot ? » *Année balzacienne*, 1970). Si La pension Vauquer telle que la peint Balzac n'a pas existé rue Neuve-Sainte-Geneviève, il semble qu'elle aurait été identifiée avec une pension située non loin de là, au 21 rue de la Clef, et qui aurait répondu au nom de Vimont. Le plan de la pension Vauquer correspondrait à celui de la pension Vimont. Dans cette pension Vimont a résidé une demoiselle Vauquer originaire de Tours et que Balzac aurait pu connaître (M. Fargeaud, « Les Balzac et les Vauquer », *Année balzacienne*, 1960). Mais le nom de Vauquer est aussi celui de l'institution qu'ont fréquentée les sœurs de Balzac.

LA RÉDACTION DE L'ŒUVRE

C'est à la fin de septembre 1834, alors qu'il se trouve à Saché, en Touraine, que Balzac, dans une lettre à sa mère, parle pour la première fois du *Père Goriot*; il estime pouvoir achever la rédaction de ce petit récit en une dizaine de jours. Mais rapidement, Balzac est dépassé par son projet. Le 22 octobre 1834, il écrit à son imprimeur : « Mon cher maître Everat, *Le Père Goriot* est devenu sous mes doigts un livre aussi considérable que l'est *Eugénie Grandet* ou *Ferragus*. » Finalement, c'est seulement le 26 janvier 1835 que Balzac pourra écrire à Mme Hanska : « Aujourd'hui a été fini *Le Père Goriot*. » L'indication « Saché, septembre 1834 » qui se trouve à la fin du récit désigne simplement le lieu et le moment où Balzac a commencé cette œuvre; il l'a d'ailleurs en grande partie rédigée à Paris, rue Cassini, non loin de la rue où il situe la Maison Vauquer.

LA PARUTION DU *PÈRE GORIOT*

Avant même que *Le Père Goriot* soit totalement achevé, sa parution débute sous forme de feuilleton dans *La Revue de Paris* du 14 décembre 1834. Trois épisodes suivent, le 28 décembre 1834, le 18 janvier et le 1er février 1835. La préface paraît dans *La Revue de Paris* du 8 mars 1835.

Le roman est alors découpé en quatre parties, correspondant aux quatre livraisons : I. Une pension bourgeoise (divisée en deux chapitres : Une pension bourgeoise et Les deux visites); II. L'entrée dans le monde; III. Trompe-la-Mort; IV. Les deux filles (divisée en deux chapitres : Les deux filles et La mort du père).

La première édition, parue chez Werdet le 2 mars 1835, est divisée en sept chapitres : I. Une pension bourgeoise; II. Les deux visites; III. L'entrée dans le monde; IV. L'entrée dans le monde (suite); V. Trompe-la-Mort; VI. Les deux filles; VII. La mort du père.

La deuxième édition paraît toujours chez le même éditeur, le 13 mai 1835, divisée en quatre chapitres : I. Une pension bourgeoise; II. L'entrée dans le monde; III. Trompe-la-Mort; IV. La mort du père.

À partir de l'édition Charpentier de 1839, la division en chapitres disparaît. En 1843 paraît chez Furne une édition du *Père Goriot* revue et corrigée. À partir de 1845, *Le Père Goriot*, classé jusque-là dans les « Scènes de la vie parisienne » de *La Comédie humaine*, sera classé dans les « Scènes de la vie privée ». *Le Père Goriot* rapporte à Balzac la somme de 10 000 francs : 3 500 francs lors de la parution dans *La Revue de Paris*, 3 500 francs pour la première édition Werdet et 3 000 francs pour la seconde. C'est une somme importante pour l'époque (*cf.* La condition d'écrivain, pp. 310-311).

« LE RETOUR DES PERSONNAGES »

Si l'on en croit Laure Surville, sœur de Balzac, l'idée de faire reparaître les personnages d'une œuvre à l'autre serait venue à celui-ci dès 1833. Ce n'est que dans *Le Père Goriot* – paru fin 1834, début 1835 – que Balzac applique ce principe, clé de voûte de *La Comédie humaine*. Cette idée, totalement neuve, s'inscrit dans la conception que Balzac se fait du roman qu'il veut, selon la célèbre formule de son *Avant-Propos* de 1842, transcription de la société réelle : «La société française allait être l'historien, je ne devais être que le secrétaire. » Or, se faire le transcripteur de la société française sur une période allant de la Révolution française à la monarchie de Juillet, implique la mise en place d'une société cohérente, à l'image de la société réelle et dans laquelle chacun déroule son existence, découvrant, selon les jours, les heures et les difficultés auxquelles il est confronté, un des aspects de sa personnalité, un des moments de son existence. C'est au travers des différentes étapes de sa vie, racontées en plusieurs romans (*Le Père Goriot*, *La Maison Nucingen*, *Une fille d'Ève*...) que la complexité de la personnalité de Rastignac sera dévoilée au lecteur. Balzac avait d'ailleurs promis, pour aider ses lecteurs, qu'il rédigerait à leur intention des fiches biographiques de ses personnages : celle donnée pour modèle est celle de Rastignac (*cf.* préface de la première édition d'*Une fille d'Ève*, 1839). Rastignac apparaît plus de vingt fois dans *La Comédie humaine*. Quarante-huit personnages de *La Comédie humaine* traversent *Le Père Goriot*.

LES ADAPTATIONS THÉÂTRALES

Devant le succès du roman de Balzac, deux théâtres parisiens portent les aventures de Goriot à la scène. Et le lundi 6 avril 1835, deux pièces intitulées *Le Père Goriot* sont proposées aux Parisiens, l'une au théâtre du Vaudeville, l'autre au théâtre des Variétés. Toutes deux, selon les habitudes de l'époque, prennent de grandes libertés avec l'œuvre de Balzac : elles n'hésitent pas à transformer les personnages (au Vaudeville, Vautrin, rebaptisé Martel, est commis-voyageur) ou à en changer le nombre (au Vaudeville, Goriot n'a plus qu'une seule fille, Delphine ; aux Variétés, au contraire il en a trois) ; le dénouement n'a plus aucun rapport avec le roman puisque dans chacune des pièces, Goriot retrouve bonheur et argent. Balzac, qui avait auparavant condamné ces pratiques, ne semble pas avoir réagi. En 1848, Balzac envisagera d'adapter *Le Père Goriot* pour le théâtre. Mais le projet n'aboutira pas. Ce n'en est pourtant pas fini de la carrière théâtrale du *Père Goriot* : en 1891, une adaptation, fidèle au roman, sera montée au Théâtre libre d'Antoine. Elle ne sera jouée que deux fois.

Le père Goriot.
Adaptation théâtrale au XIXᵉ siècle.

LE PÈRE GORIOT DEVANT SES CONTEMPORAINS

À la sortie du *Père Goriot*, nombreux sont ceux qui accusent Balzac de plagiat. Certains, comme le rédacteur du *Figaro*, le font avec humour, d'autres, comme le rédacteur de *La Chronique de Paris*, avec virulence :

> « Le Père Goriot *descend lui-même des* Deux Gendres, *fils très illégitime de* Conaxa, *bâtard du* Roi Lear, *que Shakespeare emprunta à une chronique florentine, calquée sur l'histoire de Noé, qui remonte au déluge.* »
>
> Le Figaro, 5 avril 1835.

> « M. de Balzac n'est pas du tout créateur : c'est là son moindre défaut. M. de Balzac est un arrangeur des plus habiles, un plagiaire qui connaît les bons endroits. »
>
> La Chronique de Paris, 12 avril 1835.

D'autres critiques dénoncent le goût que Balzac affiche pour la laideur et l'immoralité :

> « Toutes les plaies de l'humanité, tous les crimes qui la dévorent, toutes les nécessités qui la pressent, tous les excès qui l'usent, toute l'écume, toutes les boues de la civilisation sont étalées à plaisir devant vous. »
>
> La France littéraire, janvier 1835.

Mais tous, amis ou ennemis, sont unanimes à louer ses qualités d'observateur :

> « Nous savons aussi que M. de Balzac, mieux qu'aucun autre, sait nous faire passer à son gré par tous les échelons de la hiérarchie sociale, et que la magie de sa plume, tout aussi puissante que la béquille d'Asmodée, nous emporte tour à tour de la salle à manger de la pension bourgeoise dans le boudoir de la duchesse, et des coussins moelleux de Mme de Nucingen sur les grabats infects de la Maison Vauquer. »
>
> Le Figaro, 10 mars 1835.

Heureusement, le public réserve un accueil chaleureux au *Père Goriot*, comme en témoigne cet article de *L'Impartial* :

> « Le nouveau roman [de M. de Balzac] ne pouvait manquer de faire fureur. À peine avons-nous besoin de dire que la première édition est à peu près épuisée, quoiqu'elle ne fasse que succéder aux livraisons de La Revue de Paris, que tout le monde se disputait dans les cabinets de lecture. Un plus sûr thermomètre du succès remporté par M. de Balzac, c'est la violence des irritabilités envieuses qui se déchaînent contre lui. Il doit être fier de ce redoublement d'attaques : c'est le complément d'un triomphe. »
>
> L'Impartial, 8 mars 1835.

À PROPOS DE L'ŒUVRE

LE PÈRE GORIOT DEVANT LA CRITIQUE DU XXe SIÈCLE

Au XXe siècle, les critiques reconnaissent dans *Le Père Goriot* le chef-d'œuvre de Balzac, celui qui porte toutes les autres pierres de l'édifice :

> « *Dans l'œuvre de tout écrivain de génie il y en a toujours une qui fait fonction de message profond, et qui se comporte comme une cellule mère. Tout se passe comme si chez Balzac, cette fonction était tenue par* Le Père Goriot. »
>
> Albert Thibaudet, Histoire de la littérature française de 1789 à nos jours, Stock, 1936.

> « *Le roman balzacien acquiert ici une nouvelle dimension, avec l'apprentissage de Rastignac, la mort pathétique du Christ de la paternité, le rôle initiatique des femmes, la dramatisation sociale. Et surtout le retour des personnages imaginés en 1833 devient véritablement système romanesque.* »
>
> Gérard Gengembre, Balzac, Le Napoléon des lettres, coll. « Découvertes », Gallimard, 1992.

Le caractère absolument nouveau des personnages secondaires, qui ne sont plus uniquement des faire-valoir du personnage principal, ouvre d'autres perspectives au genre romanesque :

> « *On saisit l'importance du bond en avant lorsqu'on lit* Le Père Goriot. *Rastignac est certes, en dépit du titre, le héros principal, mais Goriot et ses filles, Vautrin, la maman Vauquer, les autres pensionnaires existent sans qu'il soit nécessaire de les rapporter à Rastignac. Ainsi se nouent des intrigues parallèles qui, certes, se croisent, mais qui auraient pu, aussi bien, demeurer indépendantes. La Michonneau aurait pu machiner l'arrestation de Vautrin même si Rastignac n'était jamais venu demeurer à la pension ; de même Mme de Beauséant aurait-elle été dans les mêmes conditions abandonnée. C'est dire que la perspective n'est décidément plus la même.* »
>
> Pierre Barbéris, Le Monde de Balzac, Arthaud, 1971.

C'est l'architecture du roman qui permet à Balzac de maintenir jusqu'à la fin le lecteur en haleine sur l'étendue véritable de la passion de Goriot. C'est par l'intermédiaire du retour en arrière – encore nommé analepse ou flash-back – que Balzac nous égare ou nous renseigne sur son personnage :

> « *Ainsi, dans* Le Père Goriot, *Balzac fait du flash-back un moyen de connaissance irremplaçable du personnage dont la véritable nature est dévoilée peu à peu. Une première analepse d'une amplitude de six ans couvre la période qui va de l'entrée du père Goriot à la pension Vauquer (1813) à la date où commence le roman (novembre 1819). Elle a pour objet de faire mesurer non seulement la baisse progressive des revenus du bonhomme depuis lors, mais*

surtout le changement à vue qui en résulte dans son habillement et même dans son apparence physique. D'autre part, elle a pour fonction d'analyser la lente dégradation des rapports du bonhomme avec sa logeuse qui, ayant commencé par avoir des vues sur lui, est passée peu à peu de l'amitié à la méfiance, à l'aversion et à la haine. L'intérêt de l'analepse est donc de relayer le point de vue du narrateur par celui de Mme Vauquer, nécessairement limité puisque, "comme tous les esprits médiocres, Mme Vauquer avait l'habitude de ne pas sortir du cercle des événements et de ne pas juger les causes". Cette restriction de champ nous donne du père Goriot la vision subjective qu'en a Mme Vauquer et nous égare sur une fausse piste. [...]

Une autre analepse purement narrative va enfin éclairer le personnage en donnant le point de vue socio-historique du romancier omniscient à travers l'alibi de renseignements objectifs fournis à Rastignac par un témoin. Cette dernière analepse dissipe enfin les doutes semés à dessein dans notre esprit par Balzac et termine l'exposition de ce roman qui évoque l'éblouissante ouverture de Madame Firmiani. »

Anne-Marie Baron, « Le flash-back chez Balzac »,
Année balzacienne, 1987.

D'autres critiques insistent également sur l'importance du contexte historique :

« Balzac hésita quelque peu sur la date, le manuscrit oscillant entre 1820 et 1824, avant de s'arrêter à 1819. Quoi qu'il en soit, ce qui importe ici c'est l'écart entre la date de l'action et celle de la rédaction. Entre les deux, en effet, se place un événement capital : la révolution de 1830 et la retombée des espoirs qu'elle a vus naître. Désillusion dont La Peau de chagrin, *quasi-contemporaine des faits, se faisait l'écho dès 1831.*

Le Père Goriot, *roman de la Restauration écrit sous la monarchie de Juillet, invite à une lecture stéréoscopique, à la mise en perspective d'une société où "le principe Honneur" a décidément été remplacé par "le principe Argent". L'Argent, maître mot et obsession des pensionnaires de la Maison Vauquer dont la réunion offre "en petit les éléments d'une société complète". »*

Jeannine Guichardet, *Le Père Goriot d'Honoré de Balzac*,
Foliothèque Gallimard, 1993.

VAUTRIN - BALZAC. *Représentation donnée par le théâtre du Campagnol en 1986, sous la direction de Jean-Claude Penchenat et Jean Gillibert.*

LA PENSION VAUQUER

Espace privilégié du *Père Goriot*, la pension Vauquer est représentative d'une des composantes importantes de la société de la Restauration, la pension bourgeoise.

Un article d'*Année balzacienne* (1960), intitulé « Les Balzac et les Vauquer », permet d'avoir des renseignements sur une pension bourgeoise au début du XIXe siècle au-delà de la comparaison qui, à partir du dossier de faillite de la pension Vimont (mai 1831), permet d'établir que Balzac a pris la pension Vimont pour modèle de la pension Vauquer. Cette pension, située au 21 rue de la Clef, c'est-à-dire dans une rue toute proche de la rue Neuve-Sainte-Geneviève, a sans doute été fréquentée par Balzac – en tant que pensionnaire externe – lorsqu'il était étudiant à la Sorbonne et à l'École de Droit. Un autre article, tiré du *Provincial à Paris* et publié par Montsigny en 1825, s'intéresse à une pension bourgeoise située près du Jardin des Plantes et donne de précieux renseignements sur la vie de cette pension.

La pension et son quartier

●

Les pensions bourgeoises les moins chères sont comme la Maison Vauquer, installées dans les quartiers les plus pauvres et les moins élégants de la capitale : le quartier de la montagne-Sainte-Geneviève, compris entre le Panthéon et le Val-de-Grâce ; le faubourg Saint-Marceau, le plus pauvre et le plus triste quartier de Paris, dont Balzac nous dit qu'« un Parisien égaré ne verrait là que des pensions bourgeoises ou des Institutions... » (p. 12) ; le quartier du Jardin du Roi, connu aussi sous le nom de Jardin des Plantes, à la réputation assez douteuse. Les rues y sont étroites et sombres. Les maisons les plus humbles, mal entretenues et sales, donnent des signes certains de délabrement. À cela s'ajoutent les odeurs venues de cours et arrière-cours dans lesquelles se déversent les eaux usagées. Même les maisons assez correctes, comme la Maison Vauquer, y sont sinistres avec leurs façades nues (sans les sculptures qui ornent celles des beaux quartiers parisiens) percées de fenêtres à intervalles réguliers : « La façade, élevée de trois étages et surmontée de mansardes, est bâtie en moellons et badigeonnée avec cette couleur jaune qui donne un caractère ignoble à presque toutes les maisons de Paris. Les cinq croisées percées à chaque étage ont de petits carreaux... » (p. 14). Dans ces quartiers encore semi-ruraux, les maisons les plus bourgeoises comportent un petit jardin, à la fois jardin d'agrément et jardin potager : madame Vauquer y fait pousser des artichauts, de l'oseille, des laitues et du persil (p. 14).

C'est également dans ces quartiers que se trouvent les hospices pour les malades et les sans-ressources : l'hôpital des Vénériens, la Salpêtrière, connue sous le nom d'hospice de la Vieillesse et réservée aux femmes... C'est là encore que s'élève, toute proche de la Maison Vauquer et de sa concurrente la pension Buneaud, la prison pour dettes de Sainte-Pélagie.

Les pensionnaires
•

Les pensionnaires sont de deux catégories ; d'une part les internes qui attendent de la pension logement et repas ; d'autre part les externes qui se contentent de prendre le repas du soir à la pension. Dans certains établissements, chaque pensionnaire interne, lors de son admission, passe avec le directeur de la pension un acte notarié établissant les conventions entre les deux parties. Aucun contrat de cette sorte ne semble avoir existé entre madame Vauquer et ses pensionnaires. Ce sont les ressources des pensionnaires lors de leur arrivée à la pension qui déterminent le logement qu'ils occuperont : les plus riches sont logés au premier étage ; les moins riches au dernier. Ici, le premier étage compte deux appartements. L'un est occupé par madame Vauquer, l'autre, qui comporte trois chambres, est d'abord occupé par monsieur Goriot pour la somme de 100 francs par mois ; puis, lorsqu'il est contraint de réduire ses dépenses, par madame Couture et Victorine Taillefer, qui, pour elles deux, payent 150 francs par mois. Au deuxième étage, deux « appartements » à 72 francs par mois ; au troisième, quatre chambres à 45 francs par mois, occupées généralement par des étudiants provinciaux qui viennent faire leurs études à Paris et dont les parents ont des budgets limités. C'est là qu'est installé Rastignac, c'est là que finit par échouer le père Goriot. Enfin, dans les mansardes, les employés de la pension, ici Christophe et Sylvie.

Les pensionnaires externes s'abonnent au repas du soir : s'il en coûte 30 francs par mois chez madame Vauquer, d'autres pensions peuvent demander jusqu'à 50 francs. Les externes, en nombre variable, sont des habitués ou des habitués du quartier : « huit étudiants en Droit ou en Médecine, et deux ou trois habitués » à la pension Vauquer. Parmi ceux-ci, l'étudiant en médecine Bianchon qui devient l'ami de Rastignac. Finalement, la pension « offr[e] en petit les éléments d'une société complète. » (p. 26) : mademoiselle Michonneau, peut-être une ancienne courtisane, monsieur Poiret, vraisemblablement un fonctionnaire subalterne, madame Couture, veuve d'un Commissaire-Ordonnateur des armées de la République, monsieur Vautrin, qui se dit « ancien négociant », monsieur Goriot, « ancien fabricant de vermicelles, de pâtes d'Italie et d'amidon », représentants d'une bourgeoisie moyenne, et Rastignac, étudiant en droit.

Souvent, la directrice de la pension est une femme seule, et veuve. Ainsi en est-il de madame Vauquer, et d'une des deux directrices de la pension Vimont. Dans la première version de *L'Éducation sentimentale* de Flaubert (1845), la pension où demeure le jeune Henry est tenue par un directeur, monsieur Renaud.

La vie à la pension
•

L'intérieur de la pension, qui autant que l'extérieur nous est décrit avec précision par Balzac, donne une idée des conditions dans lesquelles vivent les pensionnaires. Les pièces principales de la pension sont meublées d'une foule de petits meubles et de petites choses (lampes, bougies, pendules...) dont le bon goût n'est pas la caractéristique principale. La chambre du père Goriot, avec ses fenêtres sans rideaux, son papier peint qui se décolle sous l'effet de l'humidité et son mobilier en mauvais état, ressemble plus au « triste logement d'une prison » qu'à une chambre. La saleté, les mauvaises odeurs, l'inconfort sont de mise dans la majorité des pensions qui ne connaissent bien évidemment pas l'eau courante ni le chauffage. Le feu est réservé, quand il existe, aux pièces principales. Il faut que le père Goriot soit à l'agonie pour qu'on songe à chauffer sa chambre.

Les charges qui pèsent sur les pensions semblent lourdes puisque certaines font faillite. Le maître-mot de madame Vauquer dans sa gestion est donc l'économie : pour chacun de ses pensionnaires, elle mesure « avec une précision d'astronome les soins et les égards d'après le chiffre de [sa] pension ». Toute prestation supplémentaire demande paiement, qu'il s'agisse d'un café à l'eau-de-vie ou du café servi dans le jardin les jours de canicule. Au repas, rien de recherché, des plats simples et surtout bon marché : dans toutes les pensions le repas de midi tourne autour du ragôut de mouton, des pommes de terre, des poires cuites, des pommes ; le vin y est rare et parfois aigre. Le plat principal du repas du soir est la soupe, qu'elle soit aux choux ou aux légumes. Les repas sont pris en commun dans la salle à manger : petit déjeuner vers sept heures et repas de midi vers onze heures pour les seuls internes. Le dîner, pris à cinq heures, réunit internes et externes. L'ambiance y est souvent bon enfant et la conversation roule autour des dernières nouvelles, qu'elles soient politiques, littéraires ou artistiques. Le mélodrame, qui connaît un grand succès, est un sujet de conversation très en vogue. Chaque pension a son joyeux drille qui, par ses farces et ses calembours, amuse les pensionnaires. Après le dîner, certains pensionnaires restent à bavarder, d'autres se retirent dans leurs appartements tandis que d'autres encore profitent des plaisirs offerts par les soirées parisiennes. Une certaine intimité et une certaine liberté s'établissent entre les pensionnaires : certains descendent en pantoufles pour le petit déjeuner, madame Vauquer apparaît «attifée de son bonnet de tulle ». Dans la première version de *L'Éducation sentimentale* (1845), Flaubert raconte que madame Renaud, la femme du directeur, n'hésite pas à se présenter «toute la matinée avec un bonnet de nuit coquettement garni de dentelles.» Chacun connaît les petites manies de son voisin, ses points faibles et ses points forts. Les cancans vont bon train et chaque événement extraordinaire survenu à la pension ou dans le quartier occupe langues et esprits pendant de longues heures.

Maison où Balzac résida quelque temps,
rue Berton, à Paris, dans le XVIᵉ arrondissement.

Le Père Goriot est autant l'histoire du vieux Goriot que celle du jeune Rastignac, dont Balzac nous trace l'éducation sociale – et sentimentale –, plaçant l'œuvre dans la tradition d'un genre romanesque connu, le roman de formation, d'éducation ou d'apprentissage, encore connu sous son synonyme allemand « *Bildungsroman* » (roman de la formation) : un jeune homme, au sortir de l'adolescence, veut entrer dans le monde et y faire carrière ; la réalisation de son ambition l'oblige à surmonter maints obstacles, à accomplir un parcours à valeur initiatique à l'issue duquel il peut se qualifier comme adulte et idéalement s'intégrer dans la société. Si le roman de formation ou d'apprentissage ainsi conçu est le type même du roman du XIXe siècle, et si Goethe en a mis le genre au point avec *Les Années d'apprentissage de Wilhelm Meister* (1796) et *Les Années de voyage de Wilhelm Meister* ou *Les Renonçants* (1821-1829), il existe depuis fort longtemps.

LE XVIe SIÈCLE

Après avoir fait le procès des méthodes médiévales d'éducation, Rabelais vante, dans *Gargantua* (1534), une pédagogie qui, sans perte de temps inutile, permette un développement harmonieux du corps et de l'esprit :

> « *On l'habillait, on le peignait, on le coiffait, on l'apprêtait, on le parfumait et pendant ce temps, on lui répétait les leçons du jour précédent. Lui-même les récitait par cœur et les confrontait avec quelques exemples pratiques concernant la vie humaine, ce qui leur prenait parfois deux ou trois heures, mais, d'ordinaire on s'arrêtait quand il était complètement habillé. Ensuite, pendant trois bonnes heures, on lui faisait la lecture.*
> *Alors ils sortaient, en discutant toujours du sujet de la lecture et ils allaient se divertir au Grand Braque, ou dans les prés et jouaient à la balle, à la paume, à la pile en triangle, s'exerçant élégamment le corps comme ils s'étaient auparavant exercé l'esprit.* »

> Rabelais, *Gargantua*, 1534, Classiques Hachette, n° 47,
> traduction de M. Lazard, 1994.

LE XVIIe SIÈCLE

Chargé à partir de 1689 de l'instruction du duc de Bourgogne, petit-fils de Louis XIV, Fénelon, pour assurer l'éducation politique du jeune prince aux diverses formes de gouvernement, imagine un roman pédagogique ayant pour héros le fils d'Ulysse, *Les Aventures de Télémaque* (1699). Celui-ci, au terme d'un voyage éducatif et initiatique, écoute une dernière fois les conseils d'Athéna, son guide et son initiatrice :

> « Lorque vous régnerez, mettez toute votre gloire à renouveler l'âge
> d'or ; écoutez tout le monde ; croyez peu de gens ; gardez-vous bien
> de vous croire trop vous-même : craignez de vous tromper, mais ne
> craignez jamais de laisser voir aux autres que vous avez été trompé.
> [...]
> Fuyez la mollesse, le faste, la profusion ; mettez votre gloire dans la
> simplicité ; que vos vertus et vos bonnes actions soient les ornements
> de votre personne et de votre palais ; qu'elles soient la garde qui
> vous environne, et que tout le monde apprenne en quoi consiste le
> vrai honneur. N'oubliez jamais que les rois ne règnent point pour
> leur propre gloire, mais pour le bien des peuples. [...]
> Je vous quitte, ô fils d'Ulysse, mais ma sagesse ne vous quittera
> point, pourvu que vous sentiez que vous ne pouvez rien sans elle. Il
> est temps que vous appreniez à marcher tout seul. »
>
> Fénelon, Les Aventures de Télémaque,
> livre dix-huitième, 1699.

C'est d'ailleurs non sans ironie que Balzac recouvre les murs du
salon de la pension Vauquer d'un « papier verni représentant les
principales scènes de *Télémaque*. » (p. 15)

LE XVIIIᵉ SIÈCLE

Au XVIIIᵉ siècle, siècle des Lumières, les philosophes veulent
proposer à l'homme une société nouvelle dans laquelle il serait
plus heureux et plus libre. Cette éducation au bonheur et à la
liberté revêt plusieurs formes.

Pour **Voltaire**, le bonheur de l'homme réside dans la compréhension du sens et du mystère de la destinée humaine. *Zadig*
(1747) doit amener l'homme à comprendre que son bonheur
passe par la soumission aux décrets de la Providence :

> « Ô envoyé du ciel ! ô ange divin ! s'écria Zadig en se prosternant, tu
> es donc descendu de l'empyrée pour apprendre à un faible mortel à
> se soumettre aux ordres éternels ? – Les hommes, dit l'ange Jesrad,
> jugent de tout sans rien connaître : tu étais celui de tous les hommes
> qui méritait le plus d'être éclairé. [...] – Mais quoi ! dit Zadig, il est
> donc nécessaire qu'il y ait des crimes et des malheurs ? [...] S'il n'y
> avait que du bien, et point de mal ? – Alors, reprit Jesrad, cette
> terre serait une autre terre ; l'enchaînement des événements serait
> un autre ordre de sagesse ; et cet autre ordre, qui serait parfait, ne
> peut être que dans la demeure de l'Être suprême, de qui le mal ne
> peut approcher. Il a créé des millions de mondes dont aucun ne peut
> ressembler à l'autre. Il n'y a ni deux feuilles d'arbre sur la terre, ni
> deux globes dans les champs infinis du ciel, qui soient semblables ; et
> tout ce que tu vois sur le petit atome où tu es né devait être dans sa
> place et dans son temps fixe, selon les ordres immuables de celui qui

embrasse tout. [...] Il n'y a point de hasard : tout est épreuve, ou punition, ou récompense, ou prévoyance. »

Voltaire, *Zadig ou la Destinée humaine*, 1747.

L'autre moyen d'instruire l'homme et de le rendre heureux est de poser les bases d'une éducation nouvelle, conforme à la nature. C'est ce que tente **Jean-Jacques Rousseau** dans son roman intitulé *Émile ou De l'éducation* (1762). Cette éducation vise aussi bien à adapter l'enseignement aux facultés de l'enfant (Livre III), en le rendant moins abstrait et davantage centré sur l'observation, qu'à le rendre capable de reconnaître la femme qui fera son bonheur (Livre V) :

> « *Rendez votre élève attentif aux phénomènes de la nature, bientôt vous le rendrez curieux ; mais, pour nourrir sa curiosité ne vous pressez jamais de la satisfaire. Mettez les questions à sa portée, et laissez-les lui résoudre. Qu'il ne sache rien parce que vous lui avez dit, mais parce qu'il l'a compris lui-même ; qu'il n'apprenne pas la science, qu'il l'invente. Si jamais vous substituez dans son esprit l'autorité à la raison, il ne raisonnera plus ; il ne sera plus que le jouet de l'opinion des autres.*
> *Vous voulez apprendre la géographie à cet enfant, et vous lui allez chercher des globes, des sphères, des cartes : que de machines ! Pourquoi toutes ces représentations ? Que ne commencez-vous par lui montrer l'objet même, afin qu'il sache au moins de quoi vous lui parlez !* »
> Jean-Jacques Rousseau, *Émile ou De l'éducation*, Livre III, 1762.

Rousseau n'oublie pas non plus l'éducation des filles :

> « *Toute l'éducation des femmes doit être relative aux hommes. Leur plaire, leur être utiles, se faire aimer et honorer d'eux, les élever jeunes, les soigner grands, les conseiller, les consoler, leur rendre la vie agréable et douce : voilà les devoirs des femmes dans tous les temps, et ce qu'on doit leur apprendre dès l'enfance.* »
> Jean-Jacques Rousseau, *Émile ou De l'éducation*, Livre V, 1762.

En réponse au rigorisme moral de la fin du règne de Louis XIV, l'éducation, au XVIIIᵉ siècle, se veut aussi **une éducation à l'amour**. Pour la première fois est envisagée **une union fondée sur le sentiment**. Pour certains, celle-ci passe par le **libertinage** qui fait éclater la distinction entre plaisir passager et amour vrai s'inscrivant dans la durée. Les romans les plus représentatifs du genre sont ceux de Crébillon fils (1707-1777). Dans *Les Égarements du cœur et de l'esprit* (1736-1738) il raconte « l'éducation sentimentale » du jeune Meilcour pour qui la découverte du plaisir passager n'est qu'une étape sur la voie de la fidélité. Pour d'autres, cette union fondée sur le sentiment ne se conçoit au contraire que comme une ascèse : ainsi en est-il de *La Nouvelle Héloïse*, de Rousseau (1761).

Jacob, le héros du *Paysan parvenu*, de Marivaux (1735), est très en avance sur son temps et précurseur de la percée que fera au XIXe siècle «le jeune ambitieux». Venu de Champagne à Paris pour livrer du vin au seigneur de son père, Jacob s'aperçoit vite qu'il ne laisse pas les femmes indifférentes. Il séduit ainsi une riche bourgeoise, il l'épouse et entame une carrière de financier.

LE XIXe SIÈCLE

Siècle des bouleversements et des conflits sociaux, où pour arriver tous les moyens sont bons, c'est par excellence le siècle du roman de formation.

Le Père Goriot, dont l'ambitieux Rastignac est le héros, devient le symbole du genre. Eugène, lassé de ses études de droit, décide de s'appuyer sur les femmes pour conquérir la gloire. À la fin du roman, alors que du haut du Père-Lachaise il lance à Paris son célèbre défi, il a gravi le premier échelon qui mène à la gloire : Delphine, baronne de Nucingen, femme d'un des plus riches banquiers parisiens, est sa maîtresse ; elle lui a offert, rue d'Artois, dans le nouveau quartier chic de la capitale, une garçonnière qu'elle a meublée à son intention (p. 192).

Chaque ambitieux met au point une stratégie de réussite : Julien Sorel, héros du roman de Stendhal *Le Rouge et le Noir* (1830), ne voit que deux manières pour satisfaire son ambition : l'armée ou l'Église :

> « Dès sa première enfance, la vue de certains dragons du 6e, aux longs manteaux blancs, et la tête couverte de casques aux longs crins noirs, qui revenaient d'Italie, et que Julien vit attacher leurs chevaux à la fenêtre grillée de la maison de son père, le rendit fou de l'état militaire. Plus tard, il écoutait avec transport les récits des batailles du pont de Lodi, d'Arcole, de Rivoli, que lui faisait le chirurgien-major. Il remarqua les regards enflammés que le vieillard jetait sur sa croix.
>
> Mais, lorsque Julien eut quatorze ans, on commença à bâtir à Verrières une église, que l'on peut appeler magnifique pour une aussi petite ville. [...]
>
> Tout à coup, Julien cessa de parler de Napoléon ; il annonça le projet de se faire prêtre, et on le vit constamment dans la scierie de son père, occupé à apprendre par cœur une Bible latine que le curé lui avait prêtée. Ce bon vieillard, émerveillé de ce progrès, passait des journées entières à lui enseigner la théologie. Julien ne faisait paraître devant lui que des sentiments pieux. Qui eût pu deviner que cette figure de jeune fille, si pâle et si douce, cachait la résolution inébranlable de s'exposer à mille morts plutôt que de ne pas faire fortune ? Pour Julien, faire fortune, c'était d'abord sortir de Verrières : il abhorrait sa patrie. Tout ce qu'il y voyait glaçait son imagination. »
>
> Stendhal, *Le Rouge et le Noir*, première partie, chapitre V.

Mais pour Julien, la gloire ne passera ni par l'armée, ni par l'Église. Alors qu'il est sur le point de voir aboutir ses projets (devenu lieutenant des hussards, il est fiancé à Mathilde de la Mole) une lettre de Mme de Rênal – son premier amour – dénonce au père de celle-ci les mobiles intéressés de Julien. Furieux, Julien retourne à Verrières, et pendant la messe tire deux coups de pistolet sur Mme de Rênal. Condamné à mort, Julien est emprisonné à Besançon. Là, dans l'attente de la mort, il refuse toute compromission et accepte un châtiment qu'il mérite, transformant son échec en réussite personnelle :

> « Hélas ! Mme de Rênal est absente ; peut-être son mari ne la lais-
> sera plus revenir à Besançon, et continuer à se déshonorer.
> Voilà ce qui m'isole, et non l'absence d'un Dieu juste, tout-puissant,
> point méchant, point avide de vengeance...
> Ah ! s'il existait... hélas ! je tomberais à ses pieds : J'ai mérité la mort
> lui dirais-je ; mais, grand Dieu, Dieu bon, Dieu indulgent, rends-moi
> celle que j'aime ! » [...]
> Julien se sentait fort et résolu comme l'homme qui voit clair dans
> son âme.
> Stendhal, Le Rouge et le Noir, deuxième partie, chapitre XLIII.

Frédéric Moreau, personnage principal de L'Éducation sentimen-
tale (1869), de Flaubert, veut lui aussi faire fortune. Son ami Deslauriers lui conseille de suivre les traces de Rastignac, arché-
type de la réussite sociale :

> « Tu devrais prier ce vieux [M. Roque, une de leur relation] de
> t'introduire chez les Dambreuse ; rien n'est utile comme de fréquen-
> ter une maison riche ! Puisque tu as un habit noir et des gants
> blancs, profites-en ! Il faut que tu ailles dans ce monde-là ! Tu m'y
> mèneras plus tard. Un homme à millions, pense donc ! Arrange-toi
> pour lui plaire, et à sa femme aussi. Deviens son amant !
> Frédéric se récriait.
> – Mais je te dis là des choses classiques, il me semble ? Rappelle-toi
> Rastignac dans La Comédie humaine ! Tu réussiras j'en suis sûr ! »
> Flaubert, L'Éducation sentimentale,
> première partie, chapitre II (1869).

Mais Frédéric renonce à surmonter les difficultés et ne saisit pas les opportunités qui s'offrent à lui. Son parcours, contrairement à celui des deux héros précédents, ne débouche sur rien : ni sur la réussite personnelle, ni sur un apprentissage porteur de succès futurs, ni sur la réussite sociale et sentimentale. L'Éducation sentimentale est bien le roman de la non-formation, du non-apprentissage. À la fin du roman, Frédéric, alors âgé de près de cinquante ans, n'attache d'importance qu'à un épisode raté de sa vie de pré-adolescent !

LE XXe SIÈCLE

Au xxe siècle, le roman de formation apparaît marqué des trans-formations survenues dans les rapports entre l'individu et la société, qu'il s'agisse de *Jean-Christophe* (1904-1912), de Romain Rolland, qui raconte comment un homme peut s'intégrer à la société par l'intermédiaire de l'art ; de *La Nausée* (1938), de Sartre, qui explique comment un homme peut construire sa vie à travers l'échec et l'absurde ; de *Voyage au bout de la nuit* (1932), de Céline, où le héros fait son éducation sous la pression des événements ; d'*Aurélien* (1945), d'Aragon, qui raconte l'apprentissage de la génération du premier après-guerre ; ou encore du roman *Les Choses* (1965), de Perec, qui met en scène un couple faisant son apprentissage de la vie et des lois de la société.

Giono, dans *Le Hussard sur le toit* (1951), inscrit l'apprentissage d'Angelo dans une période historique plus lointaine, mais tout aussi marquée que l'époque contemporaine par la mort et la violence, puisqu'il s'agit de l'épidémie de choléra de l'été 1838. Ce jeune hussard, à qui sa mère a offert son brevet de colonel, ce fils naturel qui veut « faire enregistrer ses lettres de noblesse » car « tous les bâtards en sont là » fait en quelques semaines son éducation sociale, philosophique et surtout sentimentale. Après avoir rencontré la mort et la solitude, il découvre la vie et l'amour avec Pauline de Théus. Cette passion hors du commun qui les unit, à la fois chaste et charnelle, est de celles que peu d'hommes et de femmes connaîtront. Elle efface toutes les passions précédentes et interdit par avance toutes les suivantes. C'est un tel bonheur qu'il irradie une vie entière. C'est pour-quoi, lors de son départ pour l'Italie, ce n'est pas à la tristesse de quitter son unique amour que se laisse aller Angelo, mais au bonheur de l'avoir connue. Bonheur qui s'allie à celui de revoir son pays auquel elle ne l'a pas empêché d'être fidèle :

> « *Le matin du départ, Angelo rendit tout de suite la main au cheval qu'il avait lui-même, chaque jour, nourri d'avoine. Il pouvait être fier de cette allure. Il voyait venir vers lui au galop les montagnes roses, si proches qu'il distinguait sur leurs flancs bas la montée des mélèzes et des sapins.*
> *"L'Italie est là derrière", se disait-il.*
> *Il était au comble du bonheur.* »
>
> Jean Giono, *Le Hussard sur le toit*, Gallimard, 1951.

PARCOURS THÉMATIQUE

ARGENT
•

Au XIXe siècle c'est le dieu Argent qui règle la vie sociale. Les personnages du *Père Goriot* sont tous, de près ou de loin, liés avec l'argent. Pour Vautrin, banquier du bagne, l'argent est à la fois source de puissance et de respectabilité. Pour Rastignac, il est le moyen de parvenir et de se faire une place dans le monde ; qu'il vienne à manquer et tout espoir s'envole (p. 97). Bien vite, Eugène se rend compte que le baron Nucingen et la Chaussée-d'Antin, symboles de la banque et de la bourgeoisie d'affaire, représentent l'avenir. C'est pourquoi, à la fin du livre, sa première action de jeune homme « expérimenté » est de se rendre chez madame de Nucingen, dans laquelle il voit désormais autant une maîtresse que la femme du banquier. Pour Goriot, l'argent est le moyen de satisfaire sa passion paternelle, le seul lien – ténu –, qui le rattache à ses filles. Quand il ne possédera plus rien, toute relation sera impossible. Pour Anastasie et Delphine, il est le moyen d'entretenir leurs amants et de satisfaire leurs caprices.

Son manque se fait cruellement sentir et pousse les jeunes femmes à des actions désespérées : Delphine envoie Eugène jouer les cent derniers francs qu'elle possède afin de rendre à de Marsay, son ex-amant, les six mille francs qu'elle lui doit (pp. 160-161) ; Anastasie engage une parure de diamant appartenant à la famille de son mari pour régler les dettes de jeu de Maxime de Trailles (p. 250). Toutes deux n'hésitent pas, devant l'étendue des dettes contractées, à envisager le suicide. Pour ceux qui ont besoin d'argent, deux solutions : avoir recours à l'usurier Gobseck ou obtenir de l'argent sur gage au Mont-de-Piété.

Le XIXe siècle est aussi, comme le montre Balzac, le temps des rentiers (le père Goriot place son argent de manière à ce que chaque année il lui soit versé une rente fixe) et des spéculateurs en bourse, ceux qui « carottent sur les rentes ».

• **Chez Balzac** : toute *La Comédie humaine* témoigne de la montée du pouvoir de l'argent pendant la première partie du XIXe siècle. Dans la préface du *Cabinet des Antiques*, Balzac souligne : « L'argent est la seule puissance de ce temps. » Le banquier Nucingen, symbole de la finance et du capitalisme montant, reparaît dans trente-deux romans : *La Maison Nucingen* raconte ses liquidations, *Les Employés* sa politique de l'argent, jusqu'aux *Comédiens sans le savoir* où, à quatre-vingt-deux ans, il soumissionne des actions de chemin de fer. Gobseck, symbole des usuriers, dont la vie est racontée dans le roman du même nom, est mentionné dans une dizaine de romans. L'argent fait les

Le dieu Argent règle la vie sociale.

hommes : c'est pourquoi les participants au festin du banquier de Taillefer dans *La Peau de chagrin* souhaitent voir chacun d'eux accéder rapidement à la richesse. Mais il peut aussi les défaire : dans *César Birotteau*, Balzac conte la grandeur et la décadence du marchand parfumeur ; dans *Le Colonel Chabert*, il montre le héros, spolié de sa fortune, finissant dans un hospice pour indigents au Kremlin-Bicêtre. Un peu à contre-courant, le père Grandet thésaurise son or.

• **Rapprochements** : avant le XIXᵉ siècle, l'argent a souvent été vu comme une cause de corruption morale : que l'on songe aux auteurs du XVIIᵉ (Molière, La Bruyère ou La Fontaine) ou aux philosophes du XVIIIᵉ siècle (*Lettres persanes* de Montesquieu, *Le Neveu de Rameau* de Diderot). Au XIXᵉ siècle, la littérature, copiant la réalité, fait de l'argent une forme de la puissance économique et politique : Stendhal, *Lucien Leuwen* ; Flaubert, *L'Éducation sentimentale* ; Zola, *Pot-Bouille*, *Au Bonheur des Dames*, *L'Argent*, *La Fortune des Rougon* ; Maupassant, *Bel-Ami* (II, 7).

FEMMES
•

• **Dans le roman** : Balzac présente dans *Le Père Goriot* une galerie de portraits féminins qui, bien que personnages de fiction, forment par leurs aspects antithétiques et complémentaires un microcosme de la société de la Restauration.

Plusieurs mères : madame de Rastignac et madame Couture, mère adoptive de Victorine Taillefer, sont tout au service de leur famille, à laquelle elles consacrent leur temps et leur énergie. Pour celle-ci, elles sont prêtes à tous les renoncements – la mère d'Eugène consent à de lourds sacrifices pour envoyer à son fils la somme demandée (p. 109). Symboles du sérieux et de la vertu, elles veulent élever leurs enfants dans le respect des valeurs morales ; madame de Rastignac trace à son fils la voie de la droiture et de l'honnêteté : « Mon bon Eugène, crois-en le cœur de ta mère, les voies tortueuses ne mènent à rien de grand. » (p. 109) ; madame Couture ajoute à ces principes une éducation religieuse, indispensable à une jeune fille (p. 23). La très mondaine Anastasie de Restaud paraît s'intéresser davantage à son amant qu'à ses fils, mais la peur d'en être définitivement séparée la fait revenir vers eux (p. 289).

Trois jeunes filles à marier : à Paris, Victorine Taillefer est orpheline et sans ressources (sa mère est morte depuis quatre ans, son père l'a déshéritée). En Charente, sur la terre de Rastignac, Laure et Agathe, les sœurs d'Eugène – dix-huit et dix-sept ans – sont issues de la petite noblesse pauvre et elles doivent, selon l'expression de Vautrin, « [faire] comme elles

peuvent » (p. 120). Pour toutes trois, l'absence de dot rend difficile un mariage qui, affaire de famille plus qu'histoire d'amour,
prend rarement en compte le bonheur des enfants. Madame
Couture, pourtant, verrait bien une union couronner l'amour
qui unit Victorine et Eugène (p. 201). L'éducation des jeunes
filles doit les préparer à être épouse et mère, donc leur enseigner l'esprit de sacrifice (Laure et Agathe offrent toutes leurs
économies à leur frère ; Victorine refuse de critiquer son père et
son frère). Côté pratique, les jeunes filles sont également for-
mées aux travaux d'aiguilles, couture et broderie. L'éducation
des sœurs Goriot, quand elles étaient jeunes filles (p. 102-103),
explique l'échec de leur mariage : elles n'arrivent pas à s'adapter
à un moule pour lequel elles n'ont pas été coulées.

Les femmes mariées : d'un côté, l'aristocratique vicomtesse de
Beauséant, née Claire de Bourgogne et son amie la duchesse de
Langeais ; de l'autre, la comtesse de Restaud et la baronne de
Nucingen, nées Anastasie et Delphine Goriot. Mal mariées, elles
cherchent dans la vie mondaine et l'adultère un dérivatif à leurs
déboires conjugaux. Anastasie de Restaud ne jure que par
Maxime de Trailles, pour lequel elle se compromet et ruine son
père. Delphine de Nucingen, trahie par de Marsay, voit d'abord
Eugène comme celui qui lui permettra d'être admise dans les
salons du faubourg Saint-Germain, elle qui malgré son titre ne
fait figure que de nouvelle bourgeoise. Madame de Beauséant
comble le vide de son cœur avec le marquis d'Ajuda-Pinto, la
duchesse de Langeais avec le général Montriveau.

Mais leur liberté bute sur leur statut juridique qui les soumet au
bon vouloir de leur mari. (« Toutes sont bricolées par les lois »,
dit Vautrin, p. 124.) D'après le Code civil de 1804, une femme
mariée doit résider où son mari le souhaite, ne peut administrer
seule ses biens sans l'autorisation de son mari qui, lui, peut les
aliéner sans la sienne ; le père a également tout pouvoir sur ses
enfants. C'est pourquoi, quand le baron Nucingen voudra se
venger des escapades de sa femme, il utilisera l'argent qui lui
avait été donné par son père sans qu'elle puisse avoir de recours
juridique (p. 245), lui proposant seulement un arrangement à
l'amiable, la liberté contre sa fortune. Quant au comte de
Restaud, pour faire rentrer sa femme dans le droit chemin, il
utilise les droits que lui donne la loi et décide de la priver de sa
fortune et de ses enfants. Le vicomte de Beauséant semble montrer plus de mansuétude et laisse sa femme, abandonnée par le
marquis d'Ajuda, se retirer du monde.

Ces femmes sont des initiatrices : chacune à sa manière sert
d'initiatrice à Rastignac. Madame de Restaud l'initie à la vie dans
les salons parisiens en lui révélant à la fois le pouvoir des relations (le nom de madame de Beauséant est le meilleur des laisser-

passer) et la façon de se conduire pour ne pas commettre d'impair (ne jamais rien dire sans être sûr de la manière dont cela va être reçu ; se renseigner sur les personnes que l'on fréquente). Madame de Beauséant poursuit et élargit cette éducation mondaine : elle se veut « une institutrice qui lui enseigne le bon goût » et lui révèle le savoir-faire nécessaire à sa réussite : ne pas être « démonstratif », se montrer cynique et calculateur afin de gagner le combat qui doit le mener à la réussite sociale (p. 90). La première étape de la réussite passe obligatoirement par la conquête d'une femme (« vous ne serez rien si vous n'avez pas une femme qui s'intéresse à vous », p. 90). Elle lui propose alors de séduire la femme qui lui mettra le pied à l'étrier de la réussite : Delphine de Nucingen. Ce rôle d'initiatrice se double d'un rôle de protectrice ; madame de Beauséant ouvre et clôt son discours en l'assurant de sa protection et de son aide : « Vous voulez parvenir, je vous aiderai. » (p. 90) ; « Je vous donne mon nom comme un fil d'Ariane pour entrer dans ce labyrinthe. » (p. 91). La duchesse de Langeais initie le jeune Eugène aux réalités sociales en déclarant* : « Le monde est un bourbier, tâchons de rester sur les hauteurs. » (p. 90). Désormais, il sait à quoi s'en tenir. La dernière initiatrice est Delphine de Nucingen qui va faire battre le cœur et le corps du jeune Eugène, et qui va le conduire à la réussite.

Deux autres femmes : madame Vauquer et mademoiselle Michonneau. La première est la propriétaire et la tenancière de la Maison Vauquer. Son passé, qu'elle veut obscur, semble pourtant assez clair : son comportement et ses façons laissent deviner une ancienne prostituée ou une ancienne tenancière de maison de prostitution. Même chose pour mademoiselle Michonneau dont Balzac évoque le trouble passé : « Quel acide avait dépouillé [...] ou seulement courtisane. » (p. 21). Dans *Les Petits Bourgeois*, mademoiselle Michonneau finira d'ailleurs tenancière d'un hôtel garni situé rue des Poules.

- **Chez Balzac** : à l'image de sa vie, l'œuvre de Balzac est traversée par les femmes. D'autres jeunes filles, bien sûr : Eugénie Grandet dans le roman du même nom, Marguerite van Claës dans *À la recherche de l'Absolu*. D'autres mères aussi : madame de Mortsauf dans *Le Lys dans la vallée*, madame Clapart dans *Un début dans la vie* ; des femmes fatales comme Foedora dans *La Peau de chagrin* ; des femmes cruelles comme *La Cousine Bette*. D'autres initiatrices : madame de Mortsauf pour Félix de Vandenesse (*Le Lys dans la vallée*), Pauline et Foedora pour Raphaël (*La Peau de chagrin*).

- **Rapprochements** : la femme est l'un des thèmes favoris de la littérature depuis l'Antiquité. À l'image du *Père Goriot*, le xixe siècle donne un portrait multiple de la femme. Elle est mère (madame de Rénal dans *Le Rouge et le Noir*, Marie Arnoux dans *L'Éducation sentimentale*) ou prostituée (*Les Fleurs du Mal* de Baudelaire). Elle apparaît en tant que femme entretenue ou courtisane (Rosanette dans *L'Éducation sentimentale*, Nana chez Zola). Elle est mondaine (madame Dambreuse dans *L'Éducation sentimentale*, Renée Sacard dans *La Curée*), infidèle (madame Bovary est la plus célèbre, mais elle n'est pas la seule) ou initiatrice (madame de Rénal pour Julien dans *Le Rouge et le Noir*, madame de Couaën et les courtisanes pour Amaury, le héros de *Volupté* de Sainte-Beuve, madame Arnoux et Rosanette pour Frédéric Moreau dans *L'Éducation sentimentale*).

La littérature du XIXe siècle donne une nouvelle image de la femme, en rapport avec le rôle qu'elle joue désormais dans l'économie : paysanne dans *La Terre* de Zola, ouvrière dans *Les Misérables* de Victor Hugo ou *L'Assommoir* de Zola, vendeuse, voire directrice de magasin de nouveautés dans *Pot-Bouille* ou *Au Bonheur des Dames*, chez Zola... Parallèlement se développe un mouvement féministe qui réclame pour les femmes le droit à la liberté et au bonheur : George Sand (1804-1876), dont la vie fait scandale, en est le porte-parole avec *Indiana* (1832), *Lélia* (1833) ou *Valentine*.

MORT
•

• **Dans le roman** : la mort est l'un des thèmes majeurs du roman puisque *Le Père Goriot* raconte la déchéance et la mort de Goriot. Par ailleurs, Balzac encadre son roman du symbole de la mort en le faisant débuter par l'évocation des catacombes (p. 12), situées près de la Maison Vauquer, et en l'achevant en haut du Père-Lachaise. Outre Goriot, la mort physique frappe le fils Taillefer (p. 210) et peut-être même Mistigris, le chat de madame Vauquer (p. 234). Dans le cours du roman, la mort est connotée par un certain nombre d'expressions dont les deux plus frappantes sont la « Vénus du Père-Lachaise » (p. 196), appliquée à mademoiselle Michonneau et le juron que Vautrin laisse échapper lorsqu'il s'adresse à Rastignac : « foi de Tromp... » (p. 118). Mais la mort conduit une danse macabre dans laquelle elle entraîne presque tous les personnages : ceux qui sont épargnés physiquement sont touchés socialement ou moralement.

Mises à mort sociales : celle de Vautrin qui, après l'intervention de mademoiselle Michonneau, doit regagner le bagne ; celle de mademoiselle Michonneau et de Poiret que leurs agissements obligent à quitter la pension Vauquer ; celle de madame de Beauséant que l'abandon du marquis d'Ajuda-Pinto oblige à quitter Paris. Mise à mort morale : celle de madame de Restaud, qui se voit obligée de reconnaître les torts qu'elle a eus envers son mari et ses enfants. Mises à mort symboliques : celles que Goriot souhaite pour ses gendres. Enfin, désirs de suicide : ceux de Delphine de Nucingen, Anastasie de Restaud ou Maxime de Trailles. Finalement, seuls Delphine et Eugène échappent à la mort, sans doute à cause de l'amour qui les unit.

• **Chez Balzac** : la mort est présente dans de nombreuses autres œuvres de *La Comédie humaine* ; Raphaël dans *La Peau de chagrin*, madame Grandet dans *Eugénie Grandet*, madame de Mortsauf, l'héroïne du *Lys dans la vallée*, la duchesse de Langeais dans le roman du même nom... À cette liste non exhaustive, on peut aussi ajouter le colonel Chabert, ce mort-vivant.

• **Rapprochements** : du théâtre au roman, la mort est un thème qui sous-tend la littérature depuis ses origines : l'*Odyssée*, l'*Iliade*, les pièces de Sophocle et Euripide insistent sur le tragique de la condition humaine. Dramaturges tragiques du xviie siècle (Corneille : *Horace*, *Suréna* ; Racine : *Phèdre*, *Andromaque*) et romantiques du xixe siècle (Musset : *Lorenzaccio* ; Hugo : *Ruy Blas* et *Hernani*) l'ont portée sur scène. Les poètes du xixe siècle, au nombre desquels Baudelaire qui voit en elle une libératrice, ont chanté sa gloire. Au xxe siècle, la mort est l'un des thèmes de la littérature existentialiste : Sartre, Camus, Ionesco, Beckett.

PARIS
•

• **Dans le roman** : Paris, lieu de la réalisation des ambitions d'Eugène, est à la fois un **lieu réaliste** et un **espace symbolique**. Le Paris du *Père Goriot* est bien celui de la Restauration et la description en est rigoureusement exacte. Le lecteur y trouve les endroits à la mode : le restaurant du « Bœuf à la mode » (p. 31), les boutiques du Palais-Royal et le magasin de nouveautés « La petite Jeannette » (p. 31) ; les lieux de jeux et de plaisir du Palais-Royal (p. 161), les théâtres (Variétés, Italiens). (Voir plan de Paris, p. 8.)
Balzac transcrit avec précision la géographie sociale de la capitale. Sur la rive gauche, le faubourg Saint-Marceau, proche du Quartier latin, quartier des étudiants : c'est celui des débuts dans la vie ; Rastignac y loge rue Neuve-Sainte-Geneviève. Toujours sur la rive gauche, le faubourg Saint-Germain, quartier de l'aristocratie élégante et distinguée sur lequel règne madame de Beauséant. Enfin, sur la rive droite, la Chaussée-d'Antin, quartier de la nouvelle bourgeoisie qui veut singer les façons d'une aristocratie n'ayant que mépris pour elle. On y trouve l'hôtel de Restaud, rue du Helder, la maison du banquier Nucingen, rue Saint-Lazare, et enfin la garçonnière de Frédéric, rue d'Artois.

Le Café de Paris, boulevard des Italiens.

Au centre, dans le quartier des Halles, le Paris des affaires, celui où résidait le négociant Goriot.

Mais Paris est aussi et surtout un **lieu symbolique**. Pour Eugène, Paris est le **symbole de la quête sociale** – et accessoirement amoureuse –. Venu à Paris pour faire son droit, Eugène, après y avoir consacré une année, décide de changer de stratégie « et avis[e] soudain à se lancer dans le monde, afin d'y conquérir des protectrices... » (p. 44) Lors de sa première soirée mondaine chez madame de Beauséant, il jette son dévolu sur Anastasie de Restaud (p. 46) qui semble convenir à ce rôle de mentor. L'échec qu'il essuie lors de sa visite à l'hôtel de Restaud (p. 76) le conduit à choisir une nouvelle protectrice en la personne de madame de Beauséant, chez laquelle il se rend immédiatement (p. 77). Celle-ci l'assure de sa protection et de ses conseils, et le guide vers Delphine de Nucingen (p. 91). Outre son amour, Delphine lui offre un appartement, première étape de son ascension sociale (p. 192). Eugène espère également pouvoir compter sur l'appui de son mari pour faire carrière. Pour lui, Paris est bien le **lieu de la réussite mondaine et sociale**.

Mais le prix à payer est lourd. Il ne faut pas craindre Paris que Balzac présente comme un lieu de destruction et d'errance. Trois métaphores sont filées tout au long du roman. D'abord celle de l'océan : « Paris est un véritable océan. » (p. 22). Puis celle du labyrinthe : un étudiant doit « étudier les issues du labyrinthe parisien. » (p. 43). Enfin, celle du bourbier reprise deux fois à peu d'intervalle, d'abord par Rastignac : « Votre Paris est un bourbier » (p. 59) ; puis par la duchesse de Langeais : « Le monde est un bourbier, restons sur les hauteurs » (p. 90). Naviguant avec difficulté sur l'océan parisien, Eugène ne sait pendant longtemps s'il doit mettre le cap sur Victorine Taillefer ou sur Delphine de Nucingen. Peu à peu, il ne peut empêcher le bourbier parisien de le souiller et de dégrader son sens moral : Vautrin joue un rôle important dans son évolution, altérant, par ses raisonnements – ne considérer les autres que dans la mesure où ils servent vos projets – et ses propositions le sens moral d'Eugène ; le rôle de madame de Beauséant, pour en être plus discret, n'en est pas moins tout aussi efficace. Finalement, parti des catacombes, des bas-fonds parisiens, Eugène émerge du labyrinthe parisien sur les hauteurs du Père-Lachaise.

• **Chez Balzac** : Paris apparaît dans une grande majorité des romans balzaciens, qu'il s'agisse des romans d'apprentissage (*Illusions perdues*, *La Peau de chagrin*, *Un début dans la vie*...) ou des autres (*Le Colonel Chabert*, *Ferragus*, *La Fille aux yeux d'or*...). Pour Balzac, Paris est le lieu d'où les valeurs authentiques ont disparu. Balzac nous le présente infernal (« ce n'est pas seulement par plaisir que Paris a été nommé un enfer », *La Fille aux* yeux d'or), fascinateur (« Les rues de Paris [...] nous impriment par leur physionomie certaines idées contre lesquelles nous sommes sans défense », *Ferragus*), lieu de dilapidation (*La Peau de chagrin*) mais jamais totalement dépourvu de poésie.

• **Rapprochements** : dès le XVIIᵉ siècle, Paris occupe une place importante dans la littérature (Molière, la Bruyère...). Le XVIIIᵉ siècle en renvoie une image à la fois complémentaire et antithétique : d'un côté, le Paris des Lumières, symbole de la civilisation du progès (Voltaire) ; de l'autre, le Paris de la corruption dans laquelle on vit (Prévost, *Manon Lescaut*, 1731 ; Laclos, *Les Liaisons dangereuses*, 1782) ou que l'on fuit (Rousseau). Au XIXᵉ siècle, au fur et à mesure que Paris s'impose comme capitale et devient l'antithèse de la province, Paris s'impose comme espace romanesque et poétique. Espace romanesque, il est un lieu fascinant, où les jeunes gens, de Julien Sorel (Stendhal, *Le Rouge et le Noir*, 1830) à Frédéric Moreau (Flaubert, *L'Éducation sentimentale*, 1869) ou à Octave Mouret (Zola, *Pot Bouille*, 1882 ; *Au Bonheur des Dames*, 1883), veulent faire carrière. Mais il est aussi un lieu où la misère règne dans les bas-fonds : les égouts des *Misérables* de Victor Hugo, *Les Mystères de Paris* d'Eugène Sue. Espace poétique pour Baudelaire (« Tableaux parisiens » des *Fleurs du Mal*, 1857), pour Verlaine (« Croquis parisiens » dans *Les Poèmes saturniens* (1866) ou encore pour Apollinaire (*Alcools*, 1913) et les surréalistes. Nombreux sont les romanciers contemporains qui prennent Paris pour décor (Aragon, Vian, Perec, Sollers, Modiano, etc.).

PÈRES
•

• **Dans le roman** : le titre du roman met le lecteur sur la voie de la paternité.
Paternités naturelles d'abord. Celle de Goriot tout d'abord, débordant d'amour pour ses filles auxquelles, dès leur plus tendre enfance, il a passé tous leurs caprices (pp. 102-103) ; il continue lorsqu'elles sont en âge de se marier et les dote richement afin qu'elles puissent choisir leur époux. « Anastasie avait des penchants aristocratiques », elle épousa le comte de Restaud. « Delphine aimait l'argent, elle épousa Nucingen, banquier d'origine allemande. » (p. 103). Pour tout remerciement, filles et gendres refusent bientôt de le recevoir. Dès lors, pour les voir ou entendre parler d'elles, il accepte des situations humiliantes : attendre leur passage lorsqu'elles vont en promenade sur les Champs-Élysées, s'enquérir d'elles auprès de leur femme de chambre respective. Ses premières relations avec Eugène reposent uniquement sur le fait que celui-ci le rapproche de Delphine. Il est prêt à tout pour les voir et les toucher ; cette

passion paternelle exclusive et totale se rapproche de la passion amoureuse. Tel un amant, il espère reconquérir l'amour de ses filles par les cadeaux qu'il leur fait ou par l'argent qu'il leur donne pour satisfaire amants et goûts de luxe. Goriot se ruine financièrement, physiquement et moralement pour ses filles : au fur et à mesure qu'il se dépouille de ses richesses pour les donner à ses filles ingrates, il maigrit, devient laid et finit par être totalement hors de la réalité (cf. la scène dans la garçonnière qu'il vient d'offrir à Eugène) avant même d'être atteint par l'apoplexie qui va l'emporter. Le père Goriot meurt d'avoir trop, et trop mal, aimé ses filles.

À l'opposé du père Goriot, le banquier Taillefer, dont l'image, esquissée, est suffisante pour nous donner l'idée d'un père dénaturé qui n'aime ses enfants que pour autant qu'ils peuvent lui rapporter : il délaisse donc Victorine pour se consacrer uniquement à l'éducation de son fils en qui il voit son successeur.

Le baron de Rastignac, père d'Eugène, n'apparaît qu'indirectement. Il semble avoir le sens des valeurs et connaître le prix de l'argent. Au contraire de sa femme et de ses filles, il n'est pas prêt à satisfaire les caprices de son fils.

Paternités adoptives ensuite. Vautrin instaure entre Rastignac et lui un rapport père/fils décelable aux répétitions de « papa Vautrin ». Cette éducation que Vautrin donne à celui qu'il considère comme son fils adoptif est aussi une initiation au monde. Après lui avoir dit ce qu'est le monde – « un bourbier » (p. 59), il lui explique quel parti il peut en tirer pour sa réussite personnelle : refusant pour Rastignac les carrières traditionnelles (p. 122) et la voie de l'honnêteté qui ne servent à rien, il lui ouvre la voie de la corruption et lui conseille d'utiliser les autres pour parvenir à ses fins. Il lui enseigne la nécessité de la richesse qui, dans son cas, ne peut s'obtenir que par un riche mariage. C'est pourquoi Vautrin lui propose un marché : débarrasser Victorine de son frère, en faire une riche héritière qu'Eugène épousera. En contrepartie, Eugène lui versera un certain pourcentage de l'héritage pour qu'il puisse vivre à l'abri du besoin. Eugène refuse de s'enrichir par ce moyen qui ne saurait aboutir que par la mort criminelle du frère de Victorine. Pourtant, peu à peu, les théories de Vautrin font leur chemin dans l'esprit de Rastignac ; à la fin du roman, il reconnaît que son âme est désormais corrompue : « Moi, je suis en enfer et il faut que j'y reste. » (p. 274) dit-il à Bianchon. Autre père adoptif pour Eugène, le père Goriot ; auprès de lui, Eugène découvre la bonté et la générosité. L'amour qu'il porte à ses filles et la méchanceté qu'elles lui témoignent en retour émeuvent Eugène : lors de l'agonie et la mort de Goriot, il se dévouera comme un fils l'aurait fait pour son père. Le père Goriot est le dernier garde-fou d'Eugène dans sa descente aux enfers. Une fois celui-ci mort, plus rien ne retient Eugène, d'autant que la leçon qu'il tire de la mort de Goriot rejoint celle que lui a donnée Vautrin : l'honnêteté ne mène à rien.

• **Chez Balzac** : de nombreuses œuvres de Balzac s'intéressent au sentiment paternel. Certains pères sont aimants : Borgino dans *Falthurne*, le roi Jean III dans *Clothilde de Lusignan*, Sir Georges dans *Wann-Chlore* ou Ferragus dans le roman du même nom ; d'autres sont terribles et jaloux comme Bartholomeo de Picombo dans *La Vendetta* ; le comte de Granville partage son affection entre deux familles (*Une double famille*). Le père Grandet et Balthazar Claës (*À la recherche de l'Absolu*) sacrifient leurs enfants à leur passion, l'un à l'argent, l'autre à la science.

• **Rapprochements** : Balzac s'est inspiré pour *Le Père Goriot* d'une célèbre histoire d'amour paternel, celle du *Roi Lear* (*cf.* chapitre Sources). La figure du père apparaît souvent, qu'il s'agisse de tragédies (Corneille, *Horace*), ou de comédies (Molière, Harpagon, Géronte) dans lesquelles les pères jouent un rôle déterminant au point de vue social et familial. Les romans présentent eux aussi des figures paternelles : certains pères ont la fibre peu paternelle (monsieur Vingtras, dans *L'Enfant* de Jules Vallès) tandis que d'autres sont dépeints sous des traits plus favorables (le père de Victor Hugo, dans *Feuilles d'Automne* ou *Les Contemplations* ; le père Germain, dans *La Mare au diable* ; Jean Valjean, dans *Les Misérables* ; Joseph Pagnol, dans *La Gloire de mon père* ; le père de Nathalie Sarraute, dans son récit intitulé *Enfance*). D'autres encore cachent leurs sentiments derrière des manières bourrues (monsieur Eysette, le père du *Petit Chose* ou les pères des pièces de Pagnol).

Honoré de Balzac. Dessin de Jean Cocteau, 1948.

344

Le bureau de Balzac dans sa maison de la rue Raynouard, à Paris,
où il corrigea l'ensemble de La Comédie humaine.

apoplexie : perte de connaissance due à une hémorragie au cerveau.

apoplexie séreuse : appelée aussi apoplexie séreuse ; elle est caractérisée par un épanchement de liquide non sanguin dans le cerveau.

argot : ici, langage particulier.

avoué : autre nom du procureur*.

barbeau : autre nom donné au bleuet. Le bleu-barbeau est une couleur très à la mode dans la deuxième moitié du XIX* siècle.

Benjamin : favori (dans la Bible, Benjamin est le fils préféré de Jacob).

bière : cercueil.

billet acquitté : billet qui sera payé à celui pour lequel il a été souscrit.

Bois : il s'agit du bois de Boulogne, où les Parisiennes élégantes se devaient d'être vues.

boudoir : petite pièce élégante attenant à l'appartement d'une dame.

Bouffons : Théâtre-Italien*.

busc : « lame de baleine ou d'acier qui sert à maintenir droit le devant d'un corset. » (Littré)

cabriolet : voiture décapotable à deux roues tirée par un cheval.

cagnotte : « féminin de cagne, qui en argot signifiait policier et a pu donner cogne. » Balzac, La Pléiade, tome III, p. 1304.

calicot : tissu de coton très bon marché.

captieuse : trompeuse.

carotter : spéculer* sur les variations de la Bourse.

cataplasme : bouillie faite à partir de plantes médicinales et appliquée sur certaines parties du corps.

catarrhe : écoulement de liquide dû à certaines maladies. Adj. : catarrhale.

causeuse : « petit canapé où peuvent s'asseoir deux personnes pour causer. » (Littré)

chambres : assemblées parlementaires qui sont au nombre de deux et auxquelles est confié le pouvoir législatif. La Chambre des pairs, ou Chambre haute, est composée de membres de l'aristocratie nommés par le roi à titre héréditaire. La Chambre des députés, ou Chambre basse, est composée de membres élus par un nombre restreint de Français.

Champs-Élysées : ceux-ci étaient à l'époque un lieu de promenade élégant.

Chaussée-d'Antin : quartier situé rive droite de la Seine, non loin des grands boulevards. C'est là qu'habite la nouvelle bourgeoisie qui veut, par ses façons, imiter l'aristocratie du faubourg Saint-Germain*.

Code civil : c'est le recueil de droit français promulgué en 1804 à l'instigation de Napoléon I** et connu aussi sous le nom de Code Napoléon.

Commissaire-Ordonnateur : sous la Révolution, c'est le commissaire chargé d'organiser les dépenses de l'armée.

Congrès de Vienne : assemblée des diplomates de l'ensemble des pays européens chargés de réorganiser l'Europe après la première abdication de Napoléon I**, en 1814. Elle s'est réunie à Vienne de septembre 1814 à juin 1815.

conjecture : supposition.

coupé : voiture fermée à quatre roues.

cour d'assises : juridiction qui juge les crimes.

croisée : fenêtre.

Cuvier : zoologiste français (1769-1832) professeur au Muséum d'histoire naturelle.

dandy / dandysme : le dandy est celui qui pratique le dandysme,

Cet art de vivre est fondé sur le dédain du vulgaire, la recherche du raffinement, le goût de l'originalité, le désir de se faire remarquer.

disette : manque de produits, en particulier de vivres. Ex. : celle de 1793.

Doliban ou d'Oliban : personnage de comédie, Doliban est un père de famille qui a fait le malheur de sa fille par un mauvais mariage.

dot : biens qu'une femme apporte à son mari à l'occasion de son mariage.

douaire / douairière : biens légués par un mari à sa femme lorsqu'elle lui survit. La douairière est la veuve qui jouit du douaire ; par extension, ce mot s'applique à une dame âgée de la haute société.

drûment : mot inventé par Balzac. Signifie avec tant d'intérêt.

écu : 1 écu = 3 francs.

élégie : petit poème d'amour.

équipage : voiture avec des chevaux.

escompteur : celui qui paie une lettre de change• avant l'échéance mais retient une certaine somme.

expié : racheté.

externe ou pensionnaire externe : personne qui prend ses repas à la pension sans y loger.

fat / fatuité : vaniteux, prétentieux / vanité, prétention.

faubourg Saint-Germain : quartier situé rive gauche de la Seine et où réside l'aristocratie.

faubourg Saint-Jacques : quartier situé au sud de Paris, dans le XIVᵉ arrondissement actuel.

faubourg Saint-Marceau : quartier situé au sud de Paris, dans le XIIIᵉ arrondissement actuel et défini par Balzac comme le plus pauvre des quartiers de la capitale.

Fil-de-Soie : sobriquet du forçat Sélérier qui réapparaîtra avec Vautrin dans *Splendeurs et Misères des Courtisanes*.

flouer : tromper.

Gaîté : théâtre situé sur les boulevards et où se jouaient des mélodrames.

galantin : homme qui cherche à plaire aux femmes.

Gall : médecin allemand (1758-1828) créateur de la phrénologie, science qui pense pouvoir reconnaître le caractère d'un homme à la forme de son crâne.

galon : « tissu d'or, d'argent, de soie, etc. plus étroit et plus épais qu'un ruban. » (Littré)

garde : voir *se mettre en garde*.

gent : race.

gloria : café additionné d'eau-de-vie.

goutte : maladie douloureuse qui fait gonfler les articulations des doigts.

grabat : très mauvais lit.

gratis : sans rien payer.

grêle : long et menu.

grigou : avare.

Halle-aux-Blés : actuelle Bourse du commerce, dans le premier arrondissement de Paris.

hôpital ou hospice Cochin : hôpital situé boulevard de Port-Royal (XIVᵉ arrondissement), non loin de la pension Vauquer.

Incurables : hospice qui accueille les vieillards qui manquent du strict nécessaire. Situé à l'emplacement de l'actuel hôpital Laennec.

internat / interne : fonction que remplissent les élèves en médecine – les internes – dans les hôpitaux.

interne ou pensionnaire interne : personne qui prend ses repas et qui loge à la pension.

Italiens : Théâtre-Italien•.

jabot : dentelle ou mousseline qui orne le devant de la chemise des hommes.

Jardin des Plantes : le plus ancien jardin de Paris, situé en face de la gare d'Austerlitz ; il abrite le Muséum d'histoire naturelle.

347

Judas : celui des disciples qui trahit Jésus.

Juvénal : poète latin (60-130 environ) ; il est l'auteur de *Satires* contre les vices de la société de son temps.

lamé : orné de fil d'or et d'argent.

lettre de change : lettre par laquelle est donné ordre de payer à une date déterminée une somme due à un tiers.

libertin : personne qui ne respecte pas les conventions établies par la morale.

linceul : drap dans lequel on enterre un mort.

livre : nom donné au franc quand on parle de revenus. 1 livre = 1 franc.

Louis : 1 louis = 20 francs.

maître d'armes : celui qui enseigne l'escrime.

mentor : guide avisé.

mesquin : sans générosité.

Mont-de-Piété : établissement bancaire qui prête sur gage.

morganatique : se disait d'un mariage entre un prince et une personne de rang inférieur à qui n'étaient accordés ni le titre de princesse ni les droits inhérents à ce rang. Lors de ces mariages, les époux se tenaient la main gauche. Par extension, se disait au XIXᵉ siècle de toute relation adultère.

moxas : petits tampons de coton que l'on brûle avant de les appliquer sur la peau du malade.

Napoléon : 1 Napoléon = 20 francs.

occiput : partie postérieure et inférieure de la tête.

Odessa : port d'Ukraine, sur la mer Noire.

Palais-de-Justice : situé dans l'île de la Cité.

Palais-Royal : palais situé au centre de Paris, construit pour Richelieu et habité quelque temps par Louis XIV enfant – d'où son nom –. Dans sa cour se trouvaient des galeries marchandes, des restaurants, des maisons de jeux...

parcimonie : grande économie.

parcimonieux : très économe.

parricide : meurtre du père ou de la mère.

patriarcal : une vie patriarcale désigne un genre de vie simple dans lequel l'autorité du père ou du chef est prépondérante.

Père-Lachaise : cimetière situé au nord-est de Paris.

péristyle : colonnade située en avant de la façade d'une maison et qui forme le porche.

philanthrope / philanthropique : homme qui veut améliorer le sort des hommes et dont les actions sont philanthropiques.

place de Grève : place de Paris où avaient lieu les exécutions capitales. En 1830, elle deviendra la place de l'Hôtel-de-Ville.

poilu : courageux.

police de sûreté : police chargée de la protection des personnes ; elle est plus particulièrement responsable de la surveillance préventive des malfaiteurs, des forçats libérés, des mendiants... Une fois les malfaiteurs retrouvés, elle les livre à la police judiciaire•.

police judiciaire : elle est chargée de faire arrêter les coupables et de les livrer aux tribunaux.

porte bâtarde : « porte de maison qui n'est ni une petite porte, ni une porte cochère. » (Littré).

probité : honnêteté.

procureur ou *procureur du roi* : magistrat qui représente un plaignant devant un tribunal.

Quartier latin : quartier de Paris compris entre la Seine, le boulevard Saint-Michel et le Panthéon. Dès le Moyen Âge, il fut le quartier des étudiants. Il doit son nom au latin, langue dans laquelle étudiaient et s'exprimaient les étudiants.

rafistolé : arrangé, réparé, remis sur pied (langage familier).

rat-de-cave : bougie très mince.

receler / receleur : détenir un objet volé. Celui qui le détient est appelé receleur.

redoute : ouvrage de fortification.

rente : revenu régulier que l'on obtient d'un capital.

Restauration : période qui suivit l'Empire et vit le retour à la tête de la France des frères de Louis XVI, Louis XVIII (1814-1824) et Charles X (1824-1830).

rue d'Artois : rue située dans le quartier de la Chaussée-d'Antin*. Aujourd'hui, rue Laffitte.

rue de Grenelle : rue située dans la quartier du faubourg Saint-Germain*.

rue de Jérusalem : rue située dans l'île de la Cité. On y trouvait les bureaux des services de police.

rue de la Jussienne : rue située près de la Halle-aux-Blés*.

rue des Grès : actuelle rue Cujas, située dans le Quartier latin*.

rue du Helder : rue située dans le quartier de la Chaussée-d'Antin*.

rue Neuve-Sainte-Geneviève : actuelle rue Tournefort, située dans le Quartier latin*.

rue Saint-Lazare : rue située dans le quartier de la Chaussée-d'Antin*.

rue Sainte-Anne : petite rue qui donnait dans la rue de Jérusalem*.

Saint-Étienne / Saint-Étienne-du-Mont : église du Quartier latin*, située près du Panthéon ; elle était donc toute proche de la pension Vauquer.

se fendre : terme d'escrime qui signifie avancer la jambe droite en avant en laissant la jambe gauche en arrière.

se mettre en garde : terme d'escrime qui signifie *se mettre en état de défense*.

section : pendant la Révolution, Paris était divisé en quarante-huit secteurs appelés sections*.

serrer : ranger.

sinapisme : cataplasme* à base de moutarde.

sobriquet : surnom familier, donné par ironie.

sou : 1 sou = 4 liards ou 12 deniers. 20 sous = 1 franc.

spéculation / spéculer : opération financière de laquelle on espère retirer un gain important d'argent. Pratiquer cette opération, c'est spéculer.

Talleyrand : homme politique français (1754-1838) qui fut ministre des Affaires étrangères de Napoléon Ier, puis représentant de Louis XVIII au Congrès de Vienne*. Il se rendit célèbre aussi bien par ses activités de diplomate que par ses bons mots.

Tantale : roi légendaire qui déroba aux dieux le nectar et l'ambroisie. Pour cela, il fut condamné à contempler un lac dont il ne pouvait boire l'eau et à admirer des arbres fruitiers dont il ne pouvait pas manger les fruits.

terme : période pour laquelle est payé le loyer de la pension.

Théâtre-Italien : théâtre situé sur les grands boulevards. On y jouait des opéras dont les personnages ressemblaient à ceux de la comédie ou des pièces qui tenaient de la comédie par le dialogue et de l'opéra par le chant.

tilbury : cabriolet à deux places.

usure / usurier : prêt d'argent pratiqué au-dessus du taux légal. Celui qui le pratique est un usurier.

vermeil : argent recouvert d'or.

viager ou rente viagère : rente* versée pendant toute la vie contre l'abandon de son capital.

whist : jeu de cartes, ancêtre du bridge.

accumulation : addition de mots qui rejoignent une même idée.

champ lexical : ensemble de mots désignant un même thème.

cliché : image conventionnelle et toute faite.

comparaison : figure de style qui rapproche deux idées, deux mots. Elle comporte un comparant et un comparé réunis par *comme*.

dramaturge : auteur de pièces de théâtre.

euphémisme : manière d'affaiblir une idée déplaisante.

focalisation interne : voir *points de vue*.

gradation : énumération montante ou descendante pour une suite de mots.

incipit : début de roman.

intérêt dramatique : intérêt d'un passage pour l'action.

métaphore : comparaison qui ne comporte qu'un seul pôle (comparaison sans *comme*).

mise en abyme : procédé consistant à enchâsser une œuvre à l'intérieur d'une autre.

omniscient : l'auteur est omniscient lorsqu'il se place dans une situation où il sait tout de ses personnages.

oxymore : alliance de deux mots de sens contraire.

points de vue : façon dont le narrateur voit et rapporte les événements. On distingue la focalisation interne ou point de vue du personnage ; la focalisation externe ou point de vue du narrateur qui se contente de « filmer » sans prendre position ; la focalisation zéro ou point de vue de l'auteur omniscient.

réalisme : théorie littéraire et artistique qui prend pour objet la réalité telle qu'elle se présente. En tant que mouvement, débute en 1850 avec la querelle autour du tableau de Courbet, *Un enterrement à Ornans*.

On parle de *réalisme subjectif* quand l'auteur rapporte ce qu'aurait pu voir un personnage spectateur en nous transmettant ses impressions et ses sentiments.

retour en arrière : moment du récit où l'auteur évoque une période antérieure à celui-ci.

scène d'exposition : scène qui apporte au spectateur ou au lecteur toutes les données pour comprendre les personnages et l'action.

syntaxe : manière de joindre ensemble les mots d'une phrase et les phrases entre elles.

tragédie : pièce de théâtre qui présente le spectacle d'un entraînement fatal au crime, à la mort, à la ruine.

type : personnage réunissant tous les traits de caractère lui permettant de servir de modèle à une catégorie donnée d'hommes.

Balzac envoie à Mme Hanska le manuscrit du Père Goriot accompagné d'une lettre dont voici le début.

ÉDITIONS DU *PÈRE GORIOT*

– *Le Père Goriot,* éd. critique de P.-G. Castex, Classiques Garnier, 1963.
– *Le Père Goriot*, éd. critique de S. Vachon, Classiques de Poche, LGF, 1995.
– *Le Père Goriot*, éd. critique de R. Fortassier, *La Comédie humaine*, tome III, « Bibliothèque de la Pléiade », Gallimard, 1976.

OUVRAGES SUR BALZAC

– P. Barbéris, *Le Monde de Balzac*, Arthaud, 1971.
– P. Barbéris, *Mythes balzaciens*, Armand Colin, 1972.
– B. Guyon, *La Pensée politique et sociale de Balzac*, A. Colin, 1947.
– G. Picon, *Balzac par lui-même*, Seuil, 1956.
– R. Pierrot, *Honoré de Balzac*, Fayard, 1994.
– *Année balzacienne*, revue annuelle (depuis 1960).

ÉTUDES SUR *LE PÈRE GORIOT*

– P. Barbéris, *Le Père Goriot de Balzac*, Larousse, 1972.
– J. Guichardet, *Le Père Goriot d'Honoré de Balzac*, Gallimard, 1993.
– M.-É. Thérenty, *Le Père Goriot*, coll. « Repères », Hachette, 1995.

ADAPTATIONS CINÉMATOGRAPHIQUES ET TÉLÉVISUELLE

Cinéma
– *Le Père Goriot*, de Travers Vale, États-Unis, 1915.
– *Le Père Goriot*, de Jacques de Baroncelli, avec Gabriel Signoret (Goriot) et Pauline Carton (mademoiselle Michonneau), France, 1921.
– *Le Père Goriot*, de Robert Vernay, avec Pierre Larquey (Goriot), France, 1944.
– *Karriere in Paris*, de Georg C. Klaren et H.-G. Rudolph, République démocratique allemande, 1951.

Télévision
– *Le Père Goriot*, de Guy Jorré. Adaptation de J.-L. Bory, avec Charles Vanel (Goriot), Bruno Garcin (Rastignac), collection « Grandes Heures de la télévision », 1972.

Achevé d'imprimer en Espagne par Black Print
Dépôt légal : décembre 2006 – Édition : 10
16/9473/3